Elias Haller

Der Augenmacher

EDITION M

Das Buch

Er nimmt dir deine Augen und ersetzt sie durch ein neues Paar.

Auf der Heiligen Brücke in Leipzig liegt eine grausam drapierte Frauenleiche. In ihren Augenhöhlen findet die Polizei zwei sonderbare Steine. Sieben Jahre nach seinem letzten Opfer scheint die Mordserie des Augenmachers weiterzugehen. Und offenbar hat er es auf Kriminalhauptkommissarin Klara Frost abgesehen, denn nicht nur Alter und Aussehen verbinden sie mit der Toten.

Während die Mordkommission verzweifelt versucht, das Motiv und die mysteriösen Zeichen des Serienkillers zu enträtseln, weiß Frost längst mehr. Den nächsten Hinweis hat der Augenmacher nämlich unmittelbar auf ihrer Haut hinterlassen ...

Der Autor

Elias Haller, Jahrgang 1977, lebt in einer sächsischen Großstadt. Den Zündstoff für seine packenden Thriller bezieht er aus seiner beruflichen Erfahrung mit Rechtsbrechern und deren Opfern. Seine Leidenschaft fürs Schreiben ermöglicht es ihm, kaltblütige Mörder und tragische Helden aufeinander loszulassen, ohne dabei ein schlechtes Gewissen zu haben.

ELIAS HALLER

Der Augenmacher

THRILLER

EDITION M

Die Originalausgabe erschien 2017 unter dem Titel »Der Augenmacher« im Selbstverlag.

Veröffentlicht bei
Edition M, Amazon Media EU S.à r.l.
5 Rue Plaetis, L-2338 Luxembourg
Juni 2018

Umschlaggestaltung: zero-media.net, München
Umschlagmotiv: © Lucia Lanpur / Alamy; © Jeffrey Coolidge / Getty; © Renphoto / Getty; © Jody Trappe Photography / Getty
Lektorat und Korrektorat: Verlag Lutz Garnies, Haar bei München, www.vlg.de
Printed in Germany
By Amazon Distribution GmbH
Amazonstraße 1
04347 Leipzig, Germany

ISBN 978-2-919-80102-2

www.edition-m-verlag.de

Für den Gott aus der Maschine

Prolog

Damals

Überall lagen Federn und klebte Blut. Vor Entsetzen riss Carolin die Hände zum Mund. In ihrer Not hatte sie sich in den Hühnerstall verirrt. Sie war so dumm. Sie war ein Kind.

Doch wo sollte sie sich sonst verstecken?

Sollte sie durch die Dunkelheit zurück ins Haus?

Allein …

Dort würde er sie garantiert finden.

Denn *er kam.*

Nachdem der Kutter, an dessen schneeweißem Mast die Flagge wie ein zorniges Gespenst im Sturm tanzte, auf der Ostsee aufgetaucht war und sie mit seinem Scheinwerferlicht erfasst hatte, war Carolin vom Ufer geflüchtet. Sie stolperte durch den Sand und über die Dünen. Blätter vom Strandroggen schnitten ihr in die Waden. Hinter ihr schwankte der Bug des Piratenschiffs bedrohlich hin und her. Sein Rumpf trotzte den Wellen wie ein mächtiges Schlachtross, das durch die Reihen des Feindes pflügt. Genau wie auf den Zeichnungen in den Ritterbüchern, die in Carolins Zimmer im Regal standen.

Anders als die Ritter auf ihren gepanzerten Pferden hatte sie sich schwach und schutzlos gefühlt. Erfüllt von Angst. Ohne Jacke, nur mit einem dünnen Kleid am Körper war sie die letzten Stunden durch die Gegend gehetzt. Die langen Haare wirr vom reißenden Wind, das beißende Salz der See auf den Lippen, das Peitschen des Regens auf der Haut. Wie Nadeln hatten die Tropfen in ihre Augen gestochen. Bis sie sich in den trockenen Stall geflüchtet hatte.

Würde sie den Hühnerstall wieder verlassen, wäre sie auch dem Sturm wehrlos ausgeliefert.

Gewöhnlich gehörte Carolin die Nacht. Nachts durfte sie spazieren gehen, am Wasser spielen und Lochsteinchen sammeln. Doch heute war die Dunkelheit ihr Feind. Ein erschreckend großes Monster.

Er kam. Der einzige Mann, dem sie jemals begegnet war.

Mutter hatte nie über ihn gesprochen. Wenn er zu Besuch war und Pfeife rauchend in der Stube saß, schwiegen die beiden Erwachsenen. Und der Mann schaute Carolin immer so seltsam an. Einmal allerdings streckte er den Arm nach ihr aus und strich ihr mit seiner großen, rauen Hand über den Kopf.

Nur dieses einzige Mal fasste er sie an.

Die Berührung löste keinerlei Empfindung in Carolin aus. Sie hatte sie erduldet. Sich nichts dabei gedacht. Woher hätte sie auch wissen können, wie sie auf andere Menschen reagieren sollte. Sie war dumm. Sie war verflucht. Mutter hatte das oft gesagt und geschluchzt und jedes Mal traurig das Gesicht zur Seite gedreht.

Mutter …

Als Carolin erkannt hatte, dass das Schiff anlegen würde, war sie orientierungslos herumgerannt, bis sie endlich wieder zu dem abgelegenen Gehöft an der Küste zurückgekehrt war. Nun also stand sie im Stall. Über ihr trommelte das Unwetter auf das Blechdach, nebenan quiekten die Schweine, und zu ihren Füßen lagen drei tote Hühner. Vom Anblick des kopflosen Federviehs erstarrt, wagte sie kaum, sich zu bewegen. Nur ihre Knie zitterten und ihre Finger krallten sich in den Stoff des Kleids. Unter der Kraft des Sturms bebte das Gebälk. Irgendwo klapperte ein Fensterladen. Ein Milchkübel rollte scheppernd über den Hof.

Man tötet keine Hühner.

Niemals. Auch nicht als Sonntagsbraten.

Selbst dem Donnergott Thor sollen diese Vögel heilig gewesen sein. Das hatte Carolins Mutter behauptet. Und jedes Mal über die Einfältigkeit der alten Germanen gelacht, wenn sie einem Huhn den Kopf abhackte. Gekichert wie eine Hexe.

Von Göttern, Hexen und Tieren verstand Carolin wenig. Mit klammen Fingern und angehaltenem Atem zog sie aus der Tasche ihres dünnen Kleids ein Stück Papier, auf das sie eine Hexe gemalt hatte. Eine dicke Alte mit feuerroten Augen in einem dunklen Kostüm. Das Bild war vom Regen durchnässt. Carolin schloss die Faust um das zerknitterte Papier. Schwarze Farbe tropfte zu Boden und färbte auf ihre Haut ab.

Rufe.

Ganz schwach hörte sie jemanden rufen.

Er kam.

Die Männerstimme durchdrang den Sturm. Jeden Augenblick würde die Stalltür aufschlagen und eine finstere Gestalt eintreten. Was dann passierte, wusste sie nicht. So wie sie ohnehin nichts wusste oder verstand. Die Welt, in der sie lebte, war nicht dieselbe, in der sie gefangen war. So vieles ergab für sie keinen Sinn. Und Fragen konnte sie nicht stellen.

Plötzlich fühlte sie sich hier nicht mehr sicher. Die Starre fiel vollends von ihr ab. Sie rannte zur Stalltür und stemmte sich mit ihrem ganzen Körper dagegen. Die Holztür flog auf, und sie stand im Wind. Sofort sah sie den Schatten, der durch den Schauerregen stapfte. Im Schein der Hoflampen nahm er Gestalt an. Er näherte sich. Ein Pirat, ein Monster, ein Riese.

Carolin riss den Mund so weit auf, dass ihr Unterkiefer schmerzte. Kein Laut verließ ihre Kehle. Während sie stumm schrie, lief sie zum Haus. Die Eingangstür stand halb offen. Dahinter brannte Licht. Bis in den Korridor musste sie es schaffen. Die Tür konnte sie von innen verschließen. Das mit den

Schlüsseln hatte sie sich bei ihrer Mutter abgeschaut. Schlüssel faszinierten Carolin. Schlüssel waren mächtig.

Als sie das rettende Haus erreichte und ihren Fuß über die Schwelle setzte, riss es sie von den Beinen. Krachend schlug ihr Kopf gegen das Schuhregal und ihr wurde schwarz vor Augen. Als sie wieder zu sich kam, bemerkte sie, dass sie inmitten einer Blutpfütze lag. Ihr Kleid, die Hände und selbst ihre blonden Haare waren von Blut getränkt. Das zerknitterte Papier in ihrer Hand war ebenfalls rot gefärbt.

Das war aber nicht das Schrecklichste. Das Schrecklichste war der leblose Körper zu ihren Füßen. Mit aufgeschlitzter Kehle lag da ihre Mutter. Unter ihrem Arm das Sprechfunkgerät, aus dem es unablässig knackte und knisterte.

Und Mutters Augen!

Ihre Augen waren …

Waren die Hühner der Bratpfanne entkommen und hatten Rache genommen? Wie auch immer, der Fluch, der auf Carolin lastete, war nach wie vor da. Er war hier in diesem Haus.

Der Fluch …

Carolin konnte auch hier nicht bleiben. Taub vor Kopfschmerzen kroch sie auf allen vieren zur Haustür hinaus. Das Blut an ihren Händen vermischte sich mit Matsch. Regen prasselte auf ihren Körper.

Plötzlich war ihr Fluchtweg versperrt. Dunkelgraue Gummistiefel ragten massiv wie Baumstämme vor ihr auf. Sie schaute nach oben. Der Mann beugte sich über sie. Gleich würde er sie zertreten wie einen Wurm.

Zuvor riss er sich die Kapuze der Regenjacke vom Kopf. Dann sah sie nur noch seine riesigen Hände, die sich ihrem Gesicht näherten.

Sie konnte nicht um Hilfe schreien.

Sie konnte überhaupt nicht schreien.

Kapitel 1

Fünfzehn Jahre später

Das Trinkglas der Frau zersplitterte auf den Steinplatten des Gehwegs. Champagner spritzte. Die Zigarette, die eben noch zwischen ihren Lippen haftete, fiel zu Boden. Funken zerstoben, wo sie auftraf, und wurden vom lauen Nachtwind kaum zwei Meter weit davongetragen, ehe sie verglühten.

Betäubt sank sie in die Arme des Augenmachers.

»Ich halte dich«, wisperte er.

Sie konnte ihn hören, jedoch kein Wort entschlüsseln. Dafür war die Rauschwirkung zu gewaltig. Bereits jetzt verblassten ihre Erinnerungen. Er wusste genau, wie sie sich fühlte. Er hatte es schon öfter getan. Opfer beobachtet, wie deren Körper gegen das Gift ankämpften und verloren.

Ihre blonden Haarsträhnen streiften sein Gesicht. An ihrem Hals sog der Augenmacher ihr Parfüm tief in seine Nase ein. *Clive Christian.* Es hatte eine Weile gedauert, bis er die Marke herausgefunden hatte. Sie liebte eben teure Düfte, und sie liebte teure Autos.

Er hielt sie in seinen Armen, wie Verliebte es taten. Stundenlang hätte er ihre eisblauen Augen betrachten können, doch dafür fehlte die Zeit. Ihre Beine knickten ständig ein. Nur dank seiner Hilfe blieb sie aufrecht. Jedes Mal, wenn ihre

Knie nachgaben, kicherte sie. Vermutlich, weil ihr der seltsam schwankende Gang peinlich war. Bestimmt fragte sie sich, wie viel sie eigentlich getrunken hatte.

Es war keinesfalls der Alkohol, der ihr die Sinne raubte.

Das Betäubungsmittel wirkte exzellent.

»Müssn wir nich irgendwie da drin tanzn?«, kam es verwaschen aus ihrem Mund. Orientierungslos ruderten ihre Arme. Ein Finger zeigte Richtung Hoteleingang.

»Später vielleicht.«

In dem Zustand würde sie allein nicht mehr zur Geburtstagsgesellschaft zurückfinden. Inzwischen war sie vollkommen auf fremde Hilfe angewiesen – sie war in seiner Gewalt. Er musste sie lediglich bis zu ihrem Wagen schaffen.

Beim Laufen blieb sein Blick an ihren Lippen haften. Wie gern er sie jetzt geküsst hätte. Doch er musste sich zügeln, um keine Spuren zu hinterlassen. Aus diesem Grund trug er Lederhandschuhe, die er später entsorgen würde. Die Frau war ein Risiko. Auch wenn genau das den Reiz ausmachte, mahnte er sich zur Vorsicht.

»Wo sind denn alle hin?«, lallte sie, während er sie vom Tröndlinring fortführte.

»Das verrate ich dir, wenn du mir den Autoschlüssel gibst.«

»Den Auto…?« Reflexartig wanderte ihre Hand zur Umhängetasche mit den Glitzersteinchen.

Dort also würde er ihn finden. Wie beiläufig griff er nach dem Träger der Tasche und entwand sie ihr.

Heute keine Jeans. Keine Hosentaschen.

»Du siehst bezaubernd aus in deinem nachtschwarzen Paillettenkleid«, hauchte er. »Nachtschwarz wie die Karosserie deines Sportwagens. Nachtschwarz wie deine Smokey Eyes.«

Unverkennbar liebte sie Schwarz. Es verlieh ihr die geschmeidige Eleganz eines Panthers. Ohnehin war sie gefährlich wie eine Raubkatze. An jedem anderen Tag …

Heute jedoch begegnete sie einem größeren Raubtier.

»Lässt du mich fahren?« Er klapperte mit dem Zündschlüssel.

»Woher …?« Sie versuchte danach zu greifen, doch scheiterte kläglich.

Den Schlüssel würde er sowieso nicht brauchen. Keyless-Go hieß das moderne Zauberwort.

Passanten querten ihren Weg. Ein Pärchen interessierte sich auffallend für den Augenmacher und die volltrunkene Frau an seiner Seite. Er konnte ihre Gedanken lesen. Wie sie das eng sitzende Jackett musterten, das er auf der Feier von der Stuhllehne gepflückt hatte. Er verfolgte die Blicke der beiden. Sie schauten auf seine silberfarbenen Lackschuhe. Die Schuhe lenkten vom Wesentlichen ab. Nur deshalb trug er sie.

»Baby, für heute hast du genug«, sagte er laut. »Wir sind gleich da.«

»Aber ich will noch …«

»… tanzen, ich weiß.«

Mit einem Kopfschütteln lief das neugierige Pärchen weiter.

Der Augenmacher grinste. »Heute gehörst du mir. Und alle kommenden Tage …«

Sie erreichten ihren Wagen. Er öffnete die Beifahrertür und setzte sie behutsam ins Polster. Ihr durfte nichts passieren. Jetzt noch nicht. Er hatte konkrete Pläne, was er mit ihr anstellen wollte. Zuerst würde er ausgiebig ihren nackten Körper betrachten, danach würde er ihren Charakter brechen, und am Ende würde er ihr die Augen öffnen. Ihre wunderschönen eisblauen Augen.

»Wirklich schade«, seufzte er, als er daran dachte, wie er das Licht dieser beiden Diamanten auslöschen würde.

Nachdem er sie angeschnallt und die Tür zugestoßen hatte, ging er zur Fahrerseite. Er sah sich kurz um, dann zog er die Plastikfolie aus der Neoprenjacke, die er unter dem Jackett trug, und streifte sie über das Sitzpolster. Schnell noch die Schuhüberzieher und die Kapuze. Fertig.

Der Augenmacher war bereit für die Fahrt in die Dunkelheit.

»Bist du es auch?«, fragte er die Frau. »Ich meine, bereit für unsere gemeinsame Nacht?«

Vom Beifahrersitz kam ein Glucksen.

Er lachte voller Vorfreude. »Ich werde dich leiden lassen, Schlampe, verlass dich drauf. Für dich hat das Sterben soeben begonnen – und es wird verdammt lange dauern.«

Per Knopfdruck startete er die Zündung. Obwohl unter der Haube des Mercedes-Benz AMG mehr als 400 PS steckten, gab der Motor nur ein Summen von sich. Er legte den Gang ein, setzte den Blinker und ordnete sich in den Leipziger Straßenverkehr ein. Dann fuhr er in die Dunkelheit, an einen Ort, an dem er mit seinem Opfer machen konnte, was er wollte.

Niemand würde ihn daran hindern.

Kapitel 2

Das Krächzen einer Krähe weckte Klara Frost aus einem sonderbaren Traum. In diesem hatte man sie entführt. Wehrlos war sie ihrem Peiniger ausgeliefert gewesen. Über Stunden hatte er sich an ihrer Nacktheit ergötzt …

Nackt.

Schlagartig endete ihr Dämmerzustand. Als sie an sich hinabblickte, riss sie erschrocken beide Arme zum Oberkörper, um ihre bloßen Brüste zu bedecken. Ihr Kleid war verschwunden. Das Schwarze mit den Pailletten, das sie sich extra für die Party gekauft hatte. Stattdessen trug sie nur noch ihren Slip und eine zerrissene Strumpfhose. Selbst ihre hochhackigen Schuhe fehlten.

»Hier, wirf die über!«

Jemand reichte ihr eine Jacke.

»Tri-tristan«, stammelte sie den Namen des Helfers.

Tristan Keller strich vorsichtig eine Haarsträhne aus ihrem Gesicht und bedeckte ihre Blöße. »Zieh sie an«, flüsterte er.

Wohl aus Anstand drehte er den Kopf zur Seite, als sie in die Jackenärmel schlüpfte und schließlich den Reißverschluss mit zittrigen Fingern zu greifen versuchte. Erst beim Zuziehen half er ihr.

»Was …?« Eigentlich wollte sie wissen, was er hier bei ihr machte, doch sie stockte mitten im Satz, als sie ihre Umgebung erfasste.

Die Nacht war vorbei. Über ihr ragten Hauswände auf und verloren sich in einem gleißend blauen Himmel. Sie kauerte neben ihrem Wagen auf dem Asphalt. Es roch nach gekochten Eiern mit Frühstücksspeck. Und nach etwas anderem. Lorbeer vielleicht. Ihre Sinne arbeiteten nur unzureichend. In unmittelbarer Nähe stand ein Müllcontainer, aus dem ein edles Stoffteil herausschaute.

Mein Abendkleid, verdammt!

Sie spähte nach links und rechts, weil sie nicht verstand, was hier passierte. Irgendwoher dröhnte Verkehrslärm, den das Rattern einer Straßenbahn zersägte.

»Bist du verletzt?«, fragte Tristan.

Sie konnte keinen klaren Gedanken fassen. Als sie aufzustehen versuchte, gaben ihre Beine nach.

»Gott, was ist nur mit dir geschehen?«, wollte er wissen. So, wie er es sagte, klang es äußerst beunruhigend. Umso mehr, wie er sie anblickte. »Okay, ich bringe dich besser auf dein Zimmer. Vorher hole ich dir eine Decke für deinen …«

… fast nackten Unterleib.

Als er davoneilte, schaute sie ihm wie durch einen hauchdünnen Nebelschleier hinterher. Erst Sekunden später bemerkte sie, dass sie in einer Seitengasse auf dem blanken Pflaster saß. Das Nobelhotel *Halo* befand sich um die Ecke. Der Speisenduft kam aus dessen Küche. Über die Belüftungsrohre strömte er nach draußen.

Eine Krähe ließ sich lautlos auf dem Rand der Mülltonne nieder und hackte mit dem Schnabel in den Stoff ihres Kleides. Sie liebte diese Vögel. Krähen waren ihre Freunde.

Frost fasste sich an die Stirn, hinter der es furchtbar hämmerte. Sie tastete nach dem Außenspiegel ihres Mercedes und zog sich daran hoch. Ein Krampf schoss ihr durch die Eingeweide. Tapfer hielt sie sich aufrecht. Doch um einen Schritt zu tun, fehlte ihr die Kraft.

Das Letzte, woran sie sich erinnern konnte, war die Geburtstagsfeier ihres Stiefbruders. Sie hatte sich ein Glas Champagner geschnappt und war zum Rauchen an die frische Luft gegangen. Dann hatte jemand sie angesprochen …

Eine Zigarette wäre jetzt das Beste der Welt.

Scheiße! Ihr Kopf bestand aus Schmerz, umgeben von Leere. Ein übler Filmriss.

»Nimm die!« Tristan war zurück und wickelte eine Decke um ihre Hüften. Sein Wagen parkte unweit.

»Geht es?«, vergewisserte er sich.

Sie nickte. Er prüfte, ob sie sicher auf den Beinen stand, öffnete die Fahrertür ihres AMG und beugte sich ins Fahrzeuginnere.

»Deine Tasche.« Er hielt sie ihr hin. »Ist da die Karte für dein Zimmer drin?«

Es dauerte, bis sie begriff. Er meinte die Schlüsselkarte des Hotelzimmers.

»Müsste.« Vergeblich versuchte sie, etwas in ihrer Tasche zu finden. Konzentration und Feinmotorik fehlten ihr gänzlich.

»Schon gut.«

Er zog den Fahrzeugschlüssel heraus und verriegelte ihren Wagen. Dann führte er sie langsam aus der Gasse. Als sie den roten Teppich vor dem Portal des Hotels erreichten, schämte sie sich für ihren Zustand. Bestimmt dachte das Personal, sie habe sich hemmungslos volllaufen lassen. Vielleicht stimmte das sogar. Woher sollte sie das wissen? Zu viel Alkohol könnte den Blackout erklären. Nur, wie war sie dann überhaupt mit dem Wagen in die Seitengasse gelangt? Betrunken am Steuer? Nie im Leben! Dafür war sie zu diszipliniert.

Hoffentlich brachte Tristan sie schleunigst zum Fahrstuhl. Gäste, die mit etlichen Koffern vor dem Hotel standen, musterten sie mit neugierigen Blicken. Während der Portier die Eingangstür aufhielt und Frost eintreten ließ, eilte der Concierge herbei. Ein junger Mann in Tristans Alter. Er hieß Christian Lacroix und kümmerte sich stets zuvorkommend um sie, seit sie als Dauergast im *Halo* wohnte.

»Frau Frost, können wir etwas für Sie tun?« Er schnippte mit dem Finger, um einen weiteren Bediensteten herbeizurufen.

Sie wiegelte ab, hielt den Blick gesenkt und klammerte sich an Tristan. Der übernahm.

»Nur den Fahrstuhl«, forderte er. »Ich bringe Frau Frost auf ihr Zimmer. Sollten wir darüber hinaus etwas benötigen, verständigen wir die Rezeption.«

»Wie gewünscht«, sagte Lacroix. Mit einem Wink schickte er den zuvor gerufenen Angestellten fort.

Sekunden später stiegen Frost und Tristan in den Fahrstuhl ein. Erst als sich die Türen schlossen, atmete sie erleichtert auf.

»Du hast meine Frage nicht beantwortet.«

»Was ich hier mache?«, erriet er. »Klara, was ist nur mit dir geschehen? Diese Krähe hat mich zu dir geführt.«

»Die Krähe?« Bruchstückhaft flimmerten Bilder des Rabenvogels auf der Mülltonne an ihr vorbei.

»Weißt du denn gar nichts mehr? Du hast mir eine Nachricht geschrieben.«

»Eine Nachricht?«

Er öffnete ihre Handtasche und hielt sie auffordernd hoch.

»Darf ich?«

Sie nickte. Er kramte kurz im Inneren, um ihr dann ihr eigenes Handy hinzuhalten. Als sie das Display antippte, blieb es schwarz. Der Akku war leer.

»Kannst du mir erklären, was geschehen ist?«, fragte er. »Warum bin *ich* hier und nicht dein Freund?«

»Keine Ahnung«, antwortete sie wahrheitsgemäß, denn sie wusste es tatsächlich nicht. Sie wusste nur, dass sie fror, obwohl es Sommer war. Im Stillen dankte sie dafür, dass Tristan bei ihr war. Vermutlich hatte sie den Diakon deshalb kontaktiert, weil sie ihm vertraute. Oder weil sie durch puren Zufall seine Nummer in der Kontaktliste erwischt hatte.

Der Fahrstuhlgong fuhr ihr durchs Mark. Die oberste Etage. Von hier hatte man einen grandiosen Ausblick auf Leipzig und konnte sogar den Auenwald bestaunen. Dafür kostete die Nacht schlappe eintausend Euro. Für eine Kriminalbeamtin eigentlich unerschwinglich. Nicht so für Frost.

Auf ihren Konten lagerten sechzig Millionen Euro. Nach dem Tod ihrer Adoptiveltern vor vier Jahren hatte sie nicht – wie erwartet – den Polizeiberuf an den Nagel gehängt, sondern sich ihr Erbe auszahlen lassen. Sehr zum Missfallen ihres Stiefbruders. Trotz dieser Kluft lud er sie weiterhin zu seinem Geburtstag ein.

Wie am Vorabend …

Vom Fahrstuhl bis zum Zimmer schaffte sie es allein. An der Tür reichte Tristan ihr die Magnetkarte zum Öffnen. Sie zögerte, weil ihr Blick auf ihr Handgelenk fiel. Dort fehlte eines ihrer Armbänder. Ein Edelstahlunikat aus einem Stück Motorradkette mit dem eingravierten lateinischen Aphorismus *Deus ex Machina.* Ausgerechnet ihr Lieblingsschmuck – das konnte kein Zufall sein.

Deus ex Machina.

Der Gott aus der Maschine.

An eine Art Mechanik des Lebens, daran glaubte Frost.

Im Stillen zählte sie die Armbänder. Die übrigen zehn waren noch da.

Zehn sind nicht elf. Erst mit elf bin ich vollständig.

Sobald sie sich geduscht, umgezogen und wieder Kräfte gesammelt hatte, würde sie nach dem verschwundenen

Schmuckstück suchen. Den Verlust des Abendkleides und der Schuhe konnte sie verschmerzen, jedoch nicht den des Kettenarmbandes.

»Wie spät ist es?«, wollte sie wissen.

»Kurz nach acht Uhr.«

»Nach acht?«

Nur im ersten Moment war sie schockiert. Dank Gleitzeitregelung hatte sie am Vortag auf der Arbeit Bescheid gegeben, dass es bei ihr aufgrund der Feierlichkeit später werden würde. Demnach bestand keine Gefahr, dass man wegen ihres Fernbleibens eine Großfahndung auslöste.

Die Türverriegelung öffnete mit einem leisen Klacken, und noch während sie in ihr Apartment wankte, ließ sie die Decke fallen. Es war ihr egal, dass sie halbnackt vor Tristan stand. Vorhin hatte er ohnehin mehr gesehen, als sie ihm jemals gezeigt hätte. Und damit meinte sie nicht ihre Tätowierungen, die einen Großteil ihres Körpers zierten. Es waren so viele Hautbemalungen, dass man sie heutzutage niemals mehr bei der Polizei eingestellt hätte und sie bereits eine Missbilligung erhalten hatte. Ernsthaft drohen konnte der Dienstherr ihr ohnehin nicht, denn selbst im Falle einer Entlassung hätte sie immer noch genügend Geld, um ihr Leben stressfrei zu genießen. Den Job beim K11 machte sie nur, weil sie die Arbeit erfüllte und weil sie einen Beitrag für das Wohl der Gesellschaft leisten wollte. Dafür war der Polizeiberuf ideal.

Zuerst steckte sie ihr Handy ans Ladekabel. Unterdessen blieb Tristan an der Tür stehen, und ihr fiel ein, dass er zuvor noch nie hier gewesen war.

»Mach es dir bequem.«

Sichtlich verschüchtert schritt er an ihr vorbei. Vermutlich verbot ihm sein Glaube, sie eingehender zu betrachten, was sie irgendwie süß fand. Außerdem wusste sie, dass er ein klein wenig in sie verliebt war. Dahin gehend hatte sie ihm jedoch niemals Hoffnungen gemacht. Tristan war attraktiv, und soweit sie wusste, fuhr er regelmäßig Mountainbike. Abgesehen von diesen Vorzügen war er ihr einfach einen Tick zu nett und vor allem zu jung. Frost stand mehr auf die unartigen und unrasierten Typen.

Noch während sie ihre Gedanken ordnete, musterte sie Tristan von der Seite. Wie die meisten Gäste blieb er am Panoramafenster stehen und ließ seinen Blick über die Skyline der Stadt gleiten. In der Regel folgte danach ein Lob auf die Größe des Hotelzimmers. Immerhin verteilte sich der möblierte Luxus auf knapp einhundert Quadratmeter. Einschließlich finnischer Sauna und Fitnessecke.

»Soll ich deinen Freund anrufen, damit er sich um dich kümmert?«, fragte er, während sie die PIN in ihr Handy eingab.

Freund? Oh, ja, nein, nicht doch!

Damit meinte er Rafael von Landgraf. Fast wollte sie einwenden, dass sie zu ihm keine feste Beziehung pflegte.

»Nein, ich melde mich später bei ihm.«

Sobald ich herausgefunden habe, was letzte Nacht mit mir geschehen ist.

»Steckst du in Schwierigkeiten?«

Darüber musste sie einen kurzen Moment nachdenken. »Wenn es so ist, werde ich das regeln.«

»Kann ich dir irgendwie helfen?«

»Hast du soeben. Ohne dich wäre mein blanker Hintern bei Facebook und YouTube bestimmt der Renner geworden.« Sie zwinkerte ihm zu und schaute auf ihr Handy. Fünfzehn verpasste Anrufe. Ihr Bruder, Rafael, ihre Dienststelle. Und Tristan. Er hatte es insgesamt dreimal versucht. Vermutlich als Reaktion auf ihre Nachricht. Und sie hatte tatsächlich eine Nachricht an ihn gesendet:

hilfge mir!! kasnn nich mehr bin inder nähe vom hotel biite trista

In diesem Buchstabenchaos erkannte sie sich selbst nicht wieder. Der Text war eindeutig im Drogenrausch verfasst worden. Ein Wunder, dass er sie überhaupt gefunden hatte. Nur langsam setzte ihr kriminalistischer Verstand ein.

»Hast du irgendwas mitbekommen?«, fragte sie. »Irgendein winzig kleines Detail möglicherweise?«

Zuerst schüttelte er den Kopf, dann hielt er inne und legte einen Finger auf seine Lippen. »Kann sein, dass du kurz vor dem Aufwachen etwas gemurmelt hast. Es klang wie silberne Schuhe oder so ähnlich.«

»Weiter, was noch?«

»Tut mir leid, das ist alles so verstörend für mich. Im ersten Moment dachte ich, du wärst …«

»Was? Tot?«

Er zuckte mit den Schultern. »Oder …« Er sprach es nicht aus.

Sie verstand. Er vermied das Wort Vergewaltigung. Zu ihrer Erleichterung fühlte sich ihr Genitalbereich normal an.

Nach einer Weile des Anschweigens deutete sie mit dem Daumen hinter sich. »Falls du mich suchst, ich bin im Bad.«

Kaum zwei Minuten später stand sie splitternackt vor dem beleuchteten Spiegel und entfernte die Brillantstecker aus den Ohrläppchen. Schmuck, den sie nur zu besonderen Anlässen trug. Zu Feierlichkeiten konnte sie sich verwandeln wie ein Phönix.

Sie nahm ein Wattepad und begann, die verwischte Schwärze um ihre Augen abzuschminken. Aus den Deckenlautsprechern drang die Stimme von Chris Rea.

Dancing with Strangers.

Was war in den letzten Stunden geschehen?

Ihre schulterlangen blonden Haare waren glanzlos und verfilzt. Schmutz haftete an ihren Händen. Am rechten Oberschenkel bemerkte sie eine Kratzspur. Zentimeter für Zentimeter tastete sie ihren Körper ab, ob sie weitere Unregelmäßigkeiten entdeckte. Sie bildete sich ein, dass sie einen fremden Duft an sich trug. Das war das Schlimmste. Prüfend roch sie an ihrer Strumpfhose und dem Slip. Etwas war anders, aber sie konnte es nicht benennen.

Angewidert pfefferte sie die Kleidungsstücke auf den Fliesenboden. Beide würde sie entsorgen. Wie automatisch griff sie sich in den Schritt und strich über ihre Schamlippen. Keine Auffälligkeiten. Erleichtert seufzte sie auf.

Bevor sie unter die Dusche trat, warf sie einen letzten Blick in den Spiegel. Plötzlich kniff sie die Augen leicht zusammen. Über ihrem Schambein, knapp unterhalb ihres Bauches, wo sich eine Tätowierung in Form einer Knochenschlange befand, bemerkte sie etwas. Sie ging ganz dicht an den Spiegel und schreckte zurück.

Hastig griff sie sich ein Handtuch, wickelte es sich um und stürzte aus dem Bad. Den überraschten Tristan ignorierte sie. Stattdessen riss sie das Smartphone samt Kabel aus der Steckdose und rannte zurück vor den Spiegel.

Obwohl der Akku nur kurz geladen hatte, löste das Blitzlicht der Handykamera aus. Sie rief das eben aufgenommene Foto aufs Display und taumelte gegen das Waschbecken. Ein Unbekannter hatte ein Tattoo auf ihrer Haut hinterlassen. Höchstens drei oder vier Zentimeter groß.

Es war ein Symbol.

»Fuck!«

Das Motiv zeigte ein Quadrat, in dem sich ein Auge befand. Sie zoomte das Bild größer und erkannte mittig in der Pupille eine Zahl.

15.

Unwillkürlich glitt ihre Hand zu der fremden Tätowierung. Sofort begann sie zu reiben. Tatsächlich lösten sich nach einiger Zeit winzige schwarze Partikel. Der Bestürzung folgte

Erleichterung. Zum Glück handelte es sich nur um ein temporäres Tattoo. Ähnlich wie ein Abziehbild, nur länger haltbar.

Einem innerlichen Drang folgend, wollte sie es mit Wasser und dem Handtuch komplett entfernen, doch dann besann sie sich, dass es eine Spur und ein Hinweis auf die vergangene Nacht war.

Ein Quadrat, ein Auge und die Zahl 15.

Sie konnte sich keinen Reim darauf machen, beschloss jedoch, es vorerst dort zu belassen, wo es war, auch wenn es sie Überwindung kostete. Es zu tragen, war so unangenehm wie ein großer Splitter im Fleisch. Schon jetzt verspürte sie den Zwang, ständig daran herumzukratzen.

In dem Augenblick, als sie das Handy neben den Seifenspender legte, klingelte es. Ihre Vorgesetzte rief zum denkbar ungünstigsten Zeitpunkt an.

Pflichtbewusst nahm sie das Gespräch an.

Man hatte eine Frauenleiche gefunden.

Kapitel 3

Obwohl Kriminaloberkommissar Malchius Fitz um diese Uhrzeit längst Feierabend hatte, trug er seine Dienstpistole unter dem Trenchcoat. Für die Sommerzeit war das graue Kleidungsstück aus Polyester-Baumwoll-Gemisch, das er vor fünfzehn Jahren im Schlussverkauf erstanden hatte, absolut unpassend. Auf Fremde wirkte der kleine Mann damit merkwürdig, aber erstens gab ihm der Mantel das Gefühl von Sicherheit und zweitens interessierte ihn die Meinung anderer einen Scheißdreck. Mit neunundfünfzig zählten keine Lebensweisheiten mehr, sondern nur noch ein bequemes Paar Schuhe, damit man die restliche Strecke bis zur Beerdigung anständig zurücklegen konnte.

Zu seinen neuen Herrenschuhen trug er den Mantel stolz wie einen Tarnanzug, der ihn zwar nicht unsichtbar machte, ihm aber in der Vergangenheit auf geradezu magische Weise Ärger vom Hals gehalten hatte. Meistens jedenfalls.

Als er den Vorraum des Münchner Nachtklubs betrat, streifte er die Schuhsohlen auf dem Fußabtreter ab. Aus versteckten Lufterfrischungsgeräten schlug ihm ein orientalischer Duft entgegen. Ganz sicher Moschus. Und noch etwas anderes nahm er wahr: den heißen Atem des Türstehers, der sich vor Fitz aufbaute und ihn um mehr als eine Hauptlänge überragte. Zusätzlich spürte Fitz die Pranke des Steroidbullen betonschwer auf seinem Brustkorb. Angst hatte er vor dem Koloss keineswegs. Er kannte das Spiel der Muskeln.

Im Gegensatz zu den meisten seiner Kollegen, die das Rotlichtmilieu rund um den Hauptbahnhof mieden, trieb er sich öfter in dieser Gegend herum. Als Kriminalbeamter der alten Schule – zumindest bezeichnete man ihn ständig als einen solchen – scheute er sich nicht davor, am Bodensatz der Münchner Gesellschaft zu schnüffeln, wenn es der Aufklärung eines Verbrechens diente. Altersbedingt hielt er sich aus körperlichen Auseinandersetzungen lieber heraus. In jungen Jahren war er dagegen keiner Rauferei aus dem Weg gegangen. Davon geblieben waren ihm ein paar Andenken, zum Beispiel ein ausgeschlagener Schneidezahn.

Heute jedoch – und an keinem anderen Tag – wollte er mit dem Türsteher ins Kräftemessen übergehen. Obwohl sich niemand, der klar bei Verstand war, freiwillig mit Shkodran anlegte.

»Ach, bitte, Shko«, nannte Fitz ihn beim Kurznamen. »Seit zehn Jahren komme ich ins *Tirana*, und jedes Mal ziehst du die gleiche Mafiashow ab. Lass mich durch, dein Boss wartet.«

Weder zuckte Shkodrans Mundwinkel noch antwortete er. Seine Hand ruhte nach wie vor auf Fitz, als wäre sie dort festgetackert. Zudem stand er da wie ein zu Stein gewordener Mensch. Und stumm wie ein Denkmal war er obendrein. Ihm fehlte nämlich die Zunge.

Fitz schob den linken Ärmel des Trenchcoats zurück und spähte auf seine Armbanduhr. Auf dem Ziffernblatt befand sich ein Paulchen-Panther-Motiv. Die meisten Leute hielten ihn für schrullig, sobald sie das zerkratzte Gehäuse mit dem brüchigen Lederband betrachteten. Nur eine Handvoll Menschen wusste, warum er eine solch komische Uhr trug.

Nach zweiundzwanzig Uhr.

Seit knapp achtundvierzig Stunden war Fitz' Nichte spurlos verschwunden. Seit fünfunddreißig Stunden überprüfte Fitz sämtliche Kontaktadressen von ihr. Entsprechend mitgenommen sah das Leder seiner neuen Schuhe aus. Er hasste dreckige Schuhe.

»Tritt beiseite, oder willst du erst meine Eintrittskarte sehen?«

Noch immer blieb Shkodran stehen. Beide wussten, dass Fitz die Pistole in seiner Manteltasche niemals ziehen würde. Nicht hier im Lokal. Und schon gar nicht grundlos.

Der Türsteher war einer der härtesten Hunde auf der Goethestraße. Man munkelte, sein eigener Köter hätte ihm einst die Zunge abgebissen. Im Gegenzug soll Shkodran dem Tier Ober- und Unterkiefer auseinandergerissen haben.

»Lass den Scheißbullen rein und bring ihn sofort wieder hinten raus«, ertönte es in gebrochenem Deutsch. »Und dann putz ihn weg.«

Fitz erkannte die Stimme sofort. Sie gehörte dem Klubbesitzer Fiton Thaqi. *Fiton* bedeutet auf Albanisch *Sieger*.

Endlich ließ Shkodran den Arm sinken und trat beiseite. Dahinter stand Thaqi im goldfarbenen Anzug und mit zum Pferdeschwanz gebundenen nass glänzenden Haaren. Obwohl Thaqi kleiner war als sein Beschützer, überragte er Fitz ebenfalls. Was bei Fitz' Körpergröße von eins siebzig allerdings keine Kunst war.

Der Albaner war im Sperrbezirk gefürchtet, er galt als kompromisslos und pflegte angeblich Beziehungen bis in die Landespolitik. Sein Spezialitätenkatalog umfasste Koks, Nutten, Bestechungsgelder – und nicht zu vergessen: Informationen. Es war überall das gleiche Drecksspiel. Nur Fitz spielte es auf seine Weise. Anders als etliche seiner Kollegen machte er keine Schulden und stand bei niemandem im Viertel auf der Gehaltsliste.

»Willst du mir deinen dreckigen Hinterhof zeigen?«, fragte Fitz launig, obwohl er die vorherige Ansage keineswegs komisch fand. Auch wenn er alles andere als ein Musterpolizist war, erwartete er etwas mehr Respekt. Selbst in dieser kriminellen Gegend.

Er trat auf Thaqi zu und reichte ihm zur Begrüßung die Hand, die dieser ergriff, ohne zu zögern.

»Wir müssen reden«, kam Fitz sofort auf sein Anliegen zu sprechen.

»Ich bin beschäftigt.«

Fitz schaute sich um. Im Klub war wenig los. Aus den Deckenlautsprechern drangen dezente Klänge elektronischer Musik. An der Bar putzte eine üppig bestückte Blondine Gläser. Anders als die Mädchen, die hier gewöhnlich auftraten, hatte die Dame ihre besten Jahre bereits hinter sich.

Zwei zwielichtige Gestalten – offenbar Handlanger des Betreibers – standen halb verborgen hinter einem Vorhang und fingerten an ihren Handys herum. Der Laufsteg war beleuchtet, jedoch leer. Nach der Pause würden blutjunge Dinger wieder ihre Titten zum Rhythmus der Musik entblößen. Bevor er eingetreten war, hatte Fitz eine Weile den Eingang zum Klub beobachtet. Nur ein einziger Gast war in der Zeit ins *Tirana* eingelassen worden. *Tirana* – wie die Hauptstadt von Albanien.

»Reden wir über Sabrina«, sagte Fitz, weil er wusste, welche Wirkung der Name auf Thaqi hatte.

Der Angesprochene schaute skeptisch zu Shkodran und wieder zurück zu Fitz. »Was ist mit deiner Nichte?«

»Sie ist verschwunden.«

»Große Problematik.« Thaqi nickte im Stil eines Unterweltbosses. »Das erklärt, warum du so beschissen aussiehst.« Er drehte sich um und winkte Fitz hinter sich her wie einen Leibeigenen.

Beide sanken im hintersten Eckchen des Klubs in bequeme rotbraune Lederpolster. Thaqi zündete sich eine Zigarette an und blies Fitz den Qualm direkt ins Gesicht. Sofort setzte beim Kommissar starker Hustenreiz ein. Er röchelte, bekam den Anfall aber unter Kontrolle.

»Whisky gegen dein altes Asthmaleiden?«, stichelte Thaqi und winkte die Bedienung heran.

»Kein Asthma«, wehrte Fitz ab. »Und ich hatte gerade einen Milchshake bei McDonald's.«

Thaqi lächelte und gab seine Bestellung auf. »Ein Glas Martini für mich und einen Kakao für unseren Gast, Florentina.«

Florentina stolzierte davon. Fitz nestelte ein aktuelles Foto seiner Nichte aus der Jackentasche und schob es über den Tisch.

»Meine Sabrina«, murmelte Thaqi und hielt gedankenverloren die Kippe in den Fingern. »Sie sieht immer noch verdammt heiß aus. Ich liebe ihre sanfte Haut und die blonden Haare. Beinahe kann ich ihr Parfüm riechen.«

»Deine Sabrina, das war einmal. Jetzt ist sie sauber.«

Fitz beobachtete sein Gegenüber. Auch wenn der Albaner ruhig dasaß und eine gefällige Miene zeigte, durfte man sich davon nicht täuschen lassen. Sein Wesen war unstet und des Öfteren hatte er grundlos Männer zusammengeschlagen. Die vernarbte Haut an den Fingerknöcheln zeugte von etlichen Prügeleien. Meistens kam es auf Partys zu Entgleisungen, sobald seine Laune ihren Höhepunkt überschritt.

»Ist das so?« Thaqi nahm einen tiefen Zug von der Zigarette. »Und warum tauchst du dann hier auf?«

Weil Fitz es seiner Schwester schuldig war und weil er seine Nichte liebte. Was er dachte, sprach er nicht aus. Beide Männer wussten, dass Sabrina mit Mitte zwanzig auf die schiefe Bahn geraten war. Falsche Freunde, Sexpartys, Drogen, Beschaffungskriminalität. Kurz vor dem totalen Absturz war sie im *Tirana* gelandet. Der Albaner war zwar nicht der beste

Umgang, aber wenigstens behandelte er seine Mädchen respektvoll, solange sie ihm gegenüber loyal waren. Besonders Sabrina hatte es ihm angetan. Fitz kannte keine Einzelheiten, aber zwischen Thaqi und Sabrina war mehr als eine gewöhnliche Arbeitnehmer-Arbeitgeber-Beziehung gelaufen. Dank Fitz' Einfluss hatte Sabrina schlussendlich den Absprung aus dem Rotlichtmilieu geschafft. Jetzt, mit siebenunddreißig, stand Sabrina mitten im Leben. Eine Wohnung im Stadtbezirk Moosach, mit einem Verlobten, der sein Geld mit Programmieren verdiente, und einem Bürojob bei einer namhaften Versicherung. Der übliche Alltag, wie ihm der überwiegende Teil der Deutschen nachging.

»Sabrina hat in letzter Zeit über ihre Arbeit und ihre Beziehung geklagt. Mobbing am Arbeitsplatz und fehlende Aufmerksamkeit zu Hause«, erzählte Fitz. »Mit einem Baby hat es bisher auch nicht geklappt.«

»Sabrina und Kinderplanung?«, hakte Thaqi ein, während die Bardame Florentina an den Tisch trat, den Kommissar schief anschaute und Kakao und Martini abstellte. »Es hat sich wohl doch einiges geändert.«

»Sie ist in der Realität angekommen und führt nun ein anständiges Leben. Zuletzt hat sie sich vor zwei Tagen gemeldet. Angeblich wollte sie mit einer Freundin ins Kino gehen. Leider wusste besagte Freundin nichts davon. Seitdem hat niemand mehr Sabrina gesehen.«

»Ihr Handy?«

»Tot. Du kannst dir vorstellen, dass ihre Mutter sich Sorgen macht.« Fitz holte schleifend Luft und verspürte einen plötzlichen Druckschmerz im Brustkorb. Es war eine Begleiterscheinung seines Atemleidens. Doch für ein Inhalationsspray war er zu eitel. Lieber starb er wie ein Mann. »Also, falls Sabrina aus irgendeinem Grund beschließt, ihr Leben noch mal komplett umzukrempeln – sei es aus Langeweile, Panik oder Abenteuerlust –, wo würde sie dann wohl hingehen?«

»Nicht ins *Tirana*.«

»Falsche Antwort.«

Thaqi nahm einen Schluck vom Martini. »Du klingst verzweifelt, Bulle. Warum suchen deine eigenen Leute nicht nach ihr?«

»Kein Vermisstenstatus.«

»Verstehe. Sie ist erwachsen, kann tun und lassen, was sie will, und Hinweise auf eine Gefahrenlage liegen nicht vor.« Er lachte gezwungen. »Unzählige verschwundene Frauen könnten die gleiche Story erzählen.«

»Ich will Sabrina finden.« Fitz wurde ernst. »Lebend.«

»Klar, Bulle, was sonst?« Thaqi schob Fitz das Kakaoglas hin. »Mehr als diesen Drink kann ich dir nicht anbieten. Sabrina ist für mich Vergangenheit.«

»Verfluchter Mistkerl!« Fitz hämmerte die Faust auf die Tischplatte, dass die Gläser hüpften. »Ich brauche Informationen.«

Sofort stand Shkodran am Tisch und ließ seine Brustmuskeln unter dem Sakko spielen. Sein Chef beruhigte ihn mit einem Wink.

»Ich würde sagen, Bulle, du trinkst aus und verschwindest.«

Eine Weile reagierte Fitz nicht auf den Befehl, denn er wog ab, wie weit er gehen konnte. »Ich bleibe, bis ich zufriedenstellende Ergebnisse habe.«

Aus seiner Mantelinnentasche zog er ein Bündel Papiere hervor und breitete sie vor sich aus.

»Was ist das?«, wollte Thaqi wissen.

»Namen, Telefonnummern, Örtlichkeiten et cetera«, sagte Fitz wie beiläufig. »Die beim Drogendezernat waren wirklich fleißig. Die haben lauter Sachen über dich und deine

Geschäftspartner abgehört, die nicht nur die Staatsanwaltschaft, sondern auch deine Feinde interessieren dürften …«

»Ernsthaft? Du kommst in meinen Klub, drohst mir und glaubst, dass du damit durchkommst?« Thaqi lachte.

Es war ein hinterhältiges, übermütiges Lachen, das Fitz in Alarmbereitschaft versetzte.

Jetzt griff er doch nach seiner Dienstwaffe und zog sie so weit hervor, dass die beiden Albaner sie sehen konnten. »Ich weiß, dass Sabrina nicht einfach so davongelaufen ist. Und ich würde alles dafür tun, um sie wiederzufinden. Also haltet die hier besser nicht für einen Bluff.«

Shkodran knurrte.

Thaqi beugte den Oberkörper vor. Er nahm einen letzten Schluck vom Getränk. »Tja, ich schätze, dann haben wir eine klassische Pattsituation, denn mein Zeigefinger liegt seit knapp einer Minute am Abzug einer geladenen Knarre.«

Erst jetzt bemerkte Fitz, dass Thaqi die rechte Hand unter der Tischplatte hielt.

Einen Wimpernschlag später krachte es.

Kapitel 4

Der tote Frauenkörper lag unmittelbar auf den Holzbohlen der Heiligen Brücke. Obwohl Frost aus der Ferne nur die weiße Leichenfolie sah, die der Wind an den Rändern schwach bewegte, ahnte sie längst, dass sie es mit einem Fall zu tun bekommen würde, der von derart intensivem Grauen war wie das langsame Abtrennen von Brustwarzen mit einer Rasierklinge. Für diese Einschätzung hatten die wenigen Auskünfte am Telefon ausgereicht. Es reichte sogar aus, dass sie professionell ihre Arbeit durchziehen konnte – ohne Rücksicht auf ihren eigenen Zustand nach vergangener Nacht. Weder hatte sie einen Bluttest noch sonstige medizinische Untersuchungen für sich beansprucht. Sie war ihr eigener Arzt. Sie würde klarkommen.

Klara. Das sagt schon mein Name.

Der Zigarettenstummel flog in den Rinnstein. Ein letzter Zug von der Kippe, bevor sie einmal mehr vom Aroma des Todes kosten musste.

Streifenbeamte hatten den Bereich um die Brücke bereits weitläufig abgesperrt. Frost bemerkte einige Reporter, die wie Krähen auf Futtersuche umhersprangen und die ihre Kameraobjektive in Position brachten, um im Wettbewerb die spektakulärsten Fotos zu schießen. Hinzu kamen die Anwohner.

Auf der Moschelesstraße hatten sich an diesem Morgen so viele Schaulustige wie nie zuvor versammelt. Sie alle waren nur deshalb hier, weil der Voyeurismus des Verbrechens sie mit seinem unwiderstehlich widerlichen Odeur anlockte.

Als Frost unter dem rot-weißen Flatterband hindurchtauchte, stand sie immer noch wacklig auf den Beinen. Obwohl ihr nur das eine Armband fehlte, fühlte sie sich nackt. Eine Dreiergruppe männlicher Polizisten schaute ihr hinterher – einerseits geringschätzig, andererseits lüstern. Fast spürbar ruhten die Blicke der Uniformierten auf ihrem Hintern.

Keiner von euch traut sich, einer komplizierten Frau den Hof zu machen.

Kein Einziger von denen.

Hauptsache, die Männer gewannen angesichts ihrer aktuellen Gangart nicht den Eindruck, sie sei betrunken zum Dienst erschienen. Zu ihrer Erleichterung sorgten die schwarzen Lederboots mit der schweren Sohle für ausreichend festen Stand. Egal wo sie auftauchte, man begegnete ihr regelmäßig mit Voreingenommenheit und wartete darauf, dass ihr ein Fehler unterlief. Erst recht nach Ablauf der einjährigen Abordnung zum LKA Dresden und ihrer damit verbundenen Rückkehr in die Direktion Leipzig vor über einem Monat.

Abneigung war der Preis, den sie dafür zahlte, dass sie den Polizeijob machte, obwohl sie finanziell bis an ihr Lebensende ausgesorgt hatte. Obendrein spielte jede Menge Missgunst hinein. Sie hassten sie, weil sie sich mit ihrem geerbten Vermögen nicht einfach faul zurücklehnte und weil sie eine verdammt gute Ermittlerin war. Eines hätten sie ihr vielleicht verziehen, aber nicht beides.

»Verflucht, Klara, ich hätte auch gern zwei Stunden länger geschlafen.« Es war Kommissariatsleiterin Alexandra Lorenz, die sie vor der Brücke abfing. »Gott, du und dein Spiegel gehen wohl seit Neustem auch getrennte Wege? So wie du aussiehst, könnte man denken, du hättest die halbe Nacht über der Kloschüssel gehangen. Wer von uns beiden ist hier eigentlich fünfzig? Am liebsten würde ich dich zum Ausnüchtern zu unseren Junkies in die Zelle stecken.«

Frost zog sich die Kapuze ihrer Stoffjacke tiefer ins Gesicht. Nach ihrem Blackout und dem Anruf aus dem Kommissariat hatte sie sich nur notdürftig geschminkt. Erst im Wagen hatte sie gemerkt, dass sie Lippenstift und Kajal komplett vergessen hatte.

»Was ist mit den Augen?« Dieses Detail an der Leiche interessierte Frost vordergründig. »Du sagtest am Telefon, man hätte ihr die Augäpfel ersetzt.«

»Wenigstens kommst du gleich zur Sache. Vielleicht überlege ich mir das mit der Zelle noch einmal.«

»Du brauchst mich.«

»Erwarte bloß nicht, dass ich das hier vor all den Leuten zugebe.«

Lorenz gehörte zu der Sorte Frau, die, wenn man sie herausforderte, einen Nagel in eine Betonwand spucken konnte und die man, sobald sie einmal einen Stuhl erobert hatte, nicht mehr wegbewegte, weil sie dafür einen viel zu breiten Hintern hatte.

»Ich will mir die Leiche ansehen.«

Es folgte ein Nicken der Kommissariatsleiterin. Gleichzeitig deutete sie auf die bereitgestellte Ausrüstung der Kriminaltechniker. Routiniert griff Frost sich Einweghandschuhe und Schuhüberzieher. Gemeinsam betraten sie den Steg, der über den Elstermühlgraben führte – ein künstlicher Nebenarm der Weißen Elster.

Unter Frosts Füßen knarzten die Holzplanken. Mit jedem Schritt prägte sie sich die Gegend ein Stück mehr ein. Ähnlich wie der Mikroprozessor eines Androiden war ihr Gehirn längst im Scanmodus. Mit allen Sinnen versuchte sie, den Ereignisort zu erfassen. Sie spürte die Strahlen der Morgensonne, die ihre Kleidung und die unbedeckte Haut ertasteten. Der Wind wischte ihr durchs Haar. Es roch nach den Dieselabgasen der Einsatzfahrzeuge und dezent nach Algen vom Wasser herauf. Auf der Zunge schmeckte sie die Pollen der Lindenbäume. Mit einer Hand strich sie über das graue Metallgeländer. Feinste Späne drangen in ihre Handfläche.

Hier in der Weststadt ging es friedlich, aber trotzdem lebhaft zu. Mehrfamilienhäuser befanden sich zu beiden Seiten des Fundortes. Stoßstange an Stoßstange parkten Autos an den Straßenrändern. All das verriet Frost, dass der Täter ein Wagnis eingegangen war bei der Wahl eines solch bewohnten Ortes.

»Ein Radfahrer hat die Leiche kurz nach sechs Uhr gefunden«, berichtete Lorenz.

Schweigend nahm Frost es zur Kenntnis. Wenn möglich, würde sie die Vernehmung des Zeugen selbst übernehmen. Darin war sie gut. Sogar sehr gut. Nicht wenige behaupteten, sie könne durch gezieltes Nachfragen Dämonen und Geister austreiben. Deshalb und weil sie spezielle Vernehmungsmethoden pflegte, nannte man sie die Exorzistin. Anfangs hatte sie sich gegen den Spitznamen gesträubt. Mittlerweile empfand sie ihn als eine besondere Auszeichnung.

Kurz bevor die Brücke endete und der Luz-Long-Weg begann, wartete die Rechtsmedizinerin Dr. Andrea Adolf. Das K11 hatte sie noch vor Frost verständigt.

Auf eine Begrüßung verzichtete Frost. Nur die Fakten zählten.

»Wenn das Ihre beste Freundin wäre«, sprach sie Adolf an und zeigte auf die zugedeckte Leiche, »was würde sie Ihnen verraten?«

Wie erwartet, wackelte die Rechtsmedizinerin unschlüssig mit dem Kopf. Ganz am Anfang der Ermittlungen legte sich niemand gern fest. Doch die Frage war so gestellt, dass eine Antwort kommen musste.

»Sie würde mir verraten, dass sie an einem anderen Ort gestorben ist und später an dieser Stelle abgelegt wurde. Die Leichenflecken lassen sich nur noch mit viel Kraft und mittels Werkzeug wegdrücken. Teilweise ist bereits Blut ins Gewebe eingedrungen. Vorsichtig geschätzt ist sie seit mehr als fünfzehn Stunden tot. Unwahrscheinlich, dass hier in der Zeit niemand vorbeigekommen ist. Sobald ich die Leiche drehen darf, kann ich eventuell anhand der schmetterlingsförmigen Aussparungen der Leichenflecke an Schulterblättern, Gesäß und Waden sofort erkennen, ob sie nach ihrem Tod bewegt wurde.« Als sie geendet hatte, wartete Dr. Adolf mit verschränkten Armen, ob das reichte.

»Ich höre Ihnen weiter zu«, blieb Frost hartnäckig.

»Am linken Oberarm fehlt ein erhebliches Stück Haut. Es wurde mittels scharfem Gegenstand herausgetrennt. Möglicherweise hatte meine *Freundin* dort etwas, was man der Polizei vorenthalten wollte.«

»Eine Tätowierung zum Beispiel«, hakte Frost ein und dachte an ihre eigenen Arme, die von den Schultern bis zu den Handgelenken mit Tattoos verziert waren.

»Sie sind die Ermittler«, antwortete die Rechtsmedizinerin. »Wollen wir dann?«

Von Lorenz kam eine auffordernde Handbewegung. Es wurde Zeit, die nackte Wahrheit zu enthüllen. Und dass man die Tote vollkommen entkleidet gefunden hatte, wusste Frost bereits vom Telefonat.

Während die beiden Kommissarinnen aufrecht stehen blieben, kniete die Rechtsmedizinerin sich hin und schlug die Folie vom Kopf bis über die Brüste zurück.

Das Grauen wurde entblößt.

Der Augenmacher hatte zugeschlagen.

Frost ließ sich ihr Erstaunen nicht anmerken. Hartgesotten und schweigend betrachtete sie die beiden Steinchen, die auf den Augen der Toten lagen.

Hühnergötter.

Jemand hatte dem Opfer die Augäpfel durch zwei Feuersteine mit Löchern ersetzt. Und es war nicht das erste Mal, dass so etwas geschehen war. Nur war es die erste derartig drapierte Leiche in Leipzig.

»Deshalb bin ich also hier«, sprach Frost Lorenz an, ohne sie anzublicken. »Es geht um Carolin.«

»Genau, es geht auch um Carolin.«

Carolin. Das Mädchen, dessen Mutter das allererste Opfer des Augenmachers gewesen war. Damals. Der Augenmacher war geschnappt, verurteilt und eingesperrt worden. Im Gefängnis hatte er sich mit einem Strick selbst hingerichtet. Carolin war gerettet worden und lebte mittlerweile in Leipzig.

»Glaubst du an einen Nachahmer?«, fragte Lorenz.

Frost zuckte mit den Schultern. Die Logik forderte ein Ja, doch für die richtige Antwort war es zu früh. Vorerst musste sie sämtliche Informationen still für sich bewerten. Möglichkeiten prüfen. Kombinieren. Dafür würde sie Zeit brauchen. Stunden, Tage, Wochen, vielleicht Monate.

Nein, mir bleiben keine Monate. Carolin bleiben eventuell keine Monate.

Zwei Hühnergötter anstelle der echten Augen.

So sah das groteske Markenzeichen des Augenmachers aus.

Auch ohne die Bestätigung durch die Rechtsmedizinerin wusste Frost, dass der Mörder der Frau die Augen eingedrückt oder ausgestochen hatte. So wie früher. Vor Jahren hatte der Augenmacher seine Opfer lebendig gefoltert, misshandelt und verstümmelt. Ausnahmslos alle waren ihren Verletzungen erlegen.

Blieb nur die Frage, ob die Verletzungen diesmal post oder ante mortem zugefügt worden waren.

Frosts Blick schweifte von den blutrot gefärbten blonden Haaren zum linken Arm der Toten. Dorthin, wo das Hautstück fehlte. Unverkennbar war es eine Botschaft des Augenmachers. Alles war eine Botschaft. Und dieser Ort war der Eingang zur Bühne eines Psychopathen.

»Zeigen Sie mir den Rest«, entschied Frost.

»Wie Sie wünschen.« Damit riss die Rechtsmedizinerin die Abdeckfolie vollständig vom Körper. Was zum Vorschein kam, erschreckte Frost fast noch mehr als die Hühnergötter. Erschreckend deshalb, weil Lorenz am Telefon ein bestimmtes Detail mit keiner Silbe erwähnt hatte: Der Augenmacher hatte nämlich ein weiteres Stigma am Leichnam hinterlassen.

Automatisch glitt Frosts Hand zur Stelle ihres Körpers, an der ein Unbekannter sie in der vergangenen Nacht gezeichnet hatte.

Kapitel 5

Vergleichbar mit Frosts Körper – rechtsseitig des Beckens – befand sich auf der Haut der Toten ein Tattoo. Um es näher zu untersuchen, kniete Frost sich hin. Bei bloßer Betrachtung könnte wohl nur ein Fachmann sagen, ob es sich um eine temporäre oder permanente Tätowierung handelte. Das Motiv zeigte ebenfalls ein Viereck mit einem Auge in der Mitte. Im Gegensatz zu der Zahl 15, die sich im Zentrum ihrer Tätowierung befand, stand auf dem Leichnam die Zahl 1023.

1023.

Entgegen den dienstlichen Vorschriften fotografierte sie das Motiv mit ihrem privaten Smartphone. Zum jetzigen Zeitpunkt konnte sie nichts damit anfangen. Genauso wenig wie mit der Bedeutung der Zahl 15.

»Irgendwelche Ideen?«, kam es von Lorenz. Die Frage klang, als durchschaute sie Frost. Nicht gänzlich abwegig, denn man bescheinigte Lorenz eine exzellente Menschenkenntnis.

Dass sie keine Erinnerung an letzte Nacht hatte und das Symbol des Augenmachers an ihr haftete, wollte Frost um jeden Preis verschweigen. Es dämmerte jedoch in ihrem Bewusstsein, dass sie längst Teil eines grausamen und tödlichen Spiels war. Aufgrund der Tatsache, dass die Verstorbene ebenfalls wasserstoffblonde Haare trug, ergab sich für Frost ein seltsamer

Eindruck vom Geschehen. Aber dieses Detail konnte auch Zufall sein.

»Kennen wir die Identität des Opfers?«

»Negativ«, antwortete Lorenz.

Obwohl Frost das entsprechende Studium fehlte, kannte sie sich nach etlichen Leichenschauen so weit aus, dass sie sich an der Schätzung des Alters versuchte. Anhand der unscheinbaren Krähenfüße im Augenbereich und der winzigen Fältchen vor den Ohren konnte sie es zumindest eingrenzen.

»Dreißig bis fünfunddreißig Jahre?«

»Alle Achtung!«, lobte die Rechtsmedizinerin. »Dann bin ich hier ja wohl überflüssig.«

Frost sprang auf. Sie fasste ihre Chefin am Arm und zog sie ein Stück fort, damit sie ungestört reden konnten. Mit einer knappen Anweisung gab sie Dr. Adolf und den Kriminaltechnikern zu verstehen, unterdessen mit der Arbeit fortzufahren.

»Kennst du die Geschichte der Brücke?«, fragte Frost.

»Sollte ich sie kennen?«

»Nur, wenn wir es hier mit einem Mord zu tun haben.«

»Okay, dann die Kurzversion, du Medium.«

Mit klatschenden Geräuschen zog Frost ihre Einweghandschuhe von den Fingern und erzählte. »Im 14. Jahrhundert wünschte sich ein Kaufmannsehepaar sehnsüchtig ein Kind. Es kam, wie es kommen musste, die Frau bekam Zwillinge. Zwei Mädchen, Marie und Katharina. Die Mutter starb bald darauf, doch zuvor hatten die Eltern beschlossen, aus Dankbarkeit Gott gegenüber eines der Mädchen als Herangewachsene ins Kloster zu geben. Der Vater entschied sich für die ruhigere Marie. Weil ihn Katharina zu schmerzlich an Marie erinnerte, gab er auch sie fort, zu Verwandten in Altenburg. So weit, so gut. Bis die Liebe ins Spiel kam.« Frost lächelte bitter, denn bereits mit Anfang zwanzig hatte sie sich gegen die Liebe entschieden.

Lorenz lächelte zynisch zurück. Nach zwei Scheidungen wusste sie besser als jeder andere, warum. »Kann mir denken, wie die Sache ausgeht …«

»Marie verliebte sich in einen jungen Mann und floh aus dem Kloster«, fuhr Frost fort. »Zur selben Zeit lief Katharina ihren Verwandten weg, da sie einen Mann gegen ihren Willen heiraten sollte. Auf Geheiß der Äbtissin des Klosters verfolgte man unterdessen Marie. Allerdings erlag man einer Täuschung und ergriff die Zwillingsschwester. Katharina wurde zum Tode verurteilt und exakt an dieser Stelle in der Elster ertränkt.«

»Tragisch.«

»Nicht tragisch genug. Auch Marie kam kurz darauf ums Leben, denn sie suchte fortan jeden Abend die Brücke auf, um für ihre verstorbene Schwester zu beten – bis auch sie vor Entkräftung starb.«

»Fehlt bloß noch eine Pointe.«

»Seither verehren die Menschen die beiden Frauen als Heilige. Daher der Name der Brücke.«

Als Frost verstummte, kniff Lorenz die Augen zusammen. »Interessant! Und erschreckend, was du alles weißt.« Sie wedelte belehrend mit dem Zeigefinger. »Sollte tatsächlich irgendwo in deinem Stammbaum der Name eines berühmten Inquisitors stehen, dann rate ich dir, das mit dem Okkultismus trotzdem nicht allzu ernst zu nehmen.«

»Kein Okkultismus, bloß eine Sage.«

»Egal, das Zeug macht deine Seele dunkel. Ist wie Crystal Meth. Du solltest auf mich hören, Klara, und aufhören zu koksen.«

Süße, du weißt gar nicht, auf was für Drogen ich bin. Die Geister in meinem Kopf können nämlich ziemlichen Lärm machen.

Wortlos eilte Frost davon. Sie musste allein sein.

Ihre Chefin lief ihr nach. »Warte!«

Frost blieb stehen. Sie wusste, was kommen würde.

»Wir müssen über Carolin reden«, sagte Lorenz. »Nach dem, was du mir gerade erzählt hast, glaube ich erst recht nicht mehr an einen Zufall. Es geht um ihren Schutz. Wir haben hier eine weibliche Leiche, und im weitesten Sinne lebt Carolin auch in einem Kloster. Ich brauche in meiner Stadt nicht noch mehr tote Heilige.«

Das stimmte wohl. Parallelen zur Geschichte waren nicht von der Hand zu weisen.

»Ich kümmere mich um sie. Niemand sonst.«

Obwohl Frost keinen blassen Schimmer hatte, wie das funktionieren sollte, gab sie sich hartnäckig. Denn bereits nach der ersten Mordserie des Augenmachers auf Fehmarn und nach ihrer Entführung hatte Carolin der Polizei keinerlei Hinweise geben können.

Carolin war stumm.

Und obendrein geistig extrem zurückgeblieben.

Kapitel 6

Als Frost die Brücke verließ, um sich eine neue Zigarette anzuzünden und beim Inhalieren des Nikotins über die Tote nachzudenken, klingelte ihr Handy.

Es war ihr Stiefbruder.

Hendrik Frost.

Unter den unwilligen Augen von Lorenz nahm Frost das Telefonat an und entfernte sich ein Stück.

»Typisch meine Schwester«, fing Hendrik an. Seine Tonlage strotzte vor Verärgerung. »Nur du bringst es fertig, ohne eine Verabschiedung von meiner Feier zu verschwinden.«

Verschwinden ist ein gutes Stichwort.

Nur wegen ihrer Erinnerungslücke hatte sie das Privatgespräch überhaupt angenommen. Unter normalen Umständen hätte sie ihn während der Tatortarbeit weggedrückt. Doch jetzt brauchte sie dringend Antworten.

»Was ist letzte Nacht passiert?«, kam sie ihm zuvor, bevor er lauter wurde.

Für einen kurzen Moment stockte er tatsächlich, doch seine Wut ebbte nur marginal ab. Mit Antipathie ihr gegenüber konnte Frost umgehen. Zwischen ihnen war nie ein inniges Bruder-Schwester-Verhältnis entstanden. Man akzeptierte sich. Das reichte beiden Seiten vollkommen. Obwohl sie den gleichen Nachnamen trugen, war sie für ihn immer das Kuckuckskind geblieben. Das Mädchen, das durch eine Laune des Vaters in die Familie gekommen war. Ein Adoptivkind, das es nicht gebraucht hätte und das Dorothea Frost nur aus Verpflichtung ihrem Gatten gegenüber angenommen und aufgezogen hatte. Allerdings so pflichtbewusst, dass es sich für Klara zuweilen sogar anfühlte, als wäre sie die leibliche Tochter.

Während Edward Frost die Frost AG von einem regionalen Zwei-Mann-Unternehmen zu einem europäischen Giganten aufbaute, tat seine Frau mit Klara all die Dinge, die eine Mutter mit ihrer Tochter eben so machte: Haarbänder einflechten, Schuhe einkaufen, Schminkzeug ausprobieren, Manieren üben – Dinge, gegen die Frost sich ab ihrem sechzehnten Lebensjahr vehement gewehrt hatte.

Fast widerstandslos akzeptierte die Mutter ihre Rebellion. Und gewann dadurch Zeit, sich voll und ganz ihren »Geschichten« zu widmen. Glaubte man den Literaturkritiken, war Dorothea Frost eine leidlich begabte, dafür aber umso erfolgreichere Schriftstellerin gewesen. Einige ihrer Romane hatten Bestsellerstatus erreicht. Selbst über ihren Tod hinaus …

»Verstehe ich dich richtig«, fragte Hendrik, »du willst von mir wissen, warum du meiner Geburtstagsparty plötzlich überdrüssig wurdest?«

»Nein, ich will von dir wissen, was passiert ist, nachdem ich rauchen gegangen bin.«

»Du bist einfach unglaublich. Wenn du keine Lust auf mich und meine Gäste hast, dann hättest du gleich fernbleiben können. Rein aus Anstand habe ich dich eingeladen, weil meine verstorbenen Eltern es so gewollt hätten – und weil dein Freund Rafael von Landgraf ein renommierter Geschäftspartner ist.«

»Er ist nicht mein Freund.«

»Darum geht es nicht! Du verschwindest ohne ein Wort aus dem Hotelsaal, und an dein Handy gehst du auch nicht. Ich habe mindestens zehnmal angerufen …«

»Sechsmal.«

»Was?«

»Exakt sechs Anrufe. Viermal zwischen dreiundzwanzig und zwei Uhr, dann noch einmal um 07:13 Uhr und gerade eben. Beim letzten Versuch hattest du Glück.«

»Hör auf mit deinen Psychomethoden! Das kannst du …« Was Hendrik anfügte, verstand Frost nicht, denn ein Kollege schleppte Videozubehör an ihr vorbei. Außerdem beobachtete Lorenz jeden von Frosts Schritten.

»Glaub es oder glaub es nicht, aber ich habe keine Erinnerung an letzte Nacht«, rechtfertigte Frost sich. »Du weißt, wie extrem wichtig es für mich ist, dass ich keine Sekunde meines Lebens verliere.«

»Du und deine Zeitmanie sind mir von jeher suspekt.«

»Also entweder hilfst du mir, die Stunden bis zu meinem Aufwachen zu vervollständigen, oder ich lege auf.«

»Du bist komplett verrückt.«

»Vielleicht. Außerdem bin ich richtig sauer, denn jemand will mich verarschen.«

»Und das ist kein Spielchen?«

Ein Spielchen ja, aber keines von meinen.

»Nein«, erwiderte sie. »Das ist bitterer Ernst.«

Aus dem Telefon drang genervtes Seufzen. »Kurz vor Mitternacht hast du dir ein Glas Champagner geschnappt, Rafael am Hemd gezupft und dich nach draußen verabschiedet. Er wollte dich begleiten, aber du hast ihn einfach stehen lassen. So, wie du es oft tust.«

Frost nahm Blickkontakt mit Lorenz auf, die ihrerseits mahnend auf die Uhr an ihrem Handgelenk tippte. Frost nickte zum Zeichen, dass sie sich beeilte.

»War eine Person auf deiner Party, die du nicht oder nur flüchtig kanntest?«

»Oh, ganz sicher. Solche Partys sind auch immer Geschäftstreffen.«

»Und ist mir jemand gefolgt?«

»Woher soll ich das wissen? Weder glotze ich dir auf den Hintern, noch interessiert mich wirklich, wohin du gehst oder was du machst.«

»Wenn es dir egal ist, warum wählst du dann mehrfach meine Nummer?«

»Weil ich hier ein Scheißpaket für dich habe!«

Frost verstummte kurzzeitig. »Ein Paket?«

»Ja, ein stinknormaler Karton mit blauem Klebeband. Und das Kuriose ist, es stand zwischen *meinen* Geschenken.«

»Von wem ist es?«

»Keine Ahnung. Ich hatte gehofft, du könntest mir das erklären. Im ersten Moment dachte ich, du wolltest mir auf eine besonders bizarre Weise die Show stehlen. Wäre ja nicht das erste Mal …«

Frost unterließ Einwände. Ebenso die Nachfrage, ob sich ein Absender oder Name auf dem Paket befand. »Ist dir sonst noch etwas aufgefallen?«

»Hey, ich bin nicht derjenige von uns beiden, der sich sein Erbe hat auszahlen lassen und die Firma im Stich gelassen hat, weil er unbedingt Sherlock Holmes spielen wollte.«

War ja klar, dass er das leidige Thema ansprach. Dabei war er doch eigentlich froh, dass er sich den Geschäftsführerposten nicht mit einem Kuckuckskind teilen musste. Außerdem hatte er von Datensicherheit – denn auf dem Gebiet war die Frost AG marktführend – sowieso deutlich mehr Ahnung als sie.

»Hendrik!«, ermahnte sie ihn. »Es ist verdammt wichtig.«

»Schon gut. Auf dem Karton befindet sich ein roter Aufkleber mit einem Weinglassymbol.«

Binnen einer Sekunde hatte sie es entschlüsselt. »Vorsicht – zerbrechlich!«

»Holst du es dir ab oder soll meine Sekretärin es in die Post geben?«

»Darüber muss ich erst nachdenken. Ich melde mich.«

»Vielleicht solltest du nicht zu lange überlegen. Es könnte wichtig sein.«

Kapitel 7

Als Kriminaloberkommissar Fitz am Morgen die Dienststelle in München betrat, schnaufte er noch entsetzlicher als die Tage zuvor. Sein Kopf fühlte sich an, als wäre letzte Nacht ein Laster darübergerollt. Jeder einzelne Knochen tat ihm weh, selbst die zwei Aspirin dämpften die Kopfschmerzen nicht, und unter seinem rechten Auge leuchtete ein Veilchen beinahe in den Farben einer Straßenampel. Exakt an der Stelle hatte ihn Shkodrans Faust getroffen. Mindestens mit so viel Karacho wie ein Vierzigtonner, der ungebremst einen Kleinwagen zusammenfaltete.

Wenigstens war Fitz gestern im *Tirana* nicht gestorben. Weder er noch Fiton Thaqi hatten den Abzug ihrer Pistolen betätigt. Beide hatten die Nerven behalten. Stattdessen war der Türstopper albanischer Produktion ausgetickt und hatte auf die Tischplatte gedroschen, dass die Gläser klirrend zu Boden fielen und der Kakao spritzte. Dann hatte er Fitz am Mantelkragen gepackt und ihn vom Sitz gezerrt … Zuletzt war Fitz schwarz vor Augen geworden, und er erinnerte sich nur noch daran, dass er sich irgendwann auf den Gehwegplatten vor dem Klub liegend wiedergefunden hatte. Sein Leben hatte er gerettet, dafür ein Stück Backenzahn im *Tirana* gelassen. Bei Gelegenheit würde er Thaqi eine fette Zahnarztrechnung schicken. Nicht zu vergessen die Rechnung des Schusters, denn im Gerangel hatte sich die Sohle von einem seiner Schuhe gelöst.

Insgesamt war der Abend ziemlich miserabel verlaufen. Fitz hatte keine neue Spur, die zu seiner Nichte führte. Und an der Misere war allein sein blöder Trenchcoat schuld. Statt Fitz zu beschützen, hatte der Mantel auf ganzer Linie versagt.

»Hat man dich überfallen?«, fragte der erste Kollege, der seinen Weg auf dem Kommissariatsflur kreuzte.

»Ja, aber ich war Sieger.«

Aus einem der Zimmer trat eine Kollegin und sprang einen halben Meter zurück, als Fitz an ihr vorbeischlurfte. »Oh, hast du versucht, dich zu schminken?«, sprach sie ihn auf das Veilchen an.

»Nein, ich trage Probe für Fasching. Sonst noch Fragen?«

Er wartete keine weiteren Bemerkungen ab, sondern verschwand im Büro. Krachend fiel die Tür hinter ihm ins Schloss.

Es folgte ein Blick auf das Telefondisplay.

Ein Anruf in Abwesenheit.

Schwer röchelnd sackte er auf dem Drehstuhl zusammen und zog ein Taschentuch hervor, das er sich beim Husten vor den Mund hielt. Keine Frage, der Mangel an Schlaf war Gift für die Gesundheit. Mehrfach hatten die Kollegen gedroht, eine Sauerstoffflasche in sein Zimmer zu stellen. Eine reine Vorsichtsmaßnahme, damit sich hinterher keiner eine Mitschuld geben musste, falls Fitz an einer Lungenfibrose krepierte.

Einen symbolischen Wackel-Darth-Vader bezüglich seiner Atembeschwerden hatte ihm das Kommissariat bereits auf den Schreibtisch gestellt. Sozusagen als ständige Warnung.

Immer wenn Fitz am Platz arbeitete, wackelte der Sith-Lord. Hinten am Helm befand sich sogar ein Knopf. Sobald man den drückte, zischte und fauchte das Spielzeug los. Vorausgesetzt, man hatte Batterien von unten in die Beine gesteckt. Quasi als Machtquelle.

Doch ganz nach der Star-Wars-Parodie *Spaceballs* hatte Fitz dem dunklen Lord bereits zu Beginn den Saft abgedreht. In diesem Büro durfte nur einer röcheln.

Er hustete und spuckte.

Es klopfte.

Krächzend bat er den Besucher herein.

Börnemann betrat den Raum, Fitz' Vorgesetzter.

»Himmel und Erdhenne, wie du aussiehst!«, stöhnte Börnemann. »Du solltest dringend Urlaub einreichen.«

»Sonst noch was?«

»Ja, das hier.« Börnemann klatschte ihm einen A4-Umschlag auf die Computertastatur. »War in der Post.«

Fitz griff nach dem Papier und las seinen Namen, den dazugehörigen Dienstgrad und das Kommissariat sowie die Adresse des Kriminalfachdezernats 1. Er wollte den Umschlag aufreißen, hielt jedoch inne, weil sein Chef ihn musterte.

»Ist was?«

Börnemann zögerte, dann sprach er leise. »Irgendeine Nachricht von Sabrina?«

Fitz warf den Umschlag ungeöffnet zurück auf den Schreibtisch. »Seit wann interessiert sich in dieser Abteilung jemand für meine Nichte?«

»Werd bitte nicht unfair, Malchius! Wir können bei dir keine Ausnahme machen, sonst würde bald jeder, der einen Bekannten nicht bei drei ans Handy bekommt, auf eine Vermisstenanzeige pochen. So läuft das nicht. Du kennst die Richtlinien.«

»Ich pfeife auf die Richtlinien! Richtlinien decken nicht alle Eventualitäten ab, Richtlinien haben keinen Verstand, Richtlinien besitzen keinen kriminalistischen Spürsinn. Ich dagegen schon.«

Börnemann nickte langsam und anhaltend. »Ich verstehe dich, ich würde genauso denken, wenn es um jemanden aus meiner Familie ginge. Dennoch solltest du dir eine Auszeit gönnen, sonst gehst du vor die Hunde.«

Wie zur Bestätigung verkrampfte Fitz' Brustkorb. Für einen kurzen Moment musste er sich an der Tischkante festhalten.

»Geht es?«, fragte Börnemann und legte ihm fürsorglich die Hand auf die Schulter.

»Danke, es geht.« Trotz der Moralpredigt eben konnte Fitz seinem Chef niemals ernsthaft böse sein, dafür hatten die beiden Haudegen zu viel in ihrer Laufbahn erlebt. Mit dem Unterschied, dass Börnemann es inzwischen zum Ersten Kriminalhauptkommissar geschafft hatte und Fitz seit zwanzig Jahren karrieremäßig auf der Stelle trat.

»Schon gut, ich werde mit der Fahndung sprechen«, lenkte sein Chef ein. »Die können sich wenigstens einmal umhören.«

Umhören. Genau das hatte Fitz die letzten Tage getan, mit dem Ergebnis, dass er keinen blassen Schimmer hatte, was mit Sabrina geschehen war. Lediglich die dunkle Vorahnung war stetig gewachsen.

Das Telefon klingelte.

Es war die Nummer, die bei seinem Eintreffen als verpasster Anruf aufgeleuchtet hatte. Börnemann verließ das Zimmer und Fitz nahm den Hörer ab.

Am anderen Ende ertönte eine Frauenstimme. »Sind Sie der Bulle, der gestern Abend aus dem *Tirana* geflogen ist?«

»Und Sie sind?«

»Ja oder nein?«

Gewöhnlich hätte Fitz das Gespräch an dieser Stelle beendet, aber irgendetwas Beunruhigendes lag in der Stimme der Anruferin, das ihn daran hinderte. »Wissen Sie etwas über meine Nichte Sabrina?«

Er hielt die Luft an.

»Vielleicht …«

»Von wo rufen Sie an?«

Keine Antwort. Vermutlich von einem öffentlichen Münzfernsprecher.

»Reden Sie schon!«, herrschte er sie an.

»Um Mitternacht im *Crowns Klub*. Ich finde Sie an der Brücke im Garten. Bringen Sie Geld mit. Viel Geld …«

»Halt! Wer sind Sie?«

In derselben Sekunde war die Leitung tot.

Ein Rückruf scheiterte.

»Mist!« Fitz knallte den Hörer auf den Apparat.

Einige Minuten saß er nur still in seinem Lederstuhl. Sogar seine Atembeschwerden ruhten. Bis sein Blick auf den braunen Umschlag ohne Absender fiel. Aus Ratlosigkeit, vermischt mit Wut, riss er das Papier auf. Was er darin fand, machte ihn zuerst stutzig, dann besorgt und schlussendlich ängstlich. Ganz langsam zog er ein an den Rändern vergilbtes weißes A4-Blatt heraus. Darauf befand sich ein von Kinderhand gemaltes Wasserfarbengemälde.

Er kannte diese Art von Illustrationen. Eine ähnliche hatte er vor sechs oder sieben Jahren gesehen. Im Haus des Augenmachers.

Kapitel 8

Der Stuhl ganz hinten im Versammlungsraum gehörte Frost. Von hier hatte sie den besten Überblick und das Gefühl, unbeobachtet zu sein. Das half ihr beim Denken, was den aktuellen Fall betraf. Ein Bein hatte sie lässig über das andere gelegt und knaupelte an den schweren Gummisohlen des rechten Schuhs. Das Paar war ausgetreten, aber um nichts auf der Welt hätte sie sich von den nietenbesetzten Boots getrennt. Einfach aus Bequemlichkeit. Sie konnte nicht einmal sagen, vor wie vielen Jahren sie ihre Jeans gekauft hatte, die sie heute trug. Sie wusste nur, dass die Löcher darin mehr Stil besaßen als die meisten Menschen. Sie hatte nie verstanden, warum andere Frauen Schuhgeschäfte und Kleiderboutiquen über alle Maße liebten.

In der Regel war Shoppen für sie reine Zeitverschwendung.

Zeit ist das, was uns dem Tod näher bringt.

Darin lag viel Wahrheit, und es erinnerte Frost fortwährend daran, warum sie den Job beim K11 freiwillig machte. Es war keine Todessehnsucht, vielmehr die Ehrfurcht vor dem Leben.

Es würde sich bald zeigen, ob die anstehende Besprechung Zeitverschwendung war.

In Absprache mit dem KPI-Leiter hatte Alexandra Lorenz die Mordkommission einberufen. Sämtliche Anwesenden warteten auf den Beginn. Frost registrierte, dass die Kollegen von der Fahndung und von der Kriminaltechnik fehlten. Auch einen Vertreter der Pressestelle konnte sie nicht ausmachen. Offenbar hatte Lorenz vor, die erste taktische Ausrichtung im kleinen Kreis stattfinden zu lassen.

Die Leiterin des K11 sammelte ihre Unterlagen und trat nach vorn.

»Seit dem Auffinden der Leiche auf der Heiligen Brücke sind kaum vier Stunden vergangen«, begann Lorenz, »und im Internet kursiert bereits der Name *Augenmacher.*« Sie machte eine bedeutungsschwere Pause.

Unter den Anwesenden wurde getuschelt. Jeder wusste, welcher Druck dadurch ab sofort auf den Ermittlungen lastete.

Lorenz gab ein Zeichen, und ein Kollege warf mittels Beamer ein Porträt an die Wand. Es zeigte den damaligen Entführer von Carolin auf der Ostseeinsel Fehmarn. Der Mann, der als Serienkiller deutschlandweit für Schlagzeilen gesorgt hatte, nachdem er insgesamt acht Frauen getötet, ihnen die Augen ausgestochen und stattdessen Lochsteine hineingesetzt hatte.

»Hier seht ihr Joseph Palschewski, besser bekannt unter dem Namen *Der Augenmacher*«, fuhr Lorenz ungerührt fort. »Auch wenn sämtliche Morde in Ostholstein stattfanden und Palschewski schlussendlich von der Kriminalpolizei Lübeck festgenommen und überführt werden konnte, dürfte der Fall den meisten von euch in groben Zügen bekannt sein. Seit dem ersten Opfer des Augenmachers bis heute sind genau fünfzehn Jahre vergangen.«

15.

Wie die Zahl in der Mitte des Tattoos auf Frosts Körper.

Obwohl sie mit den Ermittlungen zur Mordserie nichts zu tun gehabt hatte, wusste sie doch eine Menge über den Fall und über Joseph Palschewski. Er war zu gleichen Teilen Vater und Onkel von Carolin. Dem Mädchen, das er acht Jahre in einen Keller eingesperrt hatte und das nach seiner Befreiung in ein christliches Wohnheim nach Leipzig gekommen war, um es vor dem öffentlichen Interesse zu schützen.

Fünfzehn. Fünfzehn Minuten ergeben eine Viertelstunde. Fünfzehn ist eine Pseudoprimzahl. Fünfzehn ist eine ungerade Zahl. Fünfzehn ist eine Bellzahl.

Fünfzehn hatte eine Bedeutung für den Augenmacher. Eine Bedeutung, die Frost vor ein Rätsel stellte.

Fünfzehn vergangene Jahre …

»Seit der Verhaftung Joseph Palschewskis gab es keine weiteren Tötungsverbrechen mit gleichem Modus Operandi«, hob Lorenz an. An der Wand erschien ein neues Bild mit einer kleinen Statistik über die Opfer des Augenmachers. Namen, Alter, Fundorte, diverse Daten. »Das ist einerseits erfreulich, andererseits stellt sich die Frage, warum wir hier bei uns in Leipzig eine Tote mit zwei Hühnergöttern auf dem Gesicht gefunden haben.«

»Falls die Kripo in Schleswig-Holstein keinen Fehler gemacht hat, muss es sich zwangsläufig um einen Nachahmer handeln«, kam es von der Seite. Marc Kettner hatte es gesagt – ein erfahrener Kollege, der allein dank der Fürsprache von Lorenz noch im K11 ermitteln durfte. Er und Kriminaloberkommissarin Sarah Stahlmann hatten vor knapp einem halben Jahr gegen sämtliche Widerstände eine Intrige innerhalb der Polizeidirektion aufgedeckt. Eine Meisterleistung, die für viel Unruhe in den eigenen Reihen und für etliche Postenwechsel gesorgt hatte.

»Ja, Marc, eine schlüssige Logik«, bekundete Lorenz. »Dahin gehend stehen wir mit den Kollegen in Lübeck in Verbindung. Sarah hat bereits sämtliche Ermittlungsunterlagen angefordert.«

Die genannte Beamtin nickte.

Lorenz hob einen Finger und alle schenkten ihr Aufmerksamkeit. »Bezüglich der Schlussfolgerung von Herrn Kettner ist ein anderer Punkt so entscheidend, wie er rätselhaft ist: Joseph Palschewski hat vor vier Jahren in seiner Zelle Suizid begangen.«

Bis auf Frost schienen plötzlich sämtliche Kollegen im Raum aufgeschreckt, obwohl die Aussage keine wirkliche Neuigkeit war. Einige Nachrichtenportale hatten vom Selbstmord des Augenmachers berichtet, und zudem war die Mordserie längst Anschauungsmaterial an der Polizeifachhochschule Rothenburg.

Blieb natürlich die Frage, ob das Lehrmaterial nach dem neuen Mordfall nicht bald überarbeitet werden musste.

»Haben wir denn schon irgendwelche Spuren?«, meldete sich eine Kollegin. »Kennen wir den Namen der Toten? Liegt ein Sexualdelikt vor? Was ist mit Zeugen?«

Zustimmende Kommentare der anderen.

»Der Reihe nach«, mahnte Lorenz. »Die Bewertung des Fundortes der Leiche dauert an. Der Tatort, an dem die Frau getötet wurde, ist derzeit noch unbekannt.«

Ein Fenster wurde geöffnet.

»Neben der Tatsache, dass Palschewski niemals unser Täter sein kann«, redete Lorenz weiter, »sind für uns aktuell drei Dinge von Wichtigkeit.« Sie hielt entsprechend viele Finger in die Höhe. »Erstens: Wir überprüfen sämtliche Vermisstenfälle der letzten vier Wochen, um schnellstmöglich eine Identität der Toten zu bekommen. Sollten wir keinen Treffer landen, erweitern wir den Recherchezeitraum sukzessiv. Marc, ich will, dass du das zusammen mit einem Kollegen vom K43 übernimmst.«

Kettner nickte und schrieb sich etwas in seine Notizen.

»Zweitens: Wir werden uns ausgiebig mit Hühnergöttern und okkulten Ritualen beschäftigen müssen.«

Gestöhne und gedämpftes Gelächter in den Reihen, wovon Lorenz sich nicht unterbrechen ließ.

»Und drittens ...«, Lorenz gab ein Handzeichen, und der Beamer zeigte eine Nahaufnahme des Augenmacher-Tattoos auf der Haut der Toten, »... werden wir uns auf diese Tätowierung konzentrieren. Ich will, dass wir sämtliche Tattoostudios in Leipzig überprüfen. Zudem werden wir eine umfangreiche Internetrecherche fahren, da es sich um ein temporäres Tattoo handelt, das man sich leicht selbst aufbringen kann und das demzufolge über einen Onlinehandel bezogen worden sein könnte. Wegen des enormen Rechercheaufwandes werden wir Unterstützung durch die Abteilung 3 des LKA benötigen. Darum kümmere ich mich persönlich. Unabhängig davon wird eine kleine Gruppe für die Entschlüsselung des Symbols zuständig sein.« Lorenz tippte an der Wand auf das Augenmacher-Tattoo.

Frost spielte an ihrem Smartphone, weil der Vibrationsalarm eine neue Nachricht angekündigt hatte.

Hendrik Frost: Denk an dein Paket!

»Federführend wird hierfür Kriminalhauptkommissarin Klara Frost sein«, hörte sie Lorenz sagen.

Schnell hatte Frost den Satz ihres Bruders gelesen und schaute überrascht auf, denn ihre Chefin hatte ihr zuvor nichts von ihren Plänen verraten.

Alle stierten sie an.

»Ah, Frost, die Exorzistin, war ja klara«, murmelte ein Kollege vom K12. Sein Witz fand nur wenige Lacher, woraufhin er verschämt den Kopf senkte, als könnte er seinen Zwischenruf dadurch ungeschehen machen.

»Begleitend zu den Ermittlungen werden wir von Anfang an auf Fallanalyse setzen«, begründete Lorenz ihre Entscheidung.

Misstrauische Blicke. Kaum einer der Mitarbeiter gab auch nur einen Cent auf diesen Kriminalzweig, dabei wussten die wenigsten im Raum wirklich, was hinter dem Begriff steckte. Wenn Frost ehrlich war, wusste sie es selbst nicht. Deshalb benutzte sie die Bezeichnung in der Regel nie. Sie nannte diese

Art von kriminalistischer Auswertung Interpretationsmatrix. Das Wort war eine Eigenkreation, für die man sie wie eine arme Irre belächelte, das aber ziemlich genau beschrieb, was in ihrem Kopf vorging, wenn sie ein Verbrechen in seiner Gesamtheit erfassen wollte. Gedanklich bastelte sie dabei an einer 3D-Konstruktion, an deren Enden die Tat, der Täter und das Opfer standen. Es war wie das Drehen an einem Zauberwürfel, bis alle Farben passten.

Freilich hielten viele Kriminalisten Fallanalyse für modernen Exorzismus. Auch das stimmte und unterstrich zufälligerweise die Tatsache, warum man ihr genau diesen Beinamen gegeben hatte.

Die Exorzistin.

»Und gibt es vonseiten der Fallanalyse schon erste Erkenntnisse?«, kam es auch sogleich von einem jungen und besonders vorlauten Kollegen, Kai Landmann. Seine Frage war direkt an Klara gerichtet.

Damit konnte sie dienen. »Sobald die Vernehmung des Opfers abgeschlossen ist, werde ich eine erste Einschätzung abgeben.«

»Vernehmung?« Landmann lachte verächtlich, weil er wohl von einem Versprecher ausging und diesen nutzen wollte, um ihr unter Applaus der anderen eine reinzuwürgen. »Wir haben eine Tote. Die wird uns nichts mehr sagen.«

»Falsch. Tote können sehr wohl reden, man muss nur ganz genau zuhören. Bis du das gelernt hast, können wir davon ausgehen, dass unser Täter seine Tat bis ins letzte Detail geplant hat.« Sie musste an das Tattoo an ihrem Unterleib denken. »Möglicherweise lange vorher geplant hat. Opfer oder Täter, mindestens einer von beiden stammt aus dieser Gegend. Und falls wir nicht verdammtes Glück haben, können wir davon ausgehen, dass es nicht die letzte Leiche bleiben wird.«

Für mehrere Sekunden herrschte Schweigen. Bis Landmann sich traute.

»Ach, und woher kommen diese Erkenntnisse?«

»Brücken haben einen besonders symbolischen Charakter. Unser Täter wollte, dass der Leichnam gefunden wird. Sehr schnell gefunden wird. Niemand macht sich die Mühe, eine nur kommunal bekannte Brücke dafür zu benutzen, wenn es egal wäre, wer über die Tote stolpert. Hinzu kommt, dass der Täter zu viele Hinweise hinterlassen hat. Das ist übrigens ein Unterschied zu den ursprünglichen Taten des Augenmachers. In Schleswig-Holstein hinterließ der Mörder stets nur zwei Hühnergötter, nicht mehr und nicht weniger. Allein das Tattoo mit dem Viereck, dem Auge und der Zahl ist neu. Und bis auf den Täter weiß nur unser Opfer, was die Symbolik bedeutet. Es ist immer das Opfer, das zum Täter führt. Wie damals in dem Ort Neustadt in Holstein. Es waren die Opfer, die den Täter überführten.«

Carolin und ihre Mutter …

Carolin hatte überlebt, ihre Mutter war dagegen nachts auf ihrem eigenen Gehöft bestialisch hingerichtet worden. Frost sprach es nicht an, weil es zum derzeitigen Fall nichts beitrug. Bisher nicht. Außer es stellte sich heraus, dass die Tote von der Brücke schwanger war. Wie damals Carolins Mutter …

Kapitel 9

Frost klopfte an und wartete. Als kein »Herein!« ertönte, drückte sie die Klinke. Die Tür schwang auf. Ein kurzer Blick reichte, um festzustellen, dass Carolin sich nicht in ihrem Zimmer aufhielt.

Bald achtzehn Uhr. Obwohl in dem christlichen Behindertenwohnheim das Abendessen anstand, ging es im Objekt merklich ruhiger zu als tagsüber, da die Besucher fehlten. Draußen war es noch hell. Gut möglich, dass Carolin eine Runde spazieren ging. Sie sammelte gern Kleingegenstände. Blätter, Steinchen, manchmal leere Schneckenhäuser. Nie mehr als zehn Stück von einer Sorte. Weiter als bis zehn kam sie beim Zählen nicht, das brachte sie durcheinander. Zwischendrin verlor sie auch hin und wieder Zahlen. Die Elf war wie eine unüberwindbare Barriere. Ihre Ärztin konnte sich das Phänomen nicht erklären, fand es allerdings weniger sonderbar als Klara. Carolin war nun einmal ein besonders empfindsamer Mensch, der die Welt und all ihre Dinge aus einem anderen Winkel betrachtete. Viele Sachen des Alltags bereiteten ihr Schwierigkeiten. Alleine einkaufen im Supermarkt war zum Beispiel unmöglich für sie. Genauso wie sprechen. Dabei hatte Carolin keine Angst, es war mehr das Ablehnen komplexer Vorgänge. Carolin liebte es, ihre kleine Welt überschaubar zu halten. So hatte es die Ärztin gegenüber Frost einmal ausgedrückt.

Die Ärzte waren sich sicher, dass Carolins Kehlkopf, mit dem darin befindlichen Stimmapparat, vollkommen intakt war. Trotzdem redete sie nicht. Mehr noch, selbst auf Schmerz reagierte sie mit keinerlei Laut. Man ging davon aus, dass ihr Mutismus keine Erbkrankheit aufgrund des Inzests zwischen Bruder und Schwester, sondern ein Produkt ihres Traumas infolge jahrelangen Eingesperrtseins war. Selbst ihre Mutter hatte sie vor den Augen der Öffentlichkeit verborgen gehalten, vermutlich aus Scham. Carolin war im Geheimen auf dem Hof ihrer Mutter geboren worden, und keiner der Nachbarn hatte sie gekannt oder je gesehen. Natürlich begünstigt durch den Umstand, dass das Gehöft auf Fehmarn abgelegen am Strand lag.

Später war Carolin nach Leipzig in die Obhut der Kirche gekommen. Seitdem lebte sie auf dem Gelände der Simonskirche, benannt nach Simon von Kyrene. Ein Mann, der laut Bibelgeschichte für Jesus das Kreuz hinauf zum Hügel Golgota getragen haben soll.

Im Wohnheim der Simonskirche hatte Frost Carolin kennengelernt. Das stumme Mädchen hatte irgendwie Vertrauen zu Frost aufgebaut. Es war unerklärlich, wo Frost doch gewöhnlich eher weniger anziehend auf ihre Umgebung wirkte. Eines Tages hatte Carolin einfach ihre Hand genommen und sich daran festgehalten. Die Freundschaft zu Carolin hatte Frost weit mehr an die Simonskirche gebunden als das Vertrauen zum Pfarrer.

Frost war nicht besonders gläubig, weshalb sie nicht wusste, ob die Überlieferungen und die Inhalte sonntäglicher Predigten stimmten. Trotzdem hatte sie vor Kirchengebäuden und Kapellen Ehrfurcht. Besuche innerhalb solcher Gemäuer empfand sie jedes Mal als tröstlich. Ja, in einer Welt, in der sich der Wahnsinn täglich mehr und mehr ausbreitete, war dieser Ort ein Trost. Vielleicht gab es da oben im Himmel tatsächlich einen omnipotenten Regisseur. Vielleicht war aber auch der Glaube an den Gott in der Maschine die einzig lohnende Religion. Wann immer das Gespräch auf den Glauben gelenkt wurde, behauptete Frost steif und fest, dass in ihrer Armbanduhr ein winziger Geist saß, der die Mechanik zum Laufen brachte. Bisher hatte niemand sie vom Gegenteil überzeugen können. So simpel waren die Dinge manchmal zu erklären.

Kompliziert ist nur die Zeit.

Eilig lief Frost in den Speisesaal des Wohnheims. Unter den anwesenden Bewohnern befand sich Carolin auch nicht. Blieb noch die Kirche. Am Ausgang des Heims begegnete sie Tristan. Der Diakon hatte eine unschicke Freizeitrobe an und trug einen Korb mit vier Weinflaschen. Den edlen Tropfen hatte er bestimmt auf Geheiß seiner Vorgesetzten aus den kirchlichen Katakomben geholt.

»Hast du Carolin gesehen?«, kam sie gleich zur Sache.

Tristan spitzte die Lippen, vermutlich, weil er sich fragte, wie es ihr nach dem Tiefpunkt am Morgen inzwischen ging. Wohl aus Höflichkeit redete er nicht darüber, sondern reagierte auf die gestellte Frage. »Ist sie denn nicht in ihrem Zimmer?«

»Würde ich sonst fragen?«

»Vor fünfzehn Minuten war sie noch da und hat einer Hörspiel-CD gelauscht. Ich habe sie zum Essen gerufen.«

Frost erinnerte sich, dass in Carolins Zimmer die Kontrolllampe des CD-Spielers geleuchtet hatte.

»Geht es dir besser, Klara?«

Nun sprach er sie doch auf letzte Nacht an.

»Sehr viel besser.«

»Und weißt du schon, was passiert ist?«

»Ich habe wohl zu heftig gefeiert«, log sie, denn so war es ganz sicher nicht gewesen. »Hast du eine Ahnung, wo ich Carolin finde?«

»Nein, aber du könntest Pfarrer Heyn fragen. Er und der Direktor stehen am Nordtor, weil sie etwas entdeckt haben.«

»Etwas entdeckt?«

Tristan beugte sich leicht nach vorn und flüsterte: »Blasphemie!« Dann grinste er schelmisch.

»Verstehe.«

Nach einer kurzen Verabschiedung ging sie den Weg Richtung Kirche. Das Gotteshaus, das aus rotem Porphyr errichtet worden war, ließ sie rechtsseitig liegen. Bald sah sie den Pfarrer und den Direktor. Letzterer gestikulierte mit den Armen derart wild, dass man meinen konnte, er wollte sämtliche Dämonen der Erde niederpredigen. Unweit der beiden Männer beobachteten Krähen das Schauspiel. Es waren genau zehn. Schon etliche Jahre lebten sie auf dem Kirchengelände, als wären sie die wahren Herren des Grundstücks. Als sie Frost bemerkten, flatterte einer der Vögel auf und landete direkt vor ihren Füßen.

»Krah, krah!«

Frost kniete sich hin und stierte dem Vogel fest in die Augen. Sie benötigte einen Augenblick, dann hatte sie die Krähe identifiziert.

»Kein Fleisch für dich heute, Artus.«

»Krah, krah!«, schimpfte Artus.

Frost hatte jedem einzelnen der zehn Vögel einen Namen gegeben. Es hatte sie erhebliche Zeit und Mühe gekostet, sie alle auseinanderzuhalten, und sie hatte sich absichtlich gegen religiöse Namen entschieden. Ihn hier hatte sie Artus getauft, wie den König aus der Sage, denn der Vogel hackte mit dem Schnabel liebend gern gegen Steine. Das allwissende Funkeln in den Augen und das glänzende Gefieder ließen an seiner herausragenden Stellung innerhalb der Krähenschar keinerlei Zweifel aufkommen.

Obwohl sie kein Leckerli für die Krähe hatte, durfte sie dem Tier einmal über den Kopf streicheln. Dann lief sie weiter, und der Vogel stolzierte ihr hinterher wie ein Admiral.

»Ah, Klara, wie schön«, begrüßte Pfarrer Thomas Heyn sie. Ein kräftig gebauter Gläubiger, der für jeden Menschen ein offenes Ohr und ein liebevolles Wort hatte.

Daneben stand Direktor Paulus Niederhagen. Seine Miene wirkte streng, geradezu verbissen. Innerhalb der Glaubensgemeinschaft vertrat er, im Gegensatz zum Pfarrer, eine deutlich härtere Linie. Nichtsdestotrotz war er ein weiser Theologe und sich seiner Verantwortung für das Behindertenwohnheim bewusst. Von den Bewohnern hatte Frost nie ein schlechtes Wort über den Direktor gehört. Vielmehr schätzte man seinen Fleiß und seine Fürsorge.

»Gut, dass du kommst, Klara«, stimmte Niederhagen ein. »Sieh dir nur diese Schmiererei an. Die Häresie macht selbst vor unserer heilen Welt nicht halt.«

Tatsächlich hatte jemand an die Außenseite des historischen Eichenholztores in der Nordmauer ein rotes Graffito gesprüht.

Religion und Märchen führen den Menschen
letztlich ins Pfefferkuchenhaus.

Auch wenn Frost Sachbeschädigungen solcher Art verurteilte, war sie gedanklich viel zu sehr mit einem Mordfall beschäftigt, weshalb sie lediglich mit einem Schulterzucken antwortete.

»Sagst du denn nichts dazu, Klara?«, hakte Niederhagen ein.

»Eigentlich wollte ich mich nur nach Carolins Befinden erkundigen.«

»Carolin«, wiederholte der Direktor den Namen. »Gibt es etwas Beunruhigendes, das ich wissen müsste?«

»Wie kommen Sie darauf?« Die Höflichkeitsfloskel »werter Direktor« ersparte sie sich, denn sie gehörte ja nicht zum *Verein.*

»Manchmal kann ich einem Menschen direkt ins Herz blicken. Mit fünfundfünfzig und einem Vertrag mit dem Herrn hat man da so seine Methoden.«

»Ach …« Frost hielt sich eigentlich für schwer durchschaubar, aber wenn der Direktor es behauptete, musste es wohl stimmen. Sie ging nicht näher darauf ein, sondern blieb bei ihrem Anliegen. »Und, Carolin?«

»Sie müsste im Garten am Goldfischteich sitzen«, redete der Pfarrer dazwischen. »An ihrem Lieblingsplatz, unter den Weidenbäumen.«

»Danke, Pfarrer Heyn, sobald ich die Zeit finde, melde ich mich bei Ihnen.«

Das hatte sie sich fest vorgenommen. In der Vergangenheit hatte sie in unregelmäßigen Abständen das Gespräch mit ihm gesucht. Pfarrer Heyn kannte Frost, seit sie im Alter von zehn Jahren ihre leiblichen Eltern verloren hatte. Er hatte dafür gesorgt, dass sie von Edward und Dorothea Frost adoptiert werden konnte. Selbst als sie mit siebzehn von zu Hause ausgezogen war, hatte er ihr geholfen, eine eigene Wohnung zu finden, lästigen Behördenkram zu erledigen und die Widrigkeiten des Lebens zu meistern. Auch bei ihrer Berufswahl hatte er sie bestärkt. Und – was entscheidend war – er hatte sie nach dem Tod ihrer Adoptiveltern getröstet. Bei ihm hatte sie eine Art inneres Gleichgewicht gefunden, denn nicht nur für Carolin war die Welt kompliziert, sondern oftmals auch für Frost.

»Natürlich, mein Kind, Eile ist kein guter Geselle.«

»Krah, krah«, unterstrich Artus diesen geschliffenen Spruch, und Frost nickte.

Sie ließ die beiden Männer stehen, schaute sich ein letztes Mal um und sah, wie der Direktor eine Faust bildete und damit in der Luft ruderte. Während Frost das Graffito bald vergessen wollte, würde Niederhagen sich noch lange darüber ärgern.

Kurz darauf entdeckte sie Carolin an dem Fleck, den der Pfarrer gemeint hatte. Die junge Frau saß mit dem Rücken zu Frost und registrierte nicht, dass sich jemand näherte.

»Carolin«, sprach Frost sie aus ein paar Metern Entfernung an.

Carolin reagierte nicht. Ihre glatten goldblonden Haare wurden nur minimal vom lauen Sommerwind bewegt. Rosafarbene Blütenblätter tanzten um ihre Füße, die sie gekreuzt hatte.

Frost trat zur Bank, und sofort fiel ihr auf, dass Carolin ein Foto in den Händen hielt. Darauf stierte sie wie gebannt.

»Hey, Carolin, ist alles okay?«

Schweigen. Das war keine Besonderheit. Eine andere Sache war dagegen verstörend: das Motiv auf dem Foto.

Während Frosts Puls hochschnellte, zupfte sie es Carolin vorsichtig aus den Fingern.

»Woher hast du das?«, fragte sie, wobei sie wusste, dass sie keine Antwort erhalten würde.

Auf dem Foto war eine gefesselte Frau zu sehen. Der obere Teil des Bildes war knapp unter den Augen abgeschnitten, Bahnen von Tränen zeichneten ihre Wangen, durch die Mundwinkel verlief der Riemen eines Knebels. Man erkannte nicht eine einzige Haarsträhne, wodurch man Rückschlüsse auf die Identität der Unbekannten hätte ziehen können. Somit blieb die abgebildete Frau für Frost vorerst eine Namenlose.

Neben der schrecklichen Szene war eine Sache auffällig: An der Wand hinter der Gefesselten hing ein Kalender. Die Zahlen waren so scharf, dass Frost das Datum ablesen konnte.

Es war vordatiert worden.

In zwei Tagen.

Kapitel 10

Der Blick durch die Nachtsichtkamera färbte die Szene in Grautöne und machte sie gespenstisch wie eine Live-Horror-Show. Die junge Frau zuckte unruhig im Schlaf. Das kam von den Albträumen.

Der Augenmacher saß vor dem Bildschirm und lauschte den Atemzügen der Frau, die aus den Lautsprechern drangen. Das fiebrige Luftholen erregte ihn. Es verdeutlichte ihm, wie viel Angst sein Opfer hatte. Die Angst vor dem Unbekannten. Die Angst vor Qualen, Folter und dem Tod.

Bisher hatte er die Frau nur entführt und mittels eines Eisenrings um ihren Hals, einer Kette und einer elektrischen Winde an der Zimmerdecke gefesselt. Sie hatte nur so viel Spielraum, dass sie sich in einem Radius von zwei Metern bewegen konnte. Kein Stuhl, kein Bett, keine Decke. Zum Schlafen, Sitzen und Stehen blieb ihr nur der blanke Betonboden. Selbst zum Pissen musste sie ihren Lebensraum beschmutzen. Bis zum Tod bestand ihre Welt aus einem Kreis von vier Metern Durchmesser. Sie fürchtete sich vor dem Tod, er hatte es durch ihre Gebete erfahren, die sie in den Wachphasen ununterbrochen murmelte.

Bitte, lieber Gott!

Bitte, befreie mich!

Bitte, lassen Sie mich hier raus!

Ich will nicht sterben!

Der Augenmacher überlegte, ob er sie wecken sollte. Einfach zu seiner Belustigung. Entweder durch Lärm oder indem er sie mit einer Stahlrute peitschte. Allein die Vorstellung reichte aus, dass es warm in seiner Lendengegend prickelte.

Bisher hatte sie nicht genug gelitten. Das Schlimmste stand ihr noch bevor. Erst wenn die Videoaufnahme beendet war, hatte sie es geschafft. Bis dahin würde er sie von einem Kreis der Hölle in den nächsten führen.

Ein Wimmern ertönte. Der Augenmacher drehte sich im Stuhl und betrachtete den zweiten Monitor. Die andere wurde wach. Die Ältere, die Gebildete. Was nützte ihr das Studium, wenn es kein Entkommen aus diesem Albtraum gab? Dann musste ihr Wimmern unweigerlich in bitteres Weinen übergehen. So wie in dieser Minute.

Das Rasseln der Kettenglieder amüsierte ihn wie die enthusiastischen Klänge einer Operette. Er schaute zur Uhr am unteren Rand des Bildschirms.

20:03 Uhr.

Kurz zögerte er, dann schaltete er das Mikrofon ein. Der Raum mit dem Bett, dem Regal und dem Tisch wurde von einem grellen Pfeifen erfüllt. Erschrocken zuckte sie zusammen und hob die Knie ein Stück im vergeblichen Versuch, die Beine schützend zum Bauch zu ziehen. Die Fesseln an den Gliedmaßen machten jegliche Bemühung zunichte.

»Du weißt, dass deine Zeit zu Ende geht«, hauchte der Augenmacher ins Mikro.

Sie riss ihre Augen auf, starrte direkt in die Kamera. Aus ihrer Kehle drangen vom Knebel gedämpfte Paniklaute. Sie zerrte an ihren Fesseln. Angst konnte Kräfte wecken, wo längst keine mehr waren. Der wenige Schlaf hatte ihr gutgetan.

Im Licht der Nachtsichtkamera ergötzte er sich an dem stechenden Weiß ihrer Augäpfel.

»Ich komme jetzt zu dir.«

Sie schrie. Zumindest hätte sie aus vollem Hals geschrien, wenn der dumme Knebel nicht gewesen wäre. Vielleicht sollte er ihn lockern.

Nur Minuten später schloss der Augenmacher die Kellertür zum Verlies auf. Als er das Licht einschaltete, wurde ein stilvoll eingerichtetes Kinderzimmer mit unzähligen Pinselzeichnungen an der Wand und einem rosafarbenen Schaukelpferd erkennbar. Geblendet von der plötzlichen Helligkeit, presste die Frau die Augenlider zusammen. Er setzte sich zu ihr aufs Bett und strich ihr über den rasierten Schädel.

Damit hatte er angefangen. Mit den Haaren. Einen Tag später hatte er ihr die Fingernägel ausgerissen. Heute Morgen hatte er mit einem Skalpell Runen und Symbole in die Haut geritzt. Ein chaotischer Mix aus religiösen und satanischen Zeichen.

Und der Augenmacher war längst noch nicht fertig mit seinem Werk. Es fehlte noch das Tattoo. Das würde ganz zum Schluss kommen. Dann, wenn die Schmerzen sie vollends in den Wahnsinn trieben.

»Komm«, sagte er, als würde er mit einem Kleinkind sprechen. »Ich helfe dir.«

Sie wehrte sich vergeblich gegen das Lösen des Knebels.

»Besser?«, fragte er.

»War…«, kam es schwach.

»Warum du hier bist? Warum du all das erdulden musst, willst du wissen?«

Sie nickte. Sie nickte und weinte.

Der Augenmacher lächelte und wischte grob die Tränen weg. »Weil ich es so will.«

Bei jedem einzelnen Wort schluchzte sie heftiger, bis sie anfing zu kreischen.

»Still«, flüsterte er. »Still.«

Tatsächlich wirkte es. Die Frau kam zur Besinnung und presste die Lippen fest aufeinander. Vielleicht tat sie es, weil sie glaubte, sie könnte ihn dadurch milde stimmen. Aber dahin gehend irrte sie.

»Weißt du, am Anfang dachte ich, wenn ich den Menschen ihre Augen durch ein neues Paar ersetze, könnte ich dadurch eine Magie entfesseln, um Gutes zu tun. Ich dachte, es gäbe eine Art Hexenritual, mit dem ich Menschen heilen könnte. Aber weißt du was?«

Als Antwort quiekte sie bloß wie ein neugeborenes Ferkel.

»Da ist nichts«, wisperte der Augenmacher. »Keine Zauberkraft, keine übernatürlichen Phänomene. Das Einzige, was ich dadurch fand, war Lust. Lust am Leiden meiner Auserwählten. Lust am Tod.«

Trotz der Fesseln, die sie am Bettgestell festhielten, versuchte sie, sich von ihm wegzubewegen. Vergeblich. Weil es nicht gelang, flehte sie: »Bitte, bitte, lassen Sie mich gehen.«

»Lassen? Ja. Ich muss dich jetzt in der Dunkelheit zurücklassen.«

»Nein, nein!«, kreischte sie. »Nur das nicht!«

»Psssch!«, machte der Augenmacher und hielt ihr den Mund so fest zu, dass es ihr den Rotz aus den Nasenlöchern presste und sich ihre Augen zu voller Größe weiteten. »Wenn du schreist, können dich die Monster hören. Und dann kommen sie, um dir wehzutun. Willst du, dass sie dir wehtun?«

Heftiges Kopfschütteln.

»Fein.« Damit legte der Augenmacher den Knebel fester als zuvor an, richtete sich von der Matratze auf und lief zur Tür. Als er den Lichtschalter berührte und die Laute der Frau anschwollen, sagte er: »Ich komme wieder. Jetzt habe ich allerdings eine Verabredung mit meiner Auserwählten.«

Kapitel 11

Viel später und deutlich erschöpfter als beabsichtigt kehrte Frost zurück ins Hotel. Das Foto von der gefesselten Unbekannten hatte sie etliche Überstunden gekostet. Sie und eine Handvoll Kollegen der Mordkommission. Mittlerweile war es 23.13 Uhr.

Als sie die Zimmerkarte durch den Schlitz zog und die Verriegelung klackte, bemerkte sie sofort, dass etwas nicht stimmte. Vorsorglich – ohne einzutreten – stieß sie die Tür vollständig auf. An den Möbeln brannte die LED-Beleuchtung und tauchte die sonst dunklen Räume in ein orangefarbenes Licht. Sie wusste genau, dass sie die Zusatzbeleuchtung nicht eingeschaltet hatte. Ein flüchtiger Blick verriet ihr, dass bereits eine Karte im Hotelcard-Schalter neben der Eingangstür steckte und entsprechend den Stromkreislauf aktiviert hatte. Schwer zu glauben, dass das Reinigungspersonal ihre vergessen hatte.

Frost schaute den Flur entlang zum Fahrstuhl. Vom Treppenhaus drang kein Laut herüber und hinter den drei anderen Zimmertüren ging es ebenfalls still zu. Sie schloss für einen kurzen Moment die Augen und schnupperte. Ein dezentes Männerparfüm wehte ihr entgegen.

Aromatisch-holzig.

Noten von Amber und Moschus.

Ein Unberechtigter war in ihrem Zimmer gewesen – oder befand sich noch darin.

Bevor Frost eintrat, schaltete sie die Deckenbeleuchtung ein. Ihr Puls beschleunigte sich, als sie den Fuß auf den geflies-ten Flur ihres Hotelzimmers setzte. Es war keine Angst, die ihr Herz schneller schlagen ließ, sondern Wachsamkeit.

Aus Mangel an einer Dienstwaffe sah sie sich um, ob sie einen Gegenstand entdeckte, mit dem sie sich notfalls wehren konnte. Selbst mit einem Plastikkleiderbügel könnte sie einem Angreifer schwere Verletzungen zufügen. Dafür brauchte sie ihn nur zu zerbrechen und die Bruchkante dem Gegner ins Auge zu rammen. Blitzschnell und mit qualvollem Ergebnis.

Sie entschied sich für einen Kugelschreiber, der in Reichweite auf einer Wandablage lag. Mittels einfacher Drehbewegung fuhr sie die Schreibmine aus. Die Arme schützend am Körper, betrat sie das Wohnzimmer. Der Fernseher lief, jedoch ohne Ton. Auf dem Sofa lag eines ihrer Bücher. Eine limitierte Ausgabe von *Momo* zum fünfundzwanzigsten Jubiläum des Erscheinens. Aufgeschlagen auf den Seiten zwölf und dreizehn.

Weit bist du mit Lesen nicht gekommen.

Sie schaute zur Sitzecke, wo ein dunkles Sakko und ein seidenschwarzer Schlips über einer Stuhllehne hingen. Von dort ging ihr Blick weiter zum Tisch, auf dem ein Karton stand.

Blaues Paketklebeband. An der Längsseite befand sich ein roter Aufkleber mit einem Glassymbol.

Vorsicht – zerbrechlich!

Frost trat näher und nahm das Päckchen in Augenschein. Keine Auffälligkeiten, abgesehen vom Aufkleber und der Farbe des Verpackungsmaterials. Von allein war das Geschenk nicht hergeflogen. Es stammte von ihrem Stiefbruder. Eigentlich hatte er keinen Zugang zu ihrem Zimmer. Niemand außer ihr und dem Hotelpersonal hatte den.

Sie schaute zu den restlichen Türen. Bad, Arbeitszimmer, Trainingsraum, Schlafzimmer, Wintergarten. Sie strich mit der flachen Hand über den Sakkostoff. Zweifellos nicht von der

Stange. Allein das Parfüm roch sauteuer. Und derjenige, dem die Sachen gehörten, befand sich im Schlafzimmer …

Geräuschlos legte Frost den Kugelschreiber neben das Päckchen.

»Komm raus!«, befahl sie.

Nichts.

Keine Antwort, keine Reaktion.

Es war ein Spiel. Wer länger durchhielt. Sie und er forderten sich gegenseitig heraus.

Geschmeidig entledigte sie sich ihrer Sweatjacke, ebenso leicht löste sie die Schnürsenkel der Schuhe und streifte die Schuhe von den Füßen. Es polterte nur minimal, als die Sohlen auf den Boden trafen.

Sie schlich zur Schlafzimmertür, ging in die Hocke und presste ein Ohr dagegen. Keine Geräusche. Aber er war drin. Womöglich stand er wie sie unmittelbar an der Tür.

Sie sprang auf und ging ins Bad. Sie stellte die Dusche und die Musik an, huschte zurück ins Wohnzimmer, dimmte das Licht und versteckte sich hinter einem der goldbestickten Kunstvorhänge, die eine Sitzecke mit Kamin vom übrigen Wohnbereich abtrennten.

Den Sekundenzeiger der Wanduhr im Blick, wartete sie. Danach dauerte es genau zwei Minuten und einundvierzig Sekunden, bis sich die Schlafzimmertür öffnete und eine dunkle Silhouette durch den Raum huschte.

Der Mann war nackt, und er hielt eine Art Strick zwischen beiden Händen, als wollte er ihn seinem Opfer hinterrücks um den Hals legen. Er hatte die Badezimmertür noch nicht ganz erreicht, da war Frost bereits dicht an ihn herangeschlichen, fasste ihn bei den Haaren und riss seinen Kopf nach hinten, dass er aufschrie und dabei lachte.

»Klara, Klara.«

Sie reagierte nicht auf ihren Namen, sondern griff ihm mit einer Hand ans Kinn und mit der anderen packte sie ihn fest im Schritt. Dann wirbelte sie ihn herum und stieß ihn gegen die Wand.

»Ich hätte wissen müssen, dass du zu gerissen bist«, kam es gequält über Rafael von Landgrafs Lippen. Den Seidenschal hielt er weiterhin um beide Hände gewickelt.

»Deine Eier lasse ich erst los, wenn du dich für dein Eindringen entschuldigst und schwörst, es nie wieder zu tun.«

»Nicht loslassen«, keuchte er vor Schmerzen und Lust. »Das erhöht den …«

Sie erhöhte den Druck. Er jaulte auf und sackte ein Stück in die Knie.

»Das reicht«, wisperte er.

»Oh, es reicht erst, wenn ich es will. Und noch gefällt es mir.« Sie küsste ihn und biss ihm dabei auf die Unterlippe. »Was hast du hier zu suchen?«

»Ich wollte dich ficken.«

Das glaubte sie dem Millionär sogar – und sie wollte es auch. Nur deshalb lockerte sie den Griff um seinen Penis. »Wir kennen uns noch nicht lange genug, dass du kommen und gehen kannst, wann es dir passt.«

»Oh, ich dachte, darauf stehst du?«

»Gewöhnlich stehe ich tatsächlich darauf, es mit einem gut bestückten, stinkreichen Kerl zu treiben. Nur bestimme ich Ort und Zeitpunkt.« Sie stieß seine Arme weg, als er nach ihrer Hüfte griff. Sie war abgelenkt. Zu sehr spukte in ihrem Gedächtnis das Foto der gefesselten Frau herum. »Also, wer hat dich reingelassen?«

Rafael war einen Kopf größer als sie und lächelte überlegen. Bestimmt entging ihm nicht, wie sie seine Bauchmuskeln musterte und sich mit der Zunge über die Schneidezähne fuhr. An einem anderen Tag hätte sie ihm mit ihren Fingernägeln über die stahlharten Brustmuskeln gekratzt. Genau darauf legte er es an. Sein Glied wuchs zusehends.

»Du bist ein Biest, Klara, deshalb wollte ich dich zähmen.« Er hielt den Seidenschal nach oben, doch sie bezweifelte, ob er die richtige Waffe gewählt hatte.

»Hat der Concierge dich reingelassen?«

»Einen Mann wie mich hält keine Hoteltür auf.«

Das beantwortete zwar ihre Frage nicht, aber eine andere interessierte sie ohnehin mehr.

»Was macht das Paket hier?«

»Dein Bruder hat es mir gegeben. Er meinte, es sei wichtig.«

»Er ist mein Stiefbruder.«

»Es macht mich an, wenn du so über ihn redest.«

Unvermittelt packte er sie am Hals und presste ihren Rücken hart an die gegenüberliegende Wand. Seine Zähne blitzten auf. Allein durch sein Körpergewicht war er ihr um einiges überlegen. Und er war kräftig und gierig wie ein Raubtier.

Was er dann mit ihr anstellte, ließ sie das Päckchen vergessen.

KAPITEL 12

Aus den Lautsprechern stampften die Bässe wie die Hufe einer Büffelherde. Verschwitzte Körper rieben aneinander. Lachen, singen, kreischen. Spiegelnde Bodenflächen. Flackernde LED-Lampen. Unterschiedlichste Düfte von Wollust, Heiterkeit und Exotik schwebten als dicke Masse unter dem Dach des *Crowns Club*. Dazu floss der Alkohol in Strömen.

Umringt von all den Feiernden, kam sich Fitz unpassend gekleidet vor. Zudem verschüchterten ihn die grellen Lichter und die laute Musik. Ein trunkenes Männerpärchen rempelte ihn an.

»Ey, Opa, wohl verlaufen?«

»Schönen Gruß von euren Müttern!«, rief er den beiden hinterher. »Sie schicken mich, um euch abzuholen.«

Er taumelte rückwärts. Das Engegefühl raubte ihm die Luft zum Atmen. Dazu kochte er unter seinem Trenchcoat. Beinahe wurde ihm schwindelig. Inzwischen war er seit knapp neunzehn Stunden auf den Beinen, und davor hatte er kaum vier geschlafen.

Kurzzeitig dachte er daran, sich ein kühles Getränk an der Bar zu bestellen, aber dafür war er zu geizig. Allein der Eintritt hatte ihn ein Vermögen gekostet. Er wollte nur die anonyme Dame treffen und dann auf dem schnellsten Weg aus dem Tempel des Übermuts verschwinden.

Vorher musste er jedoch den Garten finden. Dummerweise hatte er sich zuvor nicht über den Klub informiert. Im Internet gab es bestimmt einen Gebäudeplan. Den Türsteher am Eingang hatte er auch nicht fragen wollen, nachdem ihm vom letzten noch das Gesicht wehtat.

Als er sich in eine rosafarbene Lounge verlaufen hatte, musste er wohl oder übel einen der Besucher um Hilfe bitten.

»Wo finde ich den Garten?«

Sämtliche Damen einer Tischgruppe setzten ihre Getränke von den Lippen ab und schauten ihn mit offenen Mündern an.

»Blöde Anmache, Alter!«, sagte eines der Mädchen, dessen Blick vom Alkohol bereits verhangen war.

Ihre Freundinnen kicherten.

»War nur eine Frage«, grummelte er und drehte sich um. Vermutlich hatte sie ihn wegen der Musiklautstärke bloß falsch verstanden.

»Zum Garten?«, sprach ihn eine andere aus der Gruppe an. Sie streckte den Arm aus. »Dort hinten.«

Fitz bedankte sich mit einem Nicken.

»Bist du sicher, dass du da noch vor deinem Tod ankommst, Großvater?«, gackerte eine Dritte.

Erneutes Gelächter.

Über so viel Dreistigkeit ärgerte Fitz sich zwar, aber vor diesen Hühnern wollte er keinesfalls als beleidigte Leberwurst dastehen. »Keine Sorge, nächste Woche erwartet man meine Anwesenheit im Seniorenheim bei der Ü70-Party. Einer muss ja die Rollstühle schieben.«

Das kam an.

»Wow, Alter, du hast es faustdick hinter den Ohren.«

»Und nicht nur da.«

Er schlurfte davon. Die Richtung stimmte, denn kurz darauf fand er den Garten und die kleine Holzbrücke, die über eine künstlich angelegte Teichanlage führte. Der verantwortliche

Architekt und die Betreiber des *Crowns Club* hatten sich wahrlich Mühe gegeben. Hier draußen im Freien konnte Fitz gleich befreiter atmen.

Er spähte auf seine Pink-Panther-Uhr. Fünfzehn Minuten bis Mitternacht. Während der Wartezeit schauten ihn vorbeilaufende Besucher an, als wäre er ein Dinosaurier im Garten. Einmal wurde er sogar nach Feuer gefragt, woraufhin er aus Spaß antwortete, er müsse schnell in seine Höhle huschen, um Feuerstein und Zunder zu holen.

Der junge Mann mit der Kippe hatte ihn nicht verstanden.

Um beschäftigt auszusehen, entknitterte er das A4-Blatt, das ihm jemand auf die Dienststelle geschickt hatte und auf dem sich eine Kinderzeichnung befand. Eine Zeichnung von Carolin. Das Mädchen, das mit zwanzig aus dem Keller ihres Peinigers entkommen war.

Nicht irgendeinem Peiniger, sondern dem Augenmacher.

Nachdenklich betrachtete Fitz das Bild. Darauf waren drei Figuren abgebildet. Ein Kind mit blonden Haaren, links daneben eine Frau, die aussah wie ein verknöcherter Baum und deren Augen feuerrot leuchteten, rechts neben dem Mädchen eine schwarze Gestalt mit nur einem Arm, auf zwei dünnen Beinen und mit einem Gesicht, in das ein breites Lächeln hineingemalt war. Dazu war der obere Rand des Bildes komplett schwarz. Dunkle Wolken. Hinter den Personen befand sich ein blauer Streifen. Höchstwahrscheinlich das Meer. Die Szene bezog sich zweifellos auf den Tag, an dem der Augenmacher Carolin entführt und ihre Mutter umgebracht hatte.

Sosehr Fitz sich anstrengte, er kam nicht darauf, warum er ausgerechnet jetzt dieses Bild bekommen hatte, nachdem es jahrelang bei den Beweismitteln der Lübecker Staatsanwaltschaft gelegen hatte. Vermeintlich gelegen hatte …

Erst mit einiger Verzögerung bemerkte Fitz, dass er die Blicke der Umstehenden auf sich zog. Schnell ließ er die Malerei verschwinden.

Inzwischen waren fast vierzig Minuten vergangen. Bis auf den Raucher vorhin sprach ihn niemand an.

Er ärgerte sich über seine eigene Einfältigkeit. Weil er sich wie besessen an jeden Strohhalm klammerte, war er auf den Anruf der Unbekannten hereingefallen. Was für ein mieser Trick, die Not eines sich sorgenden Onkels auszunutzen, der seine Nichte suchte …

»Sie wollten mich treffen«, kam es von der Seite.

Fitz schwang herum und blickte in das Gesicht einer Frau, die er kannte. »Sie? Bezahlt Fiton Thaqi nicht gut genug, dass Sie hier Ihr kleines Nebengeschäft betreiben müssen?«

»Okay, Bulle, entweder hören Sie sich an, was ich zu sagen habe, oder ich gehe. Ihre Entscheidung.«

Die Bardame aus dem *Tirana*, die Fitz am Vorabend einen Kakao serviert hatte, machte Anstalten zu verschwinden.

Fitz hielt sie am Arm fest. »Nicht so schnell, Florentina. Das ist doch ihr Name, richtig? Reden Sie.«

»Erst die Kohle.«

Fitz schnaufte und griff in die Seitentasche seines Trenchcoats. Von dort holte er einen Stoffbeutel irgendeines Backshops hervor und ließ ihn in die offene Handfläche der Bedienung aus dem *Tirana* fallen. Das darin enthaltene Hartgeld klimperte.

»Was ist das?«, fragte sie ungehalten.

»Sie sagten, ich solle viel Geld mitbringen. Bitte schön! Dreißig Euro in handlichen Münzen.«

»Wollen Sie mich verarschen?«

»Wieso? Das ist das übliche Honorar, das ich meinen Informanten zahle. Hey, ich bin schließlich nur Oberkommissar.

Glauben Sie, ich fahre aus Spaß einen klapprigen Mercedes, auf den sogar noch ein Kredit läuft?«

Sie knallte ihm den Stoffbeutel gegen die Brust und funkelte ihn an. »Wissen Sie was? Vergessen Sie es!«

»Hiergeblieben!«, wurde er laut. »Wenn Sie jetzt verschwinden, geht mein nächster Anruf direkt an Fiton.«

Sie stoppte abrupt.

»Drecksbulle!«, zischte sie. »Ich hätte wissen müssen, dass Typen wie Sie unfaire Nummern abziehen.«

»Sagt jemand, der die Verzweiflung anderer ausnutzt?« Er schob den Stoffbeutel zurück. »Reden Sie endlich, bevor ich wirklich ungemütlich werde.«

»Scheiße«, wisperte sie und schaute unglücklich zu Boden. »Sabrina hat mich vor sechs Tagen angerufen, weil sie verzweifelt war. Angeblich hätte irgendein Spinner ihr nachgestellt. Er sagte zu ihr, er würde sie von damals aus dem Klub kennen und hätte sich in sie verliebt und könnte sie einfach nicht vergessen.«

»Das wären ja über zehn Jahre.«

»Eben, deshalb fand Sabrina es auch komisch, doch er meinte wohl, er wollte sie unbedingt treffen, andernfalls würde er sie bei ihrem Arbeitgeber anschwärzen und Bilder mit ihren Brüsten veröffentlichen. Sabrina bezweifelte zwar, dass er damals tatsächlich halbnackte Fotos von ihr gemacht hat, aber sicher war sie sich auch nicht.«

»Jemand hat sie erpresst …«

Die Frau nickte. »Zumindest hörte Sabrina sich so an. Sie fragte mich, ob sich im Klub irgendjemand nach ihr erkundigt hätte. Ich wusste auch nicht, wie ich darauf reagieren sollte, deshalb schlug ich ihr ein Treffen vor. Leider kam es nicht dazu, denn Sabrina erschien nicht zum vereinbarten Termin.«

»Verdammt!« Fitz zog seine eigenen Schlüsse. Gut möglich, dass der Unbekannte damit gerechnet hatte, dass Sabrina ihre ehemalige Bekannte aus dem Klub kontaktieren würde.

Vielleicht hatte er ihr im Rotlichtviertel aufgelauert und sie dann abgefangen.

»Da wäre noch eine Kleinigkeit.« Die Frau holte ihr Handy hervor und rief eine Textnachricht auf. »Die hat Sabrina mir geschickt. Darin teilt sie mir die Nummer des Anrufers mit.«

Daran wollte Fitz nicht so recht glauben, aber in der Nachricht stand eine Handynummer. Etwas anderes machte ihn jedoch stutzig. »Moment! Die Nachricht ist gestern eingetroffen. Zwei Tage nach ihrem Verschwinden!«

Kapitel 13

Der Sex war göttlich gewesen. Als Frost am Morgen danach vom Schlafzimmer ins Bad wankte, kribbelte es noch immer behaglich und berauschend in ihrem Unterleib. Wären da nur nicht die Kopfschmerzen gewesen, sie hätte auf einer weiteren Runde bestanden. Rafael war mit dem Seidenschal extrem fantasiereich umgegangen, und darüber hinaus konnte er mit seinem Schwanz unglaubliche Dinge anstellen, die jede Frau zum Höhepunkt trieben.

Als ihre Füße die warmen Fliesen berührten, rieb sie sich die Augen, kämmte ihre Haare mit den Fingern grob zurück und stützte sich am Waschbeckenrand ab. Erst als sie sich im Spiegel betrachtete, fiel ihr auf, dass sie noch immer das Tattoo des Augenmachers auf ihrer Haut trug. Anscheinend hatte Rafael es im Dämmerlicht und angesichts ihrer zahllosen anderen Tätowierungen übersehen.

Sie griff nach dem Schwamm auf der Wanne und nahm sich vor, das unsägliche Mal endlich zu entfernen. Fotos hatte sie davon bereits gemacht. Damit konnte sie weiterarbeiten. Außerdem hatte sich das Motiv unauslöschlich in ihr Gedächtnis eingebrannt.

Sie trat in die Duschkabine und ließ sich ausgiebig vom Wasser aus der Regenbrause berieseln. Nachdem sie sich von dem Tattoo befreit, ihren Körper abgetrocknet hatte und nur mit einem Handtuch um den Kopf aus dem Badezimmer schlenderte, stand Rafael bereits angezogen vor ihr.

»Was soll das werden?«, fragte sie.

»Die Arbeit ruft.« Er lächelte entschuldigend und wackelte mit dem Handy. »Hab soeben einen Anruf bekommen, dass ein Termin mit einem wichtigen Kunden vorgezogen wurde.«

Komisch, ich habe weder einen Klingelton noch ein Gespräch bemerkt.

Eventuell hatte Rafael sein Telefon auf Vibrationsalarm eingestellt, und sie hatte wegen der Duschgeräusche kein Wort vom Telefonat vernommen.

»Welcher Kunde sollte denn wichtiger sein als ich?«, forderte sie ihn heraus und versperrte ihm den Fluchtweg. Natürlich war sie keineswegs traurig darüber, dass er stets wusste, wann es Zeit war zu gehen, aber diesmal kam es ihr reichlich übereilt vor. Vor wenigen Minuten hatte er mit den Händen noch zwischen ihren Schenkeln gespielt, die Linien des übergroßen halb mechanischen Engels mit der Taschenuhr und dem Schwert auf ihrem Rücken mit den Fingernägeln nachgezogen und ihr Obszönitäten ins Ohr gehaucht, und plötzlich stand er mit gebundenen Schuhen da.

»Irgendein russischer Oligarch möchte für seine Ehefrau zur Silberhochzeit einen Agentenfilm gedreht haben.« Er bohrte die Fingerkuppen seiner rechten Hand in ihre Schulter und küsste sie heiß und feucht auf die Wange. »Du weißt ja, wie ungeduldig solche Leute sein können, wenn man ihnen mitteilt, dass das Drehbuch steht.«

»Keine Ahnung, mit Russen habe ich nichts zu tun.«

»Der Mann besteht auf einem Treffen mit mir. In vierzig Minuten landet er auf dem Leipziger Flughafen mit einer Privatmaschine.«

Rafael verdiente Millionen im Filmgeschäft. Keine Produktionen, die im Kino oder Samstagabend im Fernsehen liefen. Er drehte Filme für Privatkunden, die über das nötige Kleingeld verfügten, um sich ein Drehbuch-Unikat samt Komparsen und Filmcrew leisten zu können.

»Menschen lieben …«

»… Geschichten«, beendete sie den Satz, den er ständig herbetete. »Ich weiß.«

Abschließend rückte sie ihm den Schlipsknoten am Hemdkragen zurecht und gab den Weg frei.

Er trat vorbei und öffnete die Zimmertür. Mit dem Daumen am Ohr und dem kleinen Finger am Mund simulierte er einen Telefonhörer. »Ich rufe dich an.«

»Oder du lässt es.«

Er zwinkerte, und sie schob die Tür hinter ihm zu.

»Arsch«, stieß sie leise aus. Dann begann sie zu lächeln, denn sie war letzte Nacht durchaus auf ihre Kosten gekommen.

Sie rieb sich die Feuchtigkeit aus den Haaren und ließ das Badetuch zu Boden sinken. Nackt lief sie zur Ankleide.

Jeans und T-Shirts waren im Sommer ihre bevorzugten Kleidungsstücke. Im Winter zog sie gern eine Strickjacke über. Sie griff sich einen bequemen Slip und einen leichten, aber robusten BH. Im Wandspiegel betrachtete sie die Stelle, an der sie vorhin das Tattoo entfernt hatte. Die Haut war gerötet.

Sie schnappte sich eine schwarze Jeans mit Löchern am Gesäß und am Knie und ein T-Shirt mit der Aufschrift *Hangover*. Garantiert würde ihr Dezernatsleiter in die Luft gehen.

Dann ging sie zurück ins Badezimmer, um ihre Ringe, Armbänder, ihre Uhr und drei Ketten mit den Kreuzanhängern anzulegen. Im Wohnbereich fiel ihr Blick auf die Couch.

Rafael hatte sein Jackett vergessen.

Sie versuchte sich zu erinnern. Ganz sicher hatte sie seinen Schlips berührt. Und sie hätte schwören können, das Sakko über seinem linken Arm gesehen zu haben. Offenbar hatte sie sich getäuscht, denn es lag vor ihr. Bestimmt würde er in den nächsten Minuten an die Tür klopfen, um es zu holen.

Ihr Handyklingelton sprang an.

Eine unterdrückte Nummer.

Im ersten Moment wollte sie es bis zur automatischen Verbindungstrennung klingeln lassen, doch sie war neugierig.

Sie hob ab, ohne sich zu melden.

Ein Schnaufen, gefolgt von einer Männerstimme. »Hallo?«

»Hallo«, sagte auch sie.

»Wer ist da?«, fragte der Mann am anderen Ende der Leitung.

»Die Zahnfee. Haben Sie ein Zahnproblem?«

Ein zynisches Pfeifen. »Ihre Nummer wurde im Zusammenhang mit einer möglichen Entführung bekannt …«

Frost nahm das Handy kurzzeitig vom Ohr, weil sie glaubte, es mit einem Spinner zu tun zu haben. Schließlich gab sie dem Unbekannten eine letzte Chance. »Nennen Sie mir Ihren Namen, oder ich beende das Gespräch.«

Zögern, unterbrochen von ungesunden Atemgeräuschen. »Hier ist Fitz.«

»Wer?«

»Kripo München. Kriminaloberkommissar Fitz.«

»Das kann ja jeder behaupten.«

»Eine Informantin gab mir Ihre Nummer. Sie stand in einer SMS, die von der SIM-Karte einer entführten Frau gesendet wurde.«

Frost war nicht überzeugt. »Warum rufen Sie mit unterdrückter Nummer an?«

»Vielleicht weil ich Angst habe, meine Handynummer könnte direkt in der Datenbank einer osteuropäischen Betrügertruppe landen.« Er schniefte. »Also, sind Sie Klara Frost? Wohnhaft in Leipzig …«

Als sie ihren Namen hörte und er zusätzlich ihre vollständige Adresse nannte, wurde es ihr schließlich zu bunt. »Offenbar sind Sie doch kein so schlechter Bulle, wie ich zuerst dachte. Falls es so ist, bekommen Sie den Rest selber heraus. Bye!«

Damit trennte sie die Verbindung und stellte ihr Gerät auf lautlos.

Die Spinner rufen auch immer früher an.

Sie knallte das Handy auf den Tisch. Als sie sich bereits umdrehen wollte, stockte sie mitten in der Bewegung.

Gestern Abend hatte hier das Päckchen gelegen, das ihr Stiefbruder Rafael mitgegeben hatte. Sie hatte vergessen hineinzusehen.

Jetzt war es spurlos verschwunden.

Kapitel 14

Hühnergötter. Andernorts auch Loch-, Druden- oder Linsensteine genannt.

In dieses Thema vertiefte Frost sich seit über einer halben Stunde an ihrem Arbeitsplatz. Auf dem Weg zur KPI hatte sie bei einer Buchhandlung angehalten und entgegen ihrer Erwartung sogar ein entsprechendes Sachbuch gefunden.

Hühnergötter – Legenden, Riten und Magie, so der Titel.

Als Schülerin hatte Frost selbst am Ostseestrand Steinchen mit Löchern gesammelt. In der Regel handelte es sich um eiszeitlich abgelagerten Feuerstein, dessen Kreideeinlagerungen durch die Gezeiten herausgewaschen worden waren. Auch an der Nordsee sowie an den Küsten Dänemarks und Südschwedens fand man sie.

Bereits abergläubische Vorfahren schützten mit Lochsteinen ihre Haustiere und Wohnstätten vor Geistern, Hexen und Dämonen. Besonders zur Abwehr des sogenannten bösen Blicks waren Hühnergötter angeblich hilfreich. Beliebt waren sie auch als Glücksbringer an Ketten und Armbändern.

Bei den beiden Hühnergöttern, die man auf dem Gesicht der Toten gefunden hatte, handelte es sich um Feuerstein. Gestein wie dieses bestand fast vollständig aus Quarz, hieß es in dem Buch. Die Kapitel zu Entstehung, Vorkommen, Geschichte und Eigenschaften von Feuerstein überblätterte Frost.

Bald stieß sie im Text auf den Begriff Poltergeist. Ursprünglich schützten im alten slawischen Volksglauben Lochsteine Menschen und Tiere vor der Kikimora, einem weiblichen Geist. Besonders oft wurden solche Glückssteine an Scheunentoren oder in Ställen aufgehängt. Darüber hinaus schützten Hühnergötter vor Krankheiten, oder man konnte mit ihnen Flüche bannen.

Sie überflog den Text weiter.

An einer Babywiege oder einem Bett befestigt, sollen Hühnergötter vor Verhexungen schützen. Laut Überlieferung war es im Zuge der Hexenverfolgung im 15. Jahrhundert zu einem Vorfall gekommen, bei dem man eine Hexe durch den Einsatz von Lochsteinen entlarvt hatte. Die Frau wurde in der Folge gefoltert und zum Tode verurteilt. Diese Episode aus der Zeit der Hexenprozesse rief Frost nahezu quälend in Erinnerung, dass es in ihrem eigenen Familienstammbaum ein dunkles Kapitel gab. Weil es solche Arten von Aberglauben in manchen Kulturkreisen noch heute gab, war sie sich sicher, dass es über den Inhalt des Buches hinaus magische Beschwörungen und okkulte Zeremonien gab, bei denen Hühnergötter eine wesentliche Rolle spielten. Vielleicht kamen sie sogar bei satanischen Ritualen zum Einsatz.

Leider blieb das Buch beim Streifzug durch die Welt der Hühnergötter zum Thema Mythologie zu unkonkret und zu oberflächlich. Vor allem half ihr der Exkurs bei einer anderen Sache nicht weiter: Zahlensymbolik.

Neben den Lochsteinen hatte der Augenmacher sowohl an der Frauenleiche auf der Heiligen Brücke als auch an Frost selbst sein Zeichen hinterlassen. Inzwischen hatte Frost begriffen, dass ein Unbekannter sie vermutlich mit K.-o.-Tropfen betäubt und in seine Gewalt gebracht hatte. Bei dem Gedanken, was ein Fremder während der Bewusstlosigkeit mit ihr angestellt haben könnte, wollte sie sich am liebsten übergeben. Ersatzweise schwor sie sich, das Schwein zu finden und festzunehmen. Den Augenmacher …

Sie pfefferte das Buch zur Seite.

Vor ihr lagen ausgedruckte Fotos mit den Nahaufnahmen der Tätowierungen. Eine mit der Zahl 15 und eine mit der Zahl 1023.

Im Internet hatte sie zu beiden Zahlen recherchiert und verschiedene Schreibweisen ausprobiert. Vermutlich stand die 15 für die Rückkehr des Serienmörders. Der erste aktenkundige Mord war exakt vor fünfzehn Jahren auf einem Gehöft geschehen. 1023 könnte eine Jahreszahl sein, allerdings tendierte Frosts Geschichtswissen über dieses Jahrhundert gegen null. Vielleicht konnte ein Historiker helfen. Dahin gehend sollte ein Kollege aus dem Team Erkundungen einholen.

Frost war sich jedoch sicher, dass es sich um ein Zahlenrätsel handelte. Im ungünstigsten Fall ergaben die zwei Zahlen isoliert betrachtet gar keinen Sinn, und sie würde das nächste Glied der Rätselkette erst mit einer weiteren Leiche bekommen.

Es ist definitiv eine Rätselkette. Und das unterscheidet den aktuellen Mord des Augenmachers von denen in Schleswig-Holstein. Also was willst du uns damit sagen? Und was zum Teufel willst du mit meinem verdammten Armband?

»Mist!«, schimpfte sie. Sie hatte den Innenraum ihres AMG sowie die Seitengasse neben dem *Halo* abgesucht, ihr Armband jedoch nirgendwo gefunden. Das nervte gewaltig. Es fühlte sich an, als wäre sie unvollständig.

Wie sie es hasste, wenn ihre Welt unvollständig war! Als würde jemand von einer Minute eine einzige Sekunde stehlen. Es gab keine Minute, die nur aus neunundfünfzig Sekunden bestand. Unmöglich. Doch wie es in der Geschichte von *Momo* Zeitdiebe gab, gab es in Frosts Geschichte einen Armbanddieb.

Zwischen den Fotos der Tätowierungen lag in einer Klarsichtfolie auch dasjenige, das Carolin im Garten der

Simonskirche in ihren Händen gehalten hatte. Wie erwartet hatten die Kriminaltechniker daran nur ihre Fingerabdrücke sichern können. Wie Carolin zu dem Bild gekommen war, hatte ebenfalls niemand herausgefunden. Bisher wusste die Kripo nur, dass es sich bei der abgebildeten Frau um eine andere handelte als um die Tote auf der Brücke und dass der Schiebekalender auf dem Bild zwei Tage vordatiert worden war, weshalb die Mordkommission von einer Deadline ausging. Folglich würde der Augenmacher morgen höchstwahrscheinlich ein weiteres Opfer präsentieren.

Frost schob die Lichtbilder zur Seite und griff zum Handy. Aus einer Eingebung heraus wollte sie Carolins Psychotherapeutin um Rat fragen. Eventuell wusste Dr. Kleinholz einen Rat. Frost kam nicht dazu, die Nummer der Medizinerin aufzurufen, denn ihr Stiefbruder rief an.

Was Hendrik dann sagte, ließ sie an ihrem eigenen Verstand zweifeln.

»Kannst du mir bitte verraten, was dein Paket schon wieder auf meinem Schreibtisch zu suchen hat?«

Kapitel 15

Dem nächtlichen Klubbesuch und dem frühmorgendlichen Telefonat mit dieser widerspenstigen Klara Frost folgte für Fitz der tägliche Trott zur Arbeit. Heute betrat er die Dienststelle jedoch deutlich früher als üblich. Und wesentlich geladener …

Aus der Kommissariatsküche begrüßte ihn die Kaffeemaschine mit einem Röcheln und versuchte, ihn mit dem Aroma frisch gemahlener Bohnen einzulullen.

»Hey, kann mal jemand den Fitz ausstellen?«, rief ein Kollege aus einem der Zimmer.

Fitz – so hatte man die Kaffeemaschine getauft.

»Das habe ich gehört!«, brüllte Fitz zurück und achtete penibel darauf, beim Gehen nicht zu sehr zu schnaufen.

Sofort verstummten sämtliche Gespräche sowie das Tastaturgeklapper. Das Letzte, was aus einem der Räume drang, war der Ruf eines Hirsches. Börnemanns ungeölter Bürostuhl.

Einen Wimpernschlag später tauchte der Kommissariatsleiter neben Fitz auf und beide stießen mit den Bäuchen zusammen. »Gut, dass ich dich erwische.«

Angestrengt kniff Fitz ein Auge zu und tastete seine Magengegend ab, weil er leichte Beschwerden verspürte. »Ich glaube eher, du hast meinen Leberkäse vom Frühstück erwischt.«

»Hast du hinter meinem Rücken eine Auskunft nach TKG §112 angefordert, um an die Inhaberdaten einer SIM-Karte zu gelangen?«

Fitz klopfte sich gegen die Stirn. »Da klingelt nichts bei mir.«

»Deine Ausreden waren auch schon mal besser, Malchius.«

»Und du hast früher keine rhetorischen Fragen gestellt.«

»Herrje!« Börnemann ballte die Fäuste. Für einen Moment sah es so aus, als wollte er Fitz tatsächlich an die Gurgel springen. »Und wie hast du das mit der deutschlandweiten Anfrage nach dem Auffinden einer blonden Siebenunddreißigjährigen mit einer Schmetterlingstätowierung auf dem Oberarm hinbekommen?«

»Habe ich das?«, stellte Fitz sich weiterhin unwissend.

»Wir haben Sabrina noch nicht mal zur Fahndung ausgeschrieben.«

»Ein Fehler, wie ich finde.«

»Malchius!« Börnemanns Gesicht färbte sich gefährlich rot. »Es reicht!«

Womöglich bewegte Fitz sich mit seinen verbalen Spitzen tatsächlich nah an der Grenze des Verbotenen. Was jedoch die polizeilichen Maßnahmen betraf, um das mysteriöse Verschwinden einer Frau aufzuklären, ging er für seinen Geschmack noch nicht weit genug. Im Gegensatz zu den übrigen fürstlich entlohnten Beamten tat er etwas für sein Geld. Und das hing nicht bloß damit zusammen, dass es sich bei der Verschwundenen um eine Verwandte handelte. Für jede andere Familie hätte er das Gleiche getan.

»Gibt es Neuigkeiten?«, durchbrach Fitz das plötzliche Schweigen zwischen ihnen.

Börnemann schnaubte. »Liegt alles an deinem Arbeitsplatz.« Dann hob er den Zeigefinger. »Ich warne dich, Malchius, treib es nicht zu weit. Die von der Fahndung haben schon blöde Fragen gestellt. Ob ich meine Abteilung noch im Griff hätte …«

Fitz setzte ein Lächeln auf – was ihm grundsätzlich schwerfiel. »Weil ich weiß, wie sehr du mir in dieser Sache Freiraum lässt, werde ich für dich beim Fachdezernat 10 ein gutes Wort einlegen. Einverstanden?«

Börnemann winkte ab und drehte sich um. Bevor er im Büro verschwand, sagte er: »In einer Stunde meldest du dich bei mir, dann stehen für dich Ermittlungen zu ein paar Altfällen an.«

Fitz wusste, was das hieß: Sein Chef würde ihn mit sinnlosen Aufgaben beschäftigen. Und falls Fitz nicht spurte, konnte das ernsthafte disziplinarische Konsequenzen bedeuten.

Auch wenn einige Vorgesetzte Fitz dahin gehend unterschätzten, war er schlau genug, um zu wissen, dass er Börnemanns Gutmütigkeit nicht überstrapazieren durfte.

Tatsächlich fand Fitz auf seinem Schreibtisch einen ganzen Stapel Ausdrucke vor, auf denen der Briefkopf des Kriminalfachdezernats 10 prangte. Er blätterte die Unterlagen kurz durch, rieb sich die Augen und schaltete das Radio ein, um die Müdigkeit zusätzlich zu vertreiben.

Bereits nach der ersten Sichtung der Dokumente fiel ihm auf, dass die Kollegen der Fahndung es überaus gut mit ihm meinten. Neben den unbekannten Toten der letzten Tage befanden sich darunter Vorgänge, die noch vor Sabrinas Verschwinden datierten. Diese sortierte er kurzerhand aus. Bei einigen Leichen lagen Lichtbilder bei, doch es stellte sich heraus, dass keines davon Sabrinas Körper zeigte.

Dafür war er unendlich dankbar. Gleichzeitig brachte es ihn kein Stück weiter. Bis er die Erkenntnisanfrage einer Kriminaloberkommissarin Sarah Stahlmann der Kripo Leipzig in den Händen hielt. Augenblicklich schoss ihm ein Stich heiß-kalt durch die Brust. Zwar gab es kein Foto, aber allein die Beschreibung der auf einer Brücke aufgefundenen namenlosen Frauenleiche reichte, um Fitz in einen schwer depressiven Zustand zu versetzen. Größe, geschätztes Alter, Aussehen und Merkmale stimmten nahezu mit denen seiner Nichte überein.

Und ausgerechnet jetzt rief seine Schwester an.

Dem ersten Reflex folgend, wollte er sie wegdrücken, doch dann hob er ab.

»Und?«, kam es weinerlich. »Hast du etwas rausbekommen?«

Fitz wusste, dass sie in den letzten Tagen noch weniger geschlafen hatte als er, kaum aß und die Menschen in ihrer Umgebung oftmals grundlos anschrie, weil sie vor Sorge um ihre erwachsene Tochter zerging.

»Keine neuen Erkenntnisse«, log er im Polizeijargon.

»Komisch«, zischte sie. »Was macht ihr auf eurer Dienststelle eigentlich die ganze Zeit?«

Er hatte ihr verschwiegen, dass man bisher – entgegen seinem Bauchgefühl – an einem Vermisstenstatus zweifelte.

»Ich bin dran«, kürzte er das Gespräch ab.

»Tu das. Entschuldige, dass ich dich gestört habe.«

Danach legte sie ohne Verabschiedung auf.

Betrübt und ausgelaugt blieb Fitz im Stuhl sitzen. Er würde die Leipziger Kollegin kontaktieren. Es graute ihn vor der Aufgabe, denn inständig hoffte er, dass die Tote nicht seine Nichte war.

Im Radio wurde die Musik vom Nachrichtensprecher unterbrochen. Eine gute Gelegenheit für ihn, das aktuelle Zeitgeschehen nicht gänzlich aus den Augen zu verlieren. Doch als der Sprecher aus heiterem Himmel vom Augenmacher sprach, sprang Fitz vom Stuhl auf und drehte die Lautstärke hoch.

Wenn es stimmte, was der Sender verkündete, war in Leipzig ein Mord geschehen, der auf das Konto des berüchtigten

Serienkillers ging. Sein Blick ging zum Schreibtisch, wo das Fernschreiben der Kripo Leipzig lag.

Den Rest vom Radiobericht nahm er nur noch als Hintergrundgeräusch wahr. Auf einmal ergab die Pinselzeichnung in seiner Jackentasche Sinn. Der Augenmacher war zurück, und er spielte ein Spiel mit Fitz.

In Windeseile sammelte er die wichtigsten Unterlagen ein. Selbst das Radio vergaß er auszuschalten, als er aus dem Zimmer zur Waffenkammer stürmte.

Er musste etwas unternehmen, auch wenn er dadurch Börnemanns Zorn auf sich lud.

Kapitel 16

»Sag das noch mal!«, forderte Frost und schob sich samt Stuhl vom Schreibtisch weg.

Im Hörer nahm Hendriks Schnauben an Intensität ab und endete schließlich vollends nach einem Seufzen. »Könntest du wenigstens einmal *bitte* sagen?«

»Was ist mit dem Paket?«

»Es liegt vor mir.«

Im Eiltempo versuchte Frost, die vergangenen Stunden minutiös zu rekonstruieren. Aufgrund der heißen Liebesnacht mit Rafael hatte sie vergessen, das Päckchen zu öffnen. Als sich der Karton am Morgen nicht mehr in ihrem Hotelzimmer befand, war sie davon ausgegangen, dass Rafael es einfach wieder mitgenommen hatte. Natürlich hatte sie sich darüber gewundert – zumal sie hätte schwören können, dass er seine Hände bei der Verabschiedung frei gehabt hatte –, andererseits spielte der Millionär gern. Er war ein Exzentriker. Im Job wie sonst auch. Wahlweise konnte er sich in einen Schmusekater, Fuchs oder Wolf verwandeln. Mal zeigte er Zähne und forderte vehement, mal kalkulierte er Wagnisse penibel genau, mal setzte er auf Risiko und tat unvernünftige Dinge. Schwimmen mit Haien zum Beispiel. Diese Freiheit, sein Leben aufs Spiel zu setzen, ließ er sich nicht nehmen. Diese Zerrissenheit war es auch, die Frost an ihm so faszinierte. In einem seiner schwachen

Momente hatte er von einer schlimmen Kindheit gesprochen. Was in seiner Vergangenheit genau schiefgelaufen war, danach hatte sie nie gefragt. Oder er hatte davon gesprochen, und Frost hatte wie so oft nur halbherzig hingehört. Persönliche Schicksale interessierten sie in den seltensten Fällen. Das war eine ihrer Schwächen, an der sie gelegentlich arbeitete.

»Also, was ist das für ein Spiel?«, durchbrach Hendrik ihre Gedanken.

Ein Spiel ist ein Spiel ist ein Spiel. Und das Ende ist offen. Auf Zeit spielen. Die Spielregeln kennen. Den Gegner verunsichern. Wer ist der Spielmaster? Wer sind die Spielfiguren?

»Was?«, fragte sie, halb gefangen in ihren wirren Überlegungen.

»Hör zu, ich habe keine Zeit für dein Paketspielchen. Der Firma steht das Wasser zwar nicht bis zum Hals, aber nach dem Verlust eines Millionenkunden doch zumindest bis … sagen wir, bis zu den Hüften.«

Von finanziellen Problemen des Unternehmens wusste Frost nichts. Dafür fehlte ihr auch der Einblick in die Geschäftsbücher.

Hendrik fand noch einen weiteren Grund. »Aber das interessiert dich ja nicht, weil dich der Zustand der Frost AG nie interessiert hat. So etwas ärgert mich. Es ärgert mich sehr, weil ich wünschte, meine Eltern hätten dich …«

… nie adoptiert.

»Bist du dir absolut sicher, dass es dasselbe Paket ist?«, beendete sie seine Moralpredigt.

Für drei Sekunden herrschte Stille in der Leitung. Sie spürte, wie er auf der anderen Seite einen Wutausbruch unterdrückte.

»Es sieht jedenfalls exakt aus wie das Paket, das ich Rafael von Landgraf nach unserem Meeting gestern mitgegeben habe.«

»Und heute früh lag es auf deinem Schreibtisch?«

»Nein.«

»Nein?«

Es hörte sich an, als wäre er soeben von seinem Stuhl aufgestanden und liefe jetzt umher.

»Heute früh übergab meine Sekretärin es mir und fragte, ob alles in Ordnung sei, weil sie sich sicher war, bereits am Vortag bei mir einen Karton gesehen zu haben, auf dem der Name meiner Schwester stand.« Er ließ eine Pause und sprach, als würde er es vorlesen. »Für Klara.«

Exakt diese beiden Worte hatten auch auf dem Karton in ihrem Hotelzimmer gestanden.

»Kam das Paket mit der Post?«, fragte Frost, wobei das zeitlich niemand hätte bewerkstelligen können, da die Paketannahmestellen frühestens um acht Uhr öffneten. Eine Zustellung am Vormittag war demzufolge ausgeschlossen.

»Nein«, antwortete Hendrik. »Es lag im Eingangsbereich und die Putzfrau ist darüber gestolpert.«

Zuerst glaubte sie an einen Witz, aber so, wie Hendrik es sagte, war es keiner.

»Hast du Rafael schon angerufen?«

»Angerufen ja, aber nicht erreicht. Es geht nur seine Mobilbox ran.«

Untypisch, aber nicht ausgeschlossen. Rafael war ein Workaholic und trotz seines Filmimperiums rund um die Uhr erreichbar für seine Kunden.

»Redest du noch mit mir?«, fragte Hendrik, nachdem eine Pause entstanden war.

»Ich denke nach.«

»Hoffentlich darüber, dass endlich dieses Paket verschwindet. Ehrlich, das Ding sieht aus …«

»Okay, mach es auf.«

»Ich?«

»Nimm dir einen scharfen Gegenstand und mach es vorsichtig auf.«

Hendrik hob an zu schimpfen, brach aber sogleich ab. »Moment, warum sagst du *vorsichtig*?«

Endlich hatte sie seine volle Aufmerksamkeit.

»Hast du eine Schere oder ein Messer zur Hand?«

»Nein, aber wie wäre es mit einem Skalpell?«, erwiderte er nur scheinbar belustigt. »Für Postlieferungen habe ich üblicherweise meine Angestellten.«

»Es ist wichtig, dass *du* es öffnest.«

»Du beunruhigst mich.« Gleichzeitig lag eine gewisse Neugier in seiner Stimme. »Okay, ich habe hier etwas Scharfes. Ich leg dich kurz ab und trenne jetzt das Paketband durch.«

»Tu das.«

Er schaltete sein Handy auf Lautsprecher.

»Hauptsache, das Ding fliegt mir nicht um die Ohren.«

»Wird es nicht.« Da war sie sich sicher. Falls es sich tatsächlich um eine Überraschung von Rafael handelte, würde sich der Inhalt vielleicht als bizarr, wenngleich als völlig harmlos herausstellen.

»Ach, woher weißt du, dass es nicht explodiert? Vielleicht willst du mich ja loswerden.«

Ja, manchmal denke ich ernsthaft darüber nach.

Sie hörte, wie er durch das Paketband schnitt.

Es dauerte wenige Sekunden, dann klapperte das Schneidewerkzeug auf der Glastischplatte.

Es raschelte.

»Was ist drin?«

Hendrik gab einen Laut der Verwunderung von sich.

»Es ist … eine uralte Videokassette.«

Kapitel 17

Das turmhohe Gebäude auf der Straße des 18. Oktober mutete wie die Hülle eines neumodischen Tempels an. Hinter der gläsernen Fassade verbarg sich die Frost AG. Ein Unternehmen, das im Zuge der New Economy in den Neunzigerjahren entstanden war. Frosts Adoptivvater hatte beizeiten erkannt, wie wichtig Datenspeicherung für Firmen und Vereinigungen einmal werden würde. Seitdem stellte die Frost AG Unmengen an Serverkapazitäten zur Datensicherung zur Verfügung, verbunden mit einem extrem hohen Sicherheitsstandard. Neben anderen Unternehmern hortete auch Rafael von Landgraf sein gesamtes Filmmaterial auf den Servern der AG.

Obwohl Frost von Programmierung und Computertechnik wenig Ahnung hatte, wusste sie doch, dass das Verschlüsselungssystem des Konzerns angeblich eines der sichersten der Welt und vor Cyberangriffen vollständig abgeschirmt war. Um das zu erreichen, hatte Frost senior einen einfachen Trick angewandt: Er hatte den Nutzen von Hackern erkannt und kurz nach Firmengründung einige namhafte Computerkriminelle eingestellt und ihnen ein verschwenderisches Gehalt gezahlt. Ihre Aufgabe war es, Schwachstellen im System zu erkennen und Lösungen anzubieten. Sogar ehemalige Mitglieder des *Chaos Computer Club* hatten wegen der traumhaften Bezahlung die Seiten gewechselt und bei der AG angeheuert.

Frost parkte ihren Wagen in der Firma. Wie praktisch, dass ihr Bruder ihr dauerhaft einen Stellplatz in der Tiefgarage überließ, obwohl sie selbst nicht im Unternehmen arbeitete. Als sie zum Fahrstuhl lief, rief jemand mit unterdrückter Nummer auf dem Handy an. Vielleicht wieder der Durchgeknallte von heute Morgen. Genervt hob sie ab. Sofort redete eine verzerrte Stimme sie mit Namen an. Wegen erheblicher Nebengeräusche im Gerät verstand sie kaum etwas. Dazu war die Verbindung extrem schlecht. Vermutlich durch die Betonwände der Tiefgarage.

»Hallo?«, probierte sie es trotzdem.

Knacksen und Rauschen wechselten sich ab.

»Ich beoba… Sie, Frau …rost«, verstand sie.

»Wer ist da?«

Keine Antwort. Sie stieg in den Fahrstuhl ein und beendete das Gespräch. Als sie im Erdgeschoss ankam, klingelte es erneut.

Wieder nahm sie an und lauschte.

»Sie wissen, wer hier ist«, sagte die mechanisch verzerrte Stimme diesmal ganz deutlich.

Im Gegensatz zu den meisten Frauen, die bei einem solchen Anruf hysterisch reagiert hätten, blieb Frost besonnen. »Ja, ein Spinner.«

Ein blechernes Lachen. »Charmant.«

Sie lief über den Granitfußboden zur Anmeldung, an der jeder vorbeimusste, der mit einem der Verantwortlichen der Firma sprechen wollte. Der Sicherheitsangestellte nickte ihr schon von Weitem zu. Man kannte sie, und sie kannte die meisten der Beschäftigten.

»Sonst noch was?«, fragte sie im Gehen.

»Ja.« Der unbekannte Anrufer machte eine Pause.

Frost unterdrückte das Bedürfnis, von sich aus weiterzureden. Der Wachmann mit der schneidigen dunkelblauen

Uniform und dem gelben Emblem der Frost AG auf der Brust schaute sie freundlich an. Er sah nicht aus, als würde er sich für das sonderbare Telefonat interessieren.

»Ich verfolge jeden Ihrer Schritte«, drang es aus dem Handy.

Wenn sie allein gewesen wäre, hätte sie sich umgeschaut, so aber blieb sie mit starrem Blick vor der Anmeldung stehen.

»Ach ja? Wo bin ich denn gerade?«

»Clever.« Ein neuerliches Lachen.

»Sie wissen es nicht. Danke für die nette Unterhaltung, Arschloch.«

»Halt, halt!«

Von einem Moment zum anderen wechselte die Stimme von der eines Androiden zu einer vertrauten.

»Rafael?«

»Ja, ich bin es«, sprach Rafael nun völlig normal.

Um dem Sicherheitsmann zu verdeutlichen, dass sie noch eine Minute brauchte, hob Frost den Zeigefinger. Dann ging sie ein Stück zur Seite.

»Was zum Teufel sollte das?«

»Entschuldige meinen Auftritt, aber das war nur eine Sprechprobe.«

»Eine Sprechprobe für was?«

»Kennst du den Film *The Game*?«

»Allerdings. Darin spielt Michael Douglas die Hauptrolle. Bin ich Michael Douglas?«

Er gab ein amüsiertes Glucksen von sich. »Nein, ich musste den Stimmenverzerrer unbedingt an einer Testperson ausprobieren, um zu sehen, wie überzeugend das Gerät ist. Danke für deine unfreiwillige Mithilfe! Den setzen wir in dem Privatdreh für den russischen Kunden ein, von dem ich dir erzählt habe. Er will so eine Art *The Game* für seine Frau produziert haben.«

»Wenn sie clever ist, reicht sie danach die Scheidung ein.«

»Komm schon, das ist doch genial. Außerdem hast du versucht, mich zu erreichen. Deshalb rufe ich eigentlich an.«

Frost schluckte ihre Wut hinunter. »Du hast mir gestern Abend ein Paket mitgebracht.«

»Das habe ich dir auf den Tisch gelegt.«

»Und am Morgen hast du es heimlich aus meinem Zimmer geschmuggelt.«

»Ich habe was?«

Sie stutzte, weil sie an einen seiner Scherze glaubte. »Verarsch mich nicht.«

»Tue ich nicht. An das Paket habe ich gar nicht mehr gedacht.«

»Wenn du es nicht mitgenommen hast, wer dann?«

»Woher soll ich das wissen? Eventuell hast du es zur Seite geräumt und vergessen.«

»Habe ich nicht.« Sie war felsenfest davon überzeugt, es überhaupt nicht angerührt zu haben. Zudem hatte sie ihr gesamtes Hotelapartment durchsucht.

»Ich habe es jedenfalls nicht wieder mitgenommen«, beharrte er. »Wozu sollte ich auch?«

Dazu fiel ihr spontan eine Erklärung ein. »Vielleicht weil es Teil von *The Game* ist?«

Darauf antwortete er mit Verzögerung. »Um ehrlich zu sein, fand ich das Päckchen selbst etwas merkwürdig.«

»Merkwürdig weshalb?«

»Ich kann es nicht genau benennen, es sah eben eigenartig aus.«

Das stimmte wohl. Eigenartig war auch der Inhalt, den ihr Bruder beschrieben hatte. Eine alte VHS-Kassette passte jedenfalls zu jemandem, der Filme drehte.

Sie ging zurück zur Anmeldung und legte ihre Zugangskarte für die Firma auf den Empfangstresen. Der Sicherheitsmann zog sie durch einen Slot und registrierte dadurch ihre Anwesenheit.

»Ihr Bruder hat das Gebäude vor zehn Minuten verlassen«, flüsterte er.

»Wir sprechen heute Abend weiter«, wollte sie das Gespräch beenden, wobei Rafael sie mit einer hastigen Frage davon abhielt.

»Gehe ich recht in der Annahme, dass du mich mit deiner Anwesenheit überraschen wirst? Und vielleicht mit etwas mehr?«

Sie schmunzelte und drückte die rote Taste auf dem Smartphone, ohne ihm dahin gehend Hoffnungen zu machen.

»Man erwartet Sie oben, Frau Frost.« Der Wachmann wies zum Fahrstuhl.

»Und mein Bruder wollte nicht auf mich warten?«

Der Wachmann zuckte mit den Schultern. »Wie gesagt, er hat sich vor wenigen Minuten verabschiedet. Er sagte nur, dass seine Sekretärin Bescheid wisse, falls Sie hier auftauchen.«

Frost nickte und ging zum Fahrstuhl gegenüber dem Abgang zur Tiefgarage.

Obwohl die Frost AG über einhundert Mitarbeiter beschäftigte, von denen mehr als die Hälfte in Leipzig arbeiteten, traf sie auf ihrer Fahrt in die Chefetage kaum eine Handvoll Leute. Wäre die dezente Hintergrundmusik nicht gewesen, ginge es so heimlich zu, wie sich Frost die Atmosphäre in den Räumlichkeiten von Scientology vorstellte. Einer der Gründe, weshalb sie nie vorgehabt hatte, die Firma zu leiten.

Die Fahrstuhlmelodie ertönte und sie stieg aus. Über den Samtteppich mit dem Unternehmenslogo ging es zum Vorzimmerpult, von wo aus ihr Hendriks Schreibkraft bereits zuwinkte. Die Endvierzigerin war eigentlich ganz nett. Zwar wirkte ihr Lächeln stets reserviert, aber das täuschte. Frost kannte sie als herzensgute Dame, die Wert auf ordentliche Kleidung und Manieren legte und die vermutlich ein klein wenig in ihren Chef verliebt war. Zumindest hatte sie ihm früher immer schöne Augen gemacht, bevor Hendrik vor acht Jahren seine Jugendliebe geheiratet hatte.

»Guten Tag, Frau Frost«, flötete sie sogleich. »Es freut mich, sie nach so langer Zeit wieder einmal begrüßen zu dürfen. Hatten Sie einen angenehmen Tag?«

Es hörte sich oldschoolmäßig an, aber selbst das klang charmant.

»Danke der Nachfrage. Sie haben etwas für mich?«

»Oh, ja sicher.« Die Sekretärin bückte sich hinter ihren Arbeitsplatz und stellte kurz darauf das geforderte Päckchen auf ihren Schreibtisch.

Inzwischen war der Karton geöffnet, doch Frost erkannte ihn eindeutig als den, der am gestrigen Tag in ihrem Zimmer gestanden und den Rafael ihr mitgebracht hatte. Das blaue Klebeband war aufgeschnitten worden. An der Seite prangte immer noch der Aufkleber mit dem Vorsicht-zerbrechlich-Symbol, wobei dieser nach dem, was Hendrik ihr über den Inhalt erzählt hatte, eigentlich keinen Sinn hatte.

»Haben Sie hineingesehen?«, fragte Frost.

Die Sekretärin antwortete mit einem entschuldigenden Schulterzucken und einem unsicheren Lächeln.

»Dachte ich mir«, sagte Frost abschließend, wobei sie der Frau niemals böse sein konnte. Demnach war es auch nicht mehr notwendig, den Inhalt vor ihr zu verheimlichen.

Frost rieb sich die Finger und griff in das Paket. In der nächsten Sekunde hielt sie die Videokassette in den Händen. Bis auf das Füllmaterial aus Styropor befand sich nichts weiter in dem Karton.

Umso verwunderlicher war es, dass sich der unbekannte Absender beim Versand der Kassette so viel Mühe gegeben hatte. Allerdings war der Inhalt das Erstaunliche. Erst recht, als Frost die Beschriftung an der Längsseite des VHS-Videobandes betrachtete. Dort stand etwas Handschriftliches.

Fehmarn.

Frost kannte die Umstände, unter denen Carolin damals in Schleswig-Holstein gefunden worden war. Deshalb würde sie jede Wette eingehen, dass die Videokassette aus der Sammlung des Augenmachers stammte. Carolins Vater, der Mann, der seine eigene Tochter entführt hatte, hatte ein umfangreiches Archiv mit Videoaufnahmen gehortet.

Kapitel 18

Zurück in den Räumlichkeiten der KPI, suchte Frost zwei Dinge: absolute Ruhe und einen VHS-Rekorder. Dafür hatte sie sich in den Pausenraum zurückgezogen. Wegen der Einsamkeit und weil dort neben einem Fernseher auch ein verstaubter Videokassettenspieler stand.

Frost steckte das Stromkabel in die Steckdose und schaltete die Geräte ein. Den mechanischen Geräuschen nach zu urteilen, funktionierte das Abspielgerät noch.

»Fehmarn Sommerurlaub«, las sie laut die Handschrift auf der Kassette.

Falls Frost mit ihrer Vermutung richtiglag, hielt sie eine alte Aufzeichnung von Joseph Palschewski in den Händen. Ob sich auf dem Band allerdings Urlaubsszenen unter Sonnenschein befanden, war zu bezweifeln.

Für Klara. Das hier ist eine Botschaft, die nur für mich bestimmt ist.

Mit einem mulmigen Gefühl schob sie die Kassette in das Einschubfach und drückte die Play-Taste auf der Fernbedienung. Über den Bildschirm wanderten flimmernde Streifen, dann wurde alles schwarz. Als Frost nach fast einer Minute vorspulen wollte, wurde es plötzlich heller. Ein schattiger Raum tauchte auf. Das Kamerabild blieb starr. Frost neigte ihren Kopf leicht.

Es war ein Kinderzimmer.

Nicht irgendeins, sondern Carolins Kinderzimmer.

In Frosts Erinnerungen schwirrten die Bilder des Kellerverlieses von damals umher. Sie kannte es von den Fotos der Kriminalpolizei und aus Zeitungsberichten. Der Augenmacher hatte das Mädchen im Alter von zwölf bei sich im Haus eingesperrt. Dort hatte er sie versteckt gehalten bis zu jenem Tag im Herbst, als Carolin durch einen glücklichen Umstand gerettet werden konnte. Da war sie zwanzig gewesen. Acht ganze Jahre lang hatte Palschewski seine eigene Tochter wie ein Tier im Käfig gehalten. Gefangen in diesem Zimmer, in das Frost gerade blickte.

Die Bilder an der Wand ließen keine Zweifel daran, dass es sich um die kindlichen Zeichnungen von Carolin handelte. Zwar kannte Frost die Zeichnungen von einst nicht im Detail, doch sie erkannte eindeutig Carolins Malstil. Schemenhafte Figuren, grobe Objekte, düstere Farben. Vergleichbar mit Kunstwerken eines Kleinkindes. Mehr als zehn solcher Bilder waren auf einer Tapete mit Sternenmuster angebracht.

Schon der kurze Blick in diesen Raum genügte, um Frost jäh ins Bewusstsein zu rufen, wie verdorben die Welt sein konnte. Noch grauenhafter war jedoch der Anblick der jungen Frau, die in der folgenden Szene auf dem Bett gefesselt dalag.

Die Aufnahme war uralt und von schlechter Qualität. Alles wirkte düster und staubig, die Farben matt. Über dem Bett hing ein Kalender, dessen Jahreszahl man nur mit viel Fantasie erkennen konnte. Geschätztes Alter des Videos: mindestens zehn Jahre.

Im ersten Augenblick hatte Frost angenommen, dass es sich bei der Gefesselten um Carolin handelte. Doch je länger sie das Video anschaute, umso mehr kam sie zu der Überzeugung, dass es eine ältere, ihr unbekannte Frau sein musste. Hinzu kam, dass die stumme Carolin niemals solche ängstlichen Laute von sich hätte geben können.

Es handelte sich bei der Frau also um ein anderes Opfer des Augenmachers.

Sie war nackt und hatte eine schwarze Maske über dem Kopf, aus der nur die Nasenspitze und helle Haarspitzen herausschauten. Unwillkürlich musste Frost an die blonde Tote auf der Heiligen Brücke denken. Und an die Farbe ihrer eigenen Haare.

Fünf Minuten und dreizehn Sekunden lief die Aufnahme, dann zitterte kurz das Kamerabild. Eine dunkel gekleidete Person männlicher Statur trat in den Raum. Die Töne der gefesselten Frau wurden lauter, panisch. Es war kein richtiges Schreien. Vermutlich hatte der Augenmacher ihr den Mund zugeklebt.

Der Unbekannte achtete darauf, dass sein Gesicht nicht in die Kamera kam. Plötzlich hielt er etwas direkt vor das Objektiv, wodurch der Hintergrund vollständig verdeckt wurde. Im ersten Moment dachte Frost, es sei ein Fischskelett, aber die Assoziation war falsch. Es handelte sich um ein Etui, in dem sich Dutzende glänzende Nadeln unterschiedlicher Größe befanden.

Für exakt zehn Sekunden hielt der Unbekannte die Instrumente ins Bild, dann nahm er sie weg und ging auf das Bett zu. Wieder sah man ihn nur von hinten. Eine Art dunkle Kutte verhüllte seine Gestalt. Er beugte sich über die Frau, wobei man nicht erkennen konnte, was genau er mit seinen Händen anstellte. Eines sah Frost jedoch deutlich: Er hatte ihr die Maske abgenommen und ließ die Kopfbedeckung demonstrativ zu Boden fallen. Er griff zum Etui, zog eine der Nadeln heraus, betrachtete sie im Lampenschein und nickte zufrieden.

Dann beugte er sich über den Oberkörper der Frau und begann sein abscheuliches Werk. Frost musste die Lautstärke hinunterregeln, denn die Schmerzlaute des Opfers schrillten regelrecht in ihren Ohren. Gurgelnde, erstickende Laute. Die Frau zerrte an ihren Fesseln, dass es den Anschein hatte, als würden die Seile jede Sekunde reißen. Das Bettgestell wackelte so sehr, dass selbst das bunte Hochregal am Fußende umzufallen drohte. Ein dickes Buch kippte um, und ein Spielzeugmodell – der Form nach des Eiffelturms – wanderte auf dem Brett hin und her.

Plötzlich fuhr Frost herum.

Sie hatte nicht bemerkt, wie sich ihr jemand von hinten genähert hatte. Jetzt blickte sie in das erstarrte Gesicht von Sarah Stahlmann. Die Kollegin schaute an ihr vorbei, direkt auf den Fernsehbildschirm, auf dem der Augenmacher weiterhin sein Opfer mit den Nadeln folterte.

Blitzschnell stoppte Frost die Wiedergabe und schaltete den Bildschirm aus.

»Was ist?«, herrschte sie Stahlmann an.

Die Kollegin räusperte sich und deutete zur Tür. »Da ist ein Kollege aus München, der dich unbedingt sprechen will.«

Frost verstand nicht sofort. Und sie wusste den grauhaarigen Mann mit den tiefen Gesichtsfalten und der kakifarbenen Cordhose auch nicht einzuordnen. Den Mann, der mit dem kleinen Finger in seinem Nasenloch pulte und der ohne Aufforderung den Raum durchschritt.

Kapitel 19

Nachdem Fitz sich vom störenden Kitzeln in der Nase befreit hatte, wischte er sich den Finger am Hosenbein ab und trat auf die Kommissarin mit den wasserstoffblonden Haaren zu.

»Malchius Fitz«, stellte er sich vor, ohne die Hand zur Begrüßung auszustrecken. »Kriminaloberkommissar, Kripo München.«

»Wow, Oberkommissar«, wiederholte die Blondine mit der tiefschwarzen Schminke im Gesicht, die ihre eisblauen Augen noch stärker zur Geltung kommen ließ. »Sie haben es in Ihrer Laufbahn weit gebracht.«

Ihre doppeldeutige Anspielung auf seinen Dienstgrad störte ihn nicht im Geringsten. Sie war nicht die Erste, die versuchte, einen Witz auf seine Kosten zu machen. »Nun, ich gebe Konkurrenten gern Vorsprung. Schon bei der Schulspeisung war ich immer der Letzte. Und wie Sie sehen, bin ich wie alle anderen in der Reihe satt geworden.« Er klopfte sich auf die Wampe. Obwohl er die knapp fünfhundert Kilometer nach Leipzig wegen einer traurigen Angelegenheit gefahren war, bemühte er sich zugunsten einer gelungenen Parade um ein Grinsen.

Todernst blickte die Blondine zurück.

Gut, mit Humorlosigkeit konnte er ebenfalls dienen. Er war nicht zum Spaßen hier. Der kurze Wortwechsel reichte ihm, um sich einen ersten Eindruck von der Frau zu machen, die er unbedingt sprechen musste. Fest stand, dass Klara Frost mit den zerrissenen Jeans, den drei Halsketten, den unzähligen Armbändern und den Tätowierungen von den Handgelenken bis hinauf zum Hals überhaupt nicht zur Polizei passte. Mit ihrer gesamten Erscheinung wirkte sie eher wie eine von diesen Drogendrosseln, die täglich um den Münchner Hauptbahnhof herumlungerten. Ein Fremdkörper inmitten des Beamtenapparats. Beinahe wie ein Alien. Ja, wie in diesem Film mit Bruce Willis und Milla Jovovich, in den seine Nichte ihn einst geschleppt hatte. *Das fünfte Element,* fiel es ihm ein. In gewisser Weise wirkte Frost auch wie ein fünftes Element. Fehlte nur noch, dass sie mit Fitz auf Querulantisch redete.

Unabhängig davon mochte er Frauen, die bei seinem Anblick nicht gleich weiche Knie bekamen. Immerhin war er mit fast sechzig Jahren noch ziemlich knackig. Mal knackte es in der Schulter, mal im Genick.

Er hustete, fasste sich aber sogleich. »Sie sind also Klara Frost?«

»Was heißt also?«

»Nur so.«

»So?«

Fitz bemerkte, dass ihn die andere Kollegin, diese Stahlmann, von oben bis unten musterte. So dünn, wie die Rothaarige war, und in Anbetracht der Tatsache, dass sie Hanfschuhe trug – zumindest sah der Stoff ziemlich öko aus –, aß sie bestimmt jede Menge Grünfutter. Ihre knochigen Wangenpartien unterstrichen den Vegetarier in ihr. Fitz mochte keine Leute, die beim Anblick einer Weißwurst Schweißausbrüche bekamen. Und nichts anderes als eine Weißwurst war er. Außen vielleicht etwas blass, aber innen außer Konkurrenz. Und in der Würze einzigartig.

»Gefällt Ihnen, was Sie sehen?«, blaffte er sie an, um ihr zu verdeutlichen, dass sie die geplante Unterredung mit ihrer Anwesenheit störte.

»Ich lass euch dann mal allein.« Stahlmann hatte verstanden und bewegte sich zur Tür, wo sie sich noch einmal umdrehte. »Ruf mich einfach, Klara, falls der schicke Herr aufdringlich wird.«

Weder Fitz noch Frost erwiderten etwas darauf, sondern warteten, bis die Tür hinter ihr ins Schloss fiel.

Er schaute an ihr vorbei, hin zum Fernsehgerät und zum Videorekorder, an dem ein Licht blinkte. »Ist das Programm interessant?«

»Sterbenslangweilig.«

Er kniff die Augen leicht zusammen, um in ihren Gesichtszügen erkennen zu können, was sie tatsächlich dachte.

»Stimmt es, dass Sie eine späte Verwandte von Heinrich Kramer sind, einem der bekanntesten und radikalsten Inquisitoren der Menschheitsgeschichte?«

»Um darauf eine Antwort zu erhalten, sind Sie extra aus München angereist?«

»Am Telefon wollten Sie nicht mit mir reden. Und ich will es mal so ausdrücken, das mit Kramer interessiert mich einfach.«

»Warum? Wollen Sie Hexen jagen?«

Er betrachtete ihre Arme. Die Tätowierungen am linken Arm zeigten einen Glasbehälter, jede Menge Zahnräder und Ketten, vermischt mit Knochenmotiven, und durch das alles rieselte Sand. Es sollte wohl eine phantasmagorische Sanduhr darstellen. Auf dem rechten Arm befanden sich diverse Wörter aus fremdartigen Buchstaben. Vermutlich handelte es sich um eine Art Fantasiesprache wie in *Herr der Ringe*, mutmaßte er. Außerdem erkannte er auf ihrer Haut die Äste einer Eiche, deren Krone sich in Staub auflöste. Die sägezahnartigen Zeiger einer Uhr schnitten in die Rinde des Baumes.

Der Zahn der Zeit …

»Nein«, kam er auf ihre zuvor gestellte Frage zurück. »Ich möchte lediglich wissen, ob ich mich mit der richtigen Kollegin unterhalte.«

»Raten Sie doch einfach.«

»Ich bin hier wegen des Augenmachers.«

»Da müssen Sie mit meiner Chefin sprechen.« Sie wollte sich zum Fernseher umdrehen.

»Ich suche meine Nichte.«

Stille.

»Sie sehen müde aus«, sagte sie nach einiger Zeit. In ihrem Blick war nicht zu erkennen, ob seine Worte in ihr eine Gefühlsregung ausgelöst hatten. Sie deutete auf die Stühle. »Sicher, dass Sie sich nicht lieber setzen möchten?«

»Ihr habt eine weibliche Leiche gefunden, deren Beschreibung auf sie passt.«

»München ist ziemlich weit weg von Leipzig. Wie kommen Sie darauf, dass unser Fall etwas mit Ihrer Nichte zu tun hat?«

Auf diese Frage hatte Fitz gewartet. Er griff in seine Jackeninnentasche und holte die Kinderzeichnung hervor. »Meine Nichte Sabrina ist verschwunden, und das hier habe ich zwei Tage später erhalten.«

Endlich zeigte sich in ihrem Gesicht eine nachdenkliche Falte. Gleichzeitig griff sie nach dem Blatt und betrachtete das Bild eingehend. Sie schien erschüttert. Nein, nicht erschüttert, vielmehr erstaunt. Es verdeutlichte ihm, dass sie mit der Zeichnung etwas anfangen konnte.

»Von wem erhalten?«

»Sabrina ist siebenunddreißig.« Er beobachtete Frost und versuchte ihr Alter zu schätzen. »Sie ist blond …«

Frost schaute vom Bild auf. Ihre Wangen wurden wieder stählern. »Von wem erhalten?«

Fitz zuckte mit den Schultern. »Ich würde sagen, der Interpretationsspielraum ist eingeschränkt.«

»Ich bin nicht gut im Raten.«

»Oh doch, angeblich sind Sie das …«

»Sie glauben, der Augenmacher hat Ihnen das Bild geschickt?«

Fitz wollte etwas sagen, aber ein Hustenreiz stoppte ihn. Er musste sich an der Tischplatte abstützen und vornüberbeugen, um den Krampf in der Brust zu lösen.

»Hey, bevor Sie mir zusammenbrechen, sollten Sie sich endlich hinsetzen.« Sie machte Anstalten, ihm einen Stuhl hinzuschieben.

Per Handzeichen wehrte er entschieden ab. Er röchelte und schnaufte. »Ich lebe schon neunundfünfzig Jahre mit mir zusammen, ich kann selbst einschätzen, wann ich zusammenbreche.«

»Machen Sie mir bloß keine Vorwürfe, falls Ihnen die Pumpe stehen bleibt, Darth Vader.«

Die Anspielung auf *Star Wars* ließ er unkommentiert durchgehen. Er tippte auf das Papier. »Was sehen Sie auf dem Motiv?«

»Ein Mädchen, eine Hexe und einen schwarzen Mann.«

Er wackelte mit dem Kopf, weil das nur zur Hälfte stimmte. »Dieses Bild stammt von Carolin.« Er zeigte jetzt direkt auf Frost. »Carolin! Verstehen Sie, warum ich mit Ihnen reden muss?«

Frost verneinte. »Ich habe keine Ahnung.«

»Hören Sie auf, Sie wissen genau, warum. Der Augenmacher hat uns zusammengeführt, weil Sie Carolin kennen. Und ich war es, der sie damals gefunden hat.«

Kapitel 20

Auf Frost machte dieser Malchius Fitz einen ehrlichen Eindruck. Ehrlich, aber sonderbar. Für einen knallharten Bullen war der Kommissar eigentlich viel zu klein. Eins siebzig – höchstens. Und damit war er nur unwesentlich größer als Frost selbst.

Sie bildete sich nicht ein, einen besonders ausgeprägten Modegeschmack zu haben, aber den abgewetzten Trenchcoat, den Fitz trug, hätte jeder Altkleidercontainer wieder ausgespuckt.

Dafür lag etwas in seinem Blick, das einerseits Anspannung, andererseits Geborgenheit vermittelte. Streng genommen könnte der Mann Frosts Vater sein. Und etwas Väterliches hatte Fitz an sich.

»Sie haben Carolin damals gerettet?«

»So in etwa«, antwortete Fitz. »Ich war zur Kur in Neustadt in Holstein und ging nach Sonnenuntergang durch den Wald spazieren, als ich das stumme Mädchen hinter dem meterhohen Maschendrahtzaun entdeckte. Das war auf dem Grundstück, wo der Augenmacher sie jahrelang festgehalten hatte.«

»Sie meinen Joseph Palschewski.«

»Carolin war aus dem Haus entkommen, und nur der Zaun trennte sie von der Freiheit. Hätte ich damals nicht die Zeit aus den Augen verloren, wer weiß, was dann passiert wäre …«

»Ja, Zeit ist ein seltsames Ding.«

Sein Blick huschte über ihre Armtätowierungen, wo Uhren eine besondere Rolle zu spielen schienen. »Es war Glück. Mehr nicht. Und es war Glück, dass mein Handy noch den einen Notruf zuließ, denn danach brach der Akku zusammen.«

»Ich verstehe.«

»Was verstehen Sie?«

»Sie glauben, der Augenmacher möchte sich an Ihnen rächen.«

Statt darauf zu antworten, lenkte er das Thema zurück auf die Zeichnung. »Bei Carolins Rettung entdeckten wir in einem Kinderzimmer unzählige solcher Bilder. Die meisten hingen über ihrem Bett.«

Frost überlegte. Auf dem soeben gesehenen Video hatte sie dieses Bild nicht an der Wand entdeckt. Explizit darauf geachtet hatte sie jedoch auch nicht. »Wenn die Polizei damals sämtliche Beweise sichergestellt hat, bleibt die Frage, woher dieses Blatt Papier dann kommt.«

Sie hielt es ihm entgegen.

Schulterzucken.

»Ich bin weder Psychologe noch Kryptologe, aber ich bin mir sicher, dass die braune Gestalt mit den roten Augen Carolins Mutter darstellen soll. Ebenso ist die dunkle Person der Augenmacher. Jetzt frage ich Sie noch einmal: Was sehen Sie auf dem Bild?«

Sie schaute es erneut an. Sekunden später wusste sie, worauf er anspielte. »Das Mädchen und der schwarze Mann fassen sich bei den Händen.«

Fitz nickte.

»Es könnte sein, dass er sie wegzieht«, spann Frost ihren Gedanken weiter.

»Könnte sein.« Fitz zuckte wieder mit den Schultern. »Oder das Mädchen geht freiwillig mit ihm mit. Immerhin ist er ihr Vater.«

Frost fühlte Zorn in sich aufsteigen. Erst recht, als sie an das zuvor gesehene Video dachte. »Er war nie ihr Vater.«

»Biologisch gesehen schon.«

»Es gehört mehr dazu, ein Vater zu sein«, hielt sie dagegen.

Fitz schien zu überlegen. Etwas Verschmitztes legte sich um seine Augen. »Und war der Geschäftsmann Edward Frost ein guter Vater für Sie?«

Anscheinend wollte er mit halbgaren Informationen über ihre Vergangenheit auftrumpfen. Ein kläglicher Versuch.

»Das geht Sie nichts an.«

»Richtig. Mich interessiert meine Nichte.« Er holte ein aktuelles Foto hervor, das Sabrina bei einem Familienausflug zeigte. Darauf wirkte sie nachdenklich. Fast ein wenig sorgenvoll. »Erkennen Sie sie?«

»Erkenne ich wen?«, stellte Frost sich unwissend, dabei wusste sie, dass er auf die Tote von der Brücke anspielte.

»Ich brauche Gewissheit.«

»Die kann ich Ihnen momentan nicht geben. Darüber muss meine Chefin entscheiden.«

»Blödsinn«, wurde Fitz aufbrausend. Sein Gesicht bekam einen abweisenden Ausdruck.

Sie fragte sich, wie lange er nicht mehr geschlafen hatte. Dem Körpergeruch nach zu urteilen, hatte er sich geraume Zeit nicht mehr geduscht.

»Ich will den Leichnam sehen.«

»Da müssen Sie im Institut für Rechtsmedizin nachfragen. Dr. Andrea Adolf wird begeistert sein.«

»Vielleicht werde ich Ihren Rat befolgen.«

So wie sie ihn bisher erlebt hatte, traute sie ihm zu, dass er wie ein Bulldozer in die Einrichtung stürmte. Andererseits wusste er als Polizeibeamter ganz genau, wie Ermittlungen in einem Mordfall abliefen. Demzufolge appellierte sie an seine Vernunft.

»Seien Sie nicht albern. Jeder Rechtsmediziner würde Sie hochkant rauswerfen. Wissen eigentlich Ihre Vorgesetzten, dass Sie hier sind?«

»Und ob!« Er griff wieder in seinen Trenchcoat, holte eine Papiertüte hervor und reichte sie ihr. »Nehmen Sie! Dann können Sie gleich herausfinden, ob wir für dieselbe Seite arbeiten.«

Demonstrativ verschränkte sie die Arme. Sein zuckender Mundwinkel verriet ihr, dass er mit einer solchen Abwehrhaltung nicht gerechnet hatte.

Er zwinkerte müde. »Darin befinden sich ein paar von Sabrinas persönlichen Dingen. Ein Halstuch, eine Haar- und eine Zahnbürste. Also nehmen Sie schon und vergleichen Sie die DNA mit der Ihrer Toten.«

Sie nahm ihm die Sachen ab, hielt aber ihre ernste Miene aufrecht. »Was machen Sie unterdessen?«

»Oh, meine Frau sagt immer, ich sollte mir mehr die Gegend ansehen. Also werde ich ein wenig die Stadt besichtigen.«

Irgendetwas an dieser Aussage störte Frost. Es klang absolut unglaubwürdig.

»Bevor Sie gehen, habe ich noch eine Frage«, hielt Frost ihn auf. »Können Sie etwas mit der Zahl 1023 anfangen?«

Kapitel 21

Carolins Welt war überschaubar und doch so unendlich groß. Jeden Tag saß sie an dem Tisch, von wo aus sie auf Entdeckungsreise gehen konnte, wann immer sie wollte. Sie konnte in fremde Länder entfliehen, in die Vergangenheit eintauchen, und sie konnte sich in jede erdenkliche Rolle eines Märchens hineinversetzen. Märchen, die ihr einst die kratzigen Stimmen der Magnetbänder erzählt hatten. Damals in ihrem alten Kinderzimmer.

Hier im Heim gab es keine Hörspielkassetten. Nur runde, glänzende Scheiben. Aber die lehnte Carolin meistens ab. Sie kannte die Märchen ohnehin auswendig. Vom tapferen Schneiderlein, von Dornröschen und von Hänsel und Gretel. Und noch viele andere. Es mussten Tausende sein. Genau wusste sie es nicht, denn mit Zahlen hatte Carolin ihre Schwierigkeiten. Am liebsten zählte sie mit Steinchen. Dann kam sie schon mal bis zehn. Aber zählen war nicht wirklich wichtig. Wichtig waren die Buntstifte, Pinsel und Farben.

So wie sie hier vor ihr auf der Tischplatte angeordnet waren. Die Stifte lagen akkurat ausgerichtet von Dunkel nach Hell. Ähnlich einem Regenbogen. Ebenso die Pinsel, von Breit nach Schmal. Und es gab jede Menge unterschiedliche Papiersorten. Am liebsten nahm sie stabilen Karton. DIN A4. Manchmal brauchte sie auch ein größeres Format, wenn es zu viele Gedanken waren, die sie loswerden wollte, damit sie wieder Platz im Kopf bekam und die Schmerzen aufhörten, die das Gedränge der Bilder darin anrichteten.

Einmal hatte sie einen Drachen gemalt, der hatte besonders viel Platz weggenommen und die Zwerge und Hexen um ihn herum fast erdrückt. Um die hässlichen Weiber wäre es nicht schade gewesen, um die sieben kleinen Gesellen dagegen schon.

Heute Abend malte sie einen Arzt im weißen Kittel. Strahlend weiß sah er aus. Weiß und mit Brille. So wie die Männer und Frauen, die sie in dem großen Krankenhausgebäude untersucht hatten. Auch in manchen Märchen kamen Ärzte vor. An eines musste sie immerzu denken: *Der Gevatter Tod.* In dieser Geschichte der Gebrüder Grimm versuchte ein Arzt den Tod auszutricksen. Aber den Tod konnte man nicht überlisten …

Genau wie in dem Märchen musste der Arzt in Carolins Zeichnung sterben. Eigentlich war es kein Arzt, sondern eine Ärztin. Eine mit rotem Haar. Eine solche Haarfarbe hatten nur Hexen. Nicht alle, aber die meisten. Das Haar von Carolins Mutter war pechschwarz, aber sie war definitiv eine Hexe gewesen.

Doch um die Mutter ging es heute nicht, sondern um die Ärztin. Oder Frau Doktor, wie man auch sagte. Carolin war sich nicht sicher, ob beide Bezeichnungen das Gleiche bedeuteten. Sie wusste nur, dass der Gevatter Tod der Frau auf dem Bild zwei Dinge nehmen würde: die Augen – und damit die Seele.

Schritte hinter Carolin. Sie malte weiter. Schöne farbige Wangenpartien. Der Buntstift kratzte über das Papier. Immer schneller, immer lauter. Bis sich eine Hand auf Carolins Schulter legte. Eine kräftige Männerhand, an deren Daumen der Nagel eingerissen war.

»So spät noch kreativ?«

Paulus Niederhagen sprach im leisen Bass. Carolin hielt ihren Kopf schräg, um einen besseren Sichtwinkel auf ihr Bild zu bekommen. So konnte sie die Bettkanten schön gerade hinbekommen. Nicht gerade genug. Letztlich war das Bett ein Wellengebilde. Doch es reichte, um das Möbelstück zu erkennen. Ein Lineal oder einen Zirkel benutzte Carolin niemals. Sie malte mit Stift und Pinsel stets freihändig.

»Es war ein anstrengender Tag für dich«, redete der Direktor des Heims weiter. »Sobald die Sonne untergeht, solltest du dich auch schlafen legen, liebste Carolin.« Er strich ihr eine Haarsträhne hinters Ohr.

Carolin hörte seine Stimme gern. Sie hatte etwas Warmes, aber gleichzeitig auch etwas Gewaltiges. Wenn der Direktor sprach, verstummten selbst draußen die Krähen. Einer der Bewohner behauptete, dass der Direktor mit der Stimme Gottes redete. Gut möglich. Carolin wusste eigentlich nicht viel über Gott. Sie kannte nur die Magie der Hühnergötter. Aber über die erzählte der Direktor nur Ungutes.

Als Carolin neu im Heim war, als sie die Stadt noch nicht gekannt hatte, da saß der Direktor oft in ihrem Zimmer und schaute mit ihr Kinderbücher an. An besonders komischen Stellen lächelte er und küsste ihr die Stirn, wenn sie aufmerksam zuhörte. Bei manchen Abschnitten, zum Beispiel wenn es um den Teufel ging, da konnte er dagegen richtig zornig werden.

Mittlerweile las er ihr nicht mehr vor.

Carolins Vater hatte ihr oft aus einem Kinderlexikon vorgelesen. Das meiste hatte sie nicht verstanden, aber es hatte sich herrlich angehört. Besonders, wenn von fremden Ländern die Rede war.

Obwohl das Bild vor ihr längst noch nicht fertig war, steckte sie die Kappe auf den Buntstift und legte ihn beiseite. Dann stand sie auf und löste die Schleife ihres Kleids.

Niederhagen folgte ihr, packte sie bei den Oberarmen und streichelte sie. »Der Herr sieht folgsame Schwestern gern.«

Selbst wenn Carolin die Bedeutung der Worte gekannt und gewusst hätte, was man darauf antwortete, so wäre kein Ton über ihre Lippen gekommen. Vermutlich war der Direktor zufrieden mit ihr.

»Heute Nacht passen zwei Polizisten auf dich auf.« Er drehte sie zu sich herum, um ihr fest in die Augen sehen zu können. »Weißt du, was Polizisten sind?«

Carolin blickte ihn reglos an. Niederhagen war ein von tiefen Falten gezeichneter alter Mann mit einer leicht schiefen Nase. Nur seine Augen waren jung geblieben. In ihnen loderte ein Feuer, das jede Nacht erhellen konnte. »Polizisten haben dich damals auf dem Grundstück gefunden«, redete Niederhagen sanft weiter. »Sie haben dich aus der Hölle befreit. Was die Hölle ist, weißt du ja.«

Natürlich. In der Hölle fand man die Monster aus den Märchen.

»Mir ist nicht entgangen, liebste Schwester, dass du nachts oft spazieren gehst. Du huschst über die Gänge wie ein Windzug, kennst viele Wege im alten Gemäuer und läufst barfuß durch den Park. Bestimmt warst du auch schon im Wald, der an das Kirchengrundstück grenzt. Manchmal hast du frühmorgens schmutzige Fingernägel, weil du etwas von der Erde aufgeklaubt hast.« Der Direktor hob den Zeigefinger. »Heute sollst du in deinem Zimmer bleiben. Versprichst du mir das?« Er wartete keine Antwort ab. Wozu auch? »Die Nacht ist nicht sicher für dich. Die Nacht gehört den Monstern.«

In diesem Punkt widersprach Carolin.

Die Nacht gehörte ihr.

Schon damals.

Kapitel 22

Es raubte Frost fast die Luft zum Atmen, dass der neue Dezernatsleiter an der Besprechung der Mordkommission teilnahm. Nicht, weil er sich im Raum befand, sondern weil er sich direkt neben sie setzte und dabei mit seiner seltsam hellhäutigen Hand ihr Knie betastete. Natürlich sollte die Berührung wie zufällig wirken. Seit Frost vom LKA zurück war, schien Rainer Kron diese Art der Begrüßung bei ihr zu bevorzugen. Unterschwellig wollte er ihr dadurch sicher auch zeigen, wer im Dezernat 1 das Sagen hatte.

Kron trug stets schwarze Anzüge, färbte seine Haare und zupfte sich die Augenbrauen. Mit der goldenen Uhr am Handgelenk sah er aus wie ein Leichenbestatter, dessen Geschäft brummte. Obwohl er auf ein gepflegtes Äußeres Wert legte, rauchte er noch deutlich mehr als Frost. Hochgerechnet an die zwei Packungen am Tag. Entsprechend nikotinverfärbt waren seine Fingerspitzen. Einen ungesunden Lebenswandel ließ auch seine schuppige Haut erkennen. Oder er litt an einem Gendefekt. Wie auch immer, in beiden Fällen fand sie den Mann einfach nur ekelhaft.

»Ich bin sehr gespannt auf deine Ausführungen, Klara«, flüsterte er ihr ins Ohr.

Sie konnte sich nicht erinnern, ihm je das Du angeboten zu haben. Nein, er benutzte es einfach. Wahrscheinlich genoss er es, seine Untergebenen nach Belieben mit dem Vornamen anreden zu können. Besonders diejenigen, auf die er ein Auge geworfen hatte.

Dich sollte der Augenmacher mal besuchen.

Bei diesem Gedanken fühlte sie nicht den Hauch von Reue, denn Kron war verheiratet.

Um ihm die Grenzen aufzuzeigen, rückte sie mit ihrem Stuhl ein Stück zum Fenster. Er lächelte über ihren ungeschickten Fluchtversuch. Vermutlich erregte es ihn, dass sie sich gegen seine Avancen sträubte. Ein passender Spruch lag ihr auf der Zunge, ersatzweise kratzte sie sich mit dem Mittelfinger an der Stirn. Falls ihr Vorgesetzter die Botschaft verstand, ließ er es sich nicht anmerken, sondern klebte bereits an den Lippen von Alexandra Lorenz.

»Hier!«, verschaffte sich die Kommissariatsleiterin Aufmerksamkeit bei den Zuhörern. Zusätzlich klopfte sie mit den Fingerknöcheln gegen eine Schautafel, an der die Fotografie hing, die Frost in Carolins Fingern gefunden hatte. »Warum ist der verdammte Beamer eigentlich nicht an?«

Der Kollege, der Lorenz assistierte, brachte das Gerät mit ein paar Handgriffen zum Laufen. Alsbald warf es eine Vergrößerung des Fotos an die Wand.

Leicht unscharf erschien der nackte Oberkörper einer Frau. Unmittelbar unter ihren Brüsten saß ein schwarzer Gurt. Vermutlich ein Riemen aus Leder, dessen Ränder ihr tief ins Fleisch schnitten. Es handelte sich um eine Detailaufnahme, der obere Bildrand schnitt den Kopf ab, der untere verlief knapp oberhalb des Bauchnabels. Das Opfer lag auf einer Matratze. Ein ans Bett gefesselter Arm war teilweise zu sehen.

Frost versuchte zu ergründen, ob es sich bei dem Raum um denselben handelte wie im Video, das sie vor fünf Stunden als Erste angesehen hatte und das nun im K41 von den Technikern ausgewertet wurde. An sich war das unmöglich. Außer, das Foto wäre vor etlichen Jahren aufgenommen worden, doch so sah es nicht aus.

»Falls diese Frau noch am Leben ist«, sagte Lorenz, »dann bleiben uns aller Wahrscheinlichkeit nach weniger als einunddreißig Stunden, um sie zu finden.« Sie gab ein Handzeichen, woraufhin ein Bildausschnitt erschien. Lorenz tippte auf den Kalender, den man auf dem ursprünglichen Foto nur verschwommen erkennen konnte und der nun – dank Anwendung einiger digitaler Filter – das Datum von morgen scharf zeigte. »Dann läuft unsere Deadline ab.«

»Woher wissen wir eigentlich, dass es als Ablauf einer Frist zu verstehen ist?«, rief der junge Kai Landmann dazwischen. »Das Datum könnte genauso gut eine völlig andere Bedeutung haben. Zum Beispiel ein weiterer Code sein. Zusätzlich zu der Zahl 1023, die wir bei der Toten gefunden haben.«

Bisher hatte Frost keinen Grund gesehen, ihren Kollegen von ihrer Entführung und dem Tattoo mit der Zahl 15 zu erzählen. Sie hatte auch kein schlechtes Gewissen, weil sie den Anwesenden diese Zahl vorenthielt. Sie bezweifelte vielmehr, dass einer ihrer Kollegen fähig war, das Zahlenrätsel zu knacken. Freilich konnte man ihr deshalb mangelnde Teamplayer-Fähigkeit vorwerfen. Aber genau genommen glaubte sie etwas anderes: Sie war die Einzige, die das Rätsel lösen konnte, weil es nur für sie bestimmt war.

Zweifelsohne …

Nach dem Zwischenruf von Landmann nickte Lorenz allwissend. »Gar nicht mal schlecht.«

»Doch, das war es«, flüsterte Kron unvermittelt Frost zu. »Es war schlecht.«

Sie wusste längst, was gleich folgte.

»Nur zu«, forderte Lorenz den jungen Kommissar mit einer einladenden Geste auf. »Was für ein Code sollte das sein?«

Der zuvor forsche Kollege räusperte sich und sank in seinen Stuhl. »War nur so ein Gedankenspiel.«

»Bleiben Sie dran«, reagierte Lorenz überraschend diplomatisch. »So lange halten wir uns an das Offensichtliche, nämlich an einen Kalender, der das morgige Datum zeigt. Irgendwelche Beiträge?«

Verstohlene Blicke und Getuschel.

»Deshalb lobe ich mir Frauen, die bei jeder Situation stets die Kontrolle behalten«, ertönte es erneut dicht an Frosts Ohr, gefolgt von einem Schnurren. »Frauen, wie du eine bist, Klara.«

Ihr kam der Verdacht, dass Kron kein wirkliches Interesse an dem Meeting hatte. Jedenfalls deutlich weniger, als sie ins Bett zu kriegen.

Es reichte ihr.

»Ich verrate Ihnen gern etwas über Frauen«, sagte sie ganz laut und stand auf.

Lorenz' verdutzte Miene und die unweigerliche Aufmerksamkeit der Übrigen waren unangenehm, aber allemal besser als Krons Annäherungsversuche.

Als Frost sich vor versammelter Mannschaft positionierte, rutschte der Dezernatsleiter unruhig auf seinem Stuhl herum und lächelte gequält, weil er nicht wissen konnte, was Frost vorhatte. Bereits bei seiner Geburtstagsrunde im Dezernat vor zwei Wochen, als er im ausgewählten Kreis Kaffee und Kuchen seiner Ehefrau servierte, hatte Frost ihn vorgeführt, indem sie ihn fragte, ob er gern zu Hause aß.

»Bei diesem Fall geht es um Macht über Frauen«, begann sie. »Vermeintlich eine Männerdomäne. Männer, die vielleicht Komplexe in ihrem sozialen Umfeld haben oder denen man zwar eine gewisse Führungsrolle übertragen hat, sie jedoch mit dieser Art von Befehlsgewalt nur schwerlich umgehen können und infolgedessen ihre Machtposition missbrauchen. Täter fühlen sich größer, wenn sie andere leiden lassen können. Ich rede von klassischem Sadismus, der sich unschwer von diesem Foto ableiten lässt. Scheinbar eine Männerdomäne«, wiederholte sie, um sogleich anzufügen: »Denn wir dürfen nicht vergessen, dass auch Frauen leicht in diese Rolle schlüpfen können. Frauen, die Macht ergreifen wollen.«

Sie schaute Kron an, und ein paar Köpfe drehten sich in dieselbe Richtung. Der Dezernatsleiter befeuchtete verunsichert seine Lippen und lüftete das Jackett. Nach einem kurzen Abwarten redete Frost weiter, wobei sie ihr Wissen nur so dosiert weitergab, wie sie es für richtig hielt.

»Die Frau auf dem Foto möchte uns etwas sagen. Wir sehen weder die Augenpartie noch den Bauchnabel noch sonst etwas, das individuell genug für eine Identifizierung wäre. Haare, Leberflecke, Narben, Tätowierungen zum Beispiel. Die Frau möchte unbekannt bleiben, denn wenn wir ihren Namen kennen würden, wüssten wir vermutlich auch, wo sie sich versteckt hält.«

»Du meinst, wo der Täter sie versteckt hält«, kam die Wortmeldung eines Kollegen.

»Ich meine es so, wie ich es sage«, antwortete sie, ohne Blickkontakt aufzunehmen. »Das Opfer steht nicht am Ende der Kette, sondern am Anfang.«

»Geht es etwas deutlicher?« Kron wurde mutiger, nachdem sie ihn nicht bloßgestellt hatte. »Inwieweit hilft uns das?«

Gar nicht.

Frost und auch kein anderer konnten derzeit etwas für das Opfer tun. Das Spiel des Augenmachers gehörte zu den entsetzlichsten, die man sich vorstellen konnte, denn man wurde gezwungen mitzuspielen, durfte aber niemals gewinnen.

Nicht, solange der Augenmacher keinen Fehler macht.

»Wir werden bei der Suche in den Vermisstenfällen keinen Erfolg haben«, sagte sie und schaute Sarah Stahlmann und Marc Kettner an, die zusammen mit den Leuten vom K43 die Vermisstenanzeigen der letzten Wochen durchstöberten. »Derjenige, der das Opfer in Szene gesetzt hat, achtete penibel darauf, nur die Details zu fotografieren, die unsere Unwissenheit vergrößern. Details, die keine Fragen beantworten, sondern weitere aufwerfen. Er gibt nur so viel preis, wie er tatsächlich möchte. Demzufolge hat er sich sein Opfer oder *Kunstobjekt* – wie er es wohl eher nennen würde – nicht wahllos ausgesucht. Auf emotionaler Ebene begreift sich unser Täter wahrscheinlich als ein Künstler. Viele Künstler halten sich für einzigartig. Überlegen. Gottgleich.«

Sie deutete mit ausgestrecktem Arm auf eine Übersicht an der Schautafel, an der Bilder von Hühnergöttern hingen, unter denen ein paar Stichpunkte aufgelistet standen. Einige Kollegen nickten, wohl eher aus Verlegenheit denn aus echter Anerkennung. Dafür war Frost zu eigenartig, zu unbeliebt im Team. Und die wenigsten hier verstanden, dass sie es nicht mit einem gewöhnlichen Mörder zu tun hatten.

»Bisher haben wir gegenüber der Öffentlichkeit mit Informationen zum Augenmacher-Fall gegeizt«, ergriff Frost das Wort. »Aus ermittlungstaktischer Sicht und den Erfahrungen vergangener Gewalttaten ergibt das durchaus einen Sinn. Trotzdem halte ich die Recherchen zum temporären Tattoo für Zeitverschwendung. Sie bremsen uns aus.« Sie machte eine Pause, um die Antipathien ihr gegenüber vollends auf sich wirken zu lassen. Meistens hielt man ihre Äußerungen für die einer Verrückten. »Ich schlage vor, wir stellen das Tattoo der Toten ins Internet.«

»Um uns unbequeme Fragen anhören zu müssen?« Kron sprang auf wie jemand, der den Richtspruch zur Hexenverbrennung sprechen wollte. »Ehrlich, ich hatte mir mehr erhofft als den Vorschlag, zu so einer Verzweiflungstat zu greifen.«

»Ich möchte das hören«, intervenierte Lorenz, sehr zum Missfallen ihres Vorgesetzten. Zum Glück kuschte Frosts Chefin niemals vor hohen Tieren. »Klara, würdest du das bitte näher erläutern?«

»Sollten wir bei unserem mühseligen Vorgehen bleiben und sämtliche Tattoostudios Deutschlands überprüfen, werden wir in einigen Tagen oder Wochen noch immer am Anfang stehen. Damit verlieren wir nicht nur gegen den Augenmacher, sondern auch gegen die Zeit.«

Und das empfand Frost als schlimm. Allein die Minuten, die sie hier untätig verplemperte, führten dazu, dass es in ihren Waden lästig – beinahe sogar schmerzlich – kribbelte und zuckte. Wie beim Restless-Legs-Syndrom.

»Demzufolge können wir bei unseren Recherchen auch gleich eine Abkürzung nehmen. Posten wir das Tattoo über das Social-Media-Team bei Facebook und schauen zu, wie es sich verbreitet. Natürlich verfremden wir das ursprüngliche Symbol des Augenmachers, indem wir die Zahl austauschen. Sagen wir … gegen eine Fünfzehn …«

Kapitel 23

»Wie sind Sie hier hereingekommen?«

»Wie jeder andere auch«, antwortete Fitz auf die Frage der Rechtsmedizinerin. »Durch die Tür.«

Und das war gar nicht mal so leicht gewesen, wie man meinen könnte. Die Verkehrsführung rund um das Institut für Rechtsmedizin an der Johannesallee hätte ihm beinahe zwei Strafzettel wegen Missachtung von Einbahnstraßen eingebracht zusammen mit einer teuren Werkstattrechnung, weil er eine Schranke auf dem Klinikgelände übersehen hatte.

Er ging auf die Medizinerin zu und versuchte auf ihrem Namensschild die Buchstaben zu entziffern, was ihm nur mit Mühe gelang.

Dr. med. A. Adolf.

Nun gut, der Nachname klang weniger sexy und hätte besser zu einem Lazarettarzt im Krieg gepasst. Dafür sah die Dame wie Fitz' Idealvorstellung einer Leichenkundlerin aus. Streng nach hinten gekämmte und zu einem Zopf geflochtene Haare, straff sitzender Kittel und nur dezent geschminkt, was die Totenblässe um die Nase verstärkte.

Beim Anblick der Frau wünschte er sich, noch mal zehn Jahre jünger zu sein. Und mindestens zehn Kilo leichter.

Obwohl er genau genommen nur mit ihrer Erlaubnis den Sektionssaal betreten durfte, machte sie keine Anstalten, ihm den Zutritt zu verwehren. Dafür, dass sie ihn nicht kannte, wartete sie äußerst gefasst ab. Er konnte ja auch ein Serienmörder sein. Wobei sich dann natürlich die Frage stellte, was er ausgerechnet hier wollte.

Ihm fiel auf, dass sie ihre rechte Hand in der Kitteltasche hielt. Vielleicht versteckte sie dort ein Skalpell, um sich im Notfall zur Wehr setzen zu können. Fitz wollte sie nicht mehr als nötig herausfordern. Garantiert wusste sie, wie man Leichen verschwinden ließ.

Er klopfte auf einen der Seziertische und zückte seinen Dienstausweis. »Vermutlich haben die beim K11 vergessen, mich anzumelden. Es geht um die Besichtigung der unbekannten Frauenleiche von der Heiligen Brücke.«

»Soll das ein Witz sein?« Sie schaute kurz zur Uhr und starrte danach wie gebannt auf das Schwarz-Weiß-Porträt aus den Achtzigern, auf dem Fitz noch Vokuhila wie einst Kiefer Sutherland im Horrorfilm *The Lost Boys* trug. »Zwar erkenne ich *Sie* nicht darauf, dafür aber das Wappen vom Freistaat Bayern …«

»Scharf beobachtet. Und weiterhin sehen Sie einen amtlichen Stempel und die Unterschrift von irgendeinem hochwichtigen Sesselfurzer.«

»Dass Sie Polizist sind, nehme ich Ihnen auch ohne das Ding ab.«

Er ließ den Ausweis in seiner Gesäßtasche verschwinden. »Ach, und wieso?«

»Weil Ihnen die Überstunden betonschwer in den Augenringen hängen.«

Das stimmte wohl, deshalb nahm er ihr die Offenheit nicht übel. »Dafür trage ich sauberere Schuhe als Sie.«

Beide stierten gemeinsam auf seine Füße, an denen das Leder glänzte wie nach einem Neukauf. Im Gegensatz dazu klebte auf ihrer Schuhspitze eine undefinierbare getrocknete Flüssigkeit.

»Daraus schließe ich lediglich, dass Sie die Überstunden in Ihrem staubfreien Büro verbringen«, parierte sie auch diesen Versuch, bei ihr zu punkten.

»Zweimal daneben. Erstens spart man bei der Polizei mittlerweile nicht nur an Beamten, sondern auch an Reinigungspersonal, und zweitens sehen meine Schuhe aus wie neu, weil sie neu sind. Das letzte Paar hatte bereits Tausende von Kilometern auf der Uhr.«

»Hören Sie, Herr …«

»Fitz. Malchius Fitz.«

Dr. Adolf murmelte etwas Unverständliches, das klang wie »auch das noch!«, und sprach dann deutlich: »Hören Sie, Herr Fitz, es ist bereits nach neunzehn Uhr, und mein Mann wartet mit dem Abendessen auf mich. Sie sollten besser wieder gehen. Für heute bin ich mit meiner Arbeit fertig. Ich habe das Sezierbesteck zur Desinfektion gegeben, die Toten gebettet und den lästigen Schreibkram erledigt. Selbst der Gehilfe müsste längst zu Hause sein.«

Er deutete mit dem Daumen nach hinten. »Sie meinen den seltsamen scheuen Typen mit dem schiefen Mund, dem leichten Buckel und dem Gang eines Affen, der mich reingelassen hat, ohne sich meinen Ausweis zeigen zu lassen?«

»Lars fehlt zwar ein wenig Sozialkompetenz, dafür ist er äußerst geschickt im Umgang mit den Toten.«

Jede Wette. Dieser Lars sah nämlich aus, als hätte er sich die Haut eines Toten übergestreift. Aber wegen Lars war er nicht hier. »Nein, Sie hören mir jetzt zu! Ich könnte Ihnen eine haarsträubende Geschichte erzählen. Zum Beispiel, dass ich seit fünfzehn Jahren an dem Augenmacher-Fall arbeite und quasi maßgeblich zur Aufklärung der damaligen Morde beigetragen habe. Die Wahrheit ist, keiner meiner Vorgesetzten weiß, dass ich nach Leipzig gefahren bin. Was den Augenmacher angeht, weiß ich wahrscheinlich weniger als Sie. Ich habe weder den Segen meiner Dienststelle noch agiere ich auf offizielle Anforderung der hiesigen Kripo. Stattdessen mauern die hier beim K11. Allen voran Kriminalhauptkommissarin Frost.«

»Ja, Klara Frost kann ganz schön anstrengend sein«, sagte sie zu seinem Erstaunen. »Weiter, womit wollen Sie mich als Nächstes beeindrucken?«

»Eigentlich bin ich nur ein Onkel, der seine Nichte sucht. Verstehen Sie?«

»Soll das heißen, in einer unserer Kühlzellen könnte Ihre …?« Sie sprach es nicht aus, sondern schüttelte den Kopf. »Sind Sie komplett irre? Glauben Sie ernsthaft, ich würde Ihnen diese Frau zeigen, wenn die Möglichkeit besteht, dass es eine nahestehende Verwandte von Ihnen ist?«

»Ja, das glaube ich tatsächlich.« Seine Wangenmuskeln versteiften sich. »Ich bin nicht scharf darauf, mir den Leichnam anzusehen, ich bin noch nicht einmal erpicht, diesen sardonischen Geruch von Desinfektionsmittel einzuatmen, mir die von Fäulnis geschwängerte Luft zu geben.« Er hustete zur Bestätigung. »Doch ich bin hier, weil ich endlich Gewissheit brauche. Ich tue es für meine Schwester, die in München sitzt und vor Kummer vergeht. Verstehen Sie, wie es ist, wenn es für einen keine Hoffnung und keine Stille gibt, weil einen die Stimmen der Unwissenheit krank machen? Also halten Sie mir keinen Vortrag, sondern handeln Sie wie eine vernünftige Person. Je eher wir den Namen der Toten wissen, umso eher kann dieser Albtraum für uns alle beendet werden.«

Dr. Adolf trat zurück, als fürchtete sie, Fitz könnte den Verstand verlieren und zubeißen wie ein tollwütiger Terrier. »Wissen Sie was?«

»So, was denn?«

»Ich frage mich, ob Ihre Nichte eine Tätowierung am linken Oberarm hat.«

»Ja, ein Schmetterlingsmotiv.«

»Dann tut es mir leid …«

Minuten später standen die beiden im Kühlraum und die Rechtsmedizinerin öffnete einen von vier Leichensäcken.

Fitz' Herz klopfte weder schnell noch langsam. Es hörte auf zu schlagen. Der Anblick der Toten auf der Edelstahlbahre, deren blonde Haare von Blut und Schmutz dunkel gefärbt waren, der man die Augen ausgestochen und der man ein Stück Haut am linken Oberarm entfernt hatte, machte Fitz zornig.

Die Tote war allerdings nicht Sabrina.

Kapitel 24

Geschickt zerteilten die Krähen mit ihren Schnäbeln die Fleischbrocken, die Frost ihnen hinwarf. Im Schatten des Kirchturms hüpften die Vögel über den Boden und fraßen entsprechend ihrer Rangordnung. Keine wilden Bestien, sondern elegante, intelligente Geschöpfe, von denen die Menschen lernen konnten.

Für die Tiere zählten die einfachen Dinge des Lebens. Komplexe Vorgänge, wie zum Beispiel das Zeitgefüge, spielten für sie keinerlei Rolle. Sie lebten friedlich unter dem Kreuz, und falls ihnen danach war, konnten sie sich in die Lüfte erheben und der Welt auf den Kopf scheißen. Von jeher tauchten Rabenvögel in unzähligen Märchen und Sagen auf. Allein schon wegen ihrer Weisheit. Selbst die Götter der Menschen verneigten sich vor ihnen. Auf den Schultern Odins saßen die bekannten Raben Hugin und Munin.

Hugin und Munin. Ihre Namen bedeuteten: Gedanke und Erinnerung.

Diese Begriffe hatten im weitesten Sinne auch etwas mit Zeit zu tun, bemerkte Frost.

Die Zeit ist ein Kuriosum. Sobald man darüber nachdenkt, geht man darin verloren. Je mehr man sich anstrengt, desto mehr arbeitet sie gegen einen.

Artus, der stolze Rabenvogel, sprang auf Frosts Oberschenkel und ließ sich streicheln. Sie schmunzelte. Waren die Krähen glücklich, war sie es auch irgendwie. Am glücklichsten sind nämlich die Menschen, die die Zeit für sich arbeiten lassen. So hatte es ihr Lehrmeister stets gehalten.

Der inzwischen pensionierte Polizist war einer vom alten Schlag gewesen – einer wie dieser Fitz. Nur mit besseren Manieren. Dafür trug Fitz die schickeren Schuhe, das musste man ihm lassen.

Während sie über den Münchner Kommissar den Kopf schüttelte und die Sonne über der Stadt blutrot unterging, verteilte sie die letzten Fleischstücke vom Supermarkt. Neben ihr auf der Bank saß der Pfarrer.

Thomas Heyn sah es ungern, dass sie die Krähen fütterte. Für ihn waren sie Boten von Tod und Unglück. Darüber wunderte Frost sich oft, denn gewöhnlich kannte sie ihn als besonnenen und weitsichtigen Mann. Aberglaube und überholte christliche Ansichten waren eher die Domäne des Direktors.

»Beunruhigt dich etwas, mein Kind?«, durchbrach Heyn das Schweigen. Womit er auf das Vibrieren ihrer Knie anspielte.

»Nur kleine Probleme«, log sie.

»Kleine Probleme können Teil eines großen Ganzen sein. Vielleicht hängt es mit einem Thema aus der Vergangenheit zusammen. Etwas, das in Verbindung mit deinen Eltern steht.«

Meine Eltern hießen Edward und Dorothea Frost. Sie waren strenge, aber ehrbare Menschen. Da erkenne ich kein Problem für mich. Für niemanden. Es ist jedoch ein Problem, wenn man weiß, dass ein Irrer einer wehrlosen Frau die Augen ausstechen wird.

»Keine Sorge, egal, was dir in Wahrheit Sorge bereitet, ich komme damit klar«, redete Heyn weiter. »Du kannst es mir erzählen.«

Sie kam gern zur Simonskirche. Selten ging sie dabei in den Gottesdienst. Es war die Geborgenheit, die sie seit ihrer

Kindheit, als ihr die Eltern – ihre richtigen Eltern – abhandengekommen waren, suchte und zeitweise an diesem heiligen Ort fand.

»Wie denkt die Kirche über Hühnergötter?«, fragte sie.

»Möchtest du wissen, was die Kirche oder was Direktor Niederhagen darüber sagt?«

»Was sagen Sie?«

Seit der Pfarrer sie als Kind versorgt hatte, redete sie ihn höflich an. Er nannte sie Klara.

Umständlich zupfte er sich die Ärmel seiner Robe zurecht. »Also geht es tatsächlich nur um den Augenmacher.«

Natürlich interessierte ihn das Thema auch. Nicht wegen des Mordes, sondern weil er Carolin kannte und demzufolge wusste, was die junge Frau mit dem Killer verband.

»Ich spreche nicht vom Augenmacher, sondern von Hühnergöttern.«

»Für mich läuft das auf dasselbe hinaus. Aber bitte schön, wie allen Arten von Mystizismus steht die Kirche diesen Wundersteinen ablehnend gegenüber. Natürlich erzähle ich dir damit nichts Neues.«

Die Krähen hatten genug und entfernten sich.

Frost sah ihnen nach. Der Himmel wurde dunkler. Bald würde es regnen.

»Bestimmt möchtest du mir eine Frage stellen: ob der Augenmacher einen Sinn hinter den Lochsteinen sieht.« Heyn zuckte sogleich mit den Schultern. »Ich weiß es nicht. Wer kann schon sagen, was im Kopf eines Psychopathen vorgeht? Nein, ich weiß es definitiv nicht.«

»Für einen Psychopathen sind alle anderen krank.«

»Vielleicht stimmt das. Auf jeden Fall ist eine solche Art von Glauben sehr viel komplizierter als meiner.«

Das interessierte Frost. Durch Schweigen forderte sie eine Erklärung. Die gab der Geistliche mit dem Lächeln eines Seligen.

»Ich muss nicht planen.«

Diese Sicht der Dinge konnte jeder verstehen. Der Pfarrer besaß das Talent, komplizierte Dinge einfach zu beschreiben.

»Was ist mit Magie?«, wollte sie wissen.

»Oh, unser Direktor ist ein unsäglicher Verfechter von Magie. Er würde sagen, dass sich alles Böse mit Magie erklärt.« Er zeigte zum alten Stallgebäude. »Selbst Ziegen mussten schon für Magie herhalten. Haben Ziegen irgendetwas Böses an sich? Nein. Sind Krähen böse, nur weil sie schwarz sind?«

Die Krähen krächzten hoch oben, wie wenn sie ihn verstanden hätten und ihm beipflichten wollten.

»Also gibt es keine Magie.«

»Magie existiert höchsten in den Köpfen! Wo kämen sonst all die Formeln, Sprüche, Rituale und Schriften her? Unsere Bibliothek ist voll von Büchern, die den Geheimnissen der Zauberei, Beschwörung, Hexenkunst auf den Grund gehen. Mag sein, dass es in dieser Welt einen enormen Haufen Magie gibt, aber der Mörder, der dich umtreibt, könnte so lange mit dem Finger schnippen, wie er möchte, er würde nirgendwo ein Licht entzünden. In der Bücherei steht irgendwo auch ein Band, in dem es um die Macht von Hühnergöttern geht. Aber weißt du was? Lochsteine sind für mich bloß Steine mit einem Loch.«

Er lächelte weise. Und da war es schon wieder: komplizierte Dinge in ihre Einfachheit zerlegt.

»Ich möchte mir das Buch ausleihen.«

»Nun, ich kann es dir wohl nicht ausreden, also werde ich Diakon Tristan Keller beauftragen, es für dich herauszusuchen.« Er stand auf und verbeugte sich knapp. »Unterdessen werde ich meine Reisetasche packen.«

»Wow, Gott entlässt Sie in den Urlaub?«

»Unser Herr gewährt seinen Dienern keinen Urlaub. Das ist der Deal, wenn man die Rechnung vom Chef bezahlen lässt.«

Sie stand ebenfalls auf, hakte sich bei ihm unter und lief mit ihm gemeinsam den Weg zu seiner Unterkunft.

»Ich muss ein paar Tage in meiner alten Gemeinde aushelfen. Tu mir einen Gefallen, sprich bitte nicht mit dem Direktor über Magie oder Hühnergötter. Er liest Zeitung, und was aktuell darin steht, empört ihn bereits. Wir müssen ihn nicht noch zusätzlich beunruhigen. Versprichst du mir das?«

Eine Antwort erübrigte sich. Er wusste, dass sie dahin gehend keine Versprechungen machen würde.

Abrupt blieb er stehen. »Ich mache mir Sorgen um dich, du solltest endlich jemanden finden, der dein Leben vervollständigt.«

»Mich interessiert nur das Buch.«

Er winkte ab und nahm sie bei der Hand.

Kapitel 25

Es war spät geworden, als Frost die Unterkunft des Pfarrers mit einer Zigarette zwischen den Fingern verließ. Sie hatten bitteren Mönchsschnaps getrunken, den Heyn von einer seiner Reisen durch Deutschland mitgebracht hatte.

Der Himmel war schwarz. Nieselregen durchnässte das Zigarettenpapier.

Frost lauschte dem Tropfenkonzert und schaute sich um. Von den Krähen war nichts zu sehen. Vermutlich hatten sie unterm Dach des alten Stalls Zuflucht gefunden. Dafür bemerkte sie den Funkstreifenwagen der Wachpolizei, der unmittelbar vor dem Wohnheim stand. Entgegen den Absprachen zwischen dem K11 und den Zentralen Diensten saßen die beiden Uniformierten im Wagen.

Frost lief auf sie zu und riss die Beifahrertür auf.

Die Kollegen sahen erschrocken von ihrem Tablet-PC auf und schauten sie verdutzt an. Sie hatten gar nicht bemerkt, wie sie sich genähert hatte.

»Die Exorzistin!«, rutschte es dem älteren Uniformierten heraus.

Unter Zuhilfenahme eines Nackenkissens hatte er es sich hinter dem Lenkrad gemütlich gemacht. Sein jüngerer Streifenpartner schob so unauffällig wie möglich das Tablet zur Seite. Auf dem Bildschirm lief die Übertragung eines Fußballspiels.

»Seid ihr für die Bewachung von Carolin zuständig?«, stellte sie die überflüssige Frage. »Sieht mir eher nach Privatvergnügen aus.«

»Es regnet«, kam es vom Beifahrersitz.

Frost sah demonstrativ in die Wolken. Feine Tropfen trafen ihre Augen. »Ist mir gar nicht aufgefallen.«

»Hey, schön langsam«, kam es vom Fahrersitz. »Wir sind ja hier nicht im Mittelalter.«

»Mittelalter.«

»Ja, wo man befürchten müsste, dass unsere Kleine von Inquisitoren verschleppt wird.« Er lachte, und sein jüngerer Kollege stimmte verschüchtert ein. »Also ganz locker! Haben eben mit dem Direktor gesprochen. Dem stummen Täubchen geht es bestens.«

Mit Kleine und Täubchen meinte er Carolin.

»Inquisitoren«, kaute Frost das andere Wort nach, das ihr sauer aufstieß. Sollte wohl eine Anspielung auf ihren Stammbaum sein.

»Genau«, kam es müde zurück.

»Dann werde ich kurz mal euren Job übernehmen und mich selbst davon überzeugen, dass es Carolin gut geht.«

»Mach das«, sagte der Ältere und drückte seinen Rücken tiefer ins Polster. Obwohl die Nachtschicht kaum vier Stunden alt war, fielen ihm beinahe die Augenlider zu. Als zählte er gedanklich bereits Schäfchen, flüsterte er: »Mach das, Exorzistin.«

»Mal sehen, ob euch bald die Exorzistin holt.«

Krachend schlug Frost die Autotür zu und stapfte davon. Es lohnte sich nicht, ihre Energie auf diese Idioten zu verschwenden. Minuten später erreichte sie das Obergeschoss des Wohnheims. Carolins Zimmer stand wie immer offen, doch von ihr fehlte jede Spur.

Sie ging zum Schreibtisch, auf dem die Nachttischlampe Farbbecher und bemalte Zeichenblätter erhellte. Mittig lag eine Zeichnung, die Frost zuerst irritierte und danach nachdenklich machte: Auf dem Bild war eine Ärztin zu sehen. Es war eindeutig eine Ärztin, denn auf dem weißen Kittel prangte vollflächig der Äskulapstab. Frost hätte gar nicht geglaubt, dass Carolin den Stab mit der ihn umwindenden Schlange derart sauber zeichnen konnte. Allerdings entsetzte Frost etwas anderes: die schwarze Gestalt, die übergroß hinter der Frau auftauchte und die ein Messer in der Hand hielt.

Sie trägt rötliches Haar. Neben ihr steht eine blaue Handtasche. Und sie ist Medizinerin.

»Dr. Ilona Kleinholz!«

Carolins Ärztin. Fehlinterpretation ausgeschlossen. Sie musste es sein. Dafür stimmten die Details frappierend.

Mehrfach hatte Frost versucht, Dr. Kleinholz anzurufen, um mit ihr über Carolin zu sprechen. Nach Angaben der Sekretärin war die Ärztin nach ihren freien Tagen heute nicht in ihrer Praxis erschienen. Und ihr Handy hatte sie ebenfalls ausgeschaltet.

Während Frost verschiedene Theorien abwog, was das Ganze bedeuten sollte, strich sie mit ihren Fingern über das Blatt mit der bedrohlichen Szene. Es war lange her, dass Carolin solche schrecklichen Bilder gemalt hatte.

Auf der Suche nach weiteren Hinweisen wanderte sie im Zimmer umher. Gemäß ihrem kriminalistischen Spürsinn öffnete sie auch Schränke und Schubfächer, um einen Blick hineinzuwerfen. Im Nachtschränkchen fand sie ein Smartphone.

Wozu sollte Carolin ein Handy brauchen?

Frost griff danach. Es war angeschaltet. Kurz entschlossen rief sie sich selbst an, um die Handynummer angezeigt zu bekommen. Anschließend scrollte sie durch die Anrufprotokolle. Bis auf ihren eben getätigten Anruf gab es keine anderen. Als sie das Menü mit den Fotos aufrief, entdeckte sie ein einziges. Auf diesem war eine blonde Frau im Seitenprofil vor einem Klub zu sehen. *Tirana* stand über dem Eingang.

Weder kannte Frost die Person auf dem Foto noch die Lokalität. Ohne schlechtes Gewissen steckte Frost das fremde Handy ein. Sie schaute zum Fenster hinaus. Plötzlich nahm sie hinter dem Haus eine Bewegung wahr.

Carolin.

Bekleidet nur mit einem weißen Nachthemd, lief das Mädchen in den Wald.

Kapitel 26

Frost riss die Hintertür des Wohnheims auf. Als sie in die feuchtkalte Nacht hinaustrat, überlegte sie kurz, ob sie die beiden Wachpolizisten um Unterstützung bitten sollte. Dafür müsste sie allerdings einmal um das Gebäude herumlaufen. Währenddessen würde Carolin weiteren Vorsprung gewinnen. Also verwarf Frost den Gedanken und eilte der Stummen vom Kirchengelände in den angrenzenden Mischwald hinterher. Verstärkung konnte sie auch unterwegs per Handy rufen. Bisher war das aber gar nicht notwendig, auch wenn hier etwas Seltsames vorzugehen schien. Erst die Zeichnung, dann das Mobiltelefon im Nachtschrank, und jetzt rannte Carolin mutterseelenallein in die Dunkelheit. Bei dem stärker werdenden Regen und um diese Uhrzeit würde sie mit bloßem Auge schwerlich den Waldweg erkennen. Sie trug ja nicht einmal eine Jacke.

Zum Glück hatte Frost für solche und ähnliche Einsätze immer eine Minitaschenlampe einstecken. Obwohl sie das Equipment selten benutzte, funktionierten die Batterien tadellos. Der Lichtstrahl traf auf den Erdboden, wo er Steinchen, Laubblätter, abgebrochene Zweige und sich in der Nässe windende Würmer erhellte.

Während Frost dem Weg in den Wald folgte, nahm sie ihr Handy zum Ohr. Blind hatte sie die Nummer vom

Führungs- und Lagezentrum gewählt. Als sich einer der dortigen Kollegen meldete, gab sie sich ordnungsgemäß als Kriminalbeamtin zu erkennen und brachte ihr Anliegen vor.

»Schickt umgehend einen Streifenwagen zur Wohnadresse von Dr. Ilona Kleinholz. Sie ist Ärtzin. Ich glaube, es liegt ein Kapitalverbrechen vor.« Sie japste vom kurzen Sprint und verstand ihren Gesprächspartner kaum. »Wie ich zu der Annahme komme? Es gibt eine Mordankündigung des Augenmachers.« Natürlich wusste sie, wie kryptisch sich das Gesagte anhören musste, aber für Erklärungen blieb ihr keine Zeit. Sie ließ den Kollegen erst gar nicht ausreden. »Falls die Streifenbesatzung bei Dr. Kleinholz niemanden antrifft, soll das Revier die Wohnung öffnen lassen.«

Auf wessen Anordnung der Schlüsseldienst eingesetzt werden sollte, folgte die Frage.

»Auf meine.« Weitere Diskussionen würgte sie ab, indem sie das Telefonat beendete, denn sie bemerkte einen Lichtschein.

In einiger Entfernung huschte eine Gestalt zwischen den Bäumen umher. Ein weißes Hemdchen. Carolin schien vor etwas zu flüchten. Erstaunlicherweise führte sie ebenfalls eine Taschenlampe bei sich.

»Carolin!«, rief Frost, doch das Prasseln des Regens schluckte den Namen.

Plötzlich verschwand das andere Licht. Frost leuchtete die Gegend aus. Allerdings war ihre Lampe zu schwach, um den Waldbereich wirklich weitläufig zu erhellen. Dafür wurde es um sie herum stetig lauter. Mit jeder Minute trommelte der Regen aggressiver auf das Blätterdach. So gut es ging, blendete Frosts Gehör die Regengeräusche aus. Neben ihr knackte ein Zweig. Blitzschnell fuhr sie herum. Im Unterholz verschwand die Schwanzspitze eines Rotfuchses. Ein weiteres Lebewesen, das sich vor dem Wetter in Sicherheit brachte.

Mist! Was machte Carolin hier und wo steckte sie jetzt?

Von der jungen Frau war nichts mehr zu sehen. Scheu wie ein Wildtier war sie schon immer gewesen, aber gegenüber Frost hatte sie bisher Vertrauen gezeigt. Oft waren sie gemeinsam spazieren gegangen. Unter anderem hatten sie Ausflüge in den Wildpark und an den Kulkwitzer See gemacht oder das Museum der bildenden Künste besucht. Besonders die Ausstellung hatte es Carolin angetan, fasziniert betrachtete sie die Gemälde und sah dabei richtig glücklich aus. In diesen Stunden war auch Frost meist sorgenlos und entspannt gewesen. Beide waren sie Frauen, die ihre Väter verloren hatten und dennoch durch eine abscheuliche Blutlinie für immer mit ihnen verbunden blieben. Denn beide Väter waren Kriminelle gewesen.

Und etwas Kriminelles ging hier vor …

Sie wollte weitergehen, als der Lichtkegel auf etwas Seltsames auf dem Waldboden fiel. Eine Winzigkeit nur. Unter normalen Umständen hätte Frost das Objekt übersehen, doch aktuell arbeiteten ihre Sinne auf Hochtouren. Sie ging in die Hocke und löste einen Stein aus dem Erdreich. Nicht irgendeinen Stein, sondern einen Hühnergott. Vermutlich hatte Carolin ihn festgetreten, als sie kurz vorher vor Frost den Pfad entlanggeeilt war.

Folge nicht den Steinchen, Kindchen. Die Steinchen gehören dem Augenmacher.

Von einer dunklen Ahnung ergriffen, schoss Frost hoch. Sie kniff die Augen leicht zusammen, um in der Finsternis noch besser sehen zu können. Nicht Frost verfolgte jemanden, sondern jemand verfolgte Frost.

Prüfend griff sie sich an die Seite. Ihre Pistole hatte sie vorschriftsmäßig in der Dienststelle gelassen. Jetzt ärgerte sie sich darüber, dass sie sich über diese interne Festlegung nicht hinweggesetzt hatte. Eine Waffe zum Schutz war in diesen Zeiten nicht das Verkehrteste. Immerhin war sie vor Kurzem entführt worden …

Verbissen ging sie weiter. *Angst ist der letzte Ausweg,* predigte Pfarrer Heyn immer. Und Direktor Niederhagen, der geistliche Hardliner, drückte es noch krasser aus: *Angst ist das Halteseil, das in die Hölle führt.*

In dieser Situation konnte sie dem nur zustimmen.

Meter um Meter lief sie den Pfad entlang, leuchtete rechts und links ins Dickicht und blickte sich mehrfach nach hinten um, ob ihr jemand folgte.

Nichts. Nur Schatten.

Bambi ist kein Reh, sondern ein Weißwedelhirsch – und Schatten können sehr lebendig sein.

Tatsächlich trat aus dem dunklen Schutz der Nadelbäume eine Gestalt auf den Weg. Sie näherte sich Frost.

Ein Mann.

Der Augenmacher.

Mangels einer Pistole schaute sie sich nach einem stabilen Ast um, mit dem sie sich notfalls zur Wehr setzen konnte. Dazu sprang sie über einen Graben. Auf dem matschigen Untergrund rutschte sie mit der Sohle aus. Fluchend stürzte sie auf die Knie. Bevor sie sich aufrappeln konnte, streckte ihr jemand bereits die Hand entgegen.

»Carolin!«

Mit ihrer Rechten half die Siebenundzwanzigjährige Frost auf. Die Linke drückte sie gegen ihren Bauch. Der helle Stoff ihres Hemds wies an dieser Stelle einen dunklen Schmutzfleck auf. Nein, es handelte sich nicht um Schmutz, es war Blut.

»Was hast du da?«, fragte Frost.

Carolin wich zurück und presste jetzt beide Hände an ihren Unterleib. Die Nässe tropfte ihr von der Stirn.

Auf der Hut vor dem unbekannten Verfolger, leuchtete Frost hinter sich und durchdrang den Dunstschleier. Auf dem Weg war niemand zu sehen. Sie machte einen großen Schritt auf Carolin zu.

Habe ich mich geirrt, und wir sind allein?

»Zeig mir, was du da hast!«

Weil die Angesprochene nicht reagierte, wollte Frost im ersten Moment ihre Hände mit Gewalt wegziehen, doch sie besann sich rechtzeitig. Sie hielt den gefundenen Hühnergott hoch. »Suchst du danach?«

Carolins Augen weiteten sich, dann nickte sie zaghaft und schließlich zeigte sie ihre Handflächen. Darin lagen bereits drei Lochsteine, die voller Blut waren.

Erst als Frost genauer hinschaute, realisierte sie, dass Carolin einen tiefen Schnitt in der linken Handinnenfläche hatte.

»Das verarzten wir«, sagte Frost, wobei die Angesprochene nicht den Eindruck machte, dass die Verletzung sie schockierte. Von Dr. Kleinholz wusste Frost, dass Carolin nahezu kein Schmerzempfinden zeigte.

Wie tapfer sie im Gegensatz zu mir ist.

»Carolin!«, ertönte eine Männerstimme.

In Erwartung eines Angriffs schob Frost Carolin hinter sich. Doch von dem Mann, der vor ihnen stand, ging keine Gefahr aus.

»Sie!«

Oberkommissar Fitz hob einen Fuß und betrachtete den Dreck, der an der Sohle klebte. »Beschissenes Wetter für einen Waldspaziergang.«

»Was zum Teufel machen Sie hier?«

»Man sagte mir, ich würde Sie an der Simonskirche antreffen. Bei meiner Ankunft habe ich gesehen, wie Sie in den Wald gerannt sind.« Er lächelte. Er lächelte an Frost vorbei. »Kennst du mich noch, Carolin?«

Die Angesprochene nickte langsam und unsicher.

Kapitel 27

Im Heizungskeller des Klubs saß die Blonde nackt und gefesselt auf einem Stuhl. Auf fremde Augen hätte diese Szene gewirkt, als drehte ein Filmteam hier unten einen Low-Budget-Krimi. Düsteres Glühbirnenlicht, kahle Betonwände, gurgelnde Heizungsrohre.

Drei Männer, eine Frau.

Anders als sonst empfand Fiton Thaqi keine Freude bei dieser Sache. Dafür hatte Florentina seine Gäste derart sympathisch bedient, dass die meisten die Zeit im Klub bei einem guten Drink vergessen hatten. Trotz ihrer mittlerweile vierundvierzig Jahre war sie eben eine unbezahlbare Barkeeperin. Nur sie konnte einen Balkan-Night auf eine Art mixen, dass er die Bezeichnung *explosiver Cocktail* verdiente. Ein Teufelszeug aus Ananas, Chili und weiteren Zutaten, zubereitet nach einem Geheimrezept, das sie wohl oder übel mit ins Grab nehmen würde. Sosehr er sie als zuverlässige Angestellte schätzte, waren ihre Künste hinter dem Bartresen doch der einzige Grund, warum sie in seinem Klub arbeitete.

Bis heute.

Jetzt saß sie geknebelt, verheult und beschämt vor Thaqi. Er betrachtete ihre Brüste, danach ihren rasierten Schambereich. Während er vor ihr auf und ab lief, rauchte er eine Zigarette.

Das Nikotin half ihm beim Nachdenken, was er mit ihr anstellen sollte.

Unterdessen fing eine Videokamera sie in voller Größe ein. Trotz der verlaufenen Schminke und der feuchten Haarsträhnen erkannte jeder ihr Gesicht auf dem Film.

»Kleine Florentina«, begann Thaqi. »Was mache ich nur mit dir?« Er breitete die Arme ratlos aus. »Du weißt, dass von hier unten keiner meiner *Gäste* jemals lebend herausgekommen ist. Du kennst doch die Geschichten, die man sich erzählt, ja?«

Sie nickte. Selbst ohne den Knebel hätte sie nicht um Gnade gefleht oder ihn beschimpft, wie es gestandene Männer vor ihr bereits unzählige Male getan hatten. Frauen waren eben das stärkere Geschlecht. Das respektierte er. Wenn er sich selbst zur Welt hätte bringen müssen, wäre er an den Geburtswehen krepiert. Bei der Entbindung hatte er weit über acht Pfund gewogen. Seine Mutter hatte unaussprechliche Qualen durchleben müssen, nur damit aus ihm einmal ein gesunder Kerl werden durfte. Thaqi liebte seine Mutter. Er liebte Frauen im Allgemeinen. Umso enttäuschter war er, dass eine von ihnen zur biblischen Eva geworden war.

»Du hast deine Freundin verraten«, warf er ihr vor. »Sabrina war eine von euch, auch wenn ich sie damals habe gehen lassen.«

Florentina protestierte nicht. Demnach wusste sie, dass er bereits alles über sie wusste. Über ihren miesen Deal.

»Erzähl mir von dem Mann, den die Zeitungen *Augenmacher* nennen«, forderte er sie auf und löste den Knebel.

Stockend und nach Luft japsend antwortete sie: »Er hat mich irgendwann nach Dienstschluss kontaktiert.«

»Wann?«

»Ich weiß es nicht mehr. Vor vier oder fünf Wochen. Er rief mich an und sagte mir, dass er mich beobachtet. Während des Telefonats zählte er die Kleidung auf, die ich gerade trug. Selbst meine blaue Haarspange konnte er detailliert beschreiben. Er wusste, wo ich wohne und mit wem ich vögle. Er hielt mir sogar vor, ich hätte beim Bedienen mehr Trinkgeld eingesteckt als üblich.«

»Und hatte er recht?«, wurde Thaqi ungeduldig.

Schuldbewusst nickte sie, blieb aber ansonsten stumm.

»Wie viel?«

»Pro Abend vielleicht zehn bis zwanzig Euro. Du weißt, mein Auto ist kaputtgegangen, deshalb musste ich zuletzt mit der Straßenbahn fahren. Auch das wusste er …«

»Was hat er von dir verlangt?«

Sie schluchzte. »Er wollte alles über Sabrina wissen, meinte, er hätte noch eine Rechnung mit ihr offen. Sie oder ich, sagte er. Ich sollte sie kontaktieren, was ich später auch getan habe. Er bot mir Geld.«

»Wie viel?«

»Einen vierstelligen Betrag … Er behauptete, er habe nicht vor, mir etwas anzutun, könnte es aber jederzeit. Er würde mich dann aber nicht töten, sondern mir das Augenlicht nehmen, falls ich mich weigerte. Und er drohte, mir sein Zeichen mit einem glühenden Schraubendreher auf die Stirn zu brennen. Ein Viereck mit einem Auge in der Mitte.«

»Ein Viereck mit einem Auge«, wiederholte Thaqi. Er schaute Shkodran an, ob der jemanden von der rivalisierenden Seite kannte, der ein solches Zeichen trug.

Shkodran verstand wortlos und verneinte mit einer Kopfbewegung.

»Und es war definitiv ein Mann?«

»Er sprach mit verzerrter Stimme.«

Demnach ein Profi. Kein dahergelaufener Penner, der abkassieren wollte.

Thaqi hatte genug gehört, den Rest sollten seine Leute erledigen. Auch wenn Shkodran nicht reden konnte, so war er doch ein überzeugender Zuhörer. Und die Leute, die hier auf diesem Stuhl saßen, verrieten ihm selbst ihre dunkelsten Geheimnisse. Am Ende verschwanden sie zwar trotzdem spurlos, aber der Stuhl blieb immer derselbe.

»Pass auf, Florentina«, mahnte Thaqi und beugte sich zu ihr hinab. »Ich hasse es, Frauen Gewalt anzutun, aber du hast es verdient. Das siehst du doch ein, oder?«

Dicke Tränen liefen ihr über die Wangen. Sie verkrampfte sich, schluchzte immer heftiger. Wenigstens versuchte sie, ihm zuzuhören, denn er sprach leise.

»Du hast Sabrina dem Tod ausgeliefert«, fuhr er fort. »Dafür verdienst du selbst den Tod. Allerdings will ich dabei nicht vergessen, dass du sieben Jahre gut für mich gearbeitet hast. Deshalb wirst du lediglich deinen verbliebenen Rest an Schönheit verlieren. Oh ja, das wirst du. Dein hübsches Gesicht wird heute Abend Matsch sein wie eine ausgepresste Zitrone, das kann ich dir versprechen, aber du wirst es überleben. Weil du Sabrina dem Tod ausgeliefert hast.«

»Er hätte mich gefoltert oder noch Schlimmeres mit mir angestellt!«, rechtfertigte sie sich.

»Ich glaube dir. Doch du hättest zu mir kommen müssen. Niemand fasst ungestraft eines meiner Mädchen an. Auch dich nicht.« Thaqi atmete ruhig. Er machte keine leeren Versprechungen. »Du wirst überleben. Sobald ich dich gehen lasse, wirst du deine Sachen packen und aus der Stadt verschwinden. Lass dich verarzten und hau ab. Geh weit weg. Sag niemandem von deinen Verwandten oder Bekannten Bescheid. Lös dich einfach in Luft auf. Sollte ich dich jemals wieder in München antreffen, wirst du dir wünschen, der Augenmacher hätte dich in seine Finger bekommen.«

Damit stand er auf und verließ den Raum, ohne sich noch einmal umzudrehen,

Hinter sich hörte er, wie Florentinas Nasenbein brach.

Kapitel 28

Bei Tageslicht betrachtet musste das Haus von Dr. Ilona Kleinholz aussehen wie ein kleines Schloss. Elfenbeinfarben und mit zwei Türmchen links und rechts. Es verdeutlichte, dass hier im Waldstraßenviertel von Leipzig die Besserverdiener wohnten. Leute, denen das Leben in der Regel jede Menge Sonnenschein bot. Doch an diesem Abend umhüllte tiefste Finsternis das Anwesen der Ärztin. Vierzig Minuten nachdem Frost im Wald ihre Kollegen verständigt hatte, war ihr Verdacht grauenhafte Gewissheit geworden. Während sie Carolin zum Wohnheim zurückführte, rief ihre Kommissariatsleiterin sie an und berichtete von einem weiteren Mord des Augenmachers. Bevor die Polizei das Schlösschen erreicht hatte, war dort längst der Tod eingekehrt. Heimtückisch und mit scharfer Klinge.

Frost war sofort zum Tatort gerast und drängelte sich nun an den Absperrungen vorbei, Fitz auf den Fersen, als gehörte er zur Truppe. Der aufdringliche Münchner Kommissar bat die junge Streifenbeamtin sogar, ihm das Trassierband hochzuhalten. Angeblich wegen des Ischiasnervs.

»Bleiben Sie dicht hinter mir«, befahl Frost.

»Wieso? Mit Ihren schmalen Hüften können Sie mir doch unmöglich Deckung bieten.«

Sie drehte sich um und blies ihm Zigarettenqualm ins Gesicht, wodurch er zu husten anfing.

»Halten Sie einfach die Klappe, sonst muss ich mich von Ihnen trennen.«

»Sie meinen, wie von einem in die Jahre gekommenen Haustier?«

Kurz darauf stoppte Frost an der offen stehenden Tür. Direkt im Eingangsbereich begann die Blutspur, die ins Innere führte. Der Täter hatte offenbar keine Zeit verloren und sein Opfer sofort attackiert. Alles, was mit der Tat in Verbindung stand, wurde bereits von Kriminaltechnikern fotografiert, dokumentiert und in Spurensicherungsbehältnisse verpackt. Im gespenstisch flackernden Blaulicht sicherte ein Kollege mit Wattetupfern DNA-Spuren von Blutspritzern. Ein weiterer begutachtete das Türschloss mit Taschenlampe und einer Speziallupe.

»Hm«, meinte Fitz.

»Was ist?«, wollte sie wissen.

»Sie haben Ihr Ziel erreicht.«

Frosts Blick folgte seinem, der nach unten zum Fußabstreifer zurückkehrte, auf dem sie gerade stand. Die Matte bestand aus braunem Kunststoffmaterial und war mit einem schwarzen Schriftzug bedruckt: SIE HABEN IHR ZIEL ERREICHT!

In dieser Situation fand sie seinen Humor katastrophal. »Sie sind echt abgebrüht.«

»Ich denke nur mit.«

Für zwei Wimpernschläge versuchte sie in seiner Miene zu ergründen, ob da noch mehr schlechter Witz folgte. Als Fitz die Lippen aufeinanderpresste, trat sie ihre Zigarette aus und ging ins Haus.

Die Blutspur zog sich mitten durch den Flur und führte ins Wohnzimmer, wo die Leiche mit dem Rücken auf einem orientalischen Teppich lag. Die Haut zeigte bereits dunkle Stellen. Unmengen von Fliegen krabbelten auf verkrustetem Blut und tasteten mit ihren Rüsseln sämtliche Stellen mit getrockneten Körperflüssigkeiten ab. Fäulnis und fortschreitende Verwesung ließen darauf schließen, dass der Todeszeitpunkt ein paar Tage zurücklag.

»Halt!« Alexandra Lorenz stellte sich Frost und Fitz in den Weg. »Sind Sie der Oberkommissar aus München, der es nicht für nötig gehalten hat, sich bei mir zu melden?«

Fitz streckte ihr die Hand hin. »Malchius Fitz! Gewöhnlich sind die Leute nicht so scharf darauf, mich kennenzulernen.«

Provokativ verwehrte Lorenz den Handschlag. Sie schaute Frost an. »Ist er Polizist oder Komiker?«

»Ich bin mir nicht mal sicher, ob er überhaupt eins von beiden ist.«

Lorenz kräuselte die Lippen. »Und warum trampelt er dann hier an meinem Tatort herum?«

»Mit Schuhgröße vierzig kann man unmöglich trampeln«, wandte Fitz ein, wobei er die Augenbrauen zusammenzog, als ginge ihm das Gerede auf die Nerven.

Diesmal lachte Lorenz sogar auf und wedelte ein paar der Fliegen weg, die das Zimmer bevölkerten. »Gott, Ihre Lunge pfeift beim Reden wie eine defekte Luftpumpe. Meinetwegen bleiben Sie hier, bevor Sie sich draußen im Regen noch eine Bronchitis holen. Das heißt aber nicht, dass ich mit Ihnen meine Ermittlungsergebnisse noch sonst etwas teile.«

»Sollten Sie aber«, legte Fitz nach und betrachtete auffallend ihre Hüften. »Sie sollten unbedingt teilen.«

Frost ignorierte den weiteren Schlagabtausch, denn schließlich ging es hier um einen Mord. »Ist das der Ehemann?«

»Tja, wer will sich bei dem Aussehen festlegen?«, sprach Lorenz den Verwesungszustand an.

Alle drei starrten auf den Leichnam, dessen Brust frei lag. Der Seidenpyjama war an den oberen Knöpfen aufgerissen und der Stoff blutgetränkt. Anhand der Liegeposition und des Blutspurenmusters vermutete Frost, dass man den Mann nach seinem Tod vom Bauch auf den Rücken gedreht hatte.

Auf den Augenhöhlen lagen zwei Hühnergötter.

Erneut hatte der Augenmacher seine Handschrift hinterlassen.

»Wir haben nur einen vorläufigen Totenschein«, führte Lorenz aus. »Allerdings hat der Notarzt auf multiple Stichverletzungen beim Opfer hingewiesen. Da Dr. Adolf bereits in den Fall involviert ist, haben wir sie zwecks der Leichenschau verständigt. Falls sie über die B87 fährt, müsste sie jeden Augenblick eintreffen.«

»Ah, Dr. Andrea Adolf«, hielt Fitz sich nicht zurück. »Noch jemand, der sich freuen wird, mich zu sehen.«

Im Gegensatz zu seinem flotten Mundwerk wirkte er inzwischen wie ein wandelnder Toter. Spucke lief ihm unkontrolliert aus dem Mundwinkel. Ein ums andere Mal rieb er sich die blutunterlaufenen Augen. Doch so wie Frost ihn kennengelernt hatte, würde er schon klarkommen. Sein Zustand war schließlich nicht ihr Problem. Der des Ermordeten dagegen schon.

»Die Leiche ist noch bekleidet«, sagte Frost und ließ sich von einem der umstehenden Kriminaltechniker Einweghandschuhe reichen.

Nachdem sie die Latexhandschuhe übergestreift hatte, kniete sie sich auf den Boden. Zielstrebig schob sie den Stoff des Pyjamaoberteils zur Seite und zog am Bund der Hose, um freie Sicht auf die Haut im Schambereich zu bekommen. Ernüchtert schüttelte sie den Kopf. Sie unterließ es, das Opfer weiter zu entkleiden. Das, was sie suchte, war nicht hier.

»Kein Tattoo.«

»Warum sollte es sich genau an der Stelle befinden?«, wandte Lorenz ein, die noch immer nichts von Frosts Tätowierung wusste. »Wäre doch möglich, dass wir an einer anderen Körperstelle mehr Glück haben. Am Rücken oder an den Waden zum Beispiel.«

Daran wollte Frost nicht glauben. Der Augenmacher handelte nach einem festgelegten Schema. Ein Abweichen von seinen Erkennungsmerkmalen könnte man ihm als Schwäche auslegen. Doch der Sadist wollte in jeder Phase seine Überlegenheit demonstrieren. Es war das omnipotente Paradigma, das alle Serienmörder einte.

Irgendwo hier im Raum musste es einen weiteren Hinweis geben.

»Wissen wir etwas zum Verbleib von Dr. Kleinholz?«

Auf die Frage hin schüttelte Lorenz den Kopf. »Keine weitere Leiche, keine Botschaften. Nur das da!«

Ihr Zeigefinger deutete auf einen Laptop, auf dessen Bildschirm ein Timer abwärts zählte.

22:33:59.

22:33:58.

22:33:57.

Stunden. Minuten. Sekunden.

Natürlich hatte Frost die Anzeige bereits beim Betreten des Raumes bemerkt. Sie hatte auch den Grund geahnt, jedoch die Zahlen, das Labyrinth und die darin hüpfende Pixelfigur ausgeblendet. Weil es sie ablenkte. So wie jetzt.

Es ist ein Countdown. Ein verdammter Countdown.

Nach Ablauf der Deadline würde Carolins Ärztin sterben. Konnte es sein, dass die unbekannte Frau auf dem Foto Dr. Ilona Kleinholz zeigte?

Scheiße, sie ist es.

»Er hat sich Zeit gelassen.« Lorenz meinte den Mörder. Wie gebannt betrachtete sie die Animation auf dem Monitor. »Er muss das Programm mit dem Timer auf den Rechner der Hausbewohner aufgespielt haben.«

Auf den ersten Blick hätte man denken können, dass es sich bei der Animation um den Bildschirmschoner eines Spielautomaten aus den Achtzigern handelte. Die Grafik war grobpixelig und nicht sehr bunt. Bei der Figur sollte es sich wohl um Dr. Kleinholz handeln. Zumindest deuteten die roten Haare darauf hin. Andere hätten die Figur als Hexe gedeutet. Die hervorstechenden gelben Augen und die schwarzen Reißzähne hatten nun wirklich keine Ähnlichkeit mit der Ärztin.

Aufmerksam studierte Frost die Bewegungsbahn der Pixelhexe, die in Dauerschleife immer den gleichen Weg lief, weil sie in einer Art Labyrinth aus weißen Mauern gefangen war. Tatsächlich gab es keinerlei Ausgang. Bis zum Ablauf der Deadline wollte Frost jedoch ungern warten, um zu sehen, wie die Animation endete.

»Wir haben einen IT-Fachmann vom LKA angefordert«, unterbrach Lorenz sie in ihrem Denkprozess. »Ich will, dass er sich diesen Mist direkt vor Ort anschaut, bevor wir den Stromkreis unterbrechen, um den Computer sicherzustellen.«

Frost verstand nicht, weshalb sich der Augenmacher die Mühe mit der Animation gemacht hatte. Allerdings hatte sie sich ohnehin nie groß für Computerspiele interessiert. »Hoffentlich ist unser LKA-Mann ein Spielefreak.«

Lorenz wirkte gedankenverloren und sprach in den Raum hinein. »Weiß einer der hier Anwesenden noch immer nicht, wer die Frau auf unserem Foto ist?«

Plötzlich schien die Frage überflüssig. Genau, wie Frost Sekunden zuvor erraten hatte, meinte sie die Fotografie, die jemand Carolin im Kirchengarten zugesteckt hatte. Dr. Ilona Kleinholz war als nächstes Opfer des Killers entführt worden. Für Frost gab es daran keinen Zweifel. Carolin hatte in ihrem Zimmer ein Bild von Dr. Kleinholz und dem Augenmacher gezeichnet.

Carolin! Was machst du nur für Sachen?

Lorenz beugte sich dicht an Frosts Ohr: »Uns bleiben weniger als vierundzwanzig Stunden, Klara. Wenn du auch nur die leiseste Ahnung hast, was hier gespielt wird, dann hilf uns.«

Mit ihren langen Fingernägeln krallte sie sich in den Lederärmel von Frosts Jacke. »Hilf uns!«

Zwei Tattoos. Ein Viereck mit einem Auge, darin die 15. Ein Viereck mit einem Auge, darin die 1023. Vier Lochsteine. Kein Tattoo. Zu viele Zahlen, die keinen Sinn ergeben. Ein aktuelles Foto. Ein altes Video. Carolins Zeichnungen. Eine davon hat Fitz bekommen. Malchius Fitz. Wozu ist Fitz hier?

Frost beobachtete den schlecht gekleideten Kommissar. Inzwischen stand er wie unbeteiligt da. Er sagte nichts, er rührte sich nicht einmal vom Fleck. Allerdings wusste Frost, dass sein Verstand rasiermesserscharf arbeitete. Die meisten hätten sich von seinem Äußeren täuschen lassen. Nicht so Frost.

Er weiß mehr.

Fitz blickte streng zurück. Wie lange schon, wusste sie nicht. Mit seinen traurigen Augen schien er ihre Gedanken zu durchleuchten. Schließlich zückte er ein Taschentuch und tat, als würde er an einem neuerlichen Hustenanfall ersticken.

»Ich muss an die frische Luft.«

Hastig drehte er sich um, und Frost sah ihm nach, wie er nach draußen verschwand.

»Wir müssen Carolin rund um die Uhr observieren«, entschied Frost.

»Das machen wir«, antwortete Lorenz. »Und diesmal verzichten wir auf die Wachpolizei.«

»Dr. Kleinholz war die Einzige, die mit Carolin kommunizieren konnte.« Wobei »kommunizieren« das falsche Wort war. Es war vielmehr eine sonderbare Form von Kryptoanalyse, die Kleinholz betrieben hatte. Nun gab es die Kryptologin nicht mehr, und damit war die Verbindung zu Carolins Welt zerschnitten. »Der Augenmacher will nicht, dass Carolin uns etwas mitteilt.«

»Was sollte sie uns denn mitteilen?«

Schulterzuckend lief Frost an ihrer Chefin vorbei auf der Suche nach irgendetwas, das der Augenmacher, abgesehen von dem Countdown, hinterlassen hatte. Bewusst oder unbewusst …

Sie entdeckte keinerlei Auffälligkeiten im Zimmer.

Um die Arbeit der Kriminaltechniker nicht weiter zu stören, wollte sie den Raum wechseln. Plötzlich fiel ihr Blick auf eine Blumenvase auf einem Sideboard. Das Seltsame daran war, dass die Vase auf einem Terminplaner stand. Sie stellte die Blumen beiseite und blätterte in dem Buch. Es gehörte Dr. Kleinholz.

Lange brauchte sie nicht zu suchen, da hatte sie bereits eine Handvoll eingetragener Termine mit Carolin gefunden. Die Ärztin hatte sich regelmäßig Zeit für die Stumme genommen. Und offenbar auch Zeit für jemand anderen, den Frost kannte.

Für ihren Stiefbruder Hendrik.

Seine Nummer stand auf einer der Seiten – mit gelbem Textmarker hervorgehoben.

»Ich möchte, dass der hier auf Spuren überprüft wird.« Auffordernd hob sie den Planer hoch und übergab ihn Lorenz. »Und wir sollten jeden einzelnen Namen in diesem Büchlein checken.«

»Sie haben Ihr Ziel erreicht!«

Sie wirbelte herum. Vor ihr stand Fitz. In den Händen hielt er den Fußabtreter.

»Ich liebe saubere Fußmatten«, sagte er. »Saubere Fußmatten machen saubere Schuhe. Und wissen Sie, was mich an diesem Fußabstreifer gestört hat?«

»Dass er zu groß ist für Ihre Füße?«

»Es ist eine Fußmatte für drinnen und sollte deshalb nicht im Regen liegen.«

Mit Beenden des Satzes drehte er ihn herum, und Frost las, was darauf geschrieben stand.

Kapitel 29

Schnaufend und hustend holte Fitz Frost ein und hielt sie mitten auf der Straße vor den wartenden Streifenbeamten am Arm fest. Der Blick der Kollegin wirkte kalt. Sie trat dermaßen kühl auf, das selbst Eskimos Schüttelfrost bekämen.

Nachdem er ihr die Rückseite der Fußmatte mit der Botschaft des Augenmachers gezeigt hatte, hatte sie bloß mit den Schultern gezuckt und anschließend das Haus der Ärztin verlassen. Doch allein zu sein, konnte häufig die falsche Entscheidung sein. Im Laufe seiner Dienstjahre hatte Fitz viele einsame Menschen kennengelernt. Am Ende konnte den meisten niemand mehr helfen. Zurückblickend war er auch oft allein gewesen, und das Alleinsein hatte ihn schlussendlich in einen mürrischen Zwerg verwandelt.

Hilfe anbietend, hielt er sie fest. Wie erwartet, riss sie sich sogleich von ihm los.

»Was wollen Sie von mir?«

»Antworten.«

»Ach, und woher wollen Sie wissen, dass ich welche für Sie habe?«

»Meine Frau arbeitet in einer Großfleischerei«, begann er. »Im dortigen Kühlhaus hängen jede Menge Schweinehälften. Meine Frau hasst den Anblick von derart viel totem Schwein. Und wenn ich sie frage, wie sie das aushält, dann sagt sie zu mir:

Der Trick ist, sich vorzustellen, die Schweinehälften wären all die bösen Menschen.«

Frost schien ernsthaft über die Worte nachzudenken. Nach allem, was Fitz über die Dame mit den eisblauen Augen wusste, liebte sie Rätsel. Also konnte man sie damit ködern. Und das wusste garantiert auch der Augenmacher.

»Echt? Das sagt sie?« Zum ersten Mal wirkte sie nicht wie eine Maschine. »Sie haben wirklich Mumm, wenn Sie mit so einer Frau verheiratet sind.«

Vermutlich war sie im Rätselraten doch nicht so gut, wie man behauptete, deshalb setzte er zur Erklärung an. »Wenn wir die Realität in Fiktion verwandeln können …«

»… dann können wir die Fiktion in Realität verwandeln«, beendete sie den Satz. »Schon klar, hab es kapiert.«

»Dann los! Beweisen Sie es, und erzählen Sie mir, was der Spruch auf dem Abtreter bedeutet.«

Lediglich ihre Mundwinkel zuckten.

»Machen Sie schon!«, blieb Fitz hartnäckig. »Oder muss ich es wiederholen? Stein zu Brot, kleine Klara.«

Stein zu Brot, kleine Klara. Exakt das stand auf der Unterseite der Matte.

Noch immer gab Frost keine Erwiderung. Stattdessen schaute sie zur Seite, wo ein dritter Streifenwagen neben den anderen einparkte. Zwei Kriminaltechniker schleppten zusätzliche Beleuchtungstechnik ins Haus.

Fitz schlug sich den Mantelkragen hoch, weil ihm das Regenwasser mittlerweile in den Nacken lief. Trotz der Nässe gab er nicht klein bei. Frost war seine einzige Chance, seine Nichte zu finden. Doch bei dieser seltsamen Kriminalbeamtin musste er behutsam vorgehen. Sie war nur nach außen hin hart und unantastbar wie ein Eisblock.

Bei dem Gedanken an Kälte musste er erneut husten. Schließlich zahlte sich seine Hartnäckigkeit aus.

»Kommen Sie mit«, lenkte sie ein und kommandierte ihn zu ihrem Auto.

Sie setzten sich in die trockenen Sitze des Mercedes. Fitz fuhr die gleiche Marke, und doch lagen zwischen beiden Modellen Welten. Ihr Fahrzeug schien wie von einem anderen Stern und seine Karre wie ein urzeitliches Gefährt. Allein die weißen Lederpolster, die Chromarmaturen und die restliche tiefschwarze Ausstattung im Fahrzeuginneren wirkten unnahbar auf Fitz. Unnahbar wie die Besitzerin des Wagens.

Stur blickte Frost zur Frontscheibe hinaus, wo für Fitz' Geschmack zu viele Uniformierte herumliefen. »In Wahrheit suchen wir keine Steine, sondern Brotkrumen. Wie bei Hänsel und Gretel.«

Fitz nickte und hörte weiter zu.

»Vorhin im Wald«, begann Frost. »Carolins Ausflug in die Nacht. Die Hühnergötter. Das alles waren Brotkrumen. Sie führen ins Nichts. Sie sind Fiktion.«

»Verwandeln wir sie in die Realität. Warum haben Sie da drinnen nach einem Tattoo gesucht?«

»Es ist ein Symbol, das der Augenmacher beim letzten Opfer hinterlassen hat.« Sie holte ihr Smartphone hervor und zeigte ihm das Tattoo mit der Zahl 1023. »Ich fragte Sie bereits bei unserem Kennenlernen, ob Sie damit etwas anfangen können.«

Fitz schüttelt den Kopf. »Gibt es weitere?«

»Wenn, dann haben wir sie bisher nicht gefunden.«

»Wirklich nicht?«, hakte er nach und beobachtete ihre Mimik. Unmöglich zu erkennen, ob sie log.

»Wir haben ein altes Video des Augenmachers bekommen«, schwenkte sie um, was ihn in seiner Vermutung bestätigte, dass sie ihm bezüglich des Tattoos etwas verheimlichte. »Es zeigt die Folterung eines seiner Opfer. Sie haben damals Carolin befreit. Sie hat Sie vorhin im Wald wiedererkannt. Deshalb würde ich Ihnen das Video gern vorspielen. Vielleicht entdecken Sie dabei etwas, das uns weiterhilft. Zuvor werden Sie aber wohl etwas Schlaf brauchen.«

Vor Müdigkeit fielen ihm tatsächlich fast die Augen zu. »Ich komme zurecht.«

»Melden Sie sich morgen früh bei mir.« Sie reichte ihm eine Visitenkarte.

Er stopfte die Karte in seine Jackentasche. »Die Tote in der Rechtsmedizin ist nicht meine Nichte.«

»Das ist eine gute Nachricht.«

Wahrscheinlich meinte sie es sogar ehrlich, doch es tröstete ihn keineswegs. Sabrina blieb weiterhin verschwunden. Und sobald die Identität der Frauenleiche feststand, würden andere Eltern den gewaltsamen Tod ihrer Tochter betrauern.

»Meine Nichte trägt ein Schmetterlingstattoo auf dem linken Oberarm. Exakt an der Stelle, an der man der Toten in der Kühlkammer die Haut herausgeschnitten hat. Ich bin mir sicher, es soll ein Ablenkungsmanöver sein.«

»Sie meinen ein weiterer Brotkrumen.«

»Wir sollten denken, die Tote wäre meine Nichte. Das wiederum bringt mich zu der Gewissheit, dass Sabrina sich tatsächlich in der Gewalt des Augenmachers befindet.« Sein bitteres Schnauben ging in einen Hustenanfall über. »Und da reden Sie von einer guten Nachricht?«

»Sie sollten sich ausschlafen.«

»Falls Sie mehr wissen, müssen Sie es mir sagen.«

»Wir reden morgen. Ich muss erst nachdenken.«

»Verdammt, uns läuft die Zeit davon!«

»Zeit ist nicht das Problem. Ungeduld ist dagegen eins.«

Fitz winkte ab. Kein Wunder, dass man sie als Exorzistin betitelte. In ihrem Kopf war irgendeine Synapse falsch gepolt. Oder sie war eine Art verblendete Fanatikerin. Ehrlich, wer würde schon diesen Knochenjob freiwillig machen, wenn sein Bankkonto aus allen Nähten platzte?

Es brachte nichts, Frost zu beschimpfen oder ihr zu drohen. Auf diese Weise würde er keine Informationen erhalten. Besser, er spielte einen anderen Trumpf. »Die Tote in der Rechtsmedizin mag zwar nicht meine Nichte sein, aber wissen Sie, was mir aufgefallen ist? Die unbekannte Tote und meine Sabrina haben eine Gemeinsamkeit: Sie sind beide blond und das Alter dürfte ähnlich sein.« Er griff nach Frosts wasserstoffblonden Strähnen und strich hindurch. »Wie alt sind Sie eigentlich?«

Statt ihm ihre sechsunddreißig Jahre zu verraten, holte sie ein zweites Smartphone hervor. Nach wenigen Handgriffen drehte sie ihm das Display zu.

»Kennen Sie die?«

Natürlich erkannte Fitz die Frau trotz des Seitenprofils. Das Foto zeigte Sabrina vor Fitons Klub in München. »Woher haben Sie das?«

»Das Smartphone lag in einem Schubfach in Carolins Zimmer.«

Kapitel 30

Präzise sendete das Smartphone seine Standortdaten.

Nachdem Frost die Wohnung der Ärztin betreten hatte, fing für den Augenmacher das Spiel erst richtig an. In einem Theaterstück hätte man wohl vom zweiten Akt gesprochen – auch Entwicklung genannt. Die Zuspitzung des Konflikts bis hin zum Höhepunkt. Und einen Höhepunkt würde es schon bald geben. Nämlich dann, wenn Klara Frost um ihr erbärmliches Leben rang.

Kurz bevor die Tragödie ihren Abschluss fand.

Stein zu Brot, kleine Klara.

Er brauchte mehr Brotkrumen.

Während der Augenmacher auf den Monitor starrte und im Kopf seine weiteren Schritte durchspielte, musste er kichern. Die eingesperrte frierende Frau, die er über die Kamera beobachtete, hatte keine Ahnung, dass sie in diesem Drama nur die Nebenrolle besetzte. Wahrhaftig, all das Leid, die Qualen, das Blut, die Angst, all das war tragisch – nichtsdestotrotz notwendig für eine gelungene Aufführung. Durch seinen Plan gab der Augenmacher dem Töten einen Sinn.

Er nickte zu sich selbst und sah zu, wie Sabrina durch ihr winziges dunkles Kellerverlies irrte.

Es war riskant, aber notwendig gewesen, sie zu entführen. Und eigentlich hatte es lächerlich einfach funktioniert. Um an

Informationen einer Person zu kommen, reichte es oftmals völlig aus, sich schamlos im Internet zu bedienen. An Personen wie Sabrina, die ihre digitalen Spuren bei Facebook, Instagram, LinkedIn, Xing und vor allem bei Google hinterließen. Ihr Gesicht hatte er unter anderem auf einem alten Mannschaftsfoto auf der Homepage eines Volleyballvereins entdeckt. Sie hatte in der Kreisliga gespielt, war dort allerdings meist Ersatzspielerin gewesen. Vermutlich lag das an ihrer geringen Körpergröße. Er war wirklich fleißig bei den Nachforschungen gewesen. Sogar ihre Handynummer hatte er im Netz gefunden.

Je mehr virtuelle Freunde man hatte, umso schwerer konnte man kontrollieren, wo die undichte Stelle im System war. Im Laufe seiner Recherche war der Augenmacher selbst erstaunt gewesen, wie nachlässig Menschen mit ihren Daten umgingen und wie leicht beschaffbar scheinbar kaum zugängliche Auskünfte waren, sobald man mit Geld winkte. Dafür brauchte man noch nicht einmal horrende Summen einzusetzen.

Der Augenmacher hatte alles über Sabrina und ihren untreuen Partner gesammelt, um nah genug an sie heranzukommen. Als er sogar ihren Geruch kannte, war er wie ein Albtraum in ihr Leben getreten. Er hatte gedroht, Fotos von ihrer damaligen Tätigkeit als Tabledancerin zu veröffentlichen. Gleichzeitig hatte er ihr Vertrauen mit einem zweiten Pseudonym gewonnen, indem er vorgegeben hatte, denjenigen zu kennen, der sie mit den Bildern erpresste. Perfide, aber überaus schwer zu durchschauen, wenn das Opfer sich schämte, Anzeige zu erstatten oder wenigstens den eigenen Onkel – der bei der Polizei arbeitete – um Rat zu fragen.

Stattdessen hatte sie sich mit ihm, einem völlig Fremden, verabredet. Freiwillig hatte sie sich dem Augenmacher ausgeliefert – und er hatte sie mit offenen Armen und scharfer Klinge empfangen.

»Schlaf, Sabrina, schlaf«, wisperte der Augenmacher. Sie konnte ihn nicht hören. »Schlaf und hör auf zu weinen, damit du zu Kräften kommst. Später wirst du noch sehr viel weinen. Weinen und schreien. Falls ich sie dir lasse, werden sich deine Fingernägel in Matratze und Holzrahmen bohren. Deine Stimmbänder werden brennen, als ob du Säure geschluckt hättest. Deine Muskeln werden verkrampfen, bis du das Gefühl hast zu explodieren. Das alles wird passieren, sobald ich das Messer ansetze.«

Er betrachtete Sabrina ausgesprochen gern. Immer und immer wieder. Sie erinnerte ihn an eine andere Frau. Sabrinas Haut hatte sich ähnlich wie die von Klara Frost angefühlt. Beide waren sogar fast gleich groß. Aber wer gab sich gern mit einer Kopie zufrieden, wenn er das Original haben konnte?

Es wurde Zeit, die Kriposchlampe herzulocken.

Vorher musste er das Kinderzimmer herrichten. Dafür musste es jedoch erst einmal leer sein. Derzeit war es belegt. Von der sterbenden Dr. Ilona Kleinholz.

Inzwischen musste der Hunger ihr den Verstand rauben. In den ersten Tagen hatte sie die Insekten ausgespuckt, die er ihr zum Essen in den Mund geschoben hatte. Vor fünf Stunden allerdings hatte er es erneut probiert, und da hatte sie mit den Lippen gierig nach der Handvoll Fliegen geschnappt. Nach Überwindung des Ekels hatte sie die Tierchen runtergeschluckt. Zum Nachspülen hatte er ihr Toilettenwasser gegeben. Auch das hatte sie anstandslos geschluckt. In ihrer Lage durfte sie nicht wählerisch sein.

Als er ihr jedoch kurz darauf erzählt hatte, woher die Fliegen stammten, da hatte sie sich schwallartig übergeben und wäre beinahe an ihrem Erbrochenen erstickt. Er hatte die Fliegen vom Körper ihres toten Mannes gesammelt.

Er schaltete den einen Monitor aus und einen anderen an. Sofort erschien das Kinderzimmer, in dem die Ärztin gefesselt auf dem Bett lag.

»Ah, du bist wach«, redete er mit Dr. Kleinholz, obwohl sie ihn im Kontrollraum nicht hören konnte, solange er das Mikrofon stumm ließ.

Mittlerweile stank sie, denn ihr Rücken war wundgelegen. Und dauernd redete sie von Krämpfen. Natürlich redete sie nur, wenn er den Knebel löste. Und sie blutete.

Sie blutete noch nicht genug.

Es brummte, als er das Mikro einschaltete.

»Die Polizei weiß nun, dass deine Zeit abläuft, Ilona.«

Dr. Kleinholz reagierte mit heftigen Bewegungen, die von den Fesseln gestoppt wurden.

»Schade, uns bleiben nur noch wenige Stunden. Am besten komme ich gleich zu dir.«

Bestimmt wollte sie ihm entgegenschreien, er sollte von ihr fernbleiben.

»Als Ärztin hast du oft mit Carolin gesprochen, wolltest ihre Geheimnisse herausbekommen. Mal sehen, was ich aus dir herausbekomme.« Er ließ eine Pause, um sich an ihrer Angst zu ergötzen. »Dazu bringe ich diesmal eine Zange mit …«

Kapitel 31

Spät in der Nacht schloss Frost die Hotelzimmertür von innen. Bis auf die Orientierungslichter in den Wandabschlussleisten ließ sie die Beleuchtung aus. Sie war durcheinander und brauchte jetzt die Dunkelheit, um sich zu sammeln. Ihr Kopf war wie ein Archiv nach einem Erdbeben. Sämtliche Regale waren leer und die Dinge lagen verstreut am Boden.

Kein neues Tattoo. Der Mann hatte kein Tattoo. Er ist nicht wichtig. Die Fußmatte ist es. Bloß ein Stück Kunststoff. Eines mit tiefgreifender Bedeutung. Nein, nicht der Abstreifer ist von Bedeutung, sondern die Botschaft darauf.

»Sie haben Ihr Ziel erreicht!«, murmelte sie.

Nein, das andere.

Auf der Suche nach einem Fixpunkt lief sie zum Panoramafenster und ließ die Jalousetten hochfahren. Die Elektronik surrte leise und monoton. Wie ein Sternenfeuerwerk funkelte ihr die nächtliche Skyline der Stadt entgegen. Gegenwärtig angestrahlt von grellen Leuchtfarben, thronten das City-Hochhaus, die Spitze der Michaeliskirche und der Turm des neuen Rathauses über den übrigen Gebäuden.

Stein zu Brot. Wie kann man Stein zu Brot verwandeln? Jesus könnte es. Wer noch? Der Augenmacher. Steine. Hühnergötter. Alles nur Brotkrumen wie in Hänsel und Gretel?

»Hach, Shit!«

Mit seinem Gerede von Fiktion und Realität brachte Fitz sie ganz durcheinander. Längst nicht alles war Einbildung. Hendriks Handynummer im Terminplaner von Dr. Kleinholz war es zum Beispiel nicht.

Sie wandte den Blick von der Stadt ab und öffnete die Minibar. Zuerst griff sie nach der Champagnerflasche, dann entschied sie sich für den Wodka. An diesem Abend brauchte sie etwas Stärkeres. Sie schraubte den Verschluss auf und trank aus der Flasche. Das eiskalte Getränk landete wie ein warmer Stein in ihrem Magen, von wo aus sich ein betäubendes Gefühl ausbreitete. Manchmal half es, die Gedanken zu ordnen, indem man einiges löschte.

Gehirnformatierung.

Streng gesehen war Formatieren ein Vorgang aus Zahlen. Einsen und Nullen. Auch etwas, das man bis ins Unendliche treiben konnte und das sie daher interessierte.

Sie stellte den Wodka auf den Tisch und streifte sich die Kleidung ab, bis sie splitternackt durch ihr Apartment lief. Sie nahm ihr Smartphone zur Hand und kontrollierte sämtliche Nachrichten. Obwohl sie die Uhrzeit vom Display ablas, ging ihr Blick zur Uhr an der Stereoanlage. Nur zur Kontrolle.

23.35 Uhr.

Ihr Bruder arbeitete oft bis weit nach Mitternacht. Warum sollte sie ihn nicht gleich anrufen und ihn auf Dr. Kleinholz ansprechen?

Anders als sonst musste sie sich Mut antrinken. Sogar eine brennende Zigarette befand sich Sekunden später zwischen ihren Fingern. Woher die Unsicherheit kam, wusste sie selbst nicht. Vielleicht fürchtete sie sich vor Hendriks Erklärungen …

Zuerst versuchte sie es auf seinem Handy, doch es begrüßte sie nur die Mailboxansage. Anschließend wählte sie die Festnetznummer seiner Villa. Es klingelte lange, dann hob jemand ab. Es war Hendriks Frau Maria, Frosts Schwägerin.

»Hendrik ist nicht da«, antwortete Maria verschlafen auf Frosts Begrüßung. »Ich erreiche ihn selbst nicht. Er war mit Rafael von Landgraf zum Abendessen im *Villers* verabredet. Ich dachte, du wüsstest es. Hat Rafael dir nichts davon erzählt?«

»Rafael …« Frosts Blick ging zur Couch, wo immer noch sein Jackett lag, das er am Morgen vergessen hatte. »Nein, das hat er nicht erwähnt.«

»Ist alles in Ordnung bei dir?«

»Alles in Ordnung.« Frost versuchte, gefasst zu klingen. »Hendrik soll mich anrufen.«

Es ist dringend.

Ob es das war, wusste sie nicht. Es war mehr ein Gefühl.

Sie wünschte Maria eine gute Nacht und beendete das Telefonat. Sofort rief sie Rafaels Nummer in der Anrufliste auf, doch bevor sie wählte, legte sie das Handy beiseite. Ihr Blick haftete an seinem Kleidungsstück. Aus einer Eingebung heraus ging sie darauf zu. Sie nahm einen Zug von ihrer Zigarette und roch am Kragen. Es war eindeutig Rafaels Duft. Um ganz sicherzugehen, tauchte sie ihre Nase vollends in den Stoff. Kein Zweifel. Es war sein Jackett. Auf einmal wusste sie nicht, was sie wirklich beunruhigte.

Neugierig griff sie in die Seitentaschen auf der Suche nach etwas, das ihm gehörte. Leer. Nicht einmal ein Pfefferminzbonbon oder ein Kaugummi. Fündig wurde sie schließlich in der rechten Innentasche. Als sie den darin befindlichen Gegenstand berührte, durchflutete sie eine dumpfe Vorahnung. Sie zog die Hand heraus und hielt zwischen ihren Fingern ein Armband. Nicht irgendein Armband, sondern das, welches sie vermisste. Das aus Motorradkettengliedern und mit der Aufschrift *Deus ex Machina*.

Es war keine Kopie, es war das Original. Ihr Armbandunikat.

Er hat es gefunden und wollte es mir zurückgeben. Nein, er kann es nicht gefunden haben. Der Augenmacher hat es mir abgenommen. Nur, wie kam es dann in Rafaels Jackett?

Mit dem Armband in der Hand wich sie vom Kleidungsstück zurück. Sie betrachtete die Möbel, die Teppiche, die Wandbilder, die Kronleuchter, alles. Alles kam ihr auf einmal fremd und beschmutzt vor. Als wäre ein böser Geist in ihre vier Wände eingekehrt.

Nein, so viel Macht besitzt der Geist des Augenmachers nicht. Unmöglich.

Andererseits hatte er es geschafft, sie zu entführen und sein Zeichen an ihr zu hinterlassen. Somit war er ihr bereits entsetzlich nahe gekommen …

Weil sie plötzlich fror, warf sie sich eine Decke über und wählte über das Zimmertelefon die Rezeption.

Sie brauchte ein neues Zimmer.

Jetzt sofort.

Kapitel 32

Pünktlich auf die Minute stand Fitz am Morgen in Frosts Büro. Ununterbrochen hatte sie auf die Uhr geschaut und sich gefragt, ob der wie das Abziehbild eines trotteligen Comic-Helden wirkende Kollege es rechtzeitig schaffen würde. Dahin gehend enttäuschte er sie nicht. Versagt hatte er dagegen abermals bei der Kleiderwahl. Diese bestand aus demselben Hemd, derselben Cordhose und demselben Trenchcoat wie vom Vortag. Vor allem der Mantel erinnerte sie immer an alte Filmkommissare aus den Achtzigern.

»Wissen Sie, warum Menschen Klamottenläden erfunden haben?«, begrüßte sie ihn.

»Wussten Sie, dass man im Mittelalter auch Tiere wegen Häresie und Zauberei zum Tode verurteilt hat?«

Beeindruckt von der Gegenfrage, legte sie den Kopf schief und schielte an ihren Brüsten hinab.

Aha, er spielt auf mein zerrissenes T-Shirt an. Tja, Pech, das hat nämlich Style im Gegensatz zu der Zeltplane, die du trägst.

Ihr Shirtmotiv zeigte eine Spinne, auf deren Rücken sich ein Hexagon befand. Darunter stand der Spruch *I THINK I SPIDER.*

Es war provokant, aber gleichfalls Ausdruck ihrer Eigenart.

Was er gesagt hatte, stimmte. Sie hatte den *Hexenhammer* gelesen und sich schon allein wegen ihrer Familienchronik eingehend mit dem Thema beschäftigt. Wenn kein Irrtum in der Stammbaumforschung vorlag, dann war sie unseligerweise tatsächlich eine Verwandte von Heinrich Kramer, einem Inquisitor, der als Wegbereiter für die Hexenverfolgung im 15. Jahrhundert galt. Keine Angehörige in direkter Linie, denn Kramer war ein Mönch gewesen und demzufolge an das Zölibat gebunden, aber dennoch eine Verwandte.

Allerdings fand Frost, dass das Fitz noch lange nicht das Recht gab, in dieser Wunde herumzustochern.

»Suchen Sie Streit?«

»Wer hat denn angefangen?«

Frost atmete einmal tief durch und schob Fitz mit einem Bein einen Stuhl entgegen. »Haben Sie auch etwas zum Fall beizutragen?«

»Sie meinen, Ergebnisse bezüglich der Zahl 1023, nach der Sie mich gefragt haben?« Er plumpste auf den Stuhl, als hätte er statt des Fahrstuhls die Treppen im Laufschritt genommen. »Dahin gehend wärme ich mich noch auf.«

Du kannst mich nicht täuschen, alter Mann.

Seinem hochroten Kopf nach zu urteilen, lief er nicht bloß warm, sondern stand kurz davor, dass ihm die Schädeldecke abhob. Sie war cool – er schwitzte.

»Legen Sie endlich den blöden Mantel ab«, forderte sie ihn auf.

Entgegen ihrer Erwartung tat er es sogar. »Bestimmt ist Ihre Zahl verkehrt oder unvollständig.«

»Ach!« Sie nahm die Finger von der Computertastatur. »Und wie kommen Sie darauf?«

Er zuckte mit den Schultern. »Ich behaupte nur, dass etwas nicht stimmen kann.«

»Sehr einfallsreich.«

»Wenigstens habe ich eine Theorie.«

Frost war sich nicht sicher, ob er sie verschaukeln wollte, aber damit konnte sie ebenfalls dienen. »Ich habe Sie beobachtet. Sie sollten aufhören, durch beide Nasenlöcher gleichzeitig zu atmen.«

»Bitte?«

»Vier von fünf Menschen atmen nur durch ein Nasenloch, wobei das stundenweise wechselt. Ich gehöre zu diesen achtzig Prozent, und Sie … Vielleicht schadet zu viel Luft Ihrem Gehirn. Das ist meine Theorie.«

Fitz winkte ab. »Wenn ich Luft bekommen würde, müsste ich mein hart verdientes Geld nicht in Solethermen investieren. Aber darüber will ich mich mit Ihnen eigentlich nicht unterhalten. Zeigen Sie mir endlich das versprochene Video.«

»Ich hoffe, Sie sitzen gut, Darth Fitz.«

Bevor Frost die Videodatei anklickte, schob sie ihm Fotografien der Videokassette zu, die sie per Paket erhalten hatte. Dadurch konnte er sich ein besseres Bild machen. »Das Originalband befindet sich derzeit zur Untersuchung im Kommissariat 41.«

Prüfend wie ein Gutachter hielt Fitz sich die Fotos dicht vors Gesicht. Offenbar waren seine Augen nicht mehr die allerbesten. »Sommerurlaub Fehmarn?«

Darauf ging Frost nicht näher ein. Die Aufschrift war selbst erklärend. »Das Video muss aus der Sammlung von Joseph Palschewski, dem Augenmacher, stammen. Nach allem, was wir über die damalige Mordserie wissen, muss die Aufzeichnung mindestens sieben Jahre alt sein. Wie sie aus dem Haus des Entführers an der Spurensicherung vorbei zu uns gelangen konnte, sollte natürlich schleunigst geklärt werden.« Während sie redete, startete sie den Film. »Gemäß Auskunft der Kripo Lübeck lag diese Videokassette nie bei den Beweismitteln. Mit anderen Worten: Sie befand sich beim Eintreffen der Polizei nicht im Haus des Augenmachers …«

Darauf erwiderte Fitz nichts, sondern rieb sich nur das Kinn. Auf dem Computermonitor erschien der Videoplayer. Im Laufe der Jahre hatte Frost genügend Gräueltaten im Dienst erlebt. Totschlag, Vergewaltigung, Misshandlung. Gegen die allzu schlimmen Bilder hatte sie sich eine Art Filter im Kopf zugelegt. Doch als der dunkle Bildschirm zu Beginn des Videos auftauchte, lief ihr ein unerwartet kalter Schauer den Rücken hinunter. Nicht nur, weil sie die kommenden Szenen bereits kannte, sondern weil sie Bedenken hatte, ob es richtig war, die Aufzeichnung Fitz ohne das Einverständnis ihrer Chefin vorzuspielen.

Bald erschien auf dem Bildschirm der Kellerraum. In dem Moment, als die Kameraaufnahme die gefesselte Frau zeigte, wurde Fitz bleich. Frost befürchtete, er könnte wegen eines Schwächeanfalls zusammenbrechen. Dabei hatten die wirklich entsetzlichen Szenen noch gar nicht begonnen.

Sie stoppte die Wiedergabe. »Brauchen Sie etwas zu trinken?«

»Weiter!«, blaffte er zurück. »Machen Sie schon!«

»Wie Sie wollen.«

Sie ließ das Video weiterlaufen. Aus dem Augenwinkel beobachtete sie den Kommissar, der ein ums andere Mal den Kopf schüttelte über das, was er zu sehen bekam. Irgendwann tauchte auf dem Bildschirm der Peiniger der gefesselten Frau auf. Dunkel gekleidet und penibel darauf bedacht, dass man weder sein Gesicht noch überhaupt ein Stück Haut erkennen konnte. Wieder hielt der Augenmacher das Set mit den Nadeln in die Kamera. Dann begann er mit der Folterung.

»Anhalten!«, befahl Fitz plötzlich.

Blitzschnell reagiert Frost, indem sie die Pausentaste drückte.

»Noch mal!«, kommandierte er.

Mit ein paar Klicks spulte sie die Aufnahme wenige Sekunden zurück und stoppte an der Stelle, die Fitz gemeint hatte. Sie selbst konnte nicht entschlüsseln, was ihn beunruhigte. »Was haben Sie entdeckt?«

Fitz ging dichter an den Monitor heran und kniff die Augen zusammen. »Wie alt, sagten Sie, sei die Aufnahme?«

»Joseph Palschewski wurde vor sieben Jahren festgenommen, demnach muss es vor dieser Zeit gedreht worden sein.«

Fitz gab ein Brummen von sich.

»Stimmt etwas nicht?«

»Vielleicht«, antwortete er und lehnte sich im Stuhl zurück. Er wirkte nachdenklicher als Minuten zuvor. Fast depressiv. Bis er den Zeigefinger hob. »Sehen Sie das dort?«

Er tippte auf eine Stelle des eingefrorenen Screens, und Frost wusste sofort, was er meinte. Er zeigte auf eine der Zeichnungen an der Wand des Kinderzimmers. Aufgrund der mäßigen Videoqualität und des eingeschränkten Kamerafokus war auf dem Bild nur eine undeutliche Figur mit einer Art Gehstock in der Hand zu erkennen. Deutlicher sah man dafür das Symbol auf dem Körper der Person.

»Ein Pentakel«, benannte Frost das von einem Kreis umgebene Pentagramm, das ihr bereits beim ersten Ansehen aufgefallen war. Allgemein gilt ein Pentakel als starkes Schutzsymbol. Über die Zeit hat es sich auch als Hexensymbol in den Köpfen der Menschen festgesetzt.

Fitz wackelte mit dem Kopf. »Damit kenne ich mich nicht besonders gut aus, aber eines weiß ich genau: Ich habe damals Carolins Verlies als einer der Ersten betreten, und ein solches Symbol ist mir darunter nicht aufgefallen.«

»Vielleicht hing es nur eine Zeit lang dort. Oder Sie haben nicht richtig darauf geachtet.«

»Möglich«, murmelte er. Kein Gegenargument, kein bissiger Spruch. Einfach nur ein lapidares *Möglich.* Angesichts der Wortknappheit schien ihn tatsächlich etwas zu beunruhigen. Das bekräftigte er zusätzlich, als er aus heiterem Himmel anfügte: »Ich muss aufbrechen.«

Bevor er ihr davoneilte, schnappte sie nach seinem Ärmel. »Sie können gehen, aber erst wenn Sie mir sagen, was wirklich los ist.«

Fitz verneinte stumm, sprang auf, rückte sich den Mantel über den Schultern zurecht und ging zur Tür. Von dort stierte er mit besorgter Miene auf den Monitor. Auf einmal wirkte er nicht nur gefährlich hellhäutig, sondern regelrecht kränklich. »Beten wir, dass Ihre Fachleute schnellstmöglich mehr über das Videoband herausfinden …«

Weiter kam er nicht, denn die Bürotür flog ihm entgegen.

Dezernatsleiter Kron und Kommissariatsleiterin Lorenz betraten Frosts Zimmer. Und ihre Mienen ließen Ungutes erahnen.

»Sie sind also Kriminaloberkommissar Fitz aus München«, begann Kron und baute sich generalstabsmäßig vor ihm auf.

Fitz bejahte, sagte aber ansonsten nichts. Offenbar hatte der Dezernatsleiter mit einer ausführlichen Erklärung gerechnet. Weil von Fitz nichts weiter kam, sah er Lorenz auffordernd an, die sich in Position brachte.

»Stimmt es, dass Sie ohne Autorisierung Ihrer Dienststelle nach Leipzig gekommen sind?«

»Ich bin mir nicht sicher, ob wir das Wort ›Autorisierung‹ gleich auslegen, werte Kollegin.«

»Kommen Sie uns nicht so dämlich! Wir hatten gerade ein aufschlussreiches Gespräch mit Ihrem Dienstvorgesetzten Herrn Börnemann. Demnach haben Sie bei ihm Urlaub eingereicht, und somit befinden Sie sich keinesfalls dienstlich hier.«

»Ich ermittle in einem Vermisstenfall.« Fast schon hilfesuchend schaute Fitz Frost an.

Angesichts dieses Dackelblicks konnte sie nicht anders. »Er sollte bei diesem Fall dabei sein.«

Einhalt gebietend hob Kron die Hand. »Wir unterhalten uns gleich, Klara.«

Bestimmt unter vier Augen. Jede Wette, dass dir das gefällt.

Fitz bedachte ihren Beistand mit einem unmerklichen Nicken, gefolgt von einem Zwinkern. Durch den Zuspruch hatte er offenbar genügend Mut getankt. »Ich fürchte, das müssen wir verschieben. Beschweren Sie sich meinetwegen bei meinem Kommissariatsleiter, aber ich muss dringend etwas überprüfen.«

Damit drängelte er sich an Frosts sprachlosen Vorgesetzten vorbei und verschwand.

Kapitel 33

Zehn Minuten nachdem Fitz aufgebrochen war, fand Frost sich in Rainer Krons Zimmer wieder. Seine Standpauke darüber, dass sie einem wildfremden Kollegen leichtfertig Einblick in einen brisanten Fall gewährt hatte, nahm sie kommentarlos hin. Was sie nicht hinnahm, war das, was folgte.

Kron trug ein schwarzes Seidenhemd und darüber einen gemusterten schwarzen Schlips, den er am Kragen lockerte. Im Raum roch es nach Sandelholz, und Frost wusste nicht, ob er absichtlich sein Parfüm verteilt hatte. Er gab die Chefsitzhaltung auf, indem er sich aus dem Bürostuhl quälte, um den Schreibtisch herumschlich und sich direkt vor Frost breitbeinig auf die Tischkante setzte.

»Reden wir über eine andere Sache, Klara.«

»Die da wäre?«

Er leckte sich die Unterlippe und lächelte wie ein Frosch. Ein Frosch, der sich als giftig entpuppte. »Reden wir über uns.«

»Ich dachte, ich könnte gehen.«

»Schluss damit!« Er wirkte plötzlich gefährlich. »Bis zu einem gewissen Punkt lasse ich es mir gefallen, dass du die Unnahbare spielst. Doch jetzt erwarte ich von dir ein wenig Entgegenkommen. Ich meine, wir beide sind erwachsen genug, um zu erkennen, dass da zwischen uns mehr ist als eine rein dienstliche Beziehung.«

Obwohl es in ihrem Innersten brodelte, blieb sie gefasst sitzen. »Anscheinend prallen hier gerade zwei verschiedene Wahrnehmungen aufeinander.«

»Mir kannst du nichts vormachen, Klara.« Er betonte ihren Namen auf ekelhaft anzügliche Weise. Zudem setzte er sich kerzengerade auf, streckte den Oberkörper, wodurch der Hemdstoff über seinen Brustmuskeln spannte. Fraglos war er für einen Fünfzigjährigen exzellent durchtrainiert. Aber das waren andere Männer auch. Charmantere Männer. »Für den Anfang schlage ich vor, dass wir gemeinsam Abendessen gehen.«

»Um danach im Bett zu landen?«

Er grinste siegessicher. »Dahin gehend lasse ich mich überraschen. Ich bin mir sicher, eine Raubkatze wie du möchte es wild treiben.«

Raubkatze! Wie billig.

»Herr Kron«, wurde sie förmlich. »Sie wollen nicht herausfinden, wie wild ich werden kann. Schon allein deshalb nicht, weil Sie Ihre Frau lieben, nicht wahr?«

Noch immer auffallend selbstbewusst stieß er sich vom Schreibtisch ab und beugte sich über sie. Dabei streichelte er mit den Fingerspitzen ihren Arm. Nur kurz, aber das reichte, um einen Brechreiz in ihr heraufzubeschwören. Eisern würgte sie die aufsteigende Magensäure hinunter.

»Meine Frau lassen wir aus dem Spiel, einverstanden? Vielleicht bildest du dir ein, du könntest mir drohen. Eventuell denkst du darüber nach, zum KPI-Leiter zu rennen, liebste Klara.« Er hauchte es in ihr Ohr und sprach mit fester Stimme weiter. »Aber ich durchschaue dich. Ich weiß, wie sehr du an diesem Job hängst. Millionen hin oder her, du fühlst dich zur Ermittlerin im K11 berufen. Um nichts auf der Welt würdest du freiwillig hinschmeißen. Du willst Tötungsdelikte aufklären und nichts anderes tun. Ein Luxusleben ohne Arbeit? Das ist nichts für dich. Du würdest dir schlagartig nutzlos vorkommen und dich hassen. Habe ich recht?« Er wartete keine Antwort ab, denn er wusste, dass es stimmte. »Nein, du wirst nirgendwo hingehen und mich anschwärzen. Denn wenn ich gehe, gehst du ebenfalls. So weit muss es nicht kommen. Das hier bleibt unser experimentelles Geheimnis.« Er kam mit seinem Gesicht dicht an ihres und ließ seine Zähne aufblitzen. Frost rührte sich nicht, hielt dem Ekel eisern stand. »Ich finde dich äußerst attraktiv, und ich bin gespannt darauf, private Zeit mit dir zu verbringen.«

»Warum sprechen Sie nicht direkt aus, dass Sie mich ficken wollen?«

Er grinste und setzte einen halben Schritt zurück. »Wenn du es so direkt willst …«

Sie schob sich samt Stuhl auf Distanz und erhob sich. »Fürchten Sie nicht, ich könnte unser Gespräch gerade mit meinem Smartphone aufzeichnen?«

Sofort huschte sein Blick zu ihrer Jeanshosentasche. Seine Selbstsicherheit schwand zusehends. Sekundenlang schien er nicht zu atmen. Vermutlich wog er ab, ob sie es ernst meinte.

»So schätze ich dich nicht ein, Klara.«

»Sie sollten Ihre Wahrnehmung überdenken.« Sie ging zur Tür und drehte sich nicht noch einmal um.

»Wir reden weiter, wenn du zur Vernunft gekommen bist.«

Das würde wohl nie passieren. Denn eines war sie garantiert nicht: vernünftig.

Als sie die Tür hinter sich zuknallte und sich fragte, wer von ihnen beiden nun eigentlich als Sieger dastand, klingelte ihr Handy. Obwohl sie momentan keine Lust auf ein Telefonat hatte, schaute sie nach der Nummer. Ein LKA-Mitarbeiter rief an. Bestimmt einer der Computerspezis, die den Rechner aus Dr. Kleinholz' Haus untersuchten.

Wie soll man sich nach einer sexuellen Belästigung noch auf die Arbeit konzentrieren können?

Natürlich war sie hart im Nehmen, nicht prüde und generell an Sex interessiert, aber mit wem sie was trieb, entschied sie immer noch selbst. Und es gab deutlich bessere Kandidaten als einen notgeilen Vorgesetzten wie Kron.

Bei dem Gedanken erinnerte sie sich, dass sie Rafael von Landgraf anrufen und auf das Jackett und ihr Armband ansprechen wollte. Während der Fahrt vom Hotel zur Arbeit hatte sie es vergessen.

Trotzig nahm sie das Telefonat an und meldete sich kurz angebunden.

»Kollegin Frost, ich sollte mich bei Ihnen melden, sobald es Neuigkeiten gibt.«

Bestimmt hatte Lorenz angewiesen, dass sie als Ansprechpartner für das LKA galt. »Und?«

»Wir sitzen immer noch an der Auswertung des Computerprogramms mit dem Timer. Bis zum Finale bleiben uns noch genau neun Stunden, achtundvierzig Minuten und weniger als zwanzig Sekunden.«

Frost nahm ihr Smartphone kurz vom Ohr und rief auf dem Display ihre Timer-App auf, die sie exakt mit der Deadline abgestimmt hatte.

09:48:14.

09:48:13.

09:48:12.

»Ich weiß.«

»Natürlich sichern wir sämtliche Daten. Den Quellcode werten wir parallel aus. Einfache C++-Maschinensprache, kein Wunderwerk. Jedenfalls nichts, was auf ein Computergenie schließen lässt. Wir wissen mittlerweile, dass das Programm am

Montag um 23.57 Uhr direkt am betroffenen Rechner installiert wurde. Höchstwahrscheinlich von einem USB-Stick aus. Sind Sie an weiteren technischen Details interessiert?«

»Sagen Sie mir nur das, was mir weiterhilft.«

»Okay, dann die Kurzversion: Bisher konnten wir keine Auffälligkeiten im Code feststellen, deshalb kamen wir zu der Überlegung, dass das Labyrinth eine Art Objekt- oder Kartenplan darstellen könnte.«

»Einen Grundriss oder eine Straßenkarte?«

»Zumindest ein grobes Abbild davon, ja.«

»Wovon?«

»Wie gesagt, es ist nur eine Überlegung. Ich wollte es Ihnen nur mitteilen, falls Sie damit etwas anfangen können.«

»Verstehe.« Im Speicher ihres Handys befand sich ein Foto des Bildschirms mit dem Labyrinth. Das würde sie sich gleich genauer ansehen. »Gibt es sonst noch etwas?«

»Bisher nicht. Wir melden uns wieder.«

Hoffentlich vor Ablauf der Deadline.

Das Gespräch war beendet.

Als Frost ihr Büro erreichte, hörte sie jemanden ihren Namen über den Flur rufen. Leicht genervt drehte sie sich um. Sarah Stahlmann kam eilig auf sie zu und wedelte mit irgendwelchen Unterlagen.

»Volltreffer!« Sarah blieb vor Frost stehen und drückte die Dokumente geheimnisvoll gegen die Brust. »Wir haben endlich die Identität der Toten von der Heiligen Brücke.«

»Jemand, den wir kennen?«

Sarah zuckte mit den Schultern, was Frost verwunderte. »Deshalb komme ich zu dir.«

»Die Frau hieß Manuela Habana.«

Sosehr Frost sich anstrengte, der Name sagte ihr nichts. »Nie gehört.«

»Fünfunddreißig, ledig, wohnhaft in Berlin. Nach dem Studium an der Hochschule für Schauspielkunst arbeitete sie für Film und Theater.«

Frost hörte aufmerksam zu.

Sarah zögerte, als wären ihr die folgenden Worte unangenehm. »In dem Zusammenhang gibt es eine Sache, die du wissen solltest …«

Kapitel 34

Eine belebende Brise Schleswig-Holsteiner Luft wehte Fitz um die Nase. Er fühlte sich jünger, konnte befreiter atmen. Über ihm kreischte eine Möwe. Unweit von ihm prallte die Ostsee auf die Küste der Lübecker Bucht. Überall duftete es nach Meerwasser.

Die fünfhundert Kilometer von Leipzig nach Neustadt in Holstein hatte er in gut fünf Stunden geschafft. Weder hatte er die erlaubte Höchstgeschwindigkeit überschritten noch war er in einen Stau geraten. Ganze elf Mal hatte Börnemann während der Fahrt versucht, ihn auf dem Handy zu erreichen. An einer Raststätte hatte Fitz lange überlegt, das Telefon dem Gott der Toilettenspülung zu opfern. Auch wenn er Mobiltelefone hasste, waren sie doch hin und wieder hilfreich. In seinem Job mittlerweile sogar unentbehrlich.

Als er seinen Mercedes verriegelte und auf dem Ziegeleiweg der Fünfzehntausend-Seelen-Stadt ein Stück entlanglief, fühlte er sich schlagartig sieben Jahre in die Vergangenheit zurückkatapultiert. Zurück an den Tag seines Kuraufenthaltes, als er Carolin durch einen Zufall entdeckt hatte. Die apathische junge Frau, die hinter dem Zaun gestanden und mit den Händen gegen den Maschendrahtzaun geschlagen hatte und wie ein Hammel mit der Stirn voran dagegengerannt war. Dürr, nur leicht bekleidet, mit stumpfen, entseelten Augen. Im ersten

Moment hatte sie auf ihn den Eindruck einer sich bewegenden Wachsfigur gemacht.

Bis heute wusste er nicht, weshalb sie durch die Maschen hindurch nach seiner Hand gegriffen und sich daran wie an einem rettenden Ast festgekrallt hatte, denn als später die Rettungskräfte eingetroffen waren, hatte sie sich wie ein gejagtes Tier zurückgezogen und die Zähne gezeigt. Mit erheblichem Kraftaufwand hatten Mediziner sie bändigen müssen, und der Notarzt hatte ihr eine Beruhigungsspritze gesetzt. Während das Diazepam ihr die Wildheit geraubt hatte, hatte sie Fitz die gesamte Zeit flehentlich angeschaut. Und er hatte hilflos wie ein Bettnässer dagestanden. Überfordert mit der Situation, dass er durch puren Zufall einen der schlimmsten Serienmörder Deutschlands überführt hatte.

Er – und natürlich Carolin – hatte erschreckendes Glück gehabt. Wegen eines Kuraufenthalts war er in Schleswig-Holstein gewesen. Und auf der Suche nach einer Abkürzung zu seiner Unterkunft war er durch den kleinen Wald vorbei an der Rückseite des Anwesens der Perversion gelaufen. Damals war es 21:05 Uhr und dunkler als heute gewesen.

Abermals stand er auf der Hinterseite des Grundstücks. Er schaute nach links und rechts. Selbst vorn auf der Straße, als er sich dort umgesehen hatte, wirkte die Gegend wie ausgestorben. Ein seltsam sinnverwirrendes Gefühl durchflutete ihn, als er dicht an den Drahtzaun herantrat. Für einen Moment verstummte um ihn herum die Welt. Nur seine heftig rasselnden eigenen Atemgeräusche durchbrachen die Friedhofsstille.

Selbst nach so vielen Jahren fühlte er sich nicht als Held – so wie ihn die Medien betitelt hatten. Wenn, dann war Carolin eine Heldin. Sie hatte ein unvorstellbares Martyrium überlebt. Und noch heute konnte niemand mit Bestimmtheit sagen, was das Mädchen im Haus des Augenmachers hatte durchleben müssen. All ihre Gedanken, Eindrücke und Erlebnisse bannte sie auf Papier. Und wenn man die Zeichnungen betrachtete, blieb erheblicher Spielraum für Spekulationen. So wie auf dem Bild, das ein anonymer Absender Fitz in einem braunen Briefumschlag zugeschickt hatte und das er nun in seiner Manteltasche trug.

Innerlich schimpfte er auf sich selbst. Statt pausenlos an das Bild zu denken, hätte er besser in einem Supermarkt Werkzeug gekauft. Dafür war es nun zu spät, aber wenigstens hatte er eine Taschenlampe dabei. Er durfte nicht noch mehr Zeit verlieren. Zeit, die seiner Nichte davonlief. Schon jetzt konnte er sich vor Schwäche kaum noch auf den Beinen halten. Wie er heute die Fahrt zurück nach Leipzig antreten sollte, darüber wollte er sich später Gedanken machen. Höchstwahrscheinlich würde er vorher drei bis vier Stunden auf dem Fahrersitz dösen.

Nein, höchstens zwei!

Zuvor musste er unbedingt in dieses finstere, verfaulende Gebäude gelangen. Das Horrorhaus mit der Nummer 15A. Er musste es alleine tun. Er konnte sich auf niemanden mehr verlassen.

Dabei hätte er niemals geglaubt, jemals wieder hierherkommen zu müssen. Anders als damals schlich er diesmal an der Grundstücksgrenze entlang wie ein Einbrecher. Im Gegensatz zur schimmeligen Hausfassade mit den mit Brettern verschlagenen Fenstern zeigte sich der Aluminiumzaun selbst nach Jahren noch robust. Nirgendwo fand er ein Schlupfloch. Beinahe wirkte es, als würde jemand die Umfriedung regelmäßig auf Beschädigungen kontrollieren.

Missmutig betrachtete Fitz einen der Zaunpfeiler. Es nützte nichts, er musste klettern. Ein letztes Mal schaute er über seine Schulter, ob ihn ein Einheimischer beobachtete. Anschließend klemmte er die Zunge zwischen die Zähne, richtete sich den Gürtel und setzte seinen Fuß am Zaun an. Eine Hand am Pfeiler, die andere am Draht, zog er sich in die Höhe. Allein von dieser kleinen Kraftanstrengung musste er keuchen. Als er den höchsten Punkt erreicht hatte, verlor er das Gleichgewicht und kippte vornüber. Sein Mantel verfing sich im Drahtzaun. Es ratschte. Er schrie und schlug hart auf der gegenüberliegenden Seite auf. Im Sitzen wischte er sich Schmutz vom Gesicht und spuckte Erdreste aus. Sein Mantelstoff war an einer Stelle aufgerissen. Seine Hand blutete minimal.

Er fluchte und rappelte sich auf. Schwer schnaufend erreichte er das Haus. Die Hintertür war abgeschlossen, zusätzlich versperrte ein Eisenriegel samt Schloss den Zugang. Bestimmt hatte die Stadtverwaltung das ehemalige Anwesen des Augenmachers vor ungebetenen Besuchern gesichert.

Noch war es draußen hell genug, um die Umgebung zu erkennen. Fitz schaute sich auf dem Gelände um. Es lag jede Menge Unrat herum. Unweit seines Standortes entdeckte er einen Stein, für den er beide Hände brauchte, um ihn anzuheben. Außerdem fand er eine handliche Stahlschiene. Beides schleppte er zur Hintertür.

Gezielt ließ er den Stein auf das Vorhängeschloss krachen. Gegen den Lärm konnte er nichts unternehmen, außer sich zu beeilen. Dreimal verfehlte er es, beim vierten Mal knackte endlich der Bügel. Trotzdem blieb die Tür verschlossen. Er nahm die Stahlschiene zur Hand. Hoffentlich schaffte er es damit, das Türschloss aufzuhebeln. Falls er scheiterte, würde er mit dem Stein so lange gegen das Türblatt werfen, bis das Holz brach – oder ihm die Puste ausging.

Mit aller Kraft ließ er den Stahl zwischen Rahmen und Tür krachen. Dann hebelte er. Weniger als drei Minuten später war der Eingang frei. Eine modrige Finsternis schlug ihm entgegen. Er bildete sich sogar ein, dass aus dem Inneren die verderbte Stimme des Augenmachers drang und ihm zurief: *Keinen Schritt weiter oder ich werde in deinem Blut baden.*

Fitz hatte keine Angst. Auch wenn das Haus wie eine Gruft wirkte, trat er ein. Die Taschenlampe leistete gute Arbeit. Ihr Licht leitete ihn durch die leeren Räume. Kurzzeitig blieb Fitz im Flur stehen und leuchtete sogar die Zimmerdecke ab. Insekten kreisten um den Lichtstrahl. In den Ecken wogten Spinnenweben im Luftzug hin und her.

»Du verdammter Bastard«, knurrte Fitz in Erinnerung daran, was sich innerhalb dieser Wände abgespielt hatte.

Im Erdgeschoss und im Obergeschoss hatte Joseph Palschewski bis zu seiner Verhaftung gewohnt. Im Keller hatte Carolin gelebt. Am Anfang hatte Fitz die damaligen Zeitungsberichte noch verfolgt, bald aber ignoriert, weil darin lediglich jede Menge Schmutz stand. Palschewski hatte bis zu seinem Tod zu seinen Taten geschwiegen, und das Mädchen hatte über ihre Bilder nur bruchstückhafte Hinweise zu ihrer Leidensgeschichte gegeben. Das, was Fitz jedoch über Carolins Schicksal wusste, reichte ihm völlig. Es reichte für ein beschissenes Andenken an diesen Ort.

Er lief weiter. Erst am Kellerabgang zögerte er. Jetzt ergriff ihn doch so etwas wie Furcht. Probehalber betätigte er den Lichtschalter. Kein Strom. Er nickte zu sich selbst, um sich Mut zu machen, und ging die Steintreppen in die Tiefe hinab.

Im Keller befanden sich fünf Räume: eine Vorratskammer, eine Nasszelle mit Toilette, Waschbecken und Duschecke, eine kleine Küche und ein Fernsehraum. Sie alle standen leer, bis auf ein paar rostige Armaturen. Blieb noch die letzte Tür. Dahinter lag Carolins altes Kinderzimmer. Die geschlossene Tür, vor der Fitz nun verharrte. Sieben Jahre später …

Es kostete ihn unendliche Kraft, nach der Türklinke zu greifen. In seiner Vorstellung glaubte er, jeden Augenblick würde ihm Sabrina entgegenfallen. Am Körper gefoltert und mit ausgestochenen Augen. Eine wandelnde Tote. Es war eine Vision, die ihm durch Mark und Bein ging.

Als die Tür vollständig aufschwang, blickte Fitz mit heftig klopfendem Herzen in einen leeren Raum. Nichts erinnerte mehr daran, dass innerhalb der zehn Quadratmeter einmal ein Kind zu einer jungen Frau herangewachsen war. Verborgen vor den Augen anderer Menschen. Der Freiheit beraubt von einem Monster, das sich Vater und Onkel nannte.

Fitz leuchtete jede Ecke aus. Sämtliche Möbel waren ausgeräumt, die Bilder abgenommen, Carolins Bekleidung verschwunden. Lediglich die Auslegware und die Kabel der Deckenlampe waren geblieben. Angewidert schüttelte Fitz den Kopf. Auf dem Bodenbelag konnte er noch die Eindrücke der Bettpfosten sehen. Sie waren sichtbar wie vier Narben.

Nur mit viel Überwindung ging Fitz in das Zimmer hinein. Er musste es tun, um sich von der Wahrheit zu überzeugen. Er streckte eine Hand nach der Wand aus und betrachtete sie. Gleichzeitig lief vor seinem inneren Auge der Film ab, den Frost ihm vor weniger als sechs Stunden gezeigt hatte.

»Scheiße!«

Er hatte sich nicht geirrt. Das Tapetenmuster stimmte nicht mit dem im Video überein. Natürlich würde er zur Sicherheit noch einmal alle anderen Räume im Haus abgehen, aber schon jetzt war er sich sicher, dass das Video nicht in diesem Haus gedreht worden war. Vielleicht nicht einmal zu der Zeit, als Carolin in dieser Ortschaft gelebt hatte …

Plötzlich vernahm er hinter sich ein Geräusch. Er schwang herum und seine Taschenlampe erhellte das fauchende Gesicht einer Hexe. Neben der Hexe löste sich ein Menschenfresser mit einer schweren Schaufel in den Händen aus der Dunkelheit in seine Richtung. Zu spät griff Fitz nach seiner Pistole.

Das Schaufelblatt traf ihn brachial am Kopf.

Kapitel 35

Seit dem ersten Tag ihrer Liaison mit Rafael von Landgraf fand Frost die Geschäftsstelle seiner Produktionsfirma *Screen-Unit* altmodisch. Sie hatte ihn in seinem Büro aufgesucht, und bei diesem einen Besuch blieb es dann auch. Er stellte sie der Belegschaft als eine Kundin vor, weil sie sich darauf verständigt hatten, dass die Beziehung zwischen ihnen beiden niemanden etwas anging.

Vermutlich hegte sie gegenüber dem Gebäude Vorurteile, weil die Villa in der Hans-Driesch-Straße, unweit der Red-Bull-Arena, mit ihren Art-déco-Elementen eher wie ein willkommener Rückzugsort für einen Vampir wirkte. Alles war alt. Selbst der aufwendig restaurierte und veredelte Holzboden stammte aus den Zwanzigerjahren. Rein äußerlich passte der Stil des Hauses einfach nicht zu dem Vierzigjährigen mit dem fesselnden Blick, dem Haudegenkinn und dem Lebemann-Image.

Aber vielleicht liebte er es, die Menschen in seiner Umgebung zu täuschen. Vielleicht kannte sie Rafael von Landgraf überhaupt nicht – jedenfalls nicht den wahren. Vielleicht spielte der Millionär nach außen hin nur eine Rolle. Oder mehrere, je nach Situation.

Schnabeltiere besitzen einen Giftstachel am Hinterbein. Welches Geheimnis verbirgst du vor mir?

Frost wollte herausfinden, ob er ein Blender war. Aus diesem Grund suchte sie ihn auf. Deshalb betrat sie die Beletage heute nicht als seine Geliebte, sondern als Kriminalbeamtin, die einem Verdacht nachging. Und die versuchte, eine Frau aus der Gewalt des Augenmachers zu retten.

Rafaels Assistent, ein in die Jahre gekommener ehemaliger Wirtschaftsprüfer, der sich wie kein Zweiter mit Zahlen auskannte und der für den Geschäftsführer wie eine Vaterfigur auftrat, hatte Frost nach dem Eintreten mit einer Verbeugung begrüßt und ihr bestätigt, dass sich sein Chef seit knapp drei Stunden in seinem Büro eingeschlossen hatte. Der Assistent hatte sie ankündigen wollen, doch Frost war ohne abzuwarten am Fahrstuhl vorbei die Treppen hinaufgerannt. An zwei weiteren Mitarbeitern, die sie kannten und grüßten, lief sie wortlos vorüber. Selbst die im Treppenaufgang und in den Gängen aufgestellten Skulpturen, die Rafael als seine Requisiten bezeichnete und die er angeblich austauschen ließ, wann immer es ihm beliebte, ignorierte sie.

Bereits nach wenigen Metern hatte der Assistent die Verfolgung aufgegeben. Sie wusste, wo sich Rafaels Büro befand. Bald schon stand sie vor seiner Tür. Bevor sie anklopfen konnte, wurde sie ihr schon geöffnet.

»Hi, Klara«, säuselte Rafael. »Ich hatte nicht mit dir gerechnet.«

»Das liegt wahrscheinlich daran, dass du nicht an dein Handy gehst, wenn ich anrufe.« Sie stürmte auf ihn zu, drückte ihm die flache Hand gegen die Brust und schob ihn zurück ins Zimmer. Hinter sich knallte sie die Tür zu und verriegelte sie zusätzlich.

»Was hast du vor?« Bei der Frage grinste er anzüglich. Sein Schlips saß locker, die obersten beiden Knöpfe des Hemdkragens standen offen. An einem anderen Tag, wenn sie in besserer Stimmung gewesen wäre, hätte er verwegen ausgesehen.

Sie gab ihm einen weiteren Schubs. Ihren Rucksack ließ sie vom Rücken auf den spiegelglatten Holzfußboden sinken. Sie deutete auf einen der Besucherstühle, auf den er sich setzen sollte. Sein Chefsessel war für sie bestimmt. Entsprechend rollte sie ihn in die Mitte des überdimensionalen Raumes. Zuvor riss sie von der Wand das Kalenderblatt mit der Zahl dreizehn ab und warf es in den Papierkorb.

Triskaidekaphobie.

Übersteigerte Angst vor der Unglückszahl dreizehn.

Zwar ging ihr Aberglaube nicht so weit, dass sie sich an einem solchen Datum krankschreiben ließ oder keine Verträge abschloss, aber für das, was sie vorhatte, brauchte sie kein schlechtes Omen.

Es steht nämlich so schon beschissen genug um unsere Beziehung.

»Weil du so versessen bist auf Rollenspiele, habe ich mir etwas für dich einfallen lassen, was hoffentlich deine Kreativität anregt.« Auch wenn es unterhaltsam klang, blieb sie ernst, um seine Ahnungslosigkeit zusätzlich anzustacheln. Dabei beobachtete sie ununterbrochen sein Mienenspiel. Falls er kein erstklassiger Lügner war und sich perfekt zu verstellen wusste, hatte er wirklich keine Ahnung, weshalb sie ihn auf diese Weise überraschte. Das entnahm sie seiner gerunzelten Stirn.

»Was soll …?«

»Setz dich!«, befahl sie. Weil er reglos stehen blieb, zwang sie ihn mit Gewalt auf die Sitzfläche. »Hände nach hinten!«

»Bitte?«

»Deine Hände!« Sie half erneut nach, indem sie ihm die Handgelenke verdrehte. Dann hielt sie ihm ihre Handschellen vors Gesicht. »Wie gesagt, heute tauschen wir die Rollen. Ich übernehme den aktiven Part.«

Diesmal lächelte sie. Es funktionierte entwaffnend. Bereitwillig ließ er sich fesseln.

Klick.

»Jetzt machst du mich echt scharf.«

»Nur nicht nachlassen.«

Sie griff ihm in den Schritt, und er schob die Knie zusammen.

»Ich fühle mich benutzt.«

Schulterzuckend kehrte sie ihm den Rücken zu, lief zu ihrem Rucksack und holte etwas daraus hervor. Unterdessen erklärte sie ihm die Regeln. »Für den Anfang stelle ich dir eine Aufgabe. Am Ende der Befragung kannst du sie richtig oder falsch beantworten …«

»Befragung? Ich dachte …«

»Oder du beantwortest sie gar nicht. Die Antwort ist belanglos für mich. Ich will lediglich, dass du ernsthaft darüber nachdenkst und erst am Schluss auf die Frage antwortest. Klar?«

»Nichts ist klar, Klara. Ich habe zu tun und …«

»Hier ist die Aufgabe: Motten besitzen weder Mund noch Magen, trotzdem zerfressen sie dein Jackett. Wie ist das möglich?«

Er blinzelte verwirrt. »Motten? Das ist jetzt eher abtörnend.«

»Denk darüber nach.« Sie lief zum Tisch und stellte etwas darauf. »In der Zwischenzeit stelle ich dir andere Fragen. Fragen, die in Verbindung mit einem Verbrechen stehen.«

Zusehends verwandelte sich seine euphorische Stimmung in Verärgerung. Vergeblich zerrte er an den Stahlfesseln. Samt Stuhl rückte er einen halben Meter nach vorn. »Was habe ich mit einem Verbrechen zu tun? Bist du verrückt geworden?«

»Gratuliere, endlich durchschaust du mich. Mal sehen, ob mir das bei dir ebenfalls gelingt.«

Sie bewegte sich ein Stück zur Seite und gab den Blick auf das Gerät frei.

»Ist das … ein Metronom?«, fragte er.

»Richtig.« Mit Fingerspitzengefühl stellte sie das Gewicht an der Pendelskala und dadurch die Taktfrequenz ein. »Genau genommen ist es ein mechanisches Metronom.«

Tick, tack.

»Wozu? Ich meine, was machst du damit?«

»Es soll dir helfen?«

»Mir helfen?«

»Dich zu beruhigen.«

Er lachte bitter auf. Als wäre jeglicher Widerstand gebrochen, fläzte er sich auf den Stuhl. »Komm schon, wo ist die versteckte Kamera?«

»Ich muss dich zu Manuela Habana befragen.«

Schlagartig richtete er den Oberkörper so weit auf, wie es die Fesseln zuließen. »Manuela?«

Er sprach nur ihren Vornamen aus. Und wie er ihn betonte, wusste sie, dass Sarahs Recherchen stimmten. Rafael kannte das erste Opfer des Augenmachers …

Tick, tack.

Kapitel 36

»Ist Manuela Habana etwas zugestoßen?«, korrigierte Rafael sich, indem er sie beim zweiten Mal mit vollem Namen nannte. Abwechselnd huschte sein Blick zwischen Frost und dem Metronom, wo das Pendel den Takt vorgab, hin und her. »Verdammt, rede endlich!«

Tick, tack.

Für eine Weile schloss Frost die Augen. Sie hatte gelogen. Der Klang des Metronoms stimulierte nämlich hauptsächlich sie selbst. Ihr leiblicher Vater war Violinist gewesen. Schon als Kleinkind hatte Frost sich für den Herzschlag der Musik begeistert. Für den Geist, der die Mechanik antrieb. Sie war so sehr fasziniert, dass ihr Vater ihr das Metronom zum Einschlafen neben das Bettchen gestellt hatte.

Tick, tack.

Deus ex Machina.

»Vor knapp zweihundert Jahren erfand man den Schrittmacher der Musik.« Sie ließ ihre Armbänder los, nach denen sie in der Vergangenheit schwelgend gegriffen hatte, und tippte sanft auf das Holzgehäuse des Metronoms. »Ich benutze es, um Zeugen und Beschuldigte zu beruhigen.«

»Zeugen und Beschuldigte … Und was bin ich?«

Sie ging auf ihn zu, streichelte ihm die Nasenspitze und legte ihm ihre flache Hand auf die linke Brusthälfte, um seinen Herzschlag zu erspüren. »Hoffentlich ehrlich.«

»Ich habe nichts verbrochen, also binde mich los!«

»Bei einem gesunden Menschen schlägt das Herz ungefähr zweiundsiebzig Mal pro Minute. Exakt der Takt, den ich eingestellt habe.«

Tick, tack.

»Diese Geschwindigkeit entspricht etwa dem berühmten Queen-Song *Bohemian Rhapsody*«, führte sie aus und ging zurück zum Schreibtisch. »Eine höhere Taktrate wird gemeinhin als aufregend bis zu ekstatisch empfunden, ist sie niedriger, eher als entspannend.« Sie regelte die Frequenz hinunter. »Etwa so.«

»Ich will mich nicht entspannen, ich will, dass du mich hiervon befreist.« An seinem Hals traten die Adern sichtbar hervor.

Sie bewegte sich wieder auf ihn zu und machte es sich ihm gegenüber in seinem eigenen Bürostuhl bequem. »Erzähl mir ein bisschen über Manuela Habana.«

»Bin ich dein Versuchskaninchen für eine besonders perverse Darstellung?«

Sie schwieg, sah ihn ohne zu zwinkern an.

Tick, tack.

Langsam erschlafften seine Muskeln. Der Widerstand an den Handfesseln ließ nach. Verbal zeigte er noch Kraftreserven. »Ich fasse es nicht, ich habe es mit einer Geisteskranken getrieben.«

Tick, tack.

Auf diese Beschimpfung reagierte sie mit Schweigen.

Tick, tack.

»Arbeitest du an der Sache mit dem Augenmacher?«, legte er nach.

»Ich höre dir zu.«

Mangels freier Hände rieb er sich das Kinn auf der Brust. »Herrje, vermutlich weißt du es längst. Zwischen mir und Manuela lief einige Zeit was. Nichts Ernstes.«

Oh Gott, Männer! Das ist es doch nie.

Was sie dachte, sprach sie nicht aus.

Weil er wohl bemerkte, was er für einen Schwachsinn redete, straffte er sich. »Meine Agenten waren auf der Suche nach Schauspielern für einen Dreh. Die Nordseegeschichte, von der ich dir bei unserem ersten Treffen erzählt habe …«

Juwelendiebstahl auf einer Privatjacht.

Davon wusste sie. Über die Crew dagegen bis heute nichts.

Tick, tack.

»… eigentlich ist es unüblich, aber ihre Bewerbung landete irgendwie auf meinem Tisch«, erklärte er.

»Irgendwie.«

»Kann sein, dass mein Assistent sie versehentlich dort abgelegt hat. Bei Wackelkandidaten treffe ich die Entscheidung, ob es für ein Casting reicht. Ich fand ihre Bilder und ihr Profil hübsch.« Er schaute zu Boden und lächelte kurz.

»Was für ein Profil?«

»Eifersüchtig?«

Tick, tack.

Rafael atmete einmal tief durch, bevor er weiterredete. »Ihre Referenzen waren durchwachsen. Neben Theaterauftritten befanden sich sogar zwei Fernsehproduktionen in ihrer Vita. Vor allem deshalb fand ich sie interessant.«

»Vor allem deshalb …« Frost bemühte sich, nicht wie eine Geliebte zu klingen, die herausgefunden hat, dass sie nur die Zweitbesetzung war. »Wie lange ging das zwischen euch?«

»Mein Gott, Klara, das ist lächerlich.«

»Wie lange?«

»Es hat letztes Jahr im Winter angefangen. Bevor ich dich kennengelernt habe, war die Beziehung jedoch längst vorbei.«

Und wenn schon, du bist mir keine Rechenschaft schuldig. Das zwischen uns ist keine Liebe. Es ist ... experimentell ... Um es mit Krons Worten auszudrücken.

Frost war Rafael vor fünf Monaten begegnet. Ebenfalls im Winter. Genau genommen hatte er sich in ihr Leben geschlichen, indem er ihren Bruder überredet hatte, sie ihm vorzustellen. Das hatte er am vierten Todestag ihrer Eltern gemacht.

»Wo habt ihr euch kennengelernt?«

»Bitte?«, fragte er. »Bis zu welchen Details über meine Affäre mit Manuela möchtest du gehen?«

»Törnen dich intime Fragen nicht an?«

»Verrückt«, wiederholte er, wobei er die Zähne zeigte. »Wir hatten uns in einem Café getroffen. Ich hatte ihr zuvor eine Absage erteilen lassen und mich als Filmagent ausgegeben. Bei dem Treffen hat sie mich nicht als Geschäftsführer von *Screen-Unit* erkannt.«

»Ich wette, dein Spielchen ist wie immer aufgegangen.«

»Möchtest du hören, wie lange ich gebraucht habe, um sie ins Bett zu kriegen?«

»Schnell. Wir beide wissen, dass du schnell zur Sache kommst.«

Langsam schien ihm das Rollenspiel zu gefallen, denn er grinste und deutete einen flüchtigen Kuss an. Dann leckte er sich die Lippen. »Lügnerin.«

»Verführer.«

»Sklavin.«

»Herrscher über ein Imperium.«

Es erregte ihn. Sie sah es ganz deutlich.

»Ich sage dir alles«, lenkte er ein, »nur nimm mir diese Dinger ab.«

»Welches Café?«

»Was?«

»In welchem Café habt ihr euch zum ersten Mal getroffen?«

»Im *Il Gelato.*«

Der Name sagte ihr nichts. Nachdenklich schwang sie mit dem Bürostuhl hin und her.

»Dort betreiben sie eine exquisite Konditorei«, redete er von sich aus weiter. »Die süßen Backwaren mit dem exotischen Konfekt sind eigentlich stadtbekannt – wobei die Preise entsprechend kostspielig ausfallen.«

Vielleicht hatte sie deshalb noch nie davon gehört, denn in der Regel legte sie keinen übermäßigen Wert auf Luxus. Gewöhnlich reichten ihr der Bäcker und die Frittenbude um die Ecke. Beides waren willkommene Abwechslungen zum verschwenderischen Leben im Hotel.

»Wo befindet sich das *Il Gelato*?«

Er beugte sich so weit nach vorn, wie es die Fesseln zuließen. »Schau doch bei Google-Maps nach, kleine Klara.«

Kleine Klara!

»Wie war das?«

»Kann es sein, dass du in Eile bist?«

Durchschaute er sie etwa?

Auf Frosts Handyuhr tickten die letzten Minuten. Bald würde Dr. Kleinholz sterben. Von der Deadline konnte er jedoch nichts wissen.

»Ich habe die Zeit immer im Griff«, log sie. »Die Adresse.«

»Mein Gott!« Er verdrehte genervt die Augen. »Versuch's mal in der Steinstraße.«

Tick, tack.

Stein zu Brot.

Tick, tack.

Brotkrumen …

»Schließ die Handschellen auf, oder ich werde um Hilfe rufen.«

Sie lachte kurz auf, obwohl sie die Situation alles andere als erheiternd fand. »Das würdest du tun? Laut schreien?« Sie stand auf, um ihren Rucksack zu holen. »Ich wette, der Anblick würde deinen Angestellten lange in Erinnerung bleiben.«

Verbissen presste Rafael die Lippen aufeinander. Vermutlich wog er ab, ob er sie anderweitig umstimmen konnte.

Während er schwieg, zog sie ein zerknittertes Kleidungsstück aus dem Rucksack und hielt es ihm hin. »Erkennst du es?«

Ihm reichte ein flüchtiger Blick. »Das ist mein Jackett.«

»Dann kannst du mir sicher verraten, warum du es in meinem Hotelzimmer gelassen hast. Und – was weitaus erstaunlicher ist – wie mein verloren gegangenes Lieblingsarmband in deine Innentasche kommt. Von allein wird es jedenfalls nicht hineingerutscht sein, oder siehst du das anders?«

»Seit der Geburtstagsfeier vermisse ich das Jackett. Also was willst du mir unterstellen?«

»Ich füge Puzzleteile zusammen. Und soweit ich mich erinnern kann, bist du ohne Erlaubnis in mein Hotelzimmer eingedrungen.«

»Es sollte eine Überraschung sein. Und was hat das, bitte schön, mit dem Jackett zu tun?«

Alles. Einfach alles.

Im Stillen bemühte sie sich, Hendriks Geburtstag bis zu ihrem Blackout zu rekapitulieren. Es fiel ihr tatsächlich wieder ein. Kurz vor Verlassen des Hotels, als sie sich eine Zigarette anzünden wollte, trug er das Jackett. Es war warm gewesen und er hatte die Knöpfe geöffnet.

Das Klingeln ihres Handys unterbrach sie in ihren Gedanken. Sie nahm es zur Hand und betrachtete die Anrufer-ID.

Neugierig versuchte Rafael von seinem Sitz aus einen Blick auf das Display zu erhaschen. »Willst du nicht rangehen?«

Es war das Diensthandy vom LKA.

»Es sind schlechte Nachrichten«, murmelte sie.

»Oh, ich wusste nicht, was du für eine Hellseherin bist ...«

Über ihre Schulter warf sie ihm den Schlüssel für die Handschellen zu. Er klimperte auf den Boden und blieb einen halben Meter neben seinen Füßen liegen.

Umständlich versuchte Rafael, den Schlüssel mit der Schuhsohle zu erreichen. »Wow, du musst ja mächtig unter Druck stehen.«

Frost reagierte nicht auf ihn. Sie nahm das Gespräch an. Es dauerte kaum dreißig Sekunden, in denen sie nur zuhörte. Schließlich hatte sie Gewissheit. Dr. Kleinholz war tot. Der Timer war bei null stehen geblieben, und auf dem Bildschirm hatte die Hexe sich zu Stein verwandelt und war zerfallen. Danach war ein Pixelmüllauto gekommen und hatte die Überreste eingesammelt. So beschrieb der Kollege am Telefon das Ende der Animation.

Tick, tack.

Stein zu Brot. Brot zu Krumen. Krumen zu Müll.

»Ich komme nicht an den Schlüssel ran«, jammerte Rafael.

Statt ihm zu helfen, schnappte sie sich ihren Rucksack und packte geschwind ihre Sachen zusammen. Der Klang des Metronoms erstarb.

»Motten besitzen weder Mund noch Magen, trotzdem zerfressen sie dein Jackett«, sagte sie in die plötzliche Stille hinein.

»Würdest du gefälligst damit aufhören?«, schrie er sie an. »Das ist nicht mehr lustig.«

»Nein, ist es nicht. Nicht für Manuela Habana. Deine Freundin ist nämlich tot.«

Rafael erstarrte in der Bewegung. Erst nach einer Weile nickte er gefasst. »Und um mir das mitzuteilen, veranstaltest du diesen Unfug?«

»Nein, ich tat es, damit du mir alles sagst, was ich wissen wollte. Jetzt muss ich gehen.«

»Was denn? Du lässt mich hier gefesselt sitzen?«

»Zur Strafe, weil du die gestellte Aufgabe nicht ernst genommen hast. Gib mir die Handschellen und den Schlüssel bei Gelegenheit zurück.«

Damit durchschritt sie das Büro. Während des Telefonats war ihr ein Verdacht gekommen, welchen Ort der Augenmacher sich für Dr. Kleinholz' Leichnam ausgesucht hatte.

Kapitel 37

Wrong Turn. In diesem Horrorfilm, einem B-Movie-Klassiker aus dem Jahr 2003, saß Fitz gefangen. Darin töteten Kannibalen auf brutale Weise nach und nach eine Gruppe Jugendlicher. Einer der Menschenfresser hieß Drei-Finger, ein drahtiger Kerl mit scharfem, fauligem Gebiss, einem entstellten Gesicht und langen grauen Haaren – und exakt diesem war Fitz im Haus des Augenmachers begegnet. Selbst als sich der Albtraum auflöste und Fitz das Kindergeschrei um sich herum wahrnahm, lief vor seinem geistigen Auge ununterbrochen die Szene ab, wie Drei-Finger ihn mit der Schaufel niedergestreckt hatte. Prüfend tastete er nach seiner Stirn, wo der Schmerz pochte. Kein Blut, nur eine geschwollene Stelle.

Keine Fesseln, stellte er erleichtert fest.

Auf der Jagd nach einer rotbraunen Katze rannte ein Kleinkind mit einem gelben Strampelanzug an ihm vorbei. Fitz rieb sich die Augen, weil er glaubte zu halluzinieren. Als jemand ihm eine Pistole vor die Nase hielt, verstärkte sich der Eindruck. Erschrocken drückte er den Rücken durch, doch er saß in einem Sessel, aus dem es kein Entrinnen gab. Seine Handgelenke waren doch gefesselt. Nein, waren sie nicht, er krallte die Finger einfach nur wie Schraubstöcke ins Polster.

»Nehmen Sie schon«, sagte Drei-Finger und grinste schief. »Ist Ihre. Und sorry für den Volltreffer.«

Als er ihm die Pistole reichte und dabei den Arm ausstreckte, rutschte der Hemdsärmel des Mannes nach oben, und Fitz erhaschte einen Blick auf eine Tätowierung, die ihn vage an das Symbol des Augenmachers erinnerte, das Frost ihm gezeigt hatte. Ein Viereck mit einem darin befindlichen Auge.

Fitz schnappte nach seiner Dienstwaffe und richtete den Lauf nach vorn aus, weil er jeden Moment mit einem Angriff rechnete. Drei-Finger kicherte und verschwand aus dem Zimmer. Zuerst wollte Fitz ihm hinterherrufen, stattdessen blickte er stumm in die Gesichter von sieben weiteren Personen. Drei Erwachsene, drei Kinder zwischen zehn und dreizehn Jahren und ein Säugling, der an einer Frauenbrust nuckelte. Auf Couch und Stühlen saßen sie ihm wie eine Familie in einer schlichten russischen Behausung gegenüber. In der Mitte thronte die Hexe, die sich irgendeinen algenartigen Faden in den Mund stopfte und dabei herzhaft schmatzte.

Die Szene kam Fitz völlig unwirklich vor. Bestimmt hatte er eine Gehirnerschütterung. Die Kellerumgebung war verschwunden. Er befand sich definitiv nicht mehr im Haus des Augenmachers. Dafür umgab ihn zu viel Wohneinrichtung. Kantige alte Möbel, bunte Tapeten mit seltsam altmodischen Mustern. Dazu kam er sich zwischen all den Stoffvorhängen, Kelchen, Vasen, Skulpturen, Spiegeln und Fahnen wie bei einem Antiquitätenhändler vor. Oder in einem Trödelladen. Sogar ein Globus stand neben ihm – nur eine Armlänge entfernt, aber die darauf befindliche Weltkarte sah nicht wie die Erde aus.

Nur kurzzeitig ließ Fitz sich davon irritieren. Schwere, feuchte Luft erfüllte das Zimmer. Aufgrund des Mantels, den er immer noch trug, schwitzte Fitz wie in einer Waschküche. Irgendwo wurde gekocht. Aus den Nebenräumen ertönten mehr Stimmen. Der Duft von ätherischen Ölen stieg ihm in die Nase. Es roch medizinisch und holzig, fast wie Eukalyptus. Fitz tippte jedoch auf Kampfer. Im Haus seiner Großeltern hatte es ständig nach dieser Pflanze gerochen.

»Wir dachten, Sie seien ein Einbrecher«, ergriff die Hexe das Wort. Auf seltsame Weise hörte sich die Stimme der alten Frau wie die sonore Bandansage einer Versicherungshotline an. »Erst als wir Ihren Ausweis und Ihre Dienstpistole gefunden haben, erkannten wir, dass Sie Polizist sind.«

Fitz starrte die Anwesenden der Reihe nach an und versuchte zu ergründen, ob sie ihn verschaukelte. Noch immer funktionierten seine Sinne nur eingeschränkt. Auch fehlte ihm in den Armen weiterhin die Kraft. Langsam schaute er auf die Waffe in seiner Hand.

Verdammt, die Sippe hatte bestimmt die Patronen entfernt.

Eine weitere Frau, jung, aber mit strubbeligen Haaren, seltsam verschobenen Wangen und vorstehenden Zähnen, betrat den Raum. Sie beugte sich über ihn und stellte Tee auf einen Beistelltisch aus Glas.

»Ringelblume«, stotterte sie. »Trinken!«

Das Sprechen fiel ihr hörbar schwer. In ihren gesamten Bewegungen wirkte sie kränklich. Fitz tippte auf einen Gendefekt. Längst war ihm klar geworden, dass die Familie zum Großteil behindert war.

Dankbar für den Tee, nickte er, wobei er sich nicht sicher war, ob er das Getränk überhaupt anrühren wollte. Es roch aromatisch, aber das tun Gifte auch.

Worüber er sich wunderte, war die wohltuende Wärme in seiner Brust. Im Augenblick funktionierte seine Lunge tadellos.

»Wo bin ich?«

»In meinem Haus«, antwortete die Hexe.

Prüfend schaute Fitz zur Decke hinauf, wo sich uralte graue Balken entlangzogen. »Bin ich noch in Neustadt in Holstein?«

»Wo sollten Sie sonst sein?«

Nur die Hexe sprach und lachte. Die anderen waren zwar anwesend, wirkten jedoch teilnahmslos, als stünden sie alle unter dem Einfluss von berauschenden Kräutern.

Endlich hatten sich Fitz' Augen an das dämmrige Kerzenlicht gewöhnt. Jetzt sah er auch das aufgestickte Symbol auf der Strickjacke der Hexe scharf. Dasselbe Zeichen wie in dem Foltervideo.

Ein Pentakel.

Fitz kontrollierte seine Pistole. Sie war geladen. Er steckte sie weg, um die Kinder nicht zu erschrecken, obwohl die nicht so aussahen, als hätten sie Angst vor dem Fremden.

»Wer sind Sie?«, fragte er die Hexe.

»Ich dachte, das wüssten Sie längst.«

Fitz versuchte, seine Gedanken zu ordnen. Irgendetwas stimmte nicht mit ihm. An einem anderen Tag hätte er es auf zu viel Alkohol geschoben, aber so viel wusste er: Freiwillig hatte er nichts getrunken.

»Warum habt ihr mich hergebracht?«

»Wie gesagt, anfangs wussten wir nicht, wer Sie sind. In dieser Ortschaft entgeht den Bewohnern nichts. Erst recht nicht, wenn ein Fremder sich dem Haus meines Sohnes nähert.«

Fitz brauchte einen Moment, um die Aussage zu verstehen. »Sind Sie etwa …?«

Die Hexe nickte und kratzte sich mit ihren abartig langen und verkrusteten Fingernägeln die schlohweißen Haare. »Joseph Palschewski ist mein Sohn.«

»Ihr Sohn ist tot. Und er war ein Monster.«

Entgegen seiner Erwartung protestierte die Alte nicht. Eher wirkte sie belustigt. Sie hob ihren fleischigen Arm und strich der Frau, die den Säugling stillte, über den Kopf. Auch die junge Mutter hatte körperliche Entstellungen. »Halten Sie alle Menschen, die nicht so sind wie Sie, für Monster?«

Auf diese unnütze Diskussion wollte er sich keinesfalls einlassen. »Ich weiß nur, dass Ihr Sohn Frauen umgebracht, ihnen die Augen ausgerissen und diese durch Steine ersetzt hat. Er hat mit seiner eigenen Schwester eine Tochter gezeugt und einen weiteren Mord begangen, um sein Kind in einen Keller zu sperren.«

»In unserer Familie lieben wir unsere Kinder und sperren sie nicht ein.« Wie zur Bestätigung drückte sie einem der Jungen einen Kuss in den Nacken. »Es wäre ein Frevel und eine Verletzung unserer Regeln. Unser Blut ist mächtig. Bereits die alten Ägypter schworen auf Blutreinheit. Wir achten matrilinear, also über die Mütterlinie, auf unsere Vererbung. Nur äußerst selten teilen wir das Blut mit anderen. Keinesfalls jedoch vergießen wir es. Wir ehren unsere Religion, und wir ehren unsere Vorfahren, die mächtige Zauberer waren. Nur wenn wir unter uns bleiben, können wir die Geheimnisse unserer Stammesältesten begreifen. Verstehen Sie, was es uns bedeutet, unsere Kinder zu beschützen?«

Fitz verstand augenblicklich.

Noch mehr Inzucht. Womöglich ging das Verhalten der Familie auf eine uralte Tradition zurück. Vielleicht hatte es was mit schwarzer Magie zu tun. Unwillkürlich musste er an Frost denken. Was hätte die wohl dazu gesagt? Vermutlich hätte sie nach dem *Hexenhammer* gegriffen und der Alten das Buch ins Gesicht geschmettert.

»Wie dem auch sei«, sagte er und zielte mit dem Zeigefinger auf ihren Brustbereich. »Wenn ich das Pentakel da sehe, weiß ich, dass ich hier richtig bin.«

»Sie reden vom Augenmacher?« Gleichzeitig griff sie sich an die Stelle, wo das Symbol prangte. »Nun, wenn Sie ihn finden wollen, warum suchen Sie dann nach den falschen Zeichen?«

»Der Augenmacher ist tot. Ich suche meine Nichte.«

Die Hexe sog ihren Brustkorb mit Luft voll, wodurch sie zu wachsen schien. Mit den Fingerspitzen griff sie in eine Schale vor sich und pustete ein rotes Pulver, ähnlich wie Paprika, in die Raummitte. Sofort hüllte der Nebel Fitz ein. Er fing an zu husten. Ein Brechreiz überkam ihn. Gleichzeitig wurden seine Augenlider schwer.

»Was machen Sie?«, keuchte er und versuchte aufzustehen.

»Sie wollten nicht vom Tee trinken, dabei müssen Sie sich unbedingt ausruhen, wenn Sie die Wahrheit ergründen wollen. Das wollen Sie doch, oder?«

Mit den Händen vollführte sie undefinierbare Kreise in der Luft. Zusätzlich murmelte sie Beschwörungsformeln. Sämtlicher Kraft beraubt, blieb Fitz an Ort und Stelle. Eine unbekannte Macht drückte eisenfest gegen seinen Brustkorb und hielt ihn im Sessel gefangen. Die Müdigkeit wurde zu einer Schlinge, die sich fester und fester um ihn zog. Aus dem Augenwinkel nahm er wahr, wie Drei-Finger sich ihm mit einer Decke näherte.

Fitz war zu gebannt von der Hexe, deren Pupillen verschwanden und stattdessen das blanke Weiß ihrer Augäpfel hervorbrachten. Bis sie sich mit Blut füllten, aber da verlor Fitz bereits die Besinnung.

»Du wirst dem Augenmacher begegnen. Bald …«

Kapitel 38

Nur die Larven der Kleidermotte können Stoffe zerfressen. Das war die korrekte Antwort auf die Frage, die Frost Rafael von Landgraf vor über einer Stunde gestellt hatte.

Hier und heute hatten Mottenlarven Dr. Ilona Kleinholz' Bekleidung jedoch nicht geraubt. Der Augenmacher hatte die Frau entkleidet, sie getötet und unweit einer Mülltonne im Hinterhof des *Il Gelato* auf der Steinstraße entsorgt.

Stein zu Brot, kleine Klara.

Während der Befragung von Rafael hatten sich in Frosts Kopf ein paar Rädchen gedreht. Dadurch hatte sich in der Mechanik, die ihre besonderen Fähigkeiten zum Laufen brachte, eine Blockade gelöst.

Tick, tack.

Seit jeher waren die gleichmäßigen Geräusche des Metronoms der Schlüssel zu ihrem Unterbewusstsein. Schon in der Schule und beim Studium hatte sie sich von den tickenden Pendelbewegungen stimulieren lassen. Niemand verstand das. Stattdessen hielt man sie für eine Irre. Doch eine Irre hatte den Leichnam von Dr. Kleinholz nicht gefunden.

Frost war es gewesen.

Das *Il Gelato* auf der Steinstraße. Die Konditorei, in der es Backwaren gab.

Stein zu Brot, kleine Klara.

Sofort beim Verlassen der Villa hatte sie ihre Vermutung per Telefon an ihre Chefin übermittelt. Jetzt stand Lorenz kopfschüttelnd neben Frost und gemeinsam betrachteten sie den geschundenen Körper der Toten.

»Laut Einsatzleitsystem war eine Streifenbesatzung exakt siebenundzwanzig Minuten nach deinem Anruf hier«, sagte sie hörbar angewidert. Obwohl man mehr Blut als Hautstellen an der Leiche sah, handelte es sich zweifellos um Dr. Kleinholz. »Wir brauchen nicht auf das Eintreffen der Rechtsmedizinerin zu warten, um zu erkennen, dass die Ärztin bereits vor Ablauf der Deadline tot war. Also wozu diente dieser dämliche Timer auf ihrem Computer?«

»Neunzehn Uhr. Die Uhr zeigte nicht ihren Todeszeitpunkt, sondern die Uhrzeit, zu der das Café schloss.«

Schweigend nahm Lorenz es zur Kenntnis.

Frost redete weiter. »Er hat sie letzte Nacht umgebracht. Somit blieb ihm ausreichend Zeit, alles vorzubereiten, um sie hier abzulegen. Es war niemals das Ziel des Augenmachers, dass wir sie retten könnten. Er will uns zeigen, wie hilflos wir sind.«

»Verstehe, deshalb warst du die ganze Zeit so ruhig.«

Eine Fehleinschätzung. Ich bin nie ruhig, sondern ständig in Bewegung.

»Ruhe zu bewahren, ist unsere einzige Chance«, bekundete sie entgegen ihren Gedanken.

Prompt folgte von ihrer Kollegin ein zweifelnder Laut. »Woher wusstest du es?«

Natürlich verstand Frost den Sinn, der hinter der Frage steckte, doch sie stellte sich dumm. »Woher wusste ich was?«

»Wo wir die dritte Leiche finden würden?«

»Der Augenmacher hat uns genügend Hinweise mit seinem kleinen Programm gegeben.«

»Das überzeugt mich nicht.«

»Niemanden überzeugt, was ich mache«, sagte Frost trotzig. »Egal, wie sehr ich mich anstrenge, es wird nie genug sein, um als Kriminalbeamtin anerkannt zu werden.«

»Blödsinn! Zuletzt warst du ein Jahr beim LKA in einer Sonderabteilung, die Serienverbrechen analysierte. Die haben nur die Besten ausgesucht.« Es klang, als fühlte sie sich dazu gezwungen, das zu sagen.

Ja, und man hat die Abteilung wegen Entbehrlichkeit vorzeitig aufgelöst.

Frost blickte sie an. Gewöhnlich war die K11-Leiterin hart im Nehmen, doch heute sah ihre Gesichtsfarbe aus, als würde sie sich das erste Mal an einem Leichenfundort übergeben müssen. Immer wieder schaute sie zur Seite, gab Kollegen Anweisungen, die völlig überflüssig waren, da die Leute auch so wussten, dass ihre Arbeit in der Öffentlichkeit haarklein diskutiert wurde. Nichts war den Medien lieber als Ermittlungspannen bei der Aufklärung einer Mordserie.

»Ich will gar nicht wissen, was die Bestie ihr angetan hat«, flüsterte Lorenz und hielt sich eine Hand vor Mund und Nase.

»Ich will alles wissen«, entgegnete Frost. »Jedes Detail.«

Gemeinsam betrachteten sie die Wunden, die sich mannigfaltig vom rasierten Schädel der Toten bis zu den Zehenspitzen erstreckten. Wobei man an den Füßen kaum noch Zehen fand. Jemand hatte Dr. Kleinholz unter einem Kunststoffwelldach abgelegt und mit einer Plane und Brettern abgedeckt. Bei einem flüchtigen Blick war schwerlich zu erkennen, dass darunter ein Menschenkörper gelegen hatte. Deshalb hatten die Angestellten des Cafés die Leiche zuvor nicht entdeckt.

»Er hat ihr die Brustwarzen und Teile der Brust entfernt«, gab Frost das wieder, was sie sah.

»Kannst du mir bitte die Details ersparen?«, protestierte Lorenz und trat einen Schritt zurück. »Wenn ich die Sicherheitsnadeln in ihren Lippen und die eingeritzten Kreuze,

Sterne und Linien in der Haut betrachte, ergibt sich für mich bereits ein abartiges Bild von den Gräueltaten. Wozu macht er das?«

»Die Symbole?« Frost zuckte mit den Achseln. »Diese Runen ergeben keinerlei Sinn. Zumindest keinen, der sich mir auf den ersten Blick erschließt.«

»Dann streng dich gefälligst an.«

»Zwischen Brust und Bauchnabel befindet sich ein gleichmäßiges Wundmuster. Ähnlich dem Abdruck eines übergroßen Reißverschlusses. Geschätzt zehn Zentimeter breit. Es führt auf beiden Seiten bis zum Rücken. Ich vermute, er hat sie mit einem Gurt an das Bett gefesselt, wie ihn der Augenmacher im Video benutzt hat. Offensichtlich waren am Leder Widerhaken.«

»Allein, dass er ihre Augen durch Hühnergötter ersetzt hat, reicht ihm wohl nicht mehr.«

Nein, das reicht ihm nicht. Denn das Quälen macht ihm Spaß.

Sie bückte sich hinab zur Toten und drückte die leblose rechte Hand, an der zwei Finger fehlten, leicht zur Seite. Die Leichenstarre widersetzte sich Frost nur kurzzeitig.

»Was machst du?«, fragte Lorenz, die vermutlich lieber auf die Rechtsmedizinerin gewartet hätte.

»Ich mache das, was der Augenmacher von uns erwartet.«

Damit gab sie den Blick auf ein Tattoo im Hüftbereich der Toten frei.

Ein Viereck mit einem Auge und drei Zahlen im Zentrum.

»0-7-8«, las Frost vor.

»0-7-8?«, wiederholte Lorenz. »Und das sagt dir?«

Bevor Frost antwortete, machte sie mit ihrem Handy ein Foto des Motivs. »Dass ich dumm war …«

Damit sprang sie auf und lief an Lorenz vorbei. Sie musste nachdenken. Doch ihre Leiterin gab sich nicht ohne Weiteres zufrieden, sondern eilte ihr hinterher.

»Du bleibst sofort stehen, Klara, und erzählst mir, was los ist.«

Frost stoppte, drehte sich jedoch nicht gleich um. Erst als Lorenz sie umrundete, mit beiden Händen festhielt und sie wie eine Mutter anschaute, lösten sich ihre bis dahin aufeinandergepressten Lippen.

»5-6-4«, sagte Frost. »Das ist die nächste Zahlenkombination.«

»Du meinst, es gibt ein weiteres Tattoo mit den Zahlen fünf, sechs und vier?«

Tick, tack.

10-2-3.

0-7-8.

5-6-4.

Frost nickte. »Alle Zahlen zusammen ergeben das Hexeneinmaleins.«

Kapitel 39

Das Gefühl unbegrenzter Macht verflüchtigte sich so schnell, wie es kam. Für den Augenmacher stellte sich das Abklingen der Euphorie als Belastungsprobe heraus. Eine Zeit lang hatte er mit der Ärztin seinen Spaß gehabt. Besonders erregend fand er es, als er ihr Glasscherben auf die Zunge gelegt, ihr den Mund zugeklebt und anschließend ihre Fingerkuppen in konzentrierte Natronlauge getaucht hatte. Anders als weithin angenommen sind Laugen oftmals gefährlicher als Säuren.

Während Säuren nur oberflächlich die Haut schädigen, dringen Laugen in die tieferen Schichten vor, wo sie die komplette Hautstruktur zerstören. Übrig bleiben weißliche, breiige Ansammlungen von Gewebe.

Kolliquationsnekrose.

Verflüssigung von Zellen.

Jetzt zahlte es sich aus, dass er früher regelmäßig die Bibliothek auf Fehmarn besucht hatte. Und in Zeiten unzähliger elektronischer Bücher bekam heutzutage niemand mehr mit, welche Texte man las.

Bei dem Gedanken an die letzten Stunden von Dr. Kleinholz musste der Augenmacher grinsen. Sie hatte weder schlucken noch die Scherben ausspucken können. Ihr Dilemma hatte ihm Spaß bereitet. Ihre Qualen hatten ihm extreme Lust verschafft.

Er brauchte mehr davon. Sich die Videos seiner Opfer anzusehen, brachte dem Augenmacher nicht halb so viel Befriedigung, wie das zuckende Fleisch unter den Händen zu spüren, die Halsschlagader im Todeskampf heftig an- und abschwellen zu sehen und mit den Fingern die Augäpfel zu greifen, kurz bevor man den Sehnerv zerreißt.

Er liebte Augen.

Er liebte es, wenn das Leben darin verglühte.

Und er liebte die Pigmentierung von Klara Frosts Iris. Ihre Färbung war so herrlich eisblau. Eine Laune der Natur, wie sie höchstens bei Menschen in der Arktis vorkam, weil dort kaum direkte Sonneneinstrahlung herrschte. Das Phänomen ihrer Augenfarbe war so eigenwillig wie Frost selbst.

Einige Zeit hatte er die Kommissarin für magisch gehalten, doch das war vorbei. Erst recht nach dem, was sie ihm angetan hatte.

Bald würde der Augenmacher ihr das Lebenslicht rauben und herausfinden, ob hinter ihren Augen eine besondere Magie lag. Das war nämlich der wahre Zauber, nach dem er immer gesucht hatte: Menschen ihre Augen zu nehmen und dabei zuzusehen, wie die Seele starb.

Und es gab noch eine sterbende Seele.

Carolin.

Der Augenmacher hatte versucht, sie zu retten. Jetzt war sie hier mit ihm im Raum, und er spürte, dass sie ihm entglitt.

»Wir müssen zusammenhalten«, beschwor er sie, während er ihre letzten Zeichnungen betrachtete. Ein Fötus im Bauch einer Hexe, und auf einem anderen Papier erkannte er deutlich die Szene im Wald, als Carolin Hühnergötter gesammelt hatte, obwohl man dort in der Regel niemals Lochsteine fand.

Ein Laut der Belustigung verließ seine Kehle. Die kindlichen Bildchen bewertete er als lächerlich, doch er sprach es nicht aus. Er liebte Carolin – und sie liebte ihn. »Wir müssen Klara loswerden. Dafür brauche ich deine Hilfe.«

Stille. Bis auf das Rascheln des Papiers.

»Wir haben es damals gemeinsam angefangen«, redete der Augenmacher weiter. »Deine Mutter, die Hexe, sie ist schuld, dass dir die Stimme fehlt, liebste Carolin. Wir müssen die Hexen dieser Welt vernichten. Hexen wie Klara, die mit Krähen sprechen. Es ist ihr böser Blick, der dir die Kraft raubt, verstehst du?«

Er bewegte sich vom Schreibtisch weg, schlich zur Zimmertür und lauschte, ob sich auf dem Flur jemand näherte. »Du weißt, dass da draußen vier Polizisten sind. Sie bewachen das Wohnheim. Sie verfolgen jeden deiner Schritte. Das ist gefährlich, wenn du mir helfen willst.« Er überlegte, ob alles bis zu Carolin durchdrang, was er ihr sagte. »Deshalb ist es wichtig, dass du dir die Pläne für die Geheimgänge präzise einprägst. In diesem alten Gemäuer gibt es viele verborgene Ecken und Türen. Sei vorsichtig und tu genau das, was ich von dir verlange.« Er ballte die Hände zu Fäusten. »Ich bin zurückgekehrt, aber ich kann meine Mission nicht allein vollenden, ich brauche deine Hilfe. Wie damals, als wir gemeinsam die Hexe getötet haben. Leider wurde der Fluch, der auf dir lastet, nicht durch ihren Tod gebrochen. Ich habe bei dem Ritual Fehler begangen, ich bin ganz sicher, dass ich es wiedergutmachen kann. Jetzt weiß ich mehr über Magie als früher. Ich habe gelernt, habe geforscht, bin in die tiefsten Geheimnisse der Zauberei eingetaucht. Es sind Klaras Augen, die dich schwächen. Und sie schwächen mich. Deshalb müssen wir auch sie töten. Dann kannst du wieder sprechen, Schwesterchen.«

Kapitel 40

Geweckt vom Nokia-Klingelton, wachte Fitz aus einem seltsamen Traum auf. Er tastete an sich entlang, ob alles an ihm heil war oder ob der intergalaktische Piratenhamster ihm tatsächlich den Unterleib abgebissen hatte. Zum Glück spürte Fitz hinter den Kniescheiben noch die Schmerzen der Arthrose. Vorsichtshalber bewegte er auch seine Zehen. Er trug Schuhe. Und das war das Allerwichtigste überhaupt.

Während sein Handy ununterbrochen dudelte, blickte er sich um. Er saß noch immer in dem Sessel mit den undefinierbaren Flecken im Polster. Und es roch anhaltend nach beißenden Kräutern im Haus der Hexe. Allerdings befand er sich jetzt allein im Zimmer.

Er schüttelte sich, um zur Besinnung zu kommen. Ein Blick auf seine Paulchen-Panther-Uhr raubte ihm für eine Sekunde den Atem. Kurz nach sieben Uhr. Er hatte die ganze Nacht geschlafen. Seine volle Teetasse stand neben ihm. Nach etlichen Stunden war das Getränk kalt.

»Was habt ihr mir eingeflößt?«, redete er mit sich selbst.

Wankend kam er auf die Beine. Weil der Klingelton spielte, griff er nach seinem Mobiltelefon. Eine unbekannte Nummer rief an.

Er tastete nach seiner Schläfe, hinter der es furchtbar pochte, und meldete sich verwaschen. »Ja?«

»Schön, dass du rangehst, Bulle. Hier ist Fiton. Ich melde mich nur, weil wir all die Jahre fair miteinander umgegangen sind.«

Über den Anruf des Albaners Fiton Thaqi wunderte Fitz sich, ließ es sich jedoch nicht anmerken. »Beim letzten Mal hat mich dein Gorillababy behandelt, als wäre ich sein tägliches Kraftfutter, das es zu vernichten gilt. Du schuldest mir eine Zahnarztrechnung.«

»Besser, er hätte dir das Gebiss vollständig zertrümmert. Immerhin hast du hinter meinem Rücken mit einem meiner Mädchen Geschäfte gemacht.«

Sofort wusste Fitz, welche Dame er meinte. Es ging um die blonde Bedienung. »Keine Ahnung, wovon du redest.«

»Tja, Pech. Schätze, du hast dich ausnehmen lassen. Florentina hat nämlich doppelt kassiert.«

Fitz benötigte einen Moment, um zu erfassen, was Thaqi ihm da klarmachte. Ziellos steuerte er unterdessen durch das Haus, das mit jedem Meter zu wachsen schien. Mit einem Ohr lauschte er der Unterhaltung, mit dem anderen versuchte er die Herkunft des Babygeschreis zu lokalisieren. Kurz blieb er im Flur vor einem übergroßen Gemälde stehen. Es zeigte einen fahlen Reiter auf einem Knochenpferd. Darunter stand auf einer Art Holzschrein eine Schüssel, in der säuberlich gereinigte und mit braunen Intarsien verzierte Knochen lagen. Daneben brannten Räucherstäbchen, deren Qualm nach Asche stank. Inständig hoffte Fitz, dass es sich um Tiergebeine für irgendein harmloses Ritual handelte.

Wenn er doch wenigstens einen Ausgang aus dieser Voodoo-Höhle finden würde …

»Hörst du mir zu, Bulle?«

Fitz rief sich Thaqis letzte Worte in Erinnerung. Hatte der soeben den Namen Sabrina genannt?

»Was weißt du über meine Nichte?«

Der Albaner lachte dumpf auf. Er klang freudlos, regelrecht verbittert. »Ich sage dir nur so viel: Florentina hat Sabrina an einen Schweinehund verkauft. Sie hat Informationen geliefert und dafür Geld genommen. Verstehst du?« Er wartete nicht auf eine Antwort von Fitz. »Du weißt, dass ich es nicht dulde, wenn einer meiner Leute in die eigene Tasche wirtschaftet. Nachdem ich alles für sie getan habe, damit sie sich ein bescheidenes Leben finanzieren konnte.«

»Was hast du erfahren?« Fitz verlor die Nerven. Geschwächt lehnte er sich an ein Treppengeländer. »Du musst es mir sagen, du Schuft! Was ist mit Sabrina?«

»Ich weiß es nicht, aber ich werde es bald wissen. Verlass dich darauf.«

»Nein, ich will mit deiner Bedienung reden …«

»Florentina wird mit niemandem mehr reden. Wie gesagt, ich dulde es nicht, wenn jemand mich hintergeht.«

Fitz schlug mit einer Faust gegen eine Wand. »Verflucht, was hast du mit der Frau gemacht?«

»Interne Angelegenheiten kläre ich auf meine Art. Momentan stehen meine Männer vor dem Geschäft, in dem derjenige arbeitet, der weiß, wo deine Nichte steckt.«

»Bitte, Thaqi, ich muss es wissen!«

»Später. Du bist ein guter Bulle. Diese Art von Job ist nichts für dich. Lass mich das regeln. Wir folgen nur einem Zeichen. Einem Viereck mit einem Auge …«

Mit diesem Satz kappte Thaqi die Verbindung.

»Scheiße!«, fluchte Fitz und versuchte, ihn zurückzurufen, was jedoch scheiterte.

Es schepperte im Obergeschoss. Trotz der Geräusche wirkte das Haus, das seiner Architektur nach vermutlich kurz vor dem Krieg gebaut worden war, menschenleer. Bevor er in den wirren Traum mit dem Piratenhamster versunken war, hätte Fitz schwören können, dass mindestens zehn Personen innerhalb der Räumlichkeiten lebten.

Auf der Suche nach der Hausherrin stieg er die Treppe hinauf. Nicht nur das fremdländische Aussehen der Holzstufen, sondern vor allem die psychedelischen Tapetenmuster, die mit jeder Wand wechselten, ließen ihn daran glauben, dass er entweder unter Drogen stand oder noch immer in einem Traum gefangen war.

In der Oberetage inspizierte er die einzelnen Räume. Es waren doch etliche Personen anwesend. Fast ausschließlich Frauen und Kinder. Auf einer Matratze döste ein Mann. Neben ihm räumte eine junge Frau benutztes Geschirr weg. Fitz ging weiter. Im Badezimmer duschte eine weitere Frau ein Kleinkind. Augenscheinlich ein Junge, doch sein Hodensack war verkümmert und sein Bauchnabel war riesengroß wie eine Mandarine. Obwohl es sich um ein Kind handelte, das nichts für seine Entstellungen konnte, musste Fitz sich für einige Wimpernschläge abwenden.

Während die Mutter ihr Kind äußerst liebevoll wusch, lächelte sie Fitz an, als gehörte er selbst zur Familie.

Dabei wollte er auf der Stelle aus diesem Haus des Inzests fliehen.

»Wo finde ich die …?«, das Wort »Hexe« vermied er, »die … Großmutter?«

»Nächste Tür«, kam die Antwort.

Fitz nickte zum Dank. Der Junge winkte ihm nach.

Kaum hatte Fitz sich umgedreht, stand die Hexe vor ihm. Sie war riesig. Und obwohl Fitz sich im Laufe der Jahre den ein oder anderen Leberkäse an die Hüften gefuttert hatte, maß der Bauchumfang der Alten das Doppelte von seinem.

»Haben Sie sich hergezaubert?«, versuchte Fitz es mit Galgenhumor, um seinen Schrecken zu überspielen.

Im Gegenzug hielt sie ihm einen Stock unter die Nase, auf dem ein Schrumpfkopf steckte. Fitz wich zurück und erkannte, dass es sich nur um eine optische Täuschung handelte. Der Schrumpfkopf war in Wirklichkeit nur eine besonders bizarre Schnitzerei.

»Was wollen Sie noch hier?«, knurrte die Alte und ihre Pupillen schienen im schummrigen Korridorlicht rot zu leuchten. »Ich habe Ihre Wunden gepflegt und Sie schlafen lassen. Verlassen Sie jetzt mein Haus. Sie gehören nicht zu uns. Sie verabscheuen uns, weil wir die Paarung Blutsverwandter befürworten.«

Grundsätzlich verurteilte er keine Menschen allein wegen ihrer Lebensweise. Allerdings fand er Inzucht abartig und zu Recht strafbar. Außerdem hätte er nie geglaubt, dass es im modernen Deutschland dahin gehend solche Ausmaße gab. Bei einigen Familienangehörigen in diesem Haus waren die Degenerationen unleugbar.

Fitz schluckte seinen Ekel hinunter, weil er die Alte nicht beleidigen wollte. Erst recht nicht, als er sich mit der verbundenen Hand an seine verletzte Stirn fasste und merkte, dass sein Schädel nicht mehr brummte. Auch fühlte er sich seit seinem Aufwachen deutlich erholter. »Ja, ich finde Ihre Lebensweise – gelinde gesagt – altmodisch.«

»Altmodisch? Hab ich da vorhin einen Nokia-Klingelton gehört?«

Unerwarteter Humor.

»Ich bin auf der Suche nach einer Tätowierung. Ein Viereck mit einem Auge.« Zur Verdeutlichung malte er die Konturen mit dem Finger an die Wand. »Der dürre Kerl vorhin … Drei-Finger …«

»Wer?«

Fitz winkte ab. Den Horrorfilm kannte sie sowieso nicht. Oder vielleicht ja gerade …

»Hören Sie, er trug ein solches Symbol auf dem Arm. Ich muss mit ihm reden.«

Die Hexe berührte das Pentakel auf ihrer Jacke und verneinte. »Wir beschützen alle unsere Kinder. Seit jeher. Auch Joseph wollte ich schützen, wie er seine Tochter beschützen wollte. Sie haben uns unser Kind weggenommen!«

Sie redete besorgt über Carolin und drehte sich um.

Fitz hörte noch, was die Hexe sagte, nachdem sie ihn stehen gelassen hatte.

»Denjenigen, den Sie suchen, finden Sie im Knast.«

Kapitel 41

Fiton Thaqi wusste eine Menge über den Tätowierer, dessen Laden zwei Albaner an diesem Morgen observierten. Drinnen brannte eine Neonröhre und erhellte eine Schaufensterscheibe mit kreativen Mustern.

Kurz nach neun Uhr war ein einziger Kunde am Geschäft auf der Implerstraße aufgetaucht, jedoch an der verschlossenen Eingangstür gescheitert. Entweder hatte der Inhaber verschlafen oder auf seinem Tätowierstuhl saß gerade jemand und ließ sich ein Motiv stechen, wofür der Künstler absolute Ruhe benötigte. Ein solcher Termin konnte unter Umständen Stunden dauern.

Über sein Handy blieb Thaqi ununterbrochen auf dem neusten Stand, auch wenn es nichts zu vermelden gab. Seine beiden Handlanger klangen gelangweilt, eine Sache, die Thaqi missfiel, denn dadurch passierten Fehler. Demnächst würde er sich mit seinen Leuten über ihre Arbeitseinstellung unterhalten müssen. Momentan interessierte ihn nur der Tätowierer, der ein temporäres Tattoo mit dem Augenmacher-Symbol hergestellt hatte. Die Leipziger Polizei hatte im Internet einen Zeugenaufruf zu dem Zeichen gestartet. Thaqi war schneller gewesen und hatte den Geschäftsinhaber Remi Wenzel vor den Bullen ausfindig gemacht.

Wenzel galt in der Szene als zuverlässig und seriös. Keiner, der mit gepanschter Farbe aus Fernost hantierte. Außerdem sagte man ihm nach, dass er selbst bei Minustemperaturen ohne Zittern die Nadel führen konnte. Drogen? Soweit Thaqi wusste, war Wenzel clean. Ein Zeichen dafür, dass er noch alle Sinne beisammenhatte. Solche Leute ließen leichter mit sich reden.

Allerdings hatte der Künstler Schulden. Auch das wusste Thaqi mittlerweile. Allein die Kaltmiete des Geschäfts im Stadtteil Sendling, einen Katzensprung von der U-Bahn-Station entfernt, konnte einen Kleinunternehmer in den finanziellen Ruin treiben. So gesehen wollte Thaqi nicht ausschließen, dass Wenzel im Notfall Aufträge annahm, die an der Grenze der Legalität lagen. Wenn Thaqi eines wusste, dann, dass Menschen zu allem fähig waren, wenn es um ihre Existenz ging.

Zum dritten Mal innerhalb einer Stunde klingelte Thaqis Handy. Er nahm an. Man redete Albanisch. Offenbar tat sich etwas vor dem Tattoostudio.

»Was soll das heißen, es wollte wieder jemand in den Laden, kommt aber nicht hinein?«, fragte er, nachdem sein Mann gesprochen hatte. »Die Ladentür ist immer noch verschlossen? Sicher?« Er schaute auf seine goldene Armbanduhr. Laut Öffnungszeiten machte Wenzel erst um dreizehn Uhr eine Pause.

Der Albaner am anderen Ende der Verbindung forderte weitere Anweisungen. Thaqi überlegte. Es war nur eine Frage der Zeit, bis auch die Bullen im Milieu auf den Namen Remi Wenzel stießen. Besser, er handelte rasch. Natürlich barg ein Besuch am helllichten Tag immer ein Risiko. Besonders dann, wenn es auf Gewaltanwendung hinauslief.

»Ich schicke Shkodran zu euch.« Er nickte seinem zweiten Mann zu, der ihm im Klub gegenübersaß. »So lange bleibt ihr im Auto sitzen.«

Vierzig Minuten später hatte Shkodran sich über den Hintereingang und das Treppenhaus einen Weg in das Studio gebahnt. Weitere zwei Minuten danach piepte bei seinem Boss das Smartphone. Shkodran hatte ihm mehrere Fotos gesendet.

Minutenlang betrachtete Thaqi das darauf befindliche blutige Szenario. Weder ekelte es ihn an noch empfand er Mitleid für das abgebildete Opfer. Er fand die Zurschaustellung der Leiche allerdings faszinierend und abartig.

Remi Wenzel war tot. Jemand hatte ihn auf seinem eigenen Tätowierstuhl mit roten Gripbandagen gefesselt, die Haut am Brustkorb an mehreren Stellen aufgeschnitten und ihm das Herz durchbohrt. Das Mordwerkzeug, eine Edelstahl-Tätowiermaschine, ragte aus seiner linken Brusthälfte heraus. Weiterhin hatte jemand die Kopfstütze entfernt, den Kopf des Toten nach hinten überstreckt und die Augäpfel durch Drudensteine ersetzt, wie man in Thaqis Heimat die magischen Steine nannte. Zusätzlich waren die Lochsteine in der Mitte mit Tätowiernadeln fixiert.

In der Vergangenheit hatte Thaqi mehr als eine übel zugerichtete Leiche gesehen, aber hier hatte sich ein Sadist ausgetobt.

Laut Shkodrans Erkundungen datierte der letzte Kassenbon des Studios auf vor vier Tagen. Außerdem hatte Wenzel an diesem Tag zuletzt telefoniert.

Vom Unbekannten, der den Laden als Letzter betreten hatte, gab es weder eine Videoaufzeichnung noch einen Zeugenhinweis. Offenbar hatte derjenige den Laden von innen zugeschlossen, das Licht brennen lassen und war auf demselben Weg verschwunden, wie Shkodran in den Laden gekommen war.

Thaqi musste dringend mit seinen Leuten sprechen. Anscheinend hatten sie geglaubt, die Observation von Wenzels Laden sei ein Routinejob. Vorerst galt es, überlegt zu handeln.

Wenzel konnte jedenfalls niemandem mehr etwas erzählen. Folglich brachte sein Auffinden auch der Polizei keinen Nutzen.

Bei allem Verdruss konnte Thaqi sich auf Shkodran verlassen. Dem Leibwächter fehlte zwar die Zunge, aber nicht der Verstand. So kam es auch, dass Shkodran etwas im Tattoostudio fand, das den Augenmacher entlarvte. Den Terminplaner im Handy des Tätowierers.

Kapitel 42

Mehrfach hatte Frost am gestrigen Tag versucht, ihren Bruder ans Telefon zu bekommen. Jetzt leuchtete seine Nummer im Display ihres Handys auf, begleitet vom Klingelton *Feed Your Head,* einem Dancehit von Paul Kalkbrenner. Diesmal war sie es, die das Gespräch wegdrückte. Zu heftig ratterten in ihrem Kopf die Rädchen. Die eingeworfene Kopfschmerztablette zeigte keinerlei Wirkung. Vielleicht half eine Kippe. Als sie zur Bürotür hinausstürzte, fingerte sie bereits in ihrer Jackentasche nach der Zigarettenpackung.

Mittlerweile war es 09:20 Uhr.

Erst kurz vor Mitternacht hatte sie den Leichenfundort verlassen. Danach hatte sie in der Kriminalpolizeiinspektion übernachtet, wobei an viel Schlaf ohnehin nicht zu denken gewesen war. Stundenlang hatte sie die Fotos der toten Ärztin und von Manuela Habana verglichen. Außerdem hatte sie sich eingehend mit den Zahlen beschäftigt, die als Drei-mal-drei-Block ein semimagisches Quadrat ergaben, das sogenannte Hexeneinmaleins. Jede Spalte – vertikal, horizontal und diagonal – ergibt die Zahl fünfzehn.

Fünfzehn. Wie die Zahl auf ihrem Tattoo. Ist die Fünfzehn eine magische Zahl für den Augenmacher? Weil er exakt fünfzehn Jahre nach seinem ersten Mord wieder tötet?

Beim Hexeneinmaleins handelt es sich um einen Auszug aus Goethes *Faust*. Genannt wird es in der Szene in der Hexenküche, bei der Faust einen Verjüngungstrank erhält und die Hexe dazu aus einem Buch vorliest …

Du musst verstehn!
Aus Eins mach Zehn,
Und Zwei lass gehn,
Und Drei mach gleich,
So bist du reich.

10-2-3.

Während Frost sich im Geiste die Zeilen aufsagte, eilte sie wie ferngesteuert vorbei an ihren Kollegen in Richtung Treppenhaus. Marc Kettner trat aus seinem Büro, sprach sie an und wedelte mit irgendwelchen Computerausdrucken. Angeblich Neuigkeiten zum Tattoo des Augenmachers.

Später. Das können andere überprüfen. Ich bin weder der Nabel des Kommissariats noch sein Arschloch.

Dr. Faust und die Hexe kicherten und redeten von zwei Seiten auf sie ein.

Verlier die Vier!
Aus Fünf und Sechs,
So sagt die Hex,
Mach Sieben und Acht,
So ist's vollbracht:

0-7-8.

Mephistopheles tauchte auf. Nein, es war Dezernatsleiter Kron, der sich ihr auf dem Flur in den Weg stellte und sie schlecht gelaunt darauf hinwies, dass sie die Zigarette gefälligst außerhalb des Gebäudes anzünden sollte. Wie wenn ihm plötzlich eine Idee gekommen war, wechselte dann jedoch schlagartig der Klang seiner Stimme. Auf einmal wollte er auch eine rauchen gehen.

Frost blies ihm den ersten Qualm entgegen und lief schnurstracks an ihm vorbei. Sein folgendes Gezeter kam bei ihr nur als Hintergrundrauschen an. In ihrem Schädel ging weit Wichtigeres vor.

Feed Your Head.

Sie fütterte ihren Kopf.

Und Neun ist Eins,
Und Zehn ist keins.
Das ist das Hexeneinmaleins!

Da alle Reihen in der Summe immer fünfzehn ergaben, blieben somit 5-6-4 übrig.

Die verlorene Vier taucht wieder auf. Neun Quadrate. Ein zehntes Quadrat gibt es nicht.

Obwohl Frost das Hexeneinmaleins kannte, war ihr die Symbolik hinter den Zahlen erst spät aufgefallen. Sie kannte Goethes Werk, und sie wusste, dass das Hexeneinmaleins Grundlage für unzählige Spekulationen über den Sinn der Zeilen war. Von einigen als großes Rätsel in der deutschen Literatur bezeichnet, von anderen als völliger Nonsens verschrien. Unbestritten war die dichterische Szene in der Hexenküche mit jeder Menge Hokuspokus verbunden. Beim Blick in den Spiegel verliebte Faust sich in das Idealbild einer Frau. Er sah die Welt mit anderen Augen.

Hühnergötter. Den Opfern des Augenmachers wurden ebenfalls die Augen ersetzt. Sollten sie anders, besser sehen?

Noch immer verstand Frost nicht den Sinn hinter den Taten des Serienmörders.

Fünfzehn. Jede Seite des Quadrats ergibt fünfzehn. Ist damit wirklich das Jahr gemeint, in dem der Augenmacher zurückkehrte?

Sie wusste es nicht. Und je mehr sie darüber nachdachte, umso gewaltiger wurde der Schmerz in ihrem Kopf. Um Luft ringend, riss sie die Hintertür zum Hof der KPI auf. Sie japste, und sie rauchte hastig.

Ihr Handy gab einen hellen Ton von sich. Eine neue Nachricht. Vielleicht eine willkommene Ablenkung.

Die Nachricht kam von ihrem Stiefbruder.

Hendrik Frost: Kannst du mir verraten, warum deine Kollegen bei mir in der Firma auftauchen? Du hättest mich warnen können.

»Das habe ich versucht, du Arsch«, redete sie mit ihrem Mobiltelefon, während sie eine Antwort tippte.

Klara Frost: Meine Kollegen wollen dich befragen, weil deine Telefonnummer im Terminplaner einer Toten steht.

Bevor sie die Nachricht abschickte, überlegte sie, ob sie den Namen von Dr. Ilona Kleinholz erwähnen sollte, doch ihr Stiefbruder würde schon wissen, wem er seine Nummer gegeben hatte. Und hoffentlich würde er es ihr demnächst erklären …

Sie drückte auf Senden.

Aktuell musste sie einer anderen Sache nachgehen. Durch eine Eingebung war sie Minuten zuvor darauf gestoßen. In Goethes *Faust* tauchte der berühmte *Auerbachs Keller* in Leipzig auf. Auch wenn dieser nicht direkt etwas mit dem Hexeneinmaleins zu tun hatte, hielt Frost den Ort für einen Ansatzpunkt. Ihrem Instinkt folgend hatte sie im Internet auf der Homepage des Lokals recherchiert. Bereits nach wenigen Klicks hatte sie gefunden, wonach sie gesucht hatte.

Aus ihrer Jacke zog sie ein zusammengelegtes A4-Blatt, entfaltete es und betrachtete den Bildschirmausdruck von der Computeranimation aus Dr. Kleinholz' Haus. Das Labyrinth, in dem die Pixelhexe gefangen gewesen war, zeigte tatsächlich einen Grundriss, wie der LKA-Kollege vermutet hatte. Es war das erste Untergeschoss in *Auerbachs Keller* und dieses stimmte eins zu eins mit dem Ausdruck überein, den Frost nun in den Händen hielt.

In ihrer Welt ergab das Kuriose eben oft jede Menge Sinn. Sie glaubte ganz fest daran, dass der Augenmacher den nächsten Hinweis dort hinterlassen hatte. Deshalb musste sie *Auerbachs Keller* aufsuchen. Die zweitälteste Gaststätte in Leipzig, die es dank Johann Wolfgang von Goethe zu internationalem Ruhm gebracht hatte.

Je länger sie an ihrer Zigarette zog, umso mehr wuchs in ihr die Erkenntnis, dass sie dazu Hilfe benötigte. Ein zweites Paar Augen und Ohren, um in *Auerbachs Keller* nichts zu übersehen. Aus dem Kommissariat wollte sie allerdings niemanden um Unterstützung bitten. Je weniger die anderen über sie wussten, desto weniger angreifbar machte es sie. Allzu viel Nähe am Arbeitsplatz brachte nur Probleme. Deshalb brauchte sie jemanden von außen. Jemanden, den sie ohnehin bald wieder los war.

Sie wählte die Handynummer, die Malchius Fitz ihr kurz vor seinem Verschwinden zugesteckt hatte. Das Rufzeichen hielt lange an, bis der Kommissar aus Bayern abhob und seinen Nachnamen in den Hörer knurrte.

»Wo sind Sie?«, fragte Frost.

»Weit genug entfernt, damit Ihre Vorgesetzten vor mir in Sicherheit sind.«

»Geht es etwas genauer?«

»Ich könnte mir ein Handtuch um die Hüfte wickeln und wäre in fünf Gehminuten am Meer.«

Darüber wunderte sich Frost. Im Telefon vernahm sie starke Windgeräusche. Ihr Gesprächspartner lief im Freien. So viel war sicher. Er war in Eile, keuchte bei jedem Schritt.

»Haben Sie etwa schon aufgegeben?«, sprach sie ihn auf die Suche nach seiner Nichte an.

»Im Gegenteil, ich laufe gerade zur Höchstform auf.«

»Ich brauche Sie hier, also wie schnell können Sie da sein?«

»Wenn ich mich beeile, in circa sieben Stunden.«

»In sieben Stunden?« Frost fluchte. »Wo zur Hölle stecken Sie?«

»Hölle trifft es ganz gut. In dreißig Minuten habe ich eine Verabredung mit einem Insassen der JVA Lübeck.«

Kein Lachen seinerseits, dafür Knistern im Handy. Die Verbindung wurde schlechter.

»Es ist zu früh für blöde Witze!«, schrie Frost gegen die Störgeräusche an. »Was machen Sie in Schleswig-Holstein?«

»Was haben Sie gesagt?«

»Ich brauche Sie umgehend hier! Ich habe etwas herausgefunden.«

»Ich habe auch etwas herausgefunden.« Seine Sätze kamen unterbrochen und deshalb schwer verständlich. »Ihr Video ist eine Fälschung, Kollegin Frost.«

»Wie bitte?«

»Das Video stammt nicht aus der Sammlung von Joseph Palschewski. Es wurde nicht in seinem Keller gedreht. Ich weiß es, denn ich war gestern in seinem Haus.«

Einem Reflex folgend wollte sie ihn einen Lügner nennen, doch Fitz klang nicht, als wäre das einer seiner Späße. »Sie waren dort?«

»Die Einrichtung stimmt wohl, aber das Tapetenmuster ist ein völlig anderes. Keine Sterne wie in dem Video, im Original waren bunte Kreise an den Wänden. Wir sollten glauben, dass es ein alter Film ist, der die Tat des Augenmachers zeigt, aber ich bin felsenfest davon überzeugt, dass das Video erst vor Kurzem aufgenommen wurde. Und zwar auf eine Originalkassette von Palschewski.«

Das klang logisch, aber irgendwie auch nicht.

»Wozu der Aufwand?«, fragte sie.

Fitz antwortete nicht sofort. Und danach klang seine Stimme düster. »Keine Ahnung. Beten wir lieber darum, dass ich mit meiner Vermutung danebenliege.«

Er beendete das Gespräch, und Frost begriff, was er mit dieser Andeutung meinte.

Möglicherweise zeigte das Video seine Nichte.

Sabrina.

Kapitel 43

Umschlossen von einer meterhohen Betonmauer, wirkte die Justizvollzugsanstalt Lübeck bereits von außen beklemmend auf Fitz. Er wusste, dass hier auch Schwerverbrecher ihre Haftstrafe absaßen. Für einige von denen ging das Ende des Freiheitsentzugs nahtlos in eine Sicherungsverwahrung über. Einzig zum Schutz der Allgemeinheit, weil ein Gutachter diese Straftäter als besonders gefährlich eingeschätzt hatte. Für die meisten Menschen waren solche Verbrecher die wahren Bestien.

Einer dieser Bestien würde Fitz in den kommenden Minuten gegenübersitzen. Felix Mannheimer. Ein ehemaliger Leiharbeiter und Vergewaltiger, der seinen eigenen Sohn missbraucht hatte. Und als der Junge ein gewisses Alter erreicht hatte und für den Vater uninteressant geworden war, hatte Mannheimer sich an einem Nachbarskind vergangen, es erdrosselt und wie ein Stück Müll verscharrt.

Wie man es gelegentlich in den Nachrichten hörte, hatte der Hund eines Spaziergängers die Leiche aufgespürt. Dank akribischer Ermittlungen und des Spurennachweises konnte der Leiharbeiter eindeutig als Täter verurteilt werden.

Seit knapp zwanzig Minuten bereitete Fitz sich in einem schmucklosen Raum mental auf den Gefangenen vor. Um sich die Zeit zu vertreiben, polierte er mit dem Handballen seine Schuhspitzen. An mehreren Stellen zeigte das Leder bereits deutliche Kratzer. Das ärgerte ihn, weil er kein neues Paar greifbar hatte.

Obwohl ihm die Warterei auf die Nerven ging, wollte er nicht auf die Justizvollzugsbeamten schimpfen. Keineswegs war es selbstverständlich, dass die Unterredung mit Mannheimer stattfand. Es hatte Fitz ein fünfzehnminütiges Telefonat mit der Anstaltsleiterin und jede Menge Freundlichkeit und Überredungskunst gekostet.

Ohne Anklopfen ging die Tür auf. Ein Uniformierter führte einen hageren, dennoch durchtrainierten Kerl in das Zimmer. Wegen der Fußfessel näherte der Gefangene sich mit kleinen Schritten dem Tisch mit den zwei Stühlen.

»Herr Mannheimer?«, fragte Fitz und stellte sich selbst mit Namen vor.

»Sind Sie von der hiesigen Kripo?«

»Kripo München«, antwortete Fitz.

»Hab in letzter Zeit nichts ausgefressen. Die da können das bestätigen.« Er deutete hinter sich zum Vollzugsbeamten. »Und in München war ich noch nie. Kann euch Weißwurstfresser nicht leiden.«

»Ich kann die meisten Weißwurstfresser auch nicht leiden.«

Fitz grinste den grauhaarigen Mann an, der seinen glatten Wangen nach zu urteilen in jungen Jahren vielleicht Model hätte werden können. Oder wenigstens ein anständiger Bürger und keine abartige Ratte, die sich an Kindern verging.

Fitz blieb freundlich.

»Jetzt, wo wir das Eis gebrochen haben, können wir uns dann unterhalten, Herr Mannheimer?«

»Kommt drauf an«, sagte Mannheimer und setzte sich.

»Worauf?«

»Na, was Sie mir anbieten.«

Fitz signalisierte dem Beamten mit einem Nicken, dass er zurechtkam, woraufhin der Uniformierte das Zimmer verließ.

Als Fitz sich mit Mannheimer allein im Raum befand, umwehte ihn eine eigenartige Atmosphäre. Ängstlich war Fitz nicht, aber die Abneigung gegen den Vergewaltiger hemmte ihn kurzzeitig und er reagierte auf die knapp zwei Meter zwischen ihnen mit einem Hauch von Ekel. Früher hatte Fitz regelmäßig Insassen im Strafvollzug aufgesucht, unter ihnen sogar einen Mann, der Körperteile seiner eigenen Mutter verspeist hatte. Aber selbst die Präsenz eines Kannibalen wäre Fitz innerhalb dieser vier Wände angenehmer gewesen als die von Mannheimer.

»Ich interessiere mich für eine ganz spezielle Tätowierung«, begann Fitz und nahm ebenfalls Platz. In den Augen von Mannheimer versuchte er, das Untier zu erkennen, das ungezügelte, perverse Wesen. Doch womöglich fand er nur eine tiefe Schuld. Vermutlich bereute Mannheimer sogar, was er getan hatte. Fitz war nicht gut darin, in die Seelen anderer zu blicken. Er hatte genug mit dem endlosen dunklen Loch in seinem eigenen Herzen zu tun. »Man sagte mir, Sie tragen eine solche auf dem rechten Oberarm unter Ihrem Hemd.«

Mannheimer nickte und schob bereitwillig den kurzen Ärmel zurück, woraufhin ein unsauber gestochenes Tattoo zum Vorschein kam. Unverkennbar zeigte es das gesuchte Symbol – ein Viereck mit einem Auge. »Sie wollen mich zum Augenmacher befragen, stimmt's? Hab davon in der Zeitung gelesen. Soll wohl wieder morden. Offenbar waren Ihre Leute damals doch nicht so clever.«

Fitz verzichtete, ihn erneut darauf hinzuweisen, dass er von einer völlig anderen Dienststelle kam. »Sie und Joseph Palschewski waren Kumpels im Knast. Obwohl es eindeutige Beweise gab, hat er die Morde an den acht Frauen bis zu seinem Tod bestritten. Ich frage mich, warum, wo doch ein Gericht keinerlei Zweifel an seiner Täterschaft hegte. Wenn Palschewski sich jemandem anvertraut hätte, dann ganz sicher Ihnen.«

»Möglich.«

»Höchstwahrscheinlich.«

Mannheimer zuckte mit den Schultern und fuhr mit dem Daumennagel desinteressiert über die Tischplatte. »Sie sind weder mein Anwalt noch meine Mutter, also wüsste ich nicht, warum ich mit Ihnen reden sollte.«

»Ich habe drei Prinzipien«, sagte Fitz und nahm eine bequeme Haltung ein. »Ich trage stets gepflegte Schuhe, und ich versuche freundlich zu meinen Mitmenschen zu sein, damit sie mir freundlich begegnen.«

»Gute Einstellung.«

In einer fließenden Bewegung zauberte Fitz eine Bierdose aus seinem Mantel hervor und stellte sie in die Mitte des Tisches.

Voller Verblüffung weiteten sich Mannheimers Augen. »Wie haben Sie die reingeschmuggelt?«

Um ein symbolisches Geldzählen anzuzeigen, rieb Fitz imaginäre Scheine zwischen Daumen und Zeigefinger. »Alter Bullentrick.«

»Verstehe«, meinte Mannheimer verschwörerisch und leckte sich die Lippen. Beim Reden stierte er auf das Getränk.

»Das Bier gehört Ihnen.« Fitz schob ihm die Dose ein Stück entgegen. »Außerdem werde ich mich dafür einsetzen, dass man Ihnen gewisse Privilegien erteilt – angefangen bei einer größeren Zelle.«

»Verarschen kann ich mich alleine.«

»Wenn ich Witze machen wollte, würde ich mir angenehmere Gesellschaft suchen. Nur damit Sie es wissen, ich habe die Leiterin der JVA mit ihrem späteren Ehemann bekannt gemacht.«

»Mann, Sie sind wirklich verzweifelt. Aber für ein Bier …« Mannheimer streckte den Arm aus, woraufhin Fitz blitzschnell zugriff und die Dose wieder zurückzog.

»Vorher berichten Sie mir von der Herkunft Ihrer Tätowierung und was Palschewski Ihnen über seine Taten erzählt hat.«

Eine Weile schien Mannheimer abzuwägen, ob er Fitz vertrauen konnte, schließlich fing er an zu reden. »Hab mir das Zeichen kurz vor meiner Wehrzeit von einem Kumpel stechen lassen. Ich war knapp über zwanzig und wollte cool sein. Hatte das Auge auf einem Foto in einer Zeitschrift gesehen. Stammt wohl von einem Wappen aus irgend so einem Mittelalterrollenspiel. Den dazugehörigen Text habe ich vergessen.« Er winkte ab. Denkbar, dass er wirklich nicht mehr über die Herkunft wusste. Er deutete auf seinen Oberarm und umkreiste das Tattoo mit dem Zeigefinger. »Eigentlich gehört da um das Auge noch so ein Spinnennetz, aber das war meinem Kumpel zu kompliziert. Er hat es probiert, aber dann haben wir ein Viereck draus gemacht. War auch okay.«

Tatsächlich hatte das Tattoo ein lausiger Künstler gestochen. An einer Seite war das Viereck ziemlich schief und eine der Linien zu dick – vermutlich, weil dort zuerst ein Netz hinsollte. Erst auf den zweiten Blick konnte man das Auge in dem Quadrat erkennen. Aber es war eindeutig ein Auge.

»Hat Palschewski Sie je auf die Tätowierung angesprochen?«, fragte Fitz.

»Klar! Immerhin nannte man ihn den Augenmacher.«

»Verstehe. Warum hat so ein harter Hund wie Palschewski sich umgebracht?«

»Weil ihm niemand geglaubt hat«, antwortete Mannheimer, als wäre es völlig logisch. »Und um ehrlich zu sein, ich habe ihm damals auch nicht geglaubt. Für mich war er der Mörder der Frauen, auch wenn er das Gegenteil behauptete. Er hat ihnen die Hühnergötter auf die Gesichter gelegt. Ich meine, jeder weiß, dass die Mordserie nach seiner Verhaftung schlagartig beendet war. Ist doch der eindeutigste Beweis von allen.«

Ein eindeutiger Beweis.

Fitz wollte dieser Theorie nicht widersprechen. »Und was hat Palschewski noch alles behauptet?«

Ununterbrochen fixierte Mannheimer die Bierdose. Zusätzlich knetete er seine Hände. »Der war eigentlich ganz umgänglich, verglichen mit den meisten anderen Leuten im Knast. Auf mich wirkte er immer wie ein Wolf im Schafspelz. Fromm und scheu, aber niemand wollte das Untier unter dem Fell wecken. Der Typ hatte Hände so breit wie Schaufeln.«

Fitz erinnerte sich an die Zeitungsartikel von damals. Der Seemann hatte eine daumendicke Narbe getragen, fast zwei Meter gemessen und auf Fotos durch den dichten Bartwuchs wie ein Schlächter ausgesehen. Aber Äußerlichkeiten täuschen oftmals.

»Und hat er über seine Tochter geredet?«

»Das hat er. Das hat er oft und ausführlich. Immer wieder schwor er, dass er sie nur beschützen wollte.«

Seltsam, das hatte Palschewskis Mutter, die alte Hexenfrau, auch behauptet.

»Ständig sagte er, dass er sie nicht entführt hätte«, erzählte Mannheimer weiter. »Er wollte nur nicht, dass man ihm seine Tochter wegnahm. Genau das hätten die Behörden nämlich getan.«

»Er hat seine eigene Schwester, die Mutter seiner Tochter, abgeschlachtet.«

»Kann sein. Joseph war wohl ein Inzuchttyp, aber laut seiner Aussage war seine Schwester schon tot gewesen, als er Fehmarn in der Nacht erreichte. Die Frau lag tot in ihrem eigenen Blut und auf ihren Augen hatten Hühnergötter gelegen. Das hat Joseph jedenfalls steif und fest behauptet. Angeblich hätte er einen Notruf seiner Schwester über Funk erhalten, woraufhin er mit seinem Boot trotz eines Sturms rausgefahren ist. Der war ja ein erfahrener Kapitän, also warum sollte er sich freiwillig dem Unwetter aussetzen?«

»Vielleicht, weil er das Wetter ideal für einen Mord hielt?«

»Jedenfalls will er seine Tochter völlig verstört und blutig vorgefunden haben …«

»Moment«, unterbrach Fitz. »Wollen Sie damit andeuten, eine damals Zwölfjährige hätte ihre Mutter umgebracht?«

Mannheimer schaute zur Seite. »Ist mir egal. Ich war schließlich nicht dabei. Ist 'ne hübsche mysteriöse Geschichte, die Joseph ständig wiederholt hat. Bevor die Behörden ihm jedoch die Tochter wegnehmen konnten, hat er sie mitgenommen und in seinem Haus versteckt. Immerhin war das Mädchen das Produkt von Bruder und Schwester. Da klingt es für mich ziemlich plausibel, dass er sie nicht allein zurücklässt. Wobei ich eher vermute, er hat die Kleine mitgenommen, weil er sie ficken wollte. Ehrlich, welcher Vater sperrt sein Kind sonst in einen Keller?«

Nachdenklich schaute Fitz Mannheimer an. Ja, wer würde das wohl tun? Wer würde überhaupt etwas derart Grässliches einem Kind antun?

Er ballte die Fäuste unter der Tischplatte. »Und das alles hat er weder der Polizei noch dem Gericht gegenüber geäußert, sondern einem Mitinsassen?«

»Kennen Sie Palschewskis Familie? Nach allem, was man hört, sind die ziemlich abartig. Glauben Sie, das sind Leute, die mit Justiz und Staatsgewalt reden? Nee, da beißen die alle auf Granit. Palschewski hatte dauernd beklagt, dass er seine Tochter niemals wiedersehen würde. Das hat ihm das Herz gebrochen.«

Über den letzten Satz dachte Fitz lange nach, weil es nicht zum Bild des Augenmachers passte, das Fitz sich im Laufe der Jahre geschaffen hatte.

Als keiner von beiden redete, holte Mannheimer Luft. »Eine Sache wäre da noch …« Er ließ eine Pause. »Es stimmt nicht, dass er nur mir davon erzählt hat …«

Fitz legte den Kopf schief, weil er neugierig war, was er damit meinte.

»Es gab da noch diesen Pfarrer. Der kam regelmäßig in den Knast und redete mit Palschewski. Einige Jahre lang betreute der Pfaffe die Kirche Sankt Nikolai in Burg auf Fehmarn. Jede Wette, dass Palschewski sich dem auch anvertraut hat. Der Pfarrer wusste alles.«

»Fehmarn …«, murmelte Fitz gedankenabwesend. »Wie hieß der Mann?«

»Sie können Fragen stellen.« Er kratzte sich am Hinterkopf. »Ich glaube, er hieß Heyn. Ja, genau, sein Name war Heyn. Bekomme ich jetzt endlich mein Bier?«

Fitz stierte in die Luft. Dann stand er vom Stuhl auf und steckte die Bierdose zurück in die Manteltasche.

»Hey!«, protestierte Mannheimer und schnellte ebenfalls hoch. »Die haben Sie mir versprochen!«

»Ich sprach von drei Prinzipien«, wiederholte Fitz kühl und hielt drei Finger in die Höhe. »Anders als sonst sind meine Schuhe heute leider dreckig. Manchmal bin ich zu Leuten gar nicht so nett, wie ich vorgegeben habe, und drittens …« Diesmal ließ er eine bedeutungsschwere Sprechpause. »Drittens verhandle ich nicht mit Kinderfickern.«

Kapitel 44

Frost durchschritt die Mädler-Passage auf der Grimmaischen Straße. Für die luxuriös ausgestatteten Schaufenster der Einzelhändlerläden hatte sie heute kein Auge. Selbst die *Mephisto Bar* interessiere sie vorerst nicht. Schnurstracks lief sie zur Mitte der Passage, wo die Stufen hinab ins Untergeschoss zu *Auerbachs Keller* führten. Links und rechts der Treppenabgänge standen Bronzeskulpturen. Eine zeigte die verzauberten Studenten und die andere stellte Mephisto und Faust dar – beides Szenen aus Goethes berühmter Tragödie *Faust*.

Die Gaststätte öffnete erst in knapp einer Stunde. Solange keine Gäste umherliefen, konnte Frost in Ruhe ihrem Instinkt folgen. Natürlich wusste sie, dass sie die Angestellten mit ihren Ermittlungen von der Arbeit abhalten würde. Dennoch hatte sie keinen Grund gesehen, sich vorher telefonisch anzumelden. Das tat sie aus Prinzip nicht. Meist reagieren Menschen erstaunlich ehrlich, sobald die Mordkommission unvermittelt bei ihnen vor der Tür steht.

Sie tänzelte die Treppe hinunter.

Obwohl der Gaststättenbetrieb um diese Uhrzeit noch in den Vorbereitungen steckte, roch es bereits appetitlich nach Soße und Knödeln. Schon aus Tradition hatte sie mehrfach hier gegessen. Jedes Mal war es ein Genuss gewesen.

Die Tür zum Saal war verschlossen. Dahinter brannte Licht. Durch die Glasscheiben konnte sie einen Servicemitarbeiter in weißem Hemd und hellroter Weste erkennen.

Sie klopfte laut gegen die Tür.

Kurz darauf wurde geöffnet. Freundlich blickte eine junge Angestellte durch den Spalt. »Wir haben noch geschlossen.«

Und das ist gut so.

»Frost, Kriminalpolizei.«

Kompromisslos hielt sie den Dienstausweis vor, worauf die gefällige Miene der Dame an Sicherheit verlor.

»Oh, Polizei!«, flötete sie.

Bevor man sie auf später vertrösten konnte, schob Frost die Tür ein Stück weiter auf und trat an der Bediensteten vorbei. Ernst – wie eine Beschäftigte des Gewerbeamtes – schaute sie sich um. Der Saal wirkte weitläufig und doch gemütlich. Die Tische waren entzückend mit Servietten, kleinen Blumen und Kerzen geschmückt. Allein die hohen Decken mit den Rundbögen und den aristokratischen Mustern in Weiß, Brauntönen und Goldschimmer schafften den Spagat zwischen Vergangenheit und Neuzeit. Passende Lampen leuchteten die Räumlichkeit mit einem warmen Licht aus. Ein Hauch von Geschichte lag in der Luft. Vermischt mit dem Aroma fürstlichen Essens. Nicht nur Goethe, sondern auch andere große Persönlichkeiten hatten schon in diesen Räumen gespeist. Sie selbst hatte sich bei ihrem letzten Besuch für Rinderfiletspitzen entschieden. Kaum dass sie das Lokal betreten hatte, vermeinte sie trotz der langen Zeit, die inzwischen vergangen war, wieder den Geschmack des zarten Fleisches auf der Zunge zu spüren.

»Ich ermittle in einem Mordfall«, kam sie direkt auf den Punkt.

»Hier in *Auerbachs Keller*?«

»Ich hoffe nicht.«

»Also wie kann ich Ihnen helfen?«

»Ich möchte mich umsehen und ein paar Fragen stellen.«

Die Angestellte verzog die Mundwinkel, weil sie offenbar nichts damit anfangen konnte. Sie deutete mit beiden Händen hinter sich. »Da gebe ich am besten dem Restaurantchef Bescheid. Der kann Ihnen sicher jede Ihrer Fragen beantworten.«

Bevor sie davonlaufen konnte, hielt Frost sie am Hemd fest. »Nein, das wird nicht nötig sein. Ich will nicht lange bleiben. Wie heißen Sie?«

»Anna-Lena Meier«, kam es wie auf Befehl. Und wie eine aufmerksame Befehlsempfängerin knetete die Angestellte die Hände vor ihrem Bauch.

»Okay, Anna-Lena Meier«, sagte Frost und zog den Grundriss des Gebäudes hervor. Sie befanden sich im Hauptsaal mit weit mehr als zwanzig Tischen. Laut Karte erreichte man von hier diverse kleine Räume. »Ich möchte, dass Sie sich vorstellen, Sie würden einer guten Freundin Ihre Arbeitsstelle zeigen. Also, führen Sie sie herum.«

»Sie?«

»Ihre Freundin.«

Ein letztes Mal schaute sich die Angestellte um, dann forderte sie Frost mit einer einladenden Handbewegung auf vorauszugehen. »Ich arbeite seit fast drei Jahren im Restaurant. Hier herrscht an allen Tagen Hochbetrieb, an Feiertagen bedienen wir von früh bis spät bis zu zweitausend Gäste.«

Anerkennend nickte Frost. Gleichzeitig hörte sie aufmerksam zu und prägte sich die Einrichtung genauestens ein. Selbst die Bilder an den Wänden speicherte sie in ihrem Gehirn ab. Auf ihrem Streifzug durch die Tischreihen begegnete Frost weiteren Bediensteten, die neugierig die Hälse reckten und zuvorkommend grüßten. Offenbar hielten sie Frost für einen prominenten Gast, der sich vor einem Besuch das Ambiente zeigen ließ.

Während Frost sich im Kopf Notizen machte, redete Meier weiter. Ab und zu sah sie auf, als wollte sie ein Lob erhaschen.

»Interessant«, murmelte Frost, wobei sie die Tischnummern von den Schildchen ablas und die Stühle zählte.

Nach und nach zeigte die freundliche junge Frau ihr die gesamte Etage einschließlich des Luther- und des Goethezimmers. Lediglich in die Küche wollte die Angestellte Frost nicht ohne Rücksprache mit ihrem Vorgesetzten hineinführen. Dafür wusste Meier sehr viel über das Lokal zu berichten. »Laut einer amerikanischen Studie rangiert *Auerbachs Keller* auf Rang fünf der zehn bekanntesten Gaststätten der Welt, direkt hinter dem Hard Rock Café in Los Angeles …«

»Es gibt ein zweites Untergeschoss«, kürzte Frost den Vortrag ab, nachdem sie jede Menge Informationen erhalten hatte, die ihr momentan nicht weiterhalfen. »Dürfte ich das sehen?«

Meier zögerte erneut. Hilfesuchend schaute sie sich um und winkte einen Mann vom Personal herbei, der keine rote Weste trug, sondern einen adretten Anzug. »Es tut mir leid, da möchte ich Sie dann doch bitten, dies mit meinem Chef zu besprechen.«

»Kuhn mein Name, ich beobachte Sie schon eine Weile. Kann ich helfen?«, fragte der Mann, auf dessen Brustschild »Edward Kuhn, Restaurantdirektor« stand. Er reichte Frost die Hand zur Begrüßung.

»Ich denke, ja«, antwortete sie. Sie stellte sich mit Dienstgrad vor und nannte ihr Anliegen erneut. Diesmal wurde sie deutlicher und fügte an: »Sie haben in den Medien sicher vom Augenmacher gehört.«

Kuhn wirkte nur bedingt nervös. »Besteht Anlass zur Besorgnis für unsere Gaststätte?«

»Wenn es so wäre, würde ich nicht allein anrücken, sondern mit einem Sonderkommando einschließlich der Hundestaffel.«

»Hm, Hunde sähen wir hier natürlich ungern.«

»Dachte ich mir.« Frost und der Direktor waren sich einig. Das führte dazu, dass sie auch das Geschoss unter dem Restaurant betreten durfte, wo sich das Weinlager, die Kühlräume, die Warenannahme und der Müllraum befanden.

Am Ende der Besichtigung trafen bereits die ersten Gäste ein. Frost war bei ihren Ermittlungen keinen Schritt weitergekommen.

»Wenn Sie mich jetzt bitte entschuldigen würden«, sagte Kuhn, nachdem er ihr alles gezeigt hatte. »Sie sehen ja, was hier los ist, sobald wir geöffnet haben.«

Frost nickte, und der Direktor schritt zu einem Pult, auf dem ein dickes Reservierungsbuch lag.

Das brachte sie auf eine Idee.

»Herr Kuhn«, sprach sie ihn an, und er drehte sich freundlich lächelnd um, »ich möchte einen Blick in Ihre Gästeliste werfen.«

Er begriff nicht sofort, deshalb zeigte sie auf die aufgeschlagene Seite. »Die letzten Wochen dürften reichen«, konkretisierte sie. »Und keine Sorge, der Datenschutz liegt auch mir am Herzen.«

Wenig begeistert, dass eine Fremde derartigen Einblick in Lokalangelegenheiten bekam, blieb er wie angewurzelt stehen. Dann nickte er. »Sie haben fünf Minuten, dann müssen wir weiterarbeiten.«

Damit konnte Frost leben. Vermutlich hatte er abgewogen, was schlimmer wäre: gegen das Datengeheimnis zu verstoßen oder eine Handvoll Polizeihunde, die jeden Winkel von *Auerbachs Keller* beschnüffelten.

Als Frost das Reservierungsbuch durchblätterte, dachte sie bereits, dass sie bei Tausenden Namen kein Glück haben würde, doch dann entdeckte sie tatsächlich etwas. Ein Eintrag stach ihr unmittelbar ins Auge, weil sie den Namen des Reservierenden kannte. Vor knapp vier Wochen hatte im Lutherzimmer ein Treffen eines Kirchengremiums stattgefunden. So stand es im Buch. Organisiert hatte das Abendessen die Simonskirche. Und als Ansprechpartner war ein Frost wohlbekannter Name angegeben: Direktor Paulus Niederhagen.

Kapitel 45

Endlich gute Nachrichten. Zumindest hörte es sich für Frost danach an, als sie zurück in der KPI war und Marc Kettner und Sarah Stahlmann gemeinsam ihr Büro betraten.

»Also«, vergewisserte Frost sich. »Wissen wir nun, wer die temporären Tattoos hergestellt hat?«

Stahlmann sah Kettner an, der nickte. Die Kommissarin legte den Ausdruck einer Homepage vor.

Extremo Tattoo.

So hieß das Tattoostudio. Inhaber war ein gewisser Remi Wenzel. Von dessen Profilansicht lag auch ein Foto bei den Unterlagen. Es zeigte einen Mann von höchstens dreißig Jahren, der gut ein Dutzend Piercings im Gesicht trug und sich bis zur Stirn Gebilde aus raupen- und kristallartigen Formen hatte tätowieren lassen. Trotz der wilden Bemalung und des einschüchternden Schmucks lächelte er.

»Auf unseren Internetaufruf erhielten wir knapp einhundert Hinweise«, berichtete Stahlmann. »Nach Auswertung deutete einiges darauf hin, dass die temporären Symbole, die wir auf den beiden Frauenleichen fanden, über dieses Studio bezogen wurden. Im Onlineshop taucht das Motiv zwar nicht auf, aber wir haben zwei glaubhafte Zeugenaussagen, die davon überzeugt sind, dass es aus dem Repertoire von *Extremo Tattoo* stammt. Bisher bestätigt sich unser Verdacht, dass es sich bei dem entsprechenden Tattoo um eine Auftragsarbeit handelt.« Stahlmann legte ein paar Vergleichsmotive des Studios vor. »Sicherheitshalber haben wir einen Sachverständigen hinzugezogen, der in dem Augenmacher-Symbol eindeutig Wenzels Tätowierstil erkennt.«

Beeindruckend. Wahrscheinlich waren die beiden Kollegen damit zu Frost gekommen, weil sie davon ausgingen, dass sie sich mit Tattoos auskannte. Tatsächlich erkannte sie bei den vor ihr liegenden Motiven auffällige Ähnlichkeiten in der Darstellungsweise.

»Unter dem Studionamen steht eine Adresse in München.«

»Richtig, dort wohnte und arbeitete Remi Wenzel«, schaltete Kettner sich ein. »Heute Morgen haben wir ein Ermittlungsersuchen an die Kripo München gestellt. Die Kollegen waren sehr kooperativ und sind der Sache unverzüglich nachgegangen.«

»Und?«

»Wenzel ist tot.«

Wirklich verwundert war Frost darüber nicht. Vielmehr passte es zu diesem beschissenen Fall. »Was ist ihm zugestoßen?«

»Dahin gehend hält sich die Kripo München bedeckt. Wir wissen bisher nur, dass es sich um Mord handelte und Wenzel bereits mehrere Tage tot war. Die Spekulationen reichen von einem Schuldner, der die Nerven verloren hat, bis hin zu Revierkämpfen in der Tätowierszene.«

Revierkämpfe, so ein Schwachsinn! So viel zum Thema: die bayerischen Kollegen verhalten sich kooperativ.

»Wissen die da unten, wie hochbrisant der Fall für uns ist?«, fragte Frost.

»Und ob«, bestätigte Stahlmann. »Jetzt interessiert sich sogar deren K11 für unsere Mordserie, denn seit gestern ermitteln die mit Hochdruck an einer Vermisstensache.«

»Und das macht bei denen das K11?«

»Wie es aussieht, schließt man ein Tötungsverbrechen nicht mehr aus.« Stahlmann sah Kettner auffordernd an.

Der Kollege übernahm. »Die Vermisste ist anscheinend die Nichte von diesem Oberkommissar Fitz.«

Ihr Name ist Sabrina.

Auch diese Meldung löste bei Frost keinerlei Überraschung aus. Schließlich war es der eigentliche Grund, warum sie mit der Zeit haderte. Nur treiben lassen durfte sie sich nicht von ihr. »Nehmt erneut Kontakt mit München auf. Die sollen uns alles schicken, was sie über Remi Wenzel wissen. Außerdem sollen die jeden Winkel des Studios auseinandernehmen. Bestimmt gibt es Skizzen und Vorlagen zum Augenmacher-Tattoo. Und seinen Rechner sollen die auch überprüfen. Irgendwo muss es einen Hinweis auf den Auftraggeber des Motivs geben.«

»Ist schon so gut wie erledigt«, erwiderte Stahlmann.

»Gleichzeitig telefoniert ihr mit der dortigen Rechtsmedizin und eventuell eingesetzten Medizinern«, bestimmte Frost. »Lasst euch nicht abwimmeln. Irgendeine Person redet immer. Notfalls gehen wir den Weg über die Staatsanwaltschaft. Sollen die sich mit …«

Weiter kam sie nicht, denn im selben Moment flog die Bürotür auf und K11-Leiterin Lorenz trat mit Furcht einflößender Miene ein.

»Raus!«, kommandierte sie. Sie meinte Stahlmann und Kettner.

Die beiden Kriminalisten gehorchten widerspruchslos. Selbst Frost war für den Moment vom Auftreten ihrer Chefin eingeschüchtert. Derart geladen hatte Frost sie niemals zuvor erlebt.

Als die beiden Kollegen tuschelnd in den Flur hinaustraten, knallte Lorenz die Tür zu.

»Wann wolltest du es mir erzählen?«, fauchte sie.

»Was erzählen?«

»Dass du in der Gewalt des Augenmachers warst.«

Erst jetzt bemerkte Frost die silberne Scheibe in der Hand von Lorenz, und ihr kam ein schlimmer Verdacht. »Hat er es auf Video aufgenommen?«

»Man sieht alles. Über eine Stunde auf dieser DVD. Er hat an dir ebenfalls ein Tattoo hinterlassen. Man erkennt sogar die Zahl 15. Er hat seine Arbeit per Kamerazoom festgehalten.« Lorenz' harte Gesichtszüge weichten schlagartig auf und ließen Besorgnis erkennen. Sie wedelte mit dem Datenträger in der Luft. Auf der Scheibe war keine Beschriftung. »Ich bin erschüttert. Darüber, was ich mir ansehen musste, und noch mehr, dass du es vor mir verheimlicht hast. Verdammt, Klara, was glaubst du, wie soll ich mich jetzt verhalten?«

Lange brauchte Frost darüber nicht nachzudenken. »Überlass mir die DVD.«

Obwohl sie die Hand nicht danach ausstreckte, brachte Lorenz den Datenträger hinter ihrem Rücken außer Reichweite. »Du weißt, dass ich das nicht darf. Wegen dir stecke ich so schon knietief in einer Zwickmühle. Das hier ist ein Beweismittel. Und wie ein Beweismittel werde ich es behandeln.«

»Du erwähntest das Tattoo.« Gegenüber ihrer Vorgesetzten, die sie stets fair behandelt hatte, kämpfte Frost um Fassung. Sie fürchtete sich vor der unausgesprochenen Wahrheit. »Demnach bin ich darauf nackt zu sehen.«

Lorenz brauchte eine Weile, bis sie antwortete. »Vom Kopf bis zu den Füßen.«

»Hat er mich …?«

»Er hat dich angefasst, ja. Auf dem Video war er jedoch die gesamte Spieldauer angezogen.«

Von da an konnte Frost ihre Selbstdisziplin nicht länger aufrechterhalten. Zuerst biss sie sich in den Handrücken, dann spürte sie eine erste Träne über ihre Wange rollen. Sie fühlte sich nicht nur beschmutzt, sondern vergewaltigt. Mit zittrigen Fingern zeichnete sie auf ihrem Shirt die Umrisse der Kreuze ihrer Halsketten nach. »Bei allem, was mir heilig ist, der Augenmacher hat gewonnen.«

Bitte, bitte! Ich muss mich irren! Noch bleibt Zeit, alles ungeschehen zu machen, oder?

Irgendwo im hintersten Winkel ihres mechanischen Herzens, das nur schlug, wenn sie es mit ihrem Willen wie mit einem Schlüssel aufzog, hoffte sie, Lorenz würde das Gegenteil behaupten, aber von ihr kam nur ein hoffnungsloser Seufzer. Als Leiterin der Abteilung konnte sie die DVD selbstverständlich nicht einfach verschwinden lassen.

»Weiß Kron davon?«

»Scheiße«, rutschte es Lorenz heraus. »Erinnere mich bloß nicht an unseren Dezernatsleiter. Mir graut davor, es ihm mitzuteilen. Ich will ohnehin nicht wissen, was da zwischen euch läuft.«

Nichts. Absolut nichts. Das ist das Problem.

»Und wer hat das Video noch angeschaut?«

»Die DVD war in einem verschlossenen Umschlag an mich adressiert. Um die Echtheit der Aufnahme einzuschätzen, habe ich einen Kollegen vom K41 um Hilfe gebeten. Er hat weniger als fünf Minuten gesehen, dann habe ich ihn aus dem Zimmer geschickt.«

Frost wusste nicht, ob sie das beruhigen sollte. Sie wusste allerdings, dass weitere Beamte und spätestens der Staatsanwalt das Material sichten mussten.

Plötzlich kam Lorenz einen halben Schritt auf sie zu und fasste sie an der Schulter. Die Berührung fühlte sich unecht an.

»Kannst du dich an irgendwas erinnern?«

»Ich weiß nichts. Mir fehlt eine volle Nacht in meinen Erinnerungen.«

»Warum bist du nach deiner Entführung nicht sofort zu mir gekommen?«

Eigentlich lag die Antwort bereits in Lorenz' Händen, und Frost empfand die Frage als zusätzliche Kränkung. Mit dem Rest an Stolz, der ihr nach der schrecklichen Enthüllung blieb, sagte sie: »Wegen all der fürchterlichen Dinge, die man auf der DVD sehen kann.«

»Oh, Klara!« Lorenz' Stimme brach. »Auch wenn du es ablehnen würdest – und ich weiß, dass du es ablehnen wirst –, werde ich umgehend mit dem polizeipsychologischen Dienst telefonieren. Du brauchst dringend jemanden, mit dem du reden kannst.«

»Ich habe jemanden, mit dem ich reden kann.«

Das war nicht einmal gelogen. Sie dachte an ihre unregelmäßigen Beichten in der Kirche.

Unterdessen kehrte Lorenz zu ihrer kompromisslosen Haltung zurück. »Ich wollte dir eigentlich nur eins sagen, Klara.« Wie erwartet, sparte sie sich das endgültige Desaster für den Schluss auf. »Ich muss dich mit sofortiger Wirkung vom Fall abziehen.«

Kapitel 46

Direkt vor Frosts Füßen legte die Krähe ein Auge ab. Die restlichen Rabenvögel klapperten mit ihren Schnäbeln Beifall. Es klang wie Knochengerassel. Hölzernes Kichern von Skeletten.

Frost beugte sich auf dem Weg nieder und betrachtete das matschige Etwas, das der Vogel ihr gebracht hatte. Zum Glück stellte es sich nicht als Augapfel heraus, sondern als ein zerkautes Stück Marshmallow. Vielleicht sollte es als Warnung dienen. Krähen sind klug, und Frost glaubte fest daran, dass sie eine Art siebten Sinn für zukünftige Ereignisse besitzen.

Nach dem Rausschmiss aus der Mordkommission war der Augenmacher nicht mehr ihre Angelegenheit. Aber würde sich der Augenmacher an die Entscheidung von offizieller Stelle halten?

Fuck! Lasst mich doch alle in Ruhe!

Mit der Schuhspitze stupste sie die Krähe an und eilte anschließend über das Grundstück der Simonskirche zum Pfarrhaus. Sie musste zur Beichte. Keine Beichte im eigentlichen Sinne. Vielmehr war es eine unspezifische Bezeichnung für einen Vorgang, für den es in ihrer Welt kein Wort gab. Im Grunde wollte sie sich nur etwas von der Seele reden. Dafür brauchte sie Pfarrer Thomas Heyn. Wann immer sie ihn aufsuchte, nahm er sich Zeit für sie. Heute brauchte sie seine Zeit dringender denn je.

Sie müssen mir helfen! Ich sehe Augen. Ganz viele tote Augen.

Manchmal wollte Frost ihren Job am liebsten hinschmeißen und sich in einen dunklen Raum einschließen, aber dann machte der Geist in ihrem Kopf jedes Mal eine Tür auf, hinter der dunkler Nebel lag und deren Durchschreiten sie in eine gänzlich unbekannte Welt führte. Doch um ins Unbekannte einzudringen, fehlte ihr der Mut. Deshalb fürchtete sie sich unendlich vor dem Tag, an dem sie keine Polizistin mehr sein würde.

Zivilist. Was für ein beschissen minderwertiges Wort.

Dezernatsleiter Kron hatte völlig recht: Sie war krankhaft besessen von ihrer Arbeit im K11. Weil ihr die Aufklärung von Tötungsdelikten auf perfide Art Befriedigung verschaffte. Neben obszön viel Geld, das ihr zwar Unabhängigkeit bescherte, sie jedoch niemals glücklich machen konnte, besaß sie nur ungreifbare Gedankenspiele und Erinnerungen an eine verfickte, fremdgesteuerte Kindheit. Dabei wäre sie auf eine schöne Vergangenheit unendlich stolz gewesen.

Sekunden später stand sie vor dem Wohngebäude mit den gelben Fensterbrettern und klingelte. Vor acht Jahren hatte das alte Pfarrhaus eine herrlich weiße Putzfassade und modernste Elektrik erhalten. Kurz darauf war Pfarrer Heyn eingezogen. Seitdem schlief und arbeitete der Geistliche hier.

Auf Frosts Klingeln hin öffnete niemand. Sie schaute auf ihre Uhr. Vielleicht machte Heyn Besorgungen oder war im Auftrag der Kirchenleitung unterwegs. Auf jeden Fall musste er von der Dienstreise in seine alte Gemeinde auf Fehmarn längst zurück sein.

Ein letztes Mal bemühte sie den Klingelknopf, wandte sich jedoch im gleichen Moment ab. Sie schaute hinüber zum Kirchengebäude. Dort brannte ebenfalls kein Licht. Trotzdem wollte sie an der Pforte klingeln. Vielleicht entspannte der Pfarrer nach seiner Reise bei einem Gartenspaziergang.

Sie hatte den Eingang der Simonskirche fast erreicht, da ging die Tür bereits auf, und Direktor Niederhagen trat ins Freie. Im ersten Augenblick bemerkte er Frost nicht, sondern schimpfte über die Krähen, die überall ihren Kot hinterließen.

Frost rief ihm zu.

»Klara!« Schützend, als hätte er einen Geist gesehen, zog er den Arm zur Brust. Er hielt ein schweres Buch in der Hand, das er nun gegen den Oberkörper presste wie einen sakralen Gegenstand, den es um alles auf der Welt zu beschützen galt.

»Überrascht, mich zu sehen?«

Er richtete sich das Gewand und schloss die Kirchentür. Das Schloss klickte leise. Anschließend stellte er sich wie ein Wächter davor. »Mich kann nichts überraschen.«

»Haben Sie Pfarrer Heyn gesehen?«

»Gut, dass du fragst.« Er hob den Zeigefinger. »Bisher hat er sich nicht bei mir gemeldet, dabei wollten wir heute gemeinsam den anstehenden Israelsonntag vorbereiten. Weder steht sein Golf auf dem Parkplatz noch erreiche ich ihn über sein Mobiltelefon. Überhaupt ist sein Fernbleiben sonderbar, da wir gewöhnlich in stetem Kontakt stehen. Seit seinem Aufbruch hat er nicht einmal angerufen.«

Darüber wunderte sie sich ebenfalls. Allerdings schien die komplette Welt in den letzten Tagen verrücktzuspielen. »Ich weiß noch, wie unglücklich der Pfarrer aussah, als er damals Sankt Nikolai verlassen musste und die Gemeinde der Simonskirche übernommen hat.«

»Für einen Christen ist jede Weide gottgewollt. Er hat uns Carolin mitgebracht und ihr eine zweite Chance geschenkt.«

Hatte er das wirklich? Frost konnte nicht klar denken.

»Du siehst blass aus, meine Liebe.« Er machte einen Schritt auf sie zu und beugte sich über sie. »Bedrückt dich etwas Schwerwiegendes? Kann ich dir beistehen?«

Ja, ich brauche auf der Stelle einen Exorzisten, der mir den Teufel aus dem Leib treibt. Alternativ tut es auch ein Inquisitor, der mich der Folter unterzieht.

»Was haben Sie da für ein Buch?«

Darauf angesprochen, schaute er, als hätte er es soeben selbst zum ersten Mal gesehen. »Ah, Gott führt doch stets das eine zum anderen. Darüber wollte ich nämlich mit dir reden. Es handelt sich um ein uraltes Nachschlagewerk über Zauberei und Magie. Ein unsägliches Werk über Hühnergötter, das mir schon lange ein Dorn im Auge ist. Zeitweise hatte ich das verdrängt. Bis gestern.« Er hüstelte sich in die Hand. »Zufällig lief mir Diakon Keller mit dem Buch über den Weg. Darauf angesprochen, erzählte er mir, dass Pfarrer Heyn ihn beauftragt hat, es aus der Kirchenbibliothek herauszusuchen und dir zu geben. Dürfte ich erfahren, wozu du es brauchst?«

»Es könnte mir bei Ermittlungen helfen. Alternativ ist es eine willkommene Weiterbildung.«

»So, so, eine Weiterbildung …«

Auch Niederhagen kannte Frosts Vergangenheit und Herkunft und war nicht gut darauf zu sprechen, wobei er sichtlich bemüht war, sie deswegen nicht zu verurteilen. Sie konnte beileibe nichts dafür, dass sich in ihrem Stammbaum ausgerechnet der historisch bekannte Inquisitor Heinrich Kramer tummelte. Und erst recht trug sie keinen Anteil an den Taten ihres leiblichen Vaters …

Um sich abzulenken, wechselte sie das Thema. »Vor wenigen Wochen haben Sie ein Abendessen für mehrere Kirchenverantwortliche in *Auerbachs Keller* organisiert. Erinnern Sie sich daran?«

Erstaunt runzelte er die Stirn. »Stein zu Brot«, murmelte er geistesabwesend.

»Was haben Sie da eben gesagt?«

»Stein zu Brot. Das Lutherzimmer. Du hast mich darauf angesprochen. Das Treffen fand im Lutherzimmer statt, und laut unbestätigter Überlieferung soll Luther einmal zu einem Freund gesagt haben, dass dir der Teufel einen Stein reicht, wenn du nach Brot bettelst. Luther nahm damit Bezug auf Jesus' Versuchung in der Wüste.«

Diese Bibelepisode kannte Frost sehr wohl, doch etwas anderes interessierte sie derzeit viel mehr. »Worum ging es bei dem Treffen?«

»Ich weiß zwar nicht, woher du diese Information hast, andererseits ist die quartalsmäßige Zusammenkunft der Kirchenleitung auch kein Geheimnis. Hauptsächlich sprachen wir über die zukünftige Ausrichtung unseres Kirchenbezirks. In aller Regel dreht es sich dabei um organisatorische Angelegenheiten. Außerdem möchte ich dich nicht mit Leitlinien langweilen. Hast du eigentlich darüber nachgedacht, in die Kirche einzutreten, wie ich es dir geraten habe? Menschenpfade können in die Irre führen, die Wege des Herrn dagegen führen immer ins Licht. Und du möchtest doch auf lichtem Pfade wandeln, oder, mein Kindchen?«

Licht war in jedem Fall eine gute Sache. Wenn es die Umstände geboten, konnte sie anderen selbst schon mal Licht ans Fahrrad machen. Aber Niederhagen war der falsche Ansprechpartner für Witze dieser Art. Oder überhaupt unempfänglich für Witze im Allgemeinen.

Bestimmt wird Niederhagen das erste Mal in seinem Leben lachen, wenn er sämtliche Sünder im Höllenfeuer brutzeln sieht. Nämlich dann, wenn Gott ihm persönlich den Auftrag gibt, den Grillspieß zu drehen.

»Also überlassen Sie mir nun das Buch?«

»Nein«, entschied er. »Es sind Zeilen der Gotteslästerei und Häresie. Daher werde ich mir überlegen, was ich damit mache.«

Kapitel 47

Aus den Deckenlautsprechern im Schlafzimmer spielte leise Technomusik von Kai Tracid.

Too Many Times.

Frosts Handy lag ausgeschaltet auf dem Nachtschränkchen. Die Ziffern der daneben stehenden elektronischen Uhr leuchteten in das Halbdunkel wie die roten Augen eines Zeitdämons. Immer wieder nahm dessen Blick sie gefangen und hielt sie wach. Seit Stunden drehte sie sich auf dem Kissen hin und her. Keine Liegeposition verschaffte ihr Ruhe. Entgegen ihrer Gewohnheit hatte sie sich kein Nachthemd angezogen, sondern war nach dem Duschen im Bademantel unter die Bettdecke gekrochen. In die hatte sie sich eingegraben wie in einer Höhle.

1.31 Uhr.

Trotz der Wärme unter den Stofflagen zitterte sie. Aber wenigstens unterdrückte sie erfolgreich die Tränen bei der Vorstellung, dass Kron, dieser Schleimscheißer von Obervorgesetztem, sich an dem perversen Video von ihr aufgeilte. Vielleicht sollte sie sich für morgen krankmelden. Ihre neidischen Kollegen, wie etwa der unreife Landmann, sahen sich nach ihrem Rausschmiss aus der Mordkommission ohnehin bestätigt, dass sie bei der Polizei nichts zu suchen hatte. Und ihre Chefin würde sie mit anspruchslosen Aufgaben beschäftigen. Auf Krankenhausleichen oder die Sichtung von Altfällen verspürte sie in etwa so viel Lust, wie den Augenmacher in ihr Bett einzuladen.

Obwohl, dann könnte ich dem Mistkerl meine beiden Daumen in die Augenhöhlen drücken, bis ich in seinem Gehirn gelandet bin.

Dieser Anflug von bittersüßer Ekstase verging so schnell, wie er gekommen war. Zurück blieben Furcht und die Ungewissheit, was der Entführer tatsächlich mit ihr angestellt hatte. Lorenz hatte nicht weiter über das Video gesprochen. Angeblich in Frosts eigenem Interesse.

1.33 Uhr.

Noch immer hellwach und von innerer Unruhe getrieben, sprang sie aus dem Bett und lief barfuß zur Minibar, um ein Wasser zu trinken. Eisgekühlte Flüssigkeit würde sie beruhigen.

Als sie den Flur durchquerte, vernahm sie ein leises Schaben. Sie drehte sich in Richtung der Geräuschquelle, doch da war es bereits vorbei. Dennoch blieben Frosts Sinne geschärft. Nach den Ereignissen der letzten Tage war sie gewarnt. Auch in ihrem neuen Hotelzimmer begleiteten sie die Erinnerungen daran, was der Augenmacher getan hatte.

Sie lauschte. Tief unten ertönte eine Autohupe. Aus der Lüftungsanlage knackte es. Über Leipzig flog ein Flugzeug hinweg, ansonsten herrschte Stille. Sicherheitshalber wollte sie die Türverriegelung erneut überprüfen. An der Tür angekommen, entdeckte sie etwas auf dem Boden.

Ein Foto.

Ohne darüber nachzudenken, dass sie unbewaffnet dastand, entriegelte sie die Tür und riss sie auf. Ein leerer Flur. Keine Person, keine Bewegung, nur die reglosen Schatten der Marmorvasen, aus denen rote Blüten herausschauten und die dekorativ vom Licht angestrahlt wurden.

Sekundenlang blieb Frost außerhalb ihres Zimmers stehen und lauschte. Sie beobachtete die drei anderen Türen und den Fahrstuhlbereich. Auf Zehenspitzen lief sie Richtung

Treppenhaus. Nichts. Nur von weit unten aus der Hotellobby drang Gelächter herauf und verhallte.

Sie ging zurück, hob das Foto auf und schloss die Zimmertür hinter sich. Innerhalb eines Wimpernschlags identifizierte sie die nackte blonde Frau.

Carolin!

Bis zum Schambereich war ihr Körper zu sehen. Ihr Gesicht war verweint, die Haarsträhnen zerzaust und fettig. In ihrem Mund steckte ein Knebel, der ihr straff in die Mundwinkel schnitt. Aus panisch geweiteten Augen blickte sie Frost an. Die Aufnahme erinnerte an ein groteskes Selfie. Das wichtigste Detail befand sich im Bauchbereich: das Augenmacher-Tattoo.

Reflexartig schaltete Frost die volle Beleuchtung an. Sie hielt das Foto dicht vor ihr Gesicht, um die winzige Zahlenfolge im Zentrum der Tätowierung zu entziffern. Auch ohne Vergrößerungsglas erkannte sie die drei erwarteten Zahlen.

5-6-4.

Das vollständige Hexeneinmaleins.

Demnach war Carolin das nächste Opfer des Augenmachers.

Das Foto entglitt ihren Fingern und fiel zu Boden. Frost eilte zurück ins Schlafzimmer, wo ihr Handy lag. Sie schaltete es ein, tippte die PIN ein und wählte die Nummer der Operativen Fahndungsgruppe.

Nach kurzem Klingeln meldete sich ein Kollege am anderen Ende.

»Bewacht ihr noch das Wohnheim an der Simonskirche?«, fragte Frost ungeduldig, da sie die aktuellen Anweisungen von Lorenz und Kron nicht kannte.

»Ja, sind mit zwei Fahrzeugen vor Ort.«

»Und was ist mit der Schutzperson?«, wollte sie wissen, ob es Carolin gut ging.

Der Beamte zögerte, bis er schließlich kleinlaut antwortete. »Ähm, wir können es uns nicht erklären, da wir alle Ecken des

Heims überwachen. Bei unserem Kontrollgang haben wir festgestellt, dass die Schutzperson verschwunden ist …«

Der Rest seiner Erklärungsversuche ging unter, weil sie das Handy vom Ohr riss und ins Wohnzimmer stürmte, wo ihre Sachen lagen. Sie musste Carolins Zimmer nach Hinweisen durchsuchen. Beim letzten Mal hatte sie in einem Schränkchen ein Mobiltelefon gefunden. Sie hatte es umgehend zur Untersuchung in die Kriminaltechnik gegeben. Von dort war es ins LKA gewandert. Vielleicht brachte die Auswertung der Mobildaten später neue Erkenntnisse im Augenmacher-Fall.

Urplötzlich stellten sich ihre Ohren auf. Gedämpft durch die Zimmertür ertönte der Fahrstuhlgong. Wieder lief sie in den Zimmerflur und betätigte ruckartig die Türklinke. Vor ihr stand Malchius Fitz, der die rechte Hand zum Anklopfen erhoben hatte.

»Puh, bei Ihnen bekommt man leicht einen Herzinfarkt. Und das nicht vor übermäßiger Freude.«

»Was suchen Sie hier?«

»Ich muss mit Ihnen reden, und über Ihr Handy habe ich Sie nicht erreicht.«

Frost schaute hinter sich, wo das Foto auf dem Boden lag. Fitz hatte es wohl kaum unter der Tür durchgeschoben. Vielleicht war sein Auftauchen eine Fügung des *großen Schicksalsrades,* wie sie es oft bezeichnete.

»Wir reden während der Fahrt«, entschied sie. »Warten Sie kurz.«

Damit schlug sie ihm die Tür vor der Nase zu.

Kapitel 48

Noch vor Eintreffen des Kriminaldauerdienstes und des Außendienstleiters betraten Frost und Fitz Carolins Zimmer. Bei der flüchtigen Sichtung der einzelnen Räume deutete nichts auf eine gewaltsame Entführung hin. Bis auf eine Haarspange, die im Bad auf dem Fliesenboden lag, standen Gegenstände und Möbel akkurat an ihrem Fleck. Jemand hatte erst vor Kurzem Staub gewischt. Carolin achtete stets penibel darauf, dass sie Ordnung hielt. Sogar die Büroklammern ordnete sie immer alle mit den Spitzen in dieselbe Richtung.

Zielstrebig schritt Frost auf den Schreibtisch zu, wo gewöhnlich Carolins neueste Zeichnungen lagen. Auch hier, an ihrem Arbeitsplatz, befanden sich die Stifte in Reih und Glied an ihrem Platz und sämtliche Zeichenblätter auf Kante übereinandergelegt.

»Und beim letzten Mal haben Sie tatsächlich das Smartphone hier in diesem Zimmer gefunden?«, fragte Fitz und kippte auf einem Regal einen kleinen Bastkorb an, in dem Carolin ein paar Schmuckstücke aufbewahrte.

Frost beobachtete ihn aus dem Augenwinkel und legte die Bilder beiseite, weil ihr keines davon weiterhalf. »Mittlerweile befindet sich das Telefon zur Auswertung im LKA.«

»Und?«

»Bingo!«

Erstaunt schwang Fitz herum, doch statt ihm Neuigkeiten bezüglich des Handys mitzuteilen, zupfte sie ein mit Klebestreifen befestigtes Bild von der Tapete. »Das hier hing beim letzten Mal noch nicht da.«

»Und wessen Haus ist da zu sehen?«

Darauf kannte Frost die Antwort. Die Fensterbretter aus gelbem Backstein und die beiden deutlich erkennbaren Kirschbäume befanden sich ganz in der Nähe.

»Wir müssen zum Pfarrhaus!«

Kaum, dass sie den Satz beendet hatte, rannte sie schon los.

Knapp zwei Minuten später erreichte Frost das Gebäude, das Carolin auf einem ihrer letzten vollendeten Bilder dargestellt hatte. Genau wie auf der Zeichnung stand die Tür offen.

Fürchterlich schnaufend und mit deutlichem Abstand tauchte Fitz hinter ihr auf. »Wenn Sie mich das nächste Mal auf einen Sprint einladen, geben Sie mir Vorsprung.« Er krächzte und hielt sich den Hals, als hätte er sich beim Laufen die Mandeln verkühlt.

»Wenigstens haben Sie Ausdauer«, sagte sie anerkennend, dass er es überhaupt bis hierher geschafft hatte.

»Und im Gegensatz zu Ihnen trage ich sogar meine Dienstpistole am Mann.« Schon zog er seine Waffe aus der Mantelinnenseite und richtete sie aus.

Sofort drückte sie ihm die waffenführende Hand zu Boden. »Sind Sie bescheuert, ihre Knarre in ein fremdes Bundesland mitzuschleppen?«

»Hey, langsam. Das wollte ich Ihnen vorhin erzählen.« Wiederholt hustete er beim Reden – und spuckte beim Husten. »Aufgrund der jüngsten Ereignisse bin ich im Augenmacher-Fall inzwischen offiziell nach Leipzig abgeordnet. Damit bin ich sozusagen legitimiert.«

Wie unfair! Und mir tritt man in den Arsch.

»Still jetzt!«

Vorsichtig schob sie die Tür vollständig auf. Dunkelheit empfing sie. Bis auf die Geräusche eines sich nähernden Fahrzeugs, die Rufe der Kollegen auf dem Kirchengelände, die ebenfalls mit der Suche nach Carolin beschäftigt waren, und Fitz' androidenartiges Lungenpfeifen war nichts zu hören.

Für einen kurzen Moment überlegte sie, ob sie zwei Kollegen hinzuziehen sollte, doch trotz Fitz' bedenklichen Fitnesszustands fühlte sie sich durch seine Rückendeckung ausreichend beschützt. Mit der Gewissheit, dass sie sich im Notfall auch allein zu wehren wusste, schaltete sie das Flurlicht ein. Eine schlichte, aber farbige Tapete wurde erhellt. Schon von außen sah man, dass das Gebäude für eine einzelne Person viel zu groß war, allerdings befand sich hier auch der Verwaltungstrakt, in dem tagsüber Kirchenangestellte arbeiteten.

»Wer wohnt hier?«, flüsterte Fitz.

»Der Pfarrer.«

»Wie unerwartet.«

Nacheinander ging in den Räumen das Licht an. Die Schränke waren nicht durchwühlt worden, und auch sonst deutete nichts darauf hin, dass jemand eingebrochen hatte. Außerdem war die Eingangstür unbeschädigt.

Aber warum steht die Tür offen?

Irgendwie glaubte sie nicht daran, dass Pfarrer Heyn vor Kurzem zurückgekehrt war und sich jetzt bloß nicht meldete.

»Hier ist niemand«, merkte Fitz an, nachdem sie das Erdgeschoss durchsucht und nun das Wohnzimmer betreten hatten. »Bleiben noch der Keller und das Obergeschoss.«

Frost nickte abwesend, weil sie längst im Scanmodus war. Aus einem inneren Zwang heraus musste sie noch eine kurze Weile im Zimmer verweilen, um sicherzugehen, dass sie nichts übersah. Sie erinnerte sich an den letzten Abend, als sie zusammen mit dem Pfarrer ein Glas Weinbrand getrunken und mit ihm über Carolin gesprochen hatte. Sie hatte in einem der beiden Sessel gesessen, die vor dem Kamin standen.

Der Wohnungsinhaber sammelte neben allerlei religiösem Kram auch unzählige Bücher. Darunter fanden sich sogar etliche Unterhaltungsromane. Die meisten davon waren Krimis.

Mit den Fingern strich Frost an den Buchrücken entlang und spähte in die Schubfächer der Schrankwand.

»Während Sie fremdes Eigentum betatschen, schaue ich mich oben um«, murrte Fitz und tippte sich mit dem Pistolenlauf wie ein abgehalfterter Cowboy mangels Hut gegen die Stirn. »Immerhin habe ich die Knarre.«

Frost ließ ihn ziehen. Sie würde ihm gleich folgen, sobald sie sich sicher war, dass hier kein neuer Hinweis auf sie wartete, der ihr verriet, wo sich Carolin aktuell befand.

Nach weniger als einer Minute wollte sie das Zimmer ebenfalls verlassen, als sie etwas entdeckte: In der Ritze des Sessels, in dem bei ihrem letzten Besuch Heyn gesessen hatte, klemmte ein dünnes Büchlein.

Frost zog es aus dem Polster.

Hänsel und Gretel.

Ein Märchen passte nun wirklich nicht zur Lektüre, die sie bei einem Pfarrer vermutete. Sie schlug es auf und merkte, dass die Seiten aus minderwertigem Papier bestanden und dilettantisch hineingeklebt waren. Darauf befand sich ein ausgedruckter Text. Nur der Umschlag stammte von einem echten Märchenbuch.

Auf der ersten Seite las sie: *Wir schreiben das Jahr 1525 und Hänsel und Gretel hungerten wie das ganze Land …*

Diesen Einstieg fand Frost erstaunlich und unstimmig zugleich.

Wer soll hier eigentlich verschaukelt werden?

Als sie weiterblättern wollte, hörte sie Fitz schreien. Es folgten Gepolter und Getrampel. Dann kehrte Stille in das Haus zurück. Sofort ließ Frost das Buch fallen. Sie stürmte in den Flur und hinauf in die Oberetage, woher der Schrei gekommen war. Zu ihrem Entsetzen fand sie den Oberkommissar reglos auf dem Boden liegend. War er gestürzt?

Verwirrt vom Anblick des Kollegen, vergaß sie sogar, mehr Licht zu machen. Sie eilte zu ihm und schüttelte ihn an den Schultern. Als sie dabei seinen Hinterkopf berührte, glänzte an ihren Fingern Blut. Nein, er war nicht gestürzt. Jemand musste ihn mit einem Gegenstand niedergeschlagen haben.

Wachsam schaute sie auf und visierte zwei Zimmertüren an. Unter ihr keuchte Fitz und bewegte ein Bein. Er lebte.

Noch ...

Im selben Moment huschte in Frosts Rücken ein Schatten zur Treppe. Fast zu spät nahm sie die Bewegung wahr. Zum Glück hatte eine Holzdiele geknarrt.

»Halt!«, rief Frost dem Unbekannten nach und sprang auf.

Bevor sie leichtsinnig hinterherstürmte, entdeckte sie unter Fitz' Oberkörper den Lauf seiner Pistole. Sie ergriff die Waffe und folgte dann dem Flüchtenden. Als sie vom Hausgang in die Nacht hinaustrat, war die Person verschwunden.

Er hatte doch höchstens drei Sekunden Vorsprung!

Zeit ist jedoch ein dehnbarer Begriff.

Sie unterließ es, blindlings in eine Richtung zu rennen. Stattdessen winkte und rief sie ihre Kollegen heran, deren Lichtkegel der Taschenlampen nahe am Waldrand hin und her huschten.

»Hierher!«, schrie sie und verfluchte sich, dass sie sich bei ihrem Eintreffen an der Simonskirche kein Funkgerät hatte geben lassen.

»Weit kann er noch nicht sein«, hörte sie hinter sich eine wohlbekannte Männerstimme.

Sie schwang herum und sah, wie Fitz sichtlich angeschlagen auf sie zuwankte. Ein Wunder, dass er es in seinem Zustand die Stufen der Treppe hinuntergeschafft hatte.

»Sie geben wohl nie auf?«, fragte sie und spähte in die Umgebung.

»Warum haben Sie nicht geschossen?«, machte er ihr Vorwürfe.

»Warum haben *Sie* nicht geschossen?«

Er schüttelte sich und rieb sich die Schläfen. »Los, geben Sie schon her.« Er meinte seine Pistole.

In diesem Moment trat jemand um die Ecke. Die Person kam aus der Dunkelheit ins Licht der Eingangsbeleuchtung.

»Warum wundert es mich nicht, euch beide hier zu sehen?«, kam die Frage.

Es war Alexandra Lorenz. Statt eine Moralpredigt zu halten, weil sie Frost offiziell vom Fall abgezogen hatte, wirkte die K11-Leiterin seltsam zufrieden.

»Ich wollte helfen«, rechtfertigte Frost ihre Anwesenheit auf dem Kirchengelände.

»Keine Sorge, das wirst du«, antwortete Lorenz und winkte zwei Kollegen herbei, die ebenfalls aus dem Nichts auftauchten.

Es waren Sarah Stahlmann und Marc Kettner. Und sie schoben eine Gestalt in einer dunklen Kutte vor sich her. Das Gesicht der Person war von einer Kapuze verdeckt. Sie stolperte mehr, als dass sie lief.

»Wir haben ihn gefunden, als er sich hinter einem Gebüsch im Garten verstecken wollte«, erklärte Lorenz.

»Wie oft soll ich das noch sagen? Ich bin hingefallen«, sprach die Kutte auf einmal, und Frost erkannte die Männerstimme augenblicklich.

»Pfarrer Heyn?« Gleichzeitig riss sie ihm die Kapuze vom Kopf. »Was machen …«

»Wie war das?« Fitz drängelte sich nach vorn. »Sie heißen Heyn? Sie sind Thomas Heyn?«

Der Pfarrer nickte.

Kapitel 49

Zehn Minuten später saß der Pfarrer, bewacht von Stahlmann und Kettner, im Wohnzimmer. Von draußen konnten Fitz und Frost durch die Fensterscheibe beobachten, wie er zitternd an einer Tasse Tee nippte. Fitz war sich nicht sicher, ob er ein guter Schauspieler war, aber er wollte es herausfinden. Vorausgesetzt, die beiden sächsischen Emanzen würden ihm die Chance dazu geben.

»Ich will mit ihm reden«, beharrte er nun schon zum dritten Mal.

»Sie?« Lorenz winkte ab. »Ich will nicht behaupten, dass wir in Leipzig klüger wären als unsere bayerischen Kollegen, aber ich müsste verrückt sein, wenn ich Ihnen die Vernehmung unseres wichtigsten Zeugen überlassen würde.«

»Sie wissen doch noch gar nicht, ob er ein Zeuge ist«, widersprach er. »Nach allem, was ich in der JVA Lübeck erfahren habe, könnte er ebenso gut ein Mitwisser von Joseph Palschewski sein.«

»Über Ihren Ausflug an die Küste unterhalten wir uns später. Ihr Vorgesetzter, dieser Börnemann, meinte, ich solle Sie mir ruhig ordentlich zur Brust nehmen.«

Dass die Frau eine ordentliche Brust vor sich hertrug, hatte Fitz bereits bei ihrer ersten Begegnung festgestellt. Anstatt es auszusprechen, nutzte er die Steilvorlage anderweitig. »Ach, ich soll mein Wissen also mit Ihnen teilen? Wenn Sie nicht kooperativ sind, warum sollte ich es dann sein?«

Wie eine Walküre, die zur Jagd blies, rammte sie Fitz. »Passen Sie mal auf, Sie Lungenmaschine! Ich …«

»Dürfen Sie als Vorgesetzte so etwas überhaupt sagen? Ich meine, wie sieht es mit der Vorbildfunktion aus?«

»Pah, von Ihnen lasse ich mir den Mund garantiert nicht verbieten. Im Zusammenstauchen bin ich Meisterin. Wie wäre es mit Abrissgeheimagent?«

»Oho, jetzt treiben Sie mich aber in die Enge.«

»Laufender Secondhandshop …«

Tiefschlag. Fitz hielt kurz die Luft an, bis der Schmerz etwas nachließ. »Ich wette, Sie …«

»Wir beide vernehmen ihn«, ging Frost dazwischen und zeigte erst auf Fitz, dann auf sich selbst. »Ich kenne den Pfarrer länger als jeder andere von uns.«

»Das«, stimmte Fitz ein, »ist das beste Argument des Tages. Und das sage ich als jemand, der die Dinge gern allein in die Hand nimmt. Es geht hierbei um Carolin und meine Nichte.«

Lorenz' Abwinken fiel energieloser als Sekunden zuvor aus. Langsam hatte Fitz das Gefühl, die Erste Kriminalhauptkommissarin weichgekocht zu haben. Wenn er eine herausragende Eigenschaft besaß, dann war es nervende Beharrlichkeit.

»Ich werde es bereuen«, murmelte sie. »Ich werde es hundertzehnprozentig bereuen …«

»Wir werden liefern«, gab Frost von sich und zog Fitz mit sich ins Gebäude.

»Geht doch«, konnte Fitz sich einen abschließenden Kommentar in Richtung Lorenz nicht verkneifen.

»Ihre Dienstwaffe behalte ich, bis Sie in Pension gehen!«, brüllte sie ihm hinterher.

Dass sie ihm die Pistole abgenommen hatte, ärgerte ihn außerordentlich. Gefühlt hatte sie ihn damit an den Eiern.

Und das tat weh.

Frost schickte die beiden Kollegen aus dem Zimmer. Fitz betrachtete den Pfarrer nun eingehend im Licht und rieb sich die Wunde am Kopf, die inzwischen aufgehört hatte zu bluten. Auf ihn wirkte der Geistliche wie die Typen, bei denen hinterher die Nachbarn in Fernsehinterviews stets meinen: *Wir können gar nicht glauben, dass der jemanden umgebracht haben soll. Der hat sogar mit unserem Hund gespielt.*

Bevor Fitz sich mit Frost abstimmen konnte, wer die Vernehmung führen sollte, öffnete Heyn bereits den Mund.

»Man hat mich entführt, Klara, du musst mir glauben! Ich …«

»Pst«, sagte Frost und legte den Zeigefinger symbolisch auf ihre Lippen.

Danach schwiegen die drei für volle dreißig Sekunden, in denen Frost jede Zeigerbewegung auf ihrer Uhr zu zählen schien. Erst dann redete sie weiter. »Jemand war vorhin in Ihrem Haus. Dieser jemand hat meinen Kollegen niedergeschlagen. Ich möchte, dass Sie darüber nachdenken.«

»Ich …«, begann Heyn wieder, aber Frost unterbrach ihn abermals.

»Sie sollen einfach darüber nachdenken. Während Sie darüber nachdenken, stellen wir Ihnen Fragen.«

Sie hatte *wir* gesagt, nahm Fitz wohlwollend zur Kenntnis. Im geeigneten Augenblick würde er dieses Versprechen einfordern.

Und weil Frost wieder eine längere Pause ließ, sah er diesen Moment gekommen. »Ich hätte gleich eine Frage …«

Frost wirbelte herum, stellte sich dicht neben ihn und flüsterte: »Das Schweigegebot galt hauptsächlich Ihnen.«

Bevor Fitz einen Einwand hervorbringen konnte, hatte die Dame sich bereits wieder Heyn zugewandt. Erst da bemerkte Fitz, dass er seinen Zeigefinger belehrend in die Luft hielt. In dieser Haltung kam er sich ziemlich albern vor. Unauffällig ließ er ihn wieder sinken.

Unterdessen lief Frost zu dem Uralt-CD-Spieler, der auf einer nicht weniger altertümlichen Anrichte stand.

»Was hören Sie am liebsten?«, fragte sie.

»Rammstein«, antwortete Fitz genervt, bis er registrierte, dass die Frage Heyn galt.

Der stellte seine Teetasse klirrend ab und schaute ebenfalls ungläubig. »Im Gerät müsste eine CD mit Chorliedern eingelegt sein. *Der Herr ist mein Hirte.*«

»Bleibt mir denn gar nichts erspart?«, murmelte Fitz und schlug sich gegen die Stirn.

»Ich will, dass Sie sich wohlfühlen«, setzte Frost ihre Zirkusnummer fort. »Wählen Sie die Musik, die Ihnen im Moment am meisten zusagt.«

»Bitte nur das Radio«, kam es erschöpft vom Sessel.

»Können wir jetzt?«, fuhr Fitz dazwischen, woraufhin er sich einen finsteren Blick von Frost einfing. Noch finsterer als sonst.

Sie bediente ein paar Knöpfe, regelte die Lautstärke und es erklangen die dezenten Klänge eines Kultursenders. Sie schlich auf Heyn zu, und der zuckte zusammen, als sie plötzlich neben ihm stand, da er in eine Art Trancezustand verfallen war.

»Was ist das Letzte, woran Sie sich erinnern?«, flüsterte sie.

Um ihre Worte überhaupt verstehen zu können, stocherte Fitz mit dem kleinen Finger in seinem Ohr herum.

»Ich irrte durch den Garten und hatte diese Kleidung an«, antwortete Heyn und zupfte an seiner Kutte.

Es war eine Kutte, wie Mönche sie in Filmen trugen.

Der Name der Rose, dachte Fitz.

»Und davor?«, fragte Frost weiter.

»Davor?« Heyn schaute sich im Zimmer um, als erkannte er es nicht mehr als seine eigene Wohnstube. »Ich wollte nach Fehmarn. Du erinnerst dich doch, Klara, wir hatten darüber gesprochen. Du weißt, dass ich die dortige Gemeinde als Pfarrer einige Jahre kommissarisch betreut habe. Und dann …«

Fehmarn. Wenigstens leugnete er es nicht. Dass Frost davon wusste, machte Fitz allerdings stutzig. Vorerst wollte er weiter zuhören und sehen, wohin der Zinnober führte, den Frost hier veranstaltete. Er verschränkte die Arme und zog sich als stiller Beobachter in eine Ecke zurück. Mittlerweile verstand er, weshalb man Frost die Exorzistin nannte. Die Frau stand wahrlich mit dem Teufel im Bunde. Nachts auf einsamer Straße wollte er ihr jedenfalls niemals begegnen …

Statt nachzuhaken, stierte Frost den Geistlichen nur an. Sie nickte nicht, sie sagte kein Wort. Fitz musste genau hinsehen, um zu erkennen, dass sie noch atmete und blinzelte.

»Ich weiß noch, dass ich in mein Fahrzeug gestiegen und vom Hof gefahren bin«, fuhr Heyn stockend fort. Mehrmals schnappte er nach Luft. »Und plötzlich lag ich in diesem … Sarg. Ich rede von einem Steinsarg!«

Fitz verdrehte die Augen und schaute unwillkürlich zu dem Märchenbuch, das unweit von Frost lag. Jetzt fingen also die Märchen an. Ihm taten bereits die Ohren weh. Zu allem Überfluss spielten sie im Radio eine Ode.

»Ein Steinsarg«, wiederholte Frost, die nicht den Eindruck machte, als könnte sie das eben Gehörte aus der Fassung bringen. Fitz war es ein Rätsel, wie sie in der momentanen Situation so überaus ruhig bleiben konnte. Sie wirkte wie ein Eisblock. Kühl, regungslos, unantastbar. Im Gegenzug pochte es fürchterlich unter seiner Schädeldecke, wo man ihn hart getroffen hatte. Das Wissen um zwei entführte junge Frauen setzte ihm zusätzlich zu.

»Ich lag in der Dunkelheit. Um mich herum fühlte es sich an, als ob da Mauern wären, und es roch nach Stein und Asche.«

»Wie lange waren Sie in der Dunkelheit?«, fragte Frost.

»Ich weiß es nicht. Ich schlief ein und wachte im Kirchengarten auf. In diesen Sachen hier!« Abermals zupfte er am Stoff seiner Mittelalterbekleidung.

»Sie waren volle zwei Tage verschwunden«, konfrontierte sie ihn mit der Wahrheit.

Der Pfarrer presste die Lippen aufeinander.

»Lassen Sie sich Zeit«, hauchte Frost.

Fitz riss endgültig der Geduldsfaden.

»Mir platzen gleich die Socken!«, fuhr er dazwischen, weil er Angst um Sabrina hatte und jede Minute, die sie hier beim Kaffeekränzchen verplemperten, sie das Leben kosten konnte. »Schluss mit Ihrem Hokuspokus!«

Frost stellte sich ihm in den Weg, als er auf Heyn losgehen wollte. »Das muss sein. Ich nenne es alternative Vernehmungsmethoden.«

Fitz riss sich den Mantel vom Körper und krempelte sich die Hemdsärmel hoch. »Alternativen habe ich auch. Als Erstes können Sie der Operndiva im Radio mal den Saft abdrehen.«

Frost tat nichts dergleichen, sondern blieb ungerührt stehen.

»Dann eben ohne Ihre Hilfe.« Breitbeinig baute Fitz sich vor dem Pfarrer auf, der ihn eingeschüchtert anblickte und noch tiefer ins Polster rutschte.

»Herr Thomas Heyn, ich weiß, dass es ein nachgebautes Kellerverlies von damals gibt – von dem Gefängnis, in dem Carolin eingesperrt war. Eingesperrt von ihrem eigenen Vater.« Er knackte mit den Fingerknöcheln, um seinen Sätzen Nachdruck zu verleihen. »Und ich weiß, dass Sie Joseph Palschewski jahrelang im Knast besucht haben. Ganz sicher haben Sie mit ihm dabei nicht über eine zweite Chance im nächsten Leben gesprochen. Den Mist kaufe ich Ihnen beileibe nicht ab. Könnte es sein, dass Palschewski Ihnen alles über seine Taten erzählt hat und Sie dadurch auf die Idee gekommen sind, auch mal Augenmacher zu spielen?«

»Absurd!«, entgegnete Heyn entschieden. »Ich verurteile keinen Menschen, ich nehme sie an, wie sie sind. So wie es Jesus Christus getan hat. Ich wollte verstehen, warum Palschewski Frauen umgebracht und seine Tochter gefangen gehalten hat.«

»Ist das wahr?«, platzte Frost nun ihrerseits dazwischen. »Sie haben im Gefängnis mit dem Augenmacher gesprochen?«

»Ach?«, wunderte Fitz sich. »Auf einmal möchten Sie von meinen Methoden profitieren.«

Heyn holte Luft. »Ich habe mich doch um Carolin gekümmert und brauchte mehr Informationen über sie. Sie spricht ja nicht.«

Fitz räusperte sich, um sich Gehör zu verschaffen. »Meine Frau hat früher an einem Bibelkreis teilgenommen, und wissen Sie, was sie immer gestört hat?« Er erwartete nicht ernsthaft eine Antwort, deshalb gab er sie sogleich. »Angeblich würden alle guten Menschen ins Himmelreich kommen – leider ist von dort niemals jemand zurückgekehrt. Also verschonen Sie mich mit Ihrer geistlichen Unbedarftheit. Ein wenig gläubig bin ich auch, sonst würde das verdammte Leben ja gar keinen Sinn ergeben, aber hier steht das Schicksal von zwei Frauen auf dem Spiel. Deshalb möchte ich nur eines von Ihnen wissen: Wo ist dieser Keller?«

Eine endlose Weile blickte Fitz Heyn nur an. Bis der den Kopf schüttelte.

»Da war eine Frau. Sie klang jung. Sie gab mir in dem Sarg zu trinken. Ich stellte ihr Fragen, doch sie beantwortete keine einzige. Sie gab mir Wasser, damit ich nicht verdurstete. Sie füllte es durch eine Röhre in den Sarg ein. Bei mir kamen nur ein paar Tropfen an. Das Wasser kam von oben, durch eine Öffnung, die ich mit den Fingern ertasten konnte. Seltsamerweise hatte ich mehr Angst um die Frau als um mein eigenes Leben.«

»Wo ist der Keller?«, wiederholte Fitz seine Frage, denn auch ihn ergriff mehr und mehr die Furcht.

»Ich weiß es nicht.«

»Hat die Frau ihren Namen genannt?«, mischte Frost sich erneut ein.

»Nein.«

»Schwachsinn!«, ging Fitz dazwischen, weil er sich vor der Wahrheit fürchtete. Wütend packte er Heyn am Kuttenkragen und drückte ihm die Faust gegen den Kehlkopf. »Hieß sie Sabrina?«

»Nein«, krächzte Heyn. »Ich weiß es nicht.«

Augenblicklich lockerte sich Fitz' Griff, weil es sich anfühlte, als wollte Heyn den Namen nicht aussprechen. Er taumelte zurück. Er wusste, dass es diesen Keller gab. Nicht nur den Keller selbst, sondern auch den Nachbau des Kinderzimmers von einst. Und er wusste, dass seine Nichte vom Augenmacher entführt worden war.

Mit Verzögerung bekam er mit, wie Frost ihm unter die Arme griff und ihn in dem freien Sessel platzierte, bevor ihm die Beine wegknickten. Statt beruhigend auf ihn einzureden, nahm sie das Märchenbuch zur Hand und hielt es dem Pfarrer vors Gesicht.

»Was ist das?«

Heyn kniff die Augen zusammen und las den Titel. »Das habe ich nie zuvor gesehen.«

Kapitel 50

Nach der Befragung des Pfarrers untersuchte Frost noch lange das sonderbare Märchenbuch. Inzwischen wusste sie, dass die Erstauflage von Grimms *Kinder- und Hausmärchen* auf das Jahr 1812 datierte und die Sammlung seither in zahlreichen Überarbeitungen erschienen war. Doch alles sprach dafür, dass es sich bei diesem Büchlein um eine ganz spezielle Version des Märchens *Hänsel und Gretel* handelte. Bereits der erste Satz wich irritierend stark ab, und auch im weiteren Verlauf wies die Geschichte moderne Züge auf.

Obwohl es der Pfarrer sicher ungern sah, dass man in seiner Küche rauchte, tat Frost es trotzdem.

Sie rauchte und las.

> *Wir schreiben das Jahr 1525 und Hänsel und Gretel hungerten wie das ganze Land. Ihre Eltern schufteten tagaus, tagein, doch das Geld wollte kaum für eine Suppe mit Knochen reichen. Hänsel war ein Taugenichts, und während seine Eltern sich die Kniescheiben und Wirbelsäulen ruinierten, wanderte er quietschvergnügt durch die Welt, ärgerte andere Kinder und sammelte Steine in seinen Hosentaschen.*

Selbst als Gretel ihn darauf ansprach, er solle den Eltern lieber unter die Arme greifen, sagte Hänsel nur, dass sie irgendwann schon sehen würde, wie er es zu Ruhm und Geld schaffte – sobald er einen Glücksstein fand.

Zum Glück war Gretel klüger. Außerdem war sie mit einer beachtlichen Veranlagung gesegnet. Sie konnte mit Krähen sprechen …

Frost unterbrach ihre Lektüre, als Lorenz und Fitz zusammen mit Paulus Niederhagen die Küche betraten. Offenbar hatten sie den Direktor endlich erreicht und vom Verschwinden Carolins unterrichtet.

»Es ist alles so schrecklich, Klara«, begrüßte er sie, wobei er für den Händedruck seine beiden Hände nutzte. »Ich bin so schnell hergekommen, wie ich konnte. Wie geht es Thomas Heyn?«

»Der wird schon wieder«, ließ Lorenz es sich nicht nehmen, die Antwort zu geben. »Viel interessanter ist, was bei der Befragung des Pfarrers herausgekommen ist. Anscheinend waren Sie nicht aufrichtig, Herr Niederhagen.«

Verwirrt schaute Niederhagen zwischen den Beamten hin und her. »Wie darf ich das verstehen?«

»Gibt es im Wohnheim Geheimgänge?«, fragte Frost und sah dem Direktor fest in die Augen.

»Es ist ein altes Gemäuer«, fing er an. »Die damaligen Mönche hatten es als Unterkunft und Wehranlage benutzt.«

»Ja oder nein?«

»Ja, es gibt ein paar wenige alternative Wege.«

»Warum haben Sie uns davon nichts erzählt?«, hakte Lorenz verärgert ein. »Sie wussten, dass Polizisten zur Bewachung Carolins eingesetzt waren.«

»Ich hielt es für belanglos, ich meine, wer konnte ahnen, dass Carolin …« Er straffte sich. »Und überhaupt, unter professioneller Bewachung verstehe ich etwas anderes. Wären Ihre Leute auf Zack gewesen, hätte nicht einmal der Teufel Carolin entführen können, oder sehen Sie das anders?«

»Ja«, schnaufte Lorenz. »Das sehe ich allerdings anders.«

»Lassen wir mal den Teufel aus dem Spiel«, sprach nun Fitz und schob sich in die Mitte. »Reden wir über Hexen.«

»Hexen?«, zischte Niederhagen.

Fitz zupfte Frost das Märchenbuch aus den Fingern und hielt es ihm hin. »Haben Sie das schon einmal gesehen?«

Niederhagen las den Titel und wich mit dem Oberkörper zurück, als hätte ihn jemand mit einem Fluch belegt. »Mit solcher Lektüre beschäftige ich mich höchstens am Rande.«

»Aber die Geschichte von Hänsel und Gretel dürfte Ihnen bekannt sein«, sagte Fitz und schlug das Buch auf. »Oder sind Sie schon als geistlicher Richter auf die Welt gekommen?«

»Typisch! Anscheinend gehören Sie zu den Unverbesserlichen, die meinen, es gebe nur das, was vor ihren Augen ist.«

Fitz lächelte. »Weshalb so provokant?«

Um eine schlimmere Auseinandersetzung zu verhindern, schritt Frost ein. »Zeigen Sie unseren Leuten einfach die Geheimgänge.«

»Dazu müsste ich selbst erst nach den Plänen sehen.«

»Eine Ihrer Bewohnerinnen«, begann Lorenz und trat auf Niederhagen zu, »für die Sie die Verantwortung tragen, wurde vermutlich von einem Killer entführt. Vielleicht finden Sie die Pläne schneller, wenn Sie sich das ins Gedächtnis rufen.« Sie zeigte zur Tür. »Ich glaube zwar nicht an den Teufel, aber ich weiß, dass es Menschen gibt, die zu unglaublich bösartigen Dingen imstande sind.«

Diesmal nickte Niederhagen. »Natürlich, Sie haben vollkommen recht. Folgen Sie mir.« Mit großen Schritten durchquerte er den Raum und verschwand.

Lorenz gab Frost und Fitz ein Zeichen, dass sie warten sollten. Frost nahm einen letzten Zug von ihrer Zigarette und drückte den Stummel in die leere Teetasse, aus der Thomas Heyn vorhin getrunken hatte. Inzwischen waren ihr weitere Fragen gekommen, die sie dem Pfarrer gern gestellt hätte, doch der befand sich bereits im Krankenhaus zur Untersuchung. Seine Kleidung hatten Kollegen vom Kriminaldauerdienst gesichert für den Fall, dass am Stoff Spuren hafteten, die zum Augenmacher führten.

»Wenn Sie mich fragen, ist das alles gequirlte Scheiße«, sagte Fitz, nachdem draußen die Tür ins Schloss gefallen war. Er gab Frost das Buch zurück und hustete. »Im Übrigen wäre es mir lieber, wenn Sie das nächste Mal nicht in meiner Nähe qualmen würden.«

»Während Sie wie die Axt im Walde vorgehen, ist mir ein Gedanke gekommen …«

»Hören Sie mir überhaupt zu?«

»Mir ist eingefallen, weshalb mir die Jahreszahl 1525 aus dem Märchen so bekannt vorkam.«

»Ach ja?«

Endlich schenkte Fitz ihr Gehör.

»Von der Homepage von *Auerbachs Keller.*«

»*Auerbachs Keller.* Das Lokal kenne ich.«

»Wussten Sie, dass 1525 als das Gründungsjahr der Gaststube gilt?«

Fitz griff sich ans Kinn, unterließ jedoch einen Kommentar.

»Was ist?«, fragte Frost, weil sie fest mit einer Erwiderung gerechnet hatte. »Interessiert Sie das nicht?«

»Oh, natürlich. Und ich finde, Sie sollten unbedingt weiter Märchen lesen …«

Genau das tat sie Minuten später.

Als die Not immer größer wurde, klagte Gretel einer Krähe ihr Leid. Daraufhin krächzte der Vogel, und bald redete er mit der Stimme eines Menschen. Die Krähe erzählte dem Mädchen, dass verborgen im Wald ein Haus stand, in dem ein reicher Puppenspieler lebte. Dieser würde aber keine Puppen aus Holz und Stroh für seine Theateraufführungen benutzen, sondern lebende Kinder. Als Lohn versprach er ihnen jede Menge Süßigkeiten.

Sofort fiel Gretel ein, dass man die Süßigkeiten ja auf dem Markt gewinnbringend verkaufen könnte. Deshalb fragte sie die Krähe, wo das Haus des Puppenspielers denn zu finden sei. Daraufhin rückte die Krähe dicht an ihr Ohr und flüsterte, dass man bei Vollmond auf den Waldwegen magische Steine mit Löchern entdecken könne. Wenn man dieser Spur folge, würde man das Haus schon finden …

Frost erinnerte sich an den Abend, als sie gesehen hatte, wie Carolin in den Wald gerannt war und dort Lochsteine aufgesammelt hatte.

Allerdings mahnte die Krähe am Schluss ihrer Erzählung, dass der Weg zum Puppenspieler gefährlich sei und es passieren könne, dass man, sobald man den Weg einschlug, nie wieder zurückkehre. Im Leben gebe es eben Dinge, die nur in eine Richtung führen.

Gretel ignorierte die Warnung, denn das mit den Süßigkeiten klang sehr verlockend.

Weil Gretel sich jedoch nicht allein in den finsteren Wald traute, überredete sie Hänsel, mit ihr gemeinsam das Haus zu suchen. Und weil Hänsel sich für besondere Steine interessierte, willigte er ein.

Daraufhin stellte Gretel den Wecker für Mitternacht. Als später aus dem Schlafzimmer der Eltern Schnarchen drang, schlüpften die beiden Kinder aus ihren Betten, zogen ihre Kleidung und ihre Schuhe an und huschten in die Nacht hinaus.

Tatsächlich dauerte es nicht lange, da fand Hänsel auf dem Weg einen Stein, der, angestrahlt vom Mondlicht, leuchtete. Es war kein richtiger Stein, sondern sah aus wie ein versteinerter Donut. In der Mitte war er dunkel, und beim näheren Hinsehen stellte sich heraus, dass sich dort ein Loch befand. Er klaubte den Steinring auf und zeigte ihn Gretel. Die hielt ihn an ihr Auge, schaute hindurch und entdeckte dabei den nächsten Steindonut. So folgten sie der Spur, die der Mond offenbarte.

Sie brauchten mehrere Stunden, Tage und Wochen. Während sich Hänsels Taschen mit Donuts füllten, bekam Gretel Angst, sie könnten den Weg nach Hause niemals wiederfinden. Vielleicht hatte die Krähe doch recht gehabt, als sie Gretel warnte.

Schließlich war der Hunger der beiden so groß, dass sie vor Schwäche kaum noch laufen konnten. Und gerade als Hänsel sich vor Erschöpfung auf den weichen Moosboden fallen lassen wollte, da tauchte vor ihnen ein goldbraunes Pfefferkuchenhäuschen auf.

Schlagartig waren Müdigkeit und Sorge vergessen. Sie rannten zu dem Haus, das herrlich nach Zuckerguss roch. Sie schauten sich um und entdeckten eine Ziege, die an einer salzigen Mandel am Türrahmen knabberte. Neben der Eingangstür befand sich auch eine Klingel mit einem Namensschild. Weil Hänsel zu doof zum Entziffern war, las Gretel laut vor: »Weigel«.

Und dann schauten beide gemeinsam zur beleuchteten Hausnummer, auf der die Zahl …

Frost klappte das Buch zu. An dieser Stelle fehlten die nächsten Seiten.

Kapitel 51

Am Tag danach stand Frost erneut vor dem Eingang zu *Auerbachs Keller.* Wieder war sie vor der Öffnungszeit da und forderte mit einem energischen Klopfen um Einlass. Wieder folgte sie nur ihrem Instinkt. Anders als beim letzten Mal war sie diesmal in Begleitung.

»Falls Sie mit einem romantischen Dinner liebäugeln«, sprach Fitz sie von der Seite an, »dann glauben Sie bloß nicht, ich würde die Rechnung übernehmen.«

»Am Ende bezahlt hoffentlich der Augenmacher.«

»Das wäre mir in der Tat am liebsten.«

Die Tür zum Restaurant ging auf. Frost hatte Glück. Es war dieselbe Angestellte wie bei ihrem letzten Besuch – Anna-Lena Meier, so hieß sie –, was einige Zeit bei der Begrüßung einsparte.

»Oberkommissarin Frost«, flötete Meier.

»Hauptkommissarin«, korrigierte Frost und deutete hinter sich. »Er ist Oberkommissar.«

»Danke für den Hinweis«, knirschte Fitz durch die Zähne. Lauter fügte er an: »Dafür bin ich der deutlich Attraktivere von uns beiden.«

Meier blinzelte verwirrt. »Geht es wieder um Ermittlungen in einem Mordfall?«

»Exakt«, bestätigte Frost und schnippte mit den Fingern.

Als Fitz hinter ihr die Gaststube betrat und das urig-klassische Ambiente betrachtete, stieß er einen Pfiff aus, der völlig verunglückte und in ein Husten überging. Frost klopfte ihm hilfsbereit auf den Rücken, was ihm sichtlich peinlich war.

»Entwarnung! Ich komme klar.«

»Brauchen Sie ein Glas Wasser?«, fragte die Angestellte.

»Sehe ich aus wie eine Topfpflanze?«

»Nehmen Sie es meinem Kollegen nicht übel«, beschwichtigte Frost. »Er kommt aus München. Dort reden alle so.«

»Von wegen«, wandte Fitz an. »Ihr Lokal ist schmuck, das muss ich zugeben, aber im Umkreis von … einhundert Kilometern herrscht finsterster Osten. Wenn man auf Leipzigs Straßen nicht aufpasst, klauen die einem beim Laufen noch die Schuhe. Und das«, hob er zur Verdeutlichung den Zeigefinger, »kann man von München wahrlich nicht behaupten.«

Frost verdrehte die Augen. Mit jedem Tag mochte sie Fitz ein bisschen mehr.

Wenn er nicht so alt wäre, könnte ich mich in diesen Muffel unsterblich verlieben.

»Sind Sie dann so weit?«, fragte sie ihn.

»Bereit, wenn Sie es sind.«

»Toller Satz.«

Falls sie sein diabolisches Grinsen richtig deutete, spielte er absichtlich auf das *Schweigen der Lämmer* an. Und das nahm sie als ein Warnsignal auf.

»Wir müssen uns noch einmal umsehen«, erklärte Frost der Angestellten.

Meier stand unsicher herum und fummelte an einem Stapel Servietten herum, den sie im Arm hielt. Schulterzuckend meinte sie bloß: »Tja.«

»Machen Sie sich nichts draus«, flüsterte Fitz ihr zu. »Ich verstehe die Kollegin die meiste Zeit auch nicht.«

Frost ignorierte ihn. »Anna-Lena Meier, beim letzten Mal erzählten Sie mir, dass *Auerbachs Keller* im Jahr 1525 gegründet wurde.«

»Das stimmt. Heinrich Stromer, Universitätsprofessor und Arzt, richtete damals in seinem Weinkeller einen Ausschank ein. Deshalb gilt es als Gründungsjahr.«

»1525«, wiederholte Frost und musterte den Kollegen, ob er sich erinnerte, dass die Jahreszahl in dem Märchenbuch stand, das man im Pfarrhaus gefunden hatte und von dem sich Thomas Heyn nicht erklären konnte, wer es in sein Wohnzimmer gelegt hatte.

»Hänsel und Gretel«, bekundete Fitz. »Ich passe auf.«

Welch ein Glück!

Er drehte ihr den Rücken zu, legte die Hände an selbigem zusammen und lief wie ein Inspektor zwischen den Tischreihen entlang. Seine Haltung sollte Zielsicherheit ausdrücken, dabei irrte er in Wahrheit unkoordiniert umher. Offenbar wollte er nicht zugeben, dass er ihren Scharfsinn bewunderte.

»Können Sie sonst noch etwas mit der Jahreszahl anfangen?«, wandte Frost sich wieder der Angestellten zu. Weil die jedoch nur den Kopf schüttelte und die Lippen aufeinanderpresste, versuchte Frost es mit weiteren Denkanstößen. »Hören Sie, Anna-Lena Meier, innerhalb dieser Mauern muss irgendwo ein Hinweis versteckt sein. Strengen Sie sich an. Helfen Sie mir! Spielen *Hänsel und Gretel* bei Ihnen eine Rolle? Ich meine, kennen Sie Goethes *Faust*? Dort wird Gretchen von ihrem Bruder zum Beispiel Gretel genannt.«

Ein neuerliches Kopfschütteln.

»Das Hexeneinmaleins?«

Wieder verneinte sie.

»Führen Sie auf Ihrer Speisekarte vielleicht einen Verjüngungstrank?«

Diesmal zog Meier die Augenbrauen hoch. »Den gibt es hier tatsächlich. In der Fasskellerzeremonie *Anno Domini 1525* schenken wir einen solchen Trunk aus. Diesen reichen wir tief unten in der Hexenküche.«

»Die Hexenküche …« Bei ihrem ersten Besuch hatte der Restaurantdirektor ihr den Raum gezeigt. Damals hatte sie sich nichts weiter dabei gedacht. Zumal der Grundriss des Computerprogramms mit der Pixelhexe auf die Etage hindeutete, in der sie sich aktuell befanden.

»Ah, Frau Kriminalhauptkommissarin Frost!«, ertönte es, und wie vom Teufel gerufen tauchte Edward Kuhn auf. Er streckte ihr die Hand entgegen. »Schön, dass Sie erneut unser Restaurant besuchen. Wie kann ich Ihnen diesmal helfen?«

»Vorerst interessiere ich mich nur für die Hexenküche.«

»Oha, und ich dachte, ich könnte Ihnen hier einen Tisch anbieten.«

»Ich nehme einen!«, plärrte Fitz plötzlich durch den Saal. Er robbte auf allen vieren wie ein fußkranker Hund zwischen den Tischbeinen herum. Dann stand er gequält auf, verzog schmerzvoll die Mundwinkel, beugte den Rücken nach hinten, putzte sich die Hände und deutete auf den Tisch mit der Nummer zwei. »Und zwar den hier.«

Erst als er anfing, die daran stehenden Stühle beiseitezuräumen, reagierte Frost. »Entschuldigen Sie mich bitte kurz.«

Während sie zu ihm eilte, fing er an, sehr zur Verwunderung des Direktors, die Tischdekoration abzuräumen.

»Ich muss mich bei Ihnen entschuldigen, Kollegin Frost.« Er umrundete den Tisch und griff beidhändig an die Tischplatte. »Offenbar sind Sie besser, als ich dachte. Helfen Sie mir?«

Obwohl sie keinen blassen Schimmer hatte, was ihn trieb, hob sie mit ihm gemeinsam den Tisch an und sie drehten ihn auf den Kopf. Nur eine Sekunde später erfasste ihr Blick den auf der Unterseite der Platte aufgebrachten Aufkleber. Ein Zettel mit dem Augenmachersymbol und einem einzigen Wort:

UND.

»Was ist das?«, fragte Kuhn, der besorgt beobachtete, was mit dem Mobiliar seines Restaurants passierte.

»Das ist der Hinweis, wegen dem wir hier sind«, antwortete Frost und nickte Fitz anerkennend zu.

»Und«, las er laut das Wort, das auf dem Aufkleber ziemlich verloren stand.

Beide sahen sich um. Frosts Blick blieb beim Direktor hängen.

»Können Sie uns sagen, wie lange das schon dort klebt?«

»Das sehe ich zum allerersten Mal. Ich muss dazu erwähnen, dass wir nicht ständig unter den Tischen nachsehen. Natürlich wird der Boden täglich poliert, doch eine Kontrolle der Tischunterseiten durch das Reinigungsteam findet meines Wissens nur in unregelmäßigen Abständen statt.«

Vorerst reichte Frost diese Aussage. Sie entfernte sich ein paar Meter und murmelte: »Tisch 2. Das Augenmachersymbol. Das Wort *und.*«

Sie ging zum Tisch, auf dem ein Edelstahlschild mit der Nummer eins stand, und schaute unter die Tischplatte. Nichts. Kein Aufkleber.

Fitz hatte offenbar mehr Glück an Tisch drei. »Hier steht *Märchen.*«

Märchen.

Schnell eilte Frost an ihm vorbei zum nächsten Sitzplatz. »*Pfefferkuchenhaus* unter Tisch vier.« Bereits jetzt kam ihr ein Verdacht, wohin das Ganze führen sollte. Um auf Nummer sicher zu gehen, überprüfte sie auch die folgenden Tische.

Tisch fünf.

»Letztlich.«

Tisch sechs.

»Ins.«

»Können Sie damit etwas anfangen?«, fragte Fitz.

Sie nickte gedankenverloren. Alles wies darauf hin, dass man die einzelnen Worte nach dem Hexeneinmaleins ordnen musste: 10-2-3-0 …

»Wo ist Tisch null?«

»Tisch null?«, kam es vom Direktor zurück. »Den gibt es hier nicht.«

»Oder meinen Sie vielleicht diesen da?« Es war Anna-Lena Meier, die nah am Eingang verweilte und zu einem kleinen Beistelltisch zeigte, auf dem diverse Restaurantflyer und ein Stapel Speisekarten lagen.

Weil Fitz gerade in der Nähe stand, schaute er nach und beugte sich unter die Tischplatte. Sekunden später las er vor: *»Führen.«*

… 7-8-5-6-4. Das vollständige Hexeneinmaleins.

»Religion und Märchen führen den Menschen letztlich ins Pfefferkuchenhaus«, sagte Frost laut den Spruch auf, den jemand vor gut einer Woche an das Grundstückstor der Simonskirche gesprüht und nun mittels Aufklebern unter neun Tischen angebracht hatte.

Kapitel 52

Carolin fand sich in ihrem alten Zimmer wieder. Diverse Bilder von ihr hingen an der Wand. Episoden aus ihrem Leben. Der Tag auf dem Schiff, die toten Hühner im Stall, der weiß gestrichene Raum in der Klinik …

Sie betrachtete das Wandregal, stieß den Globus an und er drehte sich. Eine Umdrehung. Zwei Umdrehungen … Wie damals.

Nebeneinander aufgereiht standen noch immer die altbekannten Bücher. Von Ronja, von Pinocchio, das kunterbunte Kinderlexikon und andere. Sie zählte die Buchrücken.

Eins.

Zwei.

Drei …

Weiter kam sie nicht. Ihr fehlte die nächste Zahl. Im Gegensatz zu ihr konnte Klara gut mit Zahlen umgehen. Klara war Polizistin und zählte ihr oft vor. Wenn sie zusammen waren, zählten sie alles. Papierblätter, Büroklammern, Steinchen, im Sommer Rosenblüten. Manchmal erzählte Klara von ihrer Arbeit, wobei Carolin den größten Teil davon nicht verstand. Trotzdem hörte sie gern und lange zu. Meistens schwieg Klara jedoch, und das mochte Carolin noch lieber, denn mit Schweigen konnte man so viel mehr ausdrücken. Man musste sich nur anstrengen.

Carolin lief in dem engen Raum umher. Selbst die Deckenlampe ähnelte ihrer alten. Und der Teppichboden. Das gleiche Muster mit den unzähligen Vierecken, der gleiche rote Stoff. Alles erinnerte sie an die Zeit bei ihrem Vater. Auch das Bett stand in der gleichen Ecke. Mit einer Hand strich sie über die Zudecke. Weich. Sogar die Matratze roch nach ihr. Jemand hatte kürzlich hier gelegen. Vielleicht ihre Schwester.

Schwesterchen!

Unweigerlich musste Carolin an den letzten Tag auf Fehmarn denken. Ihre Schwester war dabei gewesen. Deshalb konnte Carolin nicht sprechen. Ihre Mutter hatte ihr die Stimme genommen, weil sie diese für Carolins Schwester brauchte. Ihre Mutter, die Hexe. Und als Carolin ihre Stimme hatte zurückholen wollen, da war alles schiefgelaufen. Die Hexe war gestorben samt dem Baby in ihrem Bauch, aber Carolin war trotzdem stumm geblieben.

Sie setzte sich auf das Bett und öffnete die Hand, in der sie zwei Hühnergötter hielt. Damals war das Ritual missglückt, der Zauber verpufft. Wie in dem Film über diesen Harry Potter. Da funktionierte auch nicht alles. Dort gab es auch Hexen.

Überall waren Hexen. Selbst oben im Haus verfaulte eine.

Vier.

Plötzlich fiel es ihr wieder ein. Vier war die nächste Zahl.

Sie schaute zum Regal. Es waren sehr viel mehr Bücher, zu viele, um sie bis zum allerletzten zu zählen. Ständig hatte sie es probiert, und jetzt spielte es keine Rolle mehr. Es wurde Zeit, das Kinderzimmer für immer zu verlassen.

Ganz fest drückte sie die beiden Lochsteine gegeneinander. Vor langer Zeit hatte sie den Augenmacher kennengelernt. Vor langer Zeit … Klara hatte oft vom Geheimnis der Zeit gesprochen, aber der Augenmacher hatte ihr von der Magie der Steine erzählt.

Gut hatte er sie behandelt, sogar sehr gut. Er wollte ihr helfen, besuchte sie oft. Er hatte gesagt, dass er sie retten würde, ihr die Stimme wiedergeben könne. Der Augenmacher wusste mehr als sie und konnte viele Dinge. Aber im Laufe der Jahre war in Carolin die Erkenntnis gereift, dass sie niemals sprechen können würde. Ihre Schwester hatte Carolins Stimme mit in den Himmel genommen.

Sie stieß sich vom Bettrand ab und durchquerte den Raum, ohne sich noch einmal umzublicken. Es war alles vorbereitet.

Für Klara.

Carolin schloss die Tür hinter sich und lief zur Kellertreppe.

Sie ging, und der Augenmacher kam.

Kapitel 53

Fiton Thaqi saß auf der Rückbank des gepanzerten SUV in weichen Polstern und stierte in die Nacht. Vom Parkplatz aus konnte er die Neonbuchstaben der Stripteasebar gut erkennen. *LE Twister,* so hieß der Klub. Seine Leute hatten die Gegend ausgekundschaftet und die Zielperson im Blick.

Er war von München nach Leipzig gekommen, um den Augenmacher fertigzumachen. Er tat es nicht, um als Held dazustehen, er tat es, weil er selbst nach all den Jahren noch Gefühle für Sabrina hegte. Eigentlich war es keine Liebe, es war höchstens eine tiefe Verbundenheit.

In seinen Fingern drehte Thaqi das Foto eines Mannes mit weltmännischem Blick, der nur unwesentlich jünger war als er selbst.

»Komisch, der Augenmacher sieht gar nicht aus wie ein Schlächter«, sinnierte er.

Vom bulligen Shkodran, der neben ihm saß, kam keine Erwiderung. Stumm rückte der Hüne sich die Lederhandschuhe über den Knöcheln zurecht. Ungeduldig wartete er auf Anweisungen. Auf seinen Befehl hin würde der Leibwächter sich hinüber zu dem Sportwagen bewegen, die Fahrertür aufreißen und dem Mann hinter dem Lenkrad den Schädel einschlagen.

»Gib es zu, Shko, du würdest ihm am liebsten mit deinen Daumen die Augäpfel ins Hirn quetschen.«

Skhodran öffnete seine Mundhöhle leicht und deutete mit dem Zeigefinger hinein.

Thaqi verstand und nickte. »Oder die Zunge herausreißen … Beides hätte das Schwein verdient.«

Thaqi war nur hier, weil ihm ein Toter eine letzte Nachricht hinterlassen hatte. Eine Botschaft auf einem Handy, der zum Entführer von Sabrina führte. Unabhängig davon, ob sie noch lebte, würde Thaqi keine Milde kennen, sobald er den Augenmacher in seiner Gewalt wusste. Natürlich zielte die Aktion darauf ab, Sabrina wohlbehalten zu retten. Leider kannte Thaqi das Leben und die grausamen Wahrheiten, die es mit sich brachte. Entsprechend rechnete er mit dem Schlimmsten. Er hatte den verstümmelten Leichnam des Tätowierers gesehen, somit wusste er, zu welchen Gräueltaten sein Gegner fähig war. Und er hatte das Smartphone des Tätowierers gefunden, auf dessen Display der Terminkalender aufgerufen war. Und das letzte Datum hatte einen Namen gezeigt. Den Namen des Mannes, der in dem weinroten BMW saß und vor dem *LE Twister* wartete.

Weil Thaqi Sabrina etwas schuldig war, schwor er Vergeltung. Seine Mädchen behandelte er mit Respekt, wenn sie ihn im Gegenzug wie einen Gott behandelten. Sabrina hatte ihn angehimmelt. Eine Zeit lang … Und sie hatte einen Teil seines Herzens mitgenommen, als sie gegangen war. Gewöhnlich stahl ihm niemand etwas, aber Sabrina …

Das Handy des Fahrers klingelte. Der Albaner nahm das Gespräch an, hörte zu und sagte fünf Sekunden später nach hinten gewandt: »Mister Thaqi, unsere Beobachter vermelden, dass ein Mädchen soeben durch den Hinterausgang den Klub verlassen hat und nun zum Wagen des Klienten geht.«

Klient. So nannte Thaqi die Leute, mit denen er eine Rechnung offenhatte.

»Ist es Sabrina?«

»Negativ. Aber sie ist blond. Geschätztes Alter: Mitte zwanzig.«

Thaqi schniefte. Offenbar hatte sich der Augenmacher ein neues Opfer ausgewählt.

»Mister Thaqi?« Ungeduldig wartete der Fahrer auf Anweisungen, die er per Handy weitergeben konnte.

»Schnappt ihn euch!«, gab Thaqi das Kommando.

Kapitel 54

Frost saß in ihrem Mercedes und beobachtete Rafael von Landgraf aus sicherer Distanz. Nicht erst seit ihrer letzten Begegnung verweigerte er sich ihren Anrufen. Zuletzt hatte er sich äußerst merkwürdig verhalten, und dass er vor einem Tittenklub herumlungerte, machte ihren wohlhabenden Geliebten für sie nicht nur weniger geheimnisvoll und gebieterisch, sondern vollkommen glanzlos.

Ist er überhaupt noch mein Geliebter? Kann er sich keine Edelnutten leisten, dass er vor einem solch schäbigen Etablissement ausharren muss?

Sie musste sich eingestehen, dass er im Bett genau die richtige Standfestigkeit und eine wohldosierte Fantasie mitbrachte. Und mehr wollte sie ohnehin nicht von einem Mann.

Seit Kurzem allerdings nicht mehr von diesem Mann.

Die Straßenlaterne tauchte die Rückseite des *LE Twister* wie in eine grau-gelbe Waschküche. Quietschend öffnete sich eine Tür. Eine zierliche Blondine trat ins Freie. Sie trug eine zu enge Lederjacke und Stiefel, die ihr bis über die Knie reichten. Schnurstracks lief sie zu Rafaels BMW.

Dein kupferfarbener Aston Martin war dir wohl zu auffällig?

Frost stieß einen leisen Pfiff aus und legte den Daumen auf den Startknopf der Zündung. »Nun sieh dir dieses Küken an. Anscheinend bin ich dir mittlerweile eine Nummer zu alt?«

Sie schätzte die Dame auf Anfang zwanzig. Zweifellos trug sie eine Perücke und verdiente ihren Unterhalt beim Striptease an der Stange.

»Und zweifellos steckt er dir seine Kohle heute ins Höschen. Natürlich erst, nachdem du an seiner Stange getanzt hast.«

Das Stakkato von Absätzen hallte auf dem Asphalt. Beim Laufen hielt die Dame ihr Handy ans Ohr und schaute sich getrieben um. Keine Frage, sie war eine schüchterne Maus, machte den Job vermutlich noch nicht mal ein halbes Jahr lang. Als sie den BMW erreichte, nickte sie dem Fahrer gehorsam zu und eilte zur Beifahrerseite.

Frost war versucht, den Motor zu starten und den Staffelstab an die neue Geliebte persönlich abzugeben. Doch je mehr sie darüber nachdachte, umso alberner empfand sie das Vorhaben. Die Observation war ein Reinfall. Rafael konnte tun und lassen, was er wollte.

Als sie mit der Situation schon fast abgeschlossen hatte, passierte etwas Seltsames: Gerade als die Tänzerin die Beifahrertür öffnete und einstieg, tauchten zwei Paar Scheinwerfer unweit ihres Standorts auf, gefolgt von aufheulenden Motoren und Reifenquietschen.

Es waren zwei dunkle Geländewagen, die vom Parkplatz des Einkaufsmarktes auf der Straße des 18. Oktober heranbrausten.

Sofort war Frosts Instinkt für Gefahr geweckt. Sie startete die Zündung, woraufhin die PS ihres AMG lostrommelten. Noch bevor sie den Gang einlegte, wählte sie den Griff der Pistole statt ihres Handys, um einen Notruf abzusetzen. Zu allem entschlossen, trat sie das Gaspedal durch. Augenblicklich drang der Gestank von verbranntem Gummi in die Lüftungsschächte und gleich darauf in das Fahrzeuginnere. Wie das Benzin durch den Motor pumpte das Adrenalin durch ihre Adern.

Gleichzeitig versperrten die beiden Geländewagen Rafael und seiner unbekannten Blondine den Fluchtweg. *Münchener*

Autokennzeichen, registrierte Frost. Schwarz gekleidete Männer stürzten nach draußen und umringten den BMW. Sie schnappten sich das Mädchen, rissen die Fahrertür auf und zerrten den Insassen heraus. Die Rechte eines fürchterlichen Riesen krachte in Rafaels Gesicht, als der sich wehrte. Er kippte gegen die Karosserie seines Wagens und nach einem weiteren Faustschlag ging er zu Boden. Während Frost mit Vollgas auf das Getümmel zuraste, erkannte sie Pistolen. Sie bremste scharf, was die Aufmerksamkeit der bewaffneten Männer auf sie lenkte. Die letzten Meter rutschte ihr Mercedes, dann stand der Sportwagen. Ohne Rücksicht auf ihre eigene Gesundheit stürzte sie nach draußen, die Dienstwaffe im Anschlag.

»Polizei, Waffen weg!«, schrie sie.

Die dunklen Gestalten sahen sich kurz an, schwangen ihrerseits die Pistolenmündungen herum, feuerten jedoch nicht auf sie. Vielleicht überlegten sie, dass es unklug war, einen Bullen abzuknallen. Keine Frage, Frost war in einen Krieg geplatzt, bei dem man keine Polizisten brauchte. Doch etwas aus der Vergangenheit verband sie mit Rafael, deshalb konnte sie nicht einfach wegsehen. Zudem war es als Polizeibeamtin ihre Pflicht zu handeln.

Der Riese, ein Tier von einem Mann, packte Rafael an den Haaren und zog ihn halb zu sich hoch. Dann drückte er ihm den Pistolenlauf an die Schläfe. Aus Rafaels Mund lief dick und schwallartig Blut. Bestimmt hatte er mehr als einen Zahn verloren.

»Niemand schießt!«, sagte einer der Vermummten mit starkem ausländischen Akzent. Er hielt die Blondine fest und trat mit ihr hinter dem BMW hervor. Es wirkte nicht so, als wollte er der Frau ernsthaft wehtun, aber gehen durfte sie ebenfalls nicht. »Das hier ist eine Nummer zu groß für Sie, Kleines.«

»Ich bin nicht Ihr Kleines«, widersprach Frost, obwohl sie nicht das Gefühl hatte, sie könnte Bedingungen stellen. Vier

Bewaffnete standen ihr gegenüber. Nie zuvor war sie in einen Schusswechsel geraten. Und gleich bei ihrem ersten Mal sahen ihre Chancen, einem Kugelhagel zu entgehen, falls einer die Nerven verlor, ziemlich übel aus.

Trotz alledem wiederholte sie mutig: »Waffen weg! Jeden Augenblick werden meine Kollegen eintreffen.«

Zu ihrem Erstaunen zeigte die Ansprache eine gewisse Wirkung. Zwei der Männer sahen unsicher zum Wortführer, wie der auf die Drohung reagierte.

»Sie reden wie ein Filmbulle«, übernahm der und gab dem wimmernden Rafael einen Tritt, dass der sich zusammenkrümmte und die Hände vor Schmerzen ans Kinn hielt. »Wissen Sie, wer das ist?«

»Und ob ich das weiß …«

»Das hier ist der Augenmacher.«

Frost wusste nicht, ob der Unbekannte sie verschaukeln wollte oder es ernst meinte. »Ich jage den Augenmacher.«

»Tja, wir haben ihn zuerst geschnappt, also gehören seine Eier mir. Oder sollte ich sagen, seine Augen?«

Atemlose Stille und Hitze umwehten die Szene. Es war fast so surreal wie in einem Uraltwestern. Niemand sagte etwas vor dem großen Duell. In der Ferne hörte man das sonore Rauschen anderer Fahrzeuge. Irgendwo fiel eine Flasche um.

»Lassen Sie die Frau und den Mann gehen«, forderte Frost.

Der Wortführer zögerte, dann ließ er die Blondine los. »Wie Sie wünschen.«

Sofort rannte die Freigelassene auf Frost zu und versteckte sich hinter ihr.

»Er bleibt bei uns«, sagte der Sprecher.

»Nein«, protestierte Rafael, während ihn der Gorilla im Nacken packte. »Das Ganze ist ein Irrtum. Ich bin Filmproduzent.«

»Er hat die Nichte eines Bullen entführt. Daher verstehen Sie gewiss mein Anliegen, ihn zu behalten, oder? Wir sind auf Ihrer Seite.«

»Was sagen Sie da?«, stutzte Frost. Unauffällig spähte sie nochmals zu den Autokennzeichen. M für München. »Wie heißt der Polizeibeamte?«

»Sein Name ist Fitz.«

»Moment! Etwa Malchius Fitz?«

Kapitel 55

Weil Fitz pausenlos husten musste, fand er nicht in den Schlaf. Und mit jedem Mal, das er keuchend aus dem Dämmern hochschreckte, ermatteten seine Lungenflügel mehr und er musste noch stärker husten. Mit einem schrecklichen Stechen im Brustkorb schlurfte er durchs Hotelzimmer. Vom nahen Heizkraftwerk vermeinte er trotz des geschlossenen Fensters immerzu ein Klappern und Zischen zu hören. Die Nebengeräusche waren wohl der Preis dafür, dass das *Vier Glocken* zentrumsnah lag und das Zimmer seinen Geldbeutel schonte.

Er schaute auf seine Pink-Panther-Uhr, die er nach dem Duschen wieder umgebunden hatte. Bereits nach Mitternacht. Weder an Schlaf noch an eine Rückkehr nach München verschwendete er einen Gedanken.

Vor lauter Sorge um seine Nichte würde er bis zum Morgen ohnehin kein Auge mehr zubekommen. Kurz vor dreiundzwanzig Uhr hatte er zuletzt mit seiner Schwester telefoniert. Sie hatte abwesend geklungen, geradezu apathisch. Noch immer begriff sie nicht, weshalb Fitz sich in Leipzig herumtrieb, wo Sabrina doch in München wohnte. Gleichzeitig hatte sie ständig davon gefaselt, dass ihre Tochter nie mehr zurückkehren würde. Angeblich fühlte sie es, dass sie nicht mehr lebte.

Fitz hatte versucht, sie vom Gegenteil zu überzeugen, obwohl ihm für echten Trost die Argumente fehlten. Selbst nach den Enthüllungen in *Auerbachs Keller* schienen er und die Leipziger Kollegen meilenweit von einem Durchbruch im Augenmacher-Fall entfernt. Und anstatt gemeinsam mit ihm über dem Fall zu brüten, hatte Frost ihm eine Kopie der seltsamen *Hänsel-und-Gretel-*Version in die Hand gedrückt und über ihre Dienststelle dafür gesorgt, dass er die nötigsten Unterlagen zum aktuellen Ermittlungsstand bekam. Danach hatte sie sich von ihm verabschiedet. Sie müsse etwas bezüglich Rafael von Landgraf überprüfen, hatte sie behauptet. Während sie nun vermutlich diesem fragwürdigen Millionär hinterherstieg, grübelte er ununterbrochen über dieses Märchenbüchlein nach.

Zum siebten Geburtstag hatte Fitz von seinen Eltern einen Diabetrachter bekommen und von da an täglich Märchenbilder angesehen. Zum Lesen war er schon immer zu faul gewesen. Im Alter faszinierte ihn die Geschichte von Hänsel und Gretel längst nicht mehr so sehr wie früher. Damals hatte er es für bare Münze genommen, dass es sinnvoll war, im Leben auf dem richtigen Weg zu bleiben. Aber heute?

Märchen und Religion führen den Menschen letztlich ins Pfefferkuchenhaus.

Das war ausgesprochener Firlefanz. Vielleicht erschloss sich ihm der stark verfremdete Text deshalb nicht, weil ihm im Laufe der Jahre die Fähigkeit, derartige Legenden und Wundergeschichten auszulegen, stückweise abhandengekommen war. Dafür hatte er zu viele Menschen über die Klinge springen sehen, hatte er das Schicksal zu oft von der humorlosen Seite kennengelernt. Eine Zeit lang hatte er dagegen angekämpft. Inzwischen hatte ihn die Realität in ihrer gesamten Rohheit fest im Griff.

Erst seit seinem Ausflug nach Neustadt in Holstein glaubte Fitz wieder an leibhaftige Hexen. Lediglich sein Verstand weigerte sich, deren Existenz vollständig zu akzeptieren.

Er ertappte sich dabei, wie er erneut über den Buchseiten hockte und einzelne Passagen der undurchsichtigen *Hänsel-und-Gretel*-Variante las. Eigentlich passte es besser zu Frost, das Rätsel der Zeilen zu lösen. Aber Frost hatte ihn auf den nächsten Tag vertröstet. Hatte davon geschwatzt, dass man keine Zeit gewinnen konnte, wenn man sich falscher Eile hingab.

Auch das war Firlefanz. Geistige Umnachtung einer Exorzistin, die im falschen Jahrhundert aufgetaucht war.

Verdammt, wo steckte die Frau nur? Irgendwie war sie nach so wenigen Tagen bereits zu einer Art anarchistischer Tochter für ihn geworden. Zu der Tochter, die er sich immer gewünscht hatte …

Das Handyklingeln riss ihn aus seiner Schwermut. Wieder eine unterdrückte Nummer. Doch jeder Anruf konnte wichtig sein.

»Schläfst du schon, Bulle?«

»Fiton Thaqi, bist du das?« Wenn der Albaner um diese Uhrzeit bei ihm anrief, dann sicher nicht, weil er Sehnsucht nach Fitz hatte. »Lass mich raten, du steckst in der Tinte.«

»Momentan bin ich mir unsicher, ob deine Kollegin mich mit ihrer Knarre oder ihren eisblauen Augen durchlöchern will.«

»Frost?«

»Demnach kennst du sie.«

»Ach was, kennen! Klara Frost kennt sich nicht mal selbst.«

»Die Kleine ist wirklich zuckersüß.«

»Sagtest du gerade zuckersüß? Was meint sie dazu?«

»Sie will mir die Zähne einschlagen, wenn ich sie noch einmal als süß bezeichne.«

Fitz musste schmunzeln. Er unterdrückte einen neuerlichen Hustenanfall, um keine Schwäche vor dem Albaner zu zeigen. »Okay, demnach ist es tatsächlich Frost. Sag ihr, sie darf dich erschießen.«

»Da gibt es ein Problem, ich halte ihrem Freund gerade eine Pistole an die Stirn. Und ich bin immer noch der Meinung, ich hätte mit ihm den Augenmacher vor der Mündung.«

»Du bedrohst vor Frost einen … Von wem redest du?«

»Rafael von Landgraf. Das Schwein hat Sabrina entführt. Und eben wollte eine blutjunge Blondine in seine Scheißkarre steigen.«

»Landgraf? Der Millionär? Du hältst *ihn* für den Augenmacher?«

»Nun … ich habe meine Informanten.« Zum ersten Mal klang der Albaner nicht mehr so konsequent.

»Jede Wette.« Für ein Gesamtbild im Augenmacher-Fall fehlte Fitz zwar eine vollständige Akteneinsicht, doch nach allem, was er über den Filmproduzenten wusste, schien der wahre Mörder ihn ebenfalls für sein perfides Spiel missbraucht zu haben. Demnach musste Thaqi mit seiner Annahme, Landgraf sei der Augenmacher, komplett danebenliegen. »Gib mir Frost.«

Thaqi zögerte. Schließlich lenkte er ein. »Moment.«

Es raschelte im Hörer, dann war einige Zeit nur ein leichtes Windrauschen zu vernehmen, bis Frosts Stimme erklang. »Sind Sie das, Fitz?«

»Nein, ich bin Ihre Lebensversicherung.«

»Schöne Freunde haben Sie da. Langsam bekomme ich eine Ahnung davon, wie Sie Ihren Job erledigen.«

»Ich stecke jedenfalls nicht in Schwierigkeiten.«

»Doch. Wenn Sie nicht augenblicklich ihren Arsch zum *LE Twister* bewegen und man morgen Ihre Lieblingsbeamtin vermisst.«

»Was denn, Sie verlangen, dass ich vor Ort komme und mit Kriminellen verhandle? Die haben Waffen.«

»Machen Sie sich gefälligst auf den Weg, Sie Stinkstiefel!«

Stinkstiefel war ein hartes Wort. Schließlich achtete er mehr als die meisten Männer auf saubere Schuhe.

»Sie Zie…« Er wollte sie gerade mit einem Tiernamen betiteln, als er innehielt. »Was haben Sie da eben gesagt?«

»Stinkstiefel! Gefällt Ihnen das etwa?«

»Nein, das davor.«

»Sie sollen sich auf den Weg machen, verflucht!«

Fitz wirbelte herum. Sein Blick erfasste das Märchenbuch. Vergessen waren die Atembeschwerden. Im Ohr setzte das Blutrauschen ein. Was die Kollegin nachträglich ins Handy schimpfte, registrierte er schon nicht mehr. Er stürmte hin zu den Kopien und blätterte, bis er die Stelle mit der Ziege fand.

»Klara Frost, in Ihren Adern fließt verdammtes Teufelsblut.«

»Nehmen Sie mich gerade hoch?«

»Nein, diesmal nicht. Bleiben Sie, wo Sie sind, ich bin in …« Er schaute auf seine Uhr, wusste jedoch gar nicht, wo er hinmusste. »Nein, besser, Sie holen mich ab. Mit Ihrem Wagen sind wir schneller.«

»Ich soll Sie abholen? Jetzt?«

Fitz überlegte. »Sie haben recht, wir treffen uns woanders.«

Daraufhin nannte er ihr eine Adresse, die selbst die Exorzistin in der Seele traf.

Kapitel 56

Wäre Frost an einem anderen Tag an dem Grundstück vorbeigekommen, hätte sie das Haus mit dem verrotteten Kupferdach vermutlich gar nicht beachtet. Durch den grauen Verputz wirkte das Gebäude bieder und altbacken. Aus dem Briefkastenschlitz lugte ein buntes Werbeblättchen heraus. Allein dadurch bekam das Ambiente auf kuriose Weise einen Hauch Moderne.

Frosts Aufmerksamkeit galt dem Namensschild. Dort stand der Name *Pfeiffer*.

Pfeiffer. Nicht Weigel, wie der Name des Puppenspielers in dem bizarren Märchenbuch.

Pfeiffer. Pfeffer. Pfefferkuchenhaus.

Religion und Märchen führen den Menschen letztlich ins Pfefferkuchenhaus.

»Warten Sie«, hielt Frost Fitz zurück, der die Hand auf das Gartentor legte.

Bevor sie einen Fuß auf das Grundstück setzte, musste sie das Gebäude und den Vorgarten mit seinen Steinen und den wild wuchernden Bodendeckern auf sich wirken lassen. Bei einem flüchtigen Blick hätte man meinen können, dass niemand mehr hier wohnte. Erst als Frost unmittelbar am Zaun stehen blieb, entdeckte sie, dass an den Büschen am Wegrand Zweige abgeknickt waren, was darauf hindeutete, dass vor nicht allzu langer Zeit hier jemand entlanggegangen war. Außerdem leuchtete hinter der Hausnummer schwach eine Glühbirne und erhellte die Zahl 15A.

Fünfzehn.

Ziegeleiweg 15A.

Die gleiche Adresse, an der Carolin einst vom Augenmacher festgehalten worden war. Nur befanden sich Frost und Fitz nicht in Neustadt in Holstein, sondern mitten in Leipzig.

Fitz brachte weniger Geduld auf. »Worauf warten? Ich finde, wir haben genug Zeit verplempert.«

Man kann nicht verplempern, was einem nicht gehört.

Zugegeben, es war ein Wunder, dass der Kommissar ihr überhaupt von seiner Entdeckung erzählt hatte. Er hatte das Rätsel des Märchenbuchs entschlüsselt. In der Geschichte tauchten eine Ziege und der Name Weigel auf. Änderte man die Buchstabenreihenfolge von *Weigel* und kombinierte sie mit dem Wort *Ziege*, dann ergab das *Ziegeleiweg.*

Zwar nannte das Buch die Hausnummer nicht, weil die Seiten einfach aufhörten, aber weder Fitz noch Frost zweifelten daran, dass sie vor dem richtigen Haus standen.

»Sollen wir zuvor klingeln?«, fragte er, während er bereits auf die Haustür zustapfte.

Es ist ein Geisterhaus. Und durch das Läuten erwecken wir jede Menge Geister.

»Klingeln Sie.«

Immerhin bestand die Möglichkeit, dass Frosts Gefühl täuschte und der Hauseigentümer seine wohlverdiente Nachtruhe hielt. Während Fitz an der Haustür stehen blieb und sich am seitlich daneben befindlichen Fensterbrett abstützte, um durch die Scheibe zu spähen, lief Frost zu den Mülltonnen. Als sie sich näherte, huschte ein Marder mit einem Fauchen davon. Sie unterdrückte den Schrecken und schaute nacheinander in jede Tonne. Im Papier fand sie einen aufgerissenen Briefumschlag. *Liselotte Pfeiffer* stand darauf als Adressat.

Offenbar handelte es sich um die Frau, die hier wohnte. Auch wenn der Geruch aus der Biotonne Frost unangenehm in die Nase stieg, zwang sie sich, genau hineinzusehen. Filtertüten mit Kaffeeresten, ein Stück Kuchenrand, undefinierbares Fleisch mit einer Schicht Schimmel, Joghurt mit grünen Punkten. Jetzt rächte es sich, dass Frost selbst keine Mahlzeit zubereitete, sondern die Vorzüge der All-inclusive-Bewirtung des *Halo* genoss, andernfalls hätte sie anhand des Fäulniszustandes ablesen können, wann die Mülltonne zuletzt benutzt worden war. Auf jeden Fall vor mehr als einer Woche.

»Kein Glück!«, rief Fitz ihr zu.

Frost schaute die Straße entlang. In den Nachbarhäusern brannte kein Licht. Nur sehr viel weiter in der Ferne.

»Wir schauen uns hinter dem Haus um«, entschied sie.

»Wollte ich gerade vorschlagen.«

Schon stapfte er davon, und Frost befürchtete angesichts seines Schnaufens bereits, er könnte sich auf den wenigen Metern überanstrengen. Auf der Rückseite empfing sie ein verwilderter Garten. Zwischen den Terrassenplatten wucherten Moos und Löwenzahn. Sitzmöbel aus rustikaler Eiche standen kreuz und quer. Umringt von altmodischen Blumentöpfen, rostete ein ausgemusterter Backofen unter freiem Himmel dahin.

»Jede Wette, dass die Hauseigentümer älter sind als ich«, kam Fitz beim Betrachten des Ambientes zur gleichen Einschätzung wie sie.

Liselotte Pfeiffer. Ein alter Name.

»Und das ist ja fast unmöglich, Methusalem.«

Fitz winkte ab und stapfte keuchend eine Backsteintreppe hinauf, an deren Ende sich eine Tür befand. Frost war sich sicher, dass dahinter etwas Schreckliches auf sie wartete. Etwas, das der Augenmacher für die Ermittler bereithielt. Wie bereits am Haupteingang testete Fitz auch hier, ob sich die Tür öffnen ließ.

Keine Chance.

Er ging leicht in die Hocke und leuchtete mit der Taschenlampe ins Schloss. »Sicherheitsschloss. Unmöglich zu erkennen, ob der Schlüssel von innen steckt.«

Bei deinen Augen würdest du selbst nur mit größter Mühe einen Schlüssel erkennen, der von außen steckt.

Frost strengte sich erst gar nicht an nachzusehen. Sie hatte nicht damit gerechnet, dass der Augenmacher es ihnen so einfach machen würde. Alles war eine Prüfung. Entsprechend mussten sie den nächsten Hinweis suchen. »Schauen Sie sich um. Hier irgendwo muss etwas sein.«

Wie an einer Schnur gezogen schaute Fitz hinab auf seine Schuhe. »Keine Fußmatte. Kein darunter befindlicher Haustürschlüssel.«

»Das wäre auch zu schön, um wahr zu sein.«

Sie wollte sich gerade abwenden, als sie hinter ihm, halb von seinem Körper verdeckt, eine braune Glasflasche auf dem Fensterbrett entdeckte. Sie schob sich an ihm vorbei, streckte sich über das Treppengeländer, reichte aber nicht bis ganz hin.

»Helfen Sie mir.«

Er verstand und stellte sich direkt hinter sie. »Gern.«

Schon spürte sie seine derben Hände, die sich an ihrer Hüfte entlangbewegten.

»Suchen Sie etwas Bestimmtes?«

»Stellen Sie sich nicht so an. Am Ende gefällt es Ihnen sogar, wenn jemand Ihnen in den Hintern kneift.«

»Wohl kaum.«

Er hielt sie am Gürtel fest und stemmte zusätzlich seinen Oberschenkel gegen ihre Kniekehle, damit sie nicht beide das Gleichgewicht verloren. Millimeter um Millimeter kam sie dem braunen Glas näher. Es war eine uralte verschmutzte Apothekerflasche. Endlich berührten Frosts Fingerspitzen das Objekt. Das Glas drehte sich. Dadurch erkannte Frost vollständig den roten Aufkleber, von dem sie zuvor nur eine Ecke gesehen hatte.

Darauf war ein schwarzes Symbol aufgedruckt.

Ein Weinglas.

Vorsicht – zerbrechlich!

Es war derselbe Aufkleber wie auf dem Paket, das Hendrik auf seiner Geburtstagsfeier erhalten und in dem sich die Videokassette mit der Folterszene befunden hatte. Das Wissen reichte aus, um Frosts Ehrgeiz zusätzlich anzustacheln. Mit eisernem Willen erfasste sie das Glas und Fitz zog sie zurück.

»Vorsicht zerbrechlich?«, fragte Fitz.

Frost hielt die Flasche vor ihr Gesicht und schüttelte sie. Darin klapperte es hell. Sie schaute von oben hinein und leuchtete mit ihrer Taschenlampe von der anderen Seite durch den Boden.

»Ein Schlüssel.«

»Na dann …«

In derselben Sekunde krachte das Glas auf die Stufen. Es klirrte ohrenbetäubend. Dann war es schlagartig still.

Fitz klaubte den Schlüssel auf, schob ihn ins Schloss und rüttelte. Kein Drehen, kein Klicken.

Der Schlüssel passte nicht.

Fitz hielt ihn ins Mondlicht und schaute sich die Zacken an. »Anscheinend brauchen wir deutlich mehr Hinweise.«

»Schluss mit den Hinweisen«, widersprach Frost, nahm einen Schritt Anlauf und sagte: »Zur Seite!«

Kapitel 57

Aufgescheucht vom Leib der toten alten Frau, kreisten im Wohnzimmer Scharen von Fliegen wild durch die Luft. Für die Tierchen herrschten hier Bedingungen wie im Schlaraffenland. Aufgrund des Verwesungszustandes war Liselotte Pfeiffer mit bloßem Auge nicht mehr zu identifizieren. Frost zweifelte jedoch keine Sekunde daran, dass es sich um die Hausbewohnerin handelte.

Die Elektrik im Haus funktionierte tadellos, und so konnten Frost und Fitz die Horrorszene bei voller Beleuchtung betrachten.

Der Leichnam lag in einem Sessel im Wohnzimmer, den Mund zu einer gespenstischen Fratze geöffnet, das Gebiss halb heraushängend, die Augen durch Steine ersetzt. Besonders dort im Gesicht und am Hals suhlten sich Unmengen von Würmern in Fett und Schleim. Und allgegenwärtig tummelten sich die Fliegen und labten sich mit ihrem Rüssel unermüdlich an Fleisch und Flüssigkeiten der Verwesenden.

»Von friedlicher Ruhe kann hier wohl keine Rede sein«, murmelte Fitz.

Er sah bleich aus. Frost ahnte, was in ihm vorging. Er fürchtete sich vor dem, was der Augenmacher seiner Nichte angetan haben könnte. Und ebenso ging es Frost bei dem Gedanken an Carolin.

Im Raum lief der Fernseher. Eine nächtliche Quizsendung. Aus den Lautsprechern drang die gedämpfte Stimme der

Moderatorin. An der Wand hinter der Toten hing ein Holzkreuz. Auf dem Deckchen des Tisches lag eine zugeklappte Bibel. Ein Glas Wasser stand daneben. Halb gefüllt. Das Telefonkabel des Festnetzanschlusses war aus der Dose herausgerissen worden.

Fitz blätterte durch einen Stapel Papiere.

Frost hob ihre Pistole. »Kommen Sie, wir müssen jeden Raum überprüfen.«

Zuerst ließ Fitz sich beim Durchstöbern der Wohnungseinrichtung nicht unterbrechen, doch bald folgte er ihr wortlos.

Sämtliche Fenster waren geschlossen. In der Küche schimmelte schon beinahe unkenntliches Obst in einer Schale auf dem Küchentisch vor sich hin. Der bestialische Gestank nach Fäulnis und Verwesung beherrschte das Innere des Gebäudes wie ein unausstehlich böser Hausherr. Frost wehrte sich nicht gegen den Geruch. Je schneller man sich daran gewöhnte, umso erträglicher wurde es.

»Kann Sie überhaupt etwas schockieren?«, fragte Fitz, der seinerseits gleichfalls erkennen ließ, dass er mit dem Tod auf Du und Du war. Auch er nahm kein Tuch vor die Nase.

Mich schockiert vieles im Leben. Vor allem Menschen tun es. Menschen wie dieser Augenmacher, dem nichts heilig ist.

»Nein«, erwiderte sie und drehte sich auf der Küchenschwelle um.

Dort verharrte sie und blickte über die Schulter zurück zum gigantischen Küchenofen. Einen so großen hatte Frost nie zuvor gesehen. Höchstens in einer Bäckerei. Erst jetzt bemerkte Frost, wie kühl es innerhalb der Mauern zuging – trotz sommerlicher Temperaturen draußen. An den Wänden gab es keine Heizkörper, demzufolge wurde der Ofen nicht nur zum Kochen von Speisen benutzt, sondern in den kalten Monaten auch als Wärmespender. Tatsächlich war der gemauerte Ofen das Herzstück der Etage und verband ganze drei Räume und den Flur.

Bald gab es hier oben nichts mehr zu entdecken. Fitz stieg als Erster die Kellertreppe hinab. Inzwischen hatten beide ihre Pistole gezogen. Während vergilbte alte Tapeten das Gesamtbild des Wohnbereichs prägten, waren die einst weißen Wände im Kellerbereich dunkelgrau, schimmelig und von Algen überzogen. Aus jeder Ritze roch es modrig. Schwere, feuchte Luft schlug ihnen entgegen, woraufhin Fitz sich an den Brustkorb griff und sich einmal lauthals räusperte.

Es dauerte nicht lange, da wurde Frosts schlimmste Befürchtung wahr: Fitz hatte sich nicht geirrt. Sie fanden das Zimmer, das sie gesucht, aber von dem sie gleichzeitig gehofft hatten, dass es bloße Fiktion war. Hier unten, auf wenigen Quadratmetern, standen sie nun im Kinderzimmer von Carolin. Dem Nachbau ihres Zimmers, wie Frost nach Fitz' Ermittlungen in Schleswig-Holstein inzwischen wusste. Das Tapetenmuster entsprach exakt dem des Videos.

»Oh Gott!«, stieß Fitz aus.

Er begutachtete das getrocknete Blut auf dem Boden und auf der Matratze. Sichtlich angewidert trat er näher ans Bett. Er berührte die am Gestell befestigten Gelenkfesseln aus robustem Leder. Auch dort klebte Blut.

Dann hob er vorsichtig eine gelbe Bluse an. Auf der linken Brustseite war ein rotes Zeichen aufgestickt. Ein Schwan oder ein Reiher.

»Dieses Kleidungsstück gehört Sabrina«, hauchte er, weil es ihm fast die Stimme verschlug.

»Das muss nicht bedeuten, dass sie tot ist.«

»Tot«, wiederholte er verdrossen. »Natürlich ist sie nicht tot.«

»Dann sind wir wenigstens in dem Punkt einer Meinung.«

Einige Zeit schwiegen sie gemeinsam. Und obwohl Frost gewöhnlich Stille um sich herum liebte, wusste sie gleichfalls, dass Schweigen ihnen nicht helfen würde.

»Er wollte, dass wir das sehen, um unsere Moral zu brechen«, sagte sie deshalb. »So macht man es im Krieg.«

Plötzlich schwang er herum und funkelte sie voller Wut an. »Krieg … Wir haben es hier mit einem Wahnsinnigen zu tun.« Anklagend richtete er den Zeigefinger auf sie. »Und es ist Ihre Schuld! Jawohl, denn es geht ihm nur um Sie!«

Zum ersten Mal – und obwohl sie es selbst nicht verstand – bekam sie ein schlechtes Gewissen.

»Warten Sie!«

Doch er reagierte nicht auf ihren Einwand, sondern eilte aus dem Raum. Für den Moment ließ sie ihn ziehen. Minuten später betrachtete sie ihn, wie er in einem Nebenraum über drei Bildschirme gebeugt dastand.

»Er hat seine Opfer beobachtet«, kam es leise von ihm.

Sie standen in einer Art Kontrollraum. Spärlich möbliert, aber mit ausreichend Technik. Selbst ein Videorekorder zum Abspielen alter VHS-Kassetten stand auf einem Tisch.

»Dieses gottverdammte Schwein hat sich am Leid der Frauen ergötzt«, fluchte er. Er deutete auf einen Bildschirm, der einen dunklen, kahlen Raum zeigte, den eine Nachtsichtkamera ausleuchtete. Auf dem Betonboden verteilt sah Frost deutlich Exkremente eines Menschen. »Das hat nicht einmal Joseph Palschewski Carolin angetan. Ich muss es wissen. Ich habe damals sein Haus betreten. Nie im Leben hätte ich geglaubt, dass es etwas Schrecklicheres geben könnte, als seine Tochter einzusperren. Oh, wie ich danebenlag!«

»Wir sind so weit gekommen …«

»Halten Sie den Mund!« Er verlor die Nerven. »Ich weiß nicht, was ihn und Sie verbindet, aber Sie haben einen Teufel entfesselt. Sollten Sie gläubig sein, fangen Sie an zu beten. Doch ich bezweifle, dass Gott uns jetzt noch retten kann. Andernfalls hätte er es längst getan.«

Noch während Frost über diese Worte nachdachte, bewegte Fitz einen Mauszeiger und startete auf einem der Monitore die Videowiedergabe.

Der blonden Frau, die Sekunden darauf auf dem Bildschirm erschien, war Frost nie zuvor persönlich begegnet, doch Fitz hatte ihr ein Foto gezeigt. Ein eingerissenes Foto, das er ständig in seinem Portemonnaie mit sich trug. Außerdem hatte sie die Dame auf dem Smartphone in Carolins Zimmer gesehen.

»Sabrina!« Fitz erstarrte, bis es ihm die Beine wegzog. Mit letzter Kraft sank er auf den Stuhl nieder, der neben dem Tisch stand.

»Es ist so bitterkalt«, drang es schwach aus den Lautsprechern.

Frost übernahm die Computermaus und regelte die Lautstärke.

»Bitte geben Sie mir eine Decke!«, flehte die nackte Frau direkt in die Kamera und zeigte hinter sich auf das Bett in dem Kinderzimmer. Sie weinte kaum noch. Offenbar fehlte ihr dazu bereits die Kraft. *»Ich habe Ihnen doch nichts getan. Bitte!«*

Es folgten heftige Schluchzer. Sabrina wankte zurück. Sie sah verdreckt aus. Undefinierbare Striemen zeichneten sich am gesamten Körper ab. Frost befürchtete, dass es sich größtenteils um verkrustetes Blut handelte. In diesem Moment war sie glücklich, dass die Videosequenz nur von minderer Aufnahmequalität war und man kaum Farben erkannte.

Im Film waren deutliche Brüche zu erkennen. Es war keine fortlaufende Aufnahme, sondern ein Zusammenschnitt diverser Szenen.

»Hört mich jemand?«, flehte Sabrina. *»Ich bin jetzt schon so lange hier. Ich weiß nicht, warum, er redet selten mit mir. Er sagte am Anfang, dass ich nicht sterben müsste, wenn mein Onkel das Richtige tun würde. Bitte, Onkel Malchius, wenn du das siehst, rette mich.«*

Frost beobachtete Fitz. Seine Lippen bebten, er zwinkerte kein einziges Mal, schien wie paralysiert. Fast konnte sie seine unvorstellbar schlimmen Gedanken lesen. Gedanken voller Verzweiflung und Rachegelüste. Sie war sich nicht sicher, ob er das durchstehen würde. Am liebsten hätte sie ihm die Waffe aus der Hand gerissen, bevor er Dummheiten damit machte.

»Das Richtige tun …«, hörte sie ihn brabbeln.

»Vorhin brachte mir eine junge Frau mein Essen.« Sabrina strich sich die zerzausten Haare aus dem Gesicht. Vom Blond sah man jetzt kaum noch etwas. *»Sie war ebenfalls nackt. Oh, mein Gott, ich weiß nicht, was hier los ist. Ich verstehe das Ganze nicht. Sie redete nicht ein einziges Wort, stattdessen schob sie mir eine Zeichnung zu. Ein Kind muss das Bild gemalt haben. Darauf war deutlich ein Ofen zu sehen. Ein riesiger Ofen, in dem ein Pfefferkuchenherz gebacken wurde. Ich habe der Frau Fragen gestellt, aber sie hat nicht geantwortet, sondern mir nur über meine Augenlider gestrichen. Dann ist sie verschwunden. Ich habe ihr hinterhergeschrien, aber sie kam nicht zurück. Daraufhin habe ich das Bild zerrissen. Wie die übrigen Bilder, die an der Wand hingen.«* Sabrina sackte mitten im Kinderzimmer zusammen. Ihre Haltung erinnerte an die einer Büßerin. Sie sprach jetzt zum Boden. *»Mein Magen brennt, mein Herz flimmert. Mir geht es gar nicht gut …«*

Trotz des abscheulichen Szenarios kalkulierte Frost kühl. Die Zeichnungen zu sehen, wäre wichtig gewesen. Wie Fitz darüber dachte, war schwer zu entschlüsseln. Sie schaute auf die restliche Zeit der Wiedergabe. Der Film dauerte noch weniger als eine Minute.

Erneut wechselte die Sequenz und man sah die auf dem Bett gefesselte Sabrina. Ihr Mund war geknebelt, und über ihrem Bauch erkannte Frost denselben Riemen, mit dem der Augenmacher auch die Psychotherapeutin fixiert hatte. Und Frost wusste auch, dass Fitz wusste, dass sich auf der Unterseite des Leders Widerhaken befanden, die seiner Nichte tief in die Bauchdecke schnitten.

Kapitel 58

Frost ließ ihren Arm sinken, behielt das Mobiltelefon jedoch in der Hand. Im Keller gab es keinen Handyempfang.

»Ich gehe nach oben und verständige das Lagezentrum.«

Fitz antwortete mit einem schwachen Nicken. In den letzten Minuten war er merklich schweigsam geworden. Nicht ruhig, sondern still wie jemand, der kurz davor stand, die Nerven zu verlieren.

»Kommen Sie klar?«, vergewisserte Frost sich. Gleichzeitig wusste sie, dass er ihr in seinem momentanen Zustand niemals die Wahrheit sagen würde.

»Alles in Ordnung«, kam es mit Verzögerung. »Wir sind hier unten ja fertig.«

Seine Haltung, seine angespannten Halsmuskeln und das Knirschen seines Gebisses bekundeten das Gegenteil. Irgendetwas suchte er in dem Kontrollraum im verzweifelten Bemühen, seine Nichte lebend zu finden.

»Machen Sie keine Dummheiten.«

Damit stieg sie die Treppe hinauf, und mit jeder Stufe nahm der beißende Geruch des Todes zu. Es rief ihr in Erinnerung, dass sie sich in einem Horrorhaus bewegten. Sie fühlte sich wie eine verlorene Seele, die alles um sich herum mitbekam und doch nach nichts greifen konnte.

Zurück in der Oberetage, wählte sie erneut ihre übergeordnete Dienststelle an, um Meldung zu machen. Während das Rufzeichen ertönte, fiel ihr Blick abermals auf den sonderbaren Ofen. Schlagartig erinnerte sie sich an den Inhalt des eben gesehenen Videos und die Worte von Sabrina. Sie hatte eine Zeichnung beschrieben.

Ein Bild mit einem Ofen, in dem sich ein Pfefferkuchenherz befindet.

Das Handy weiterhin am Ohr, näherte sie sich dem Ofen, der mit jedem Schritt gewaltiger zu werden schien. Vorne befanden sich drei gusseiserne Klappen. Während die untere höchstwahrscheinlich zum Feuermachen diente, konnte man in den beiden darüberliegenden verschiedene Speisen zubereiten. Je nachdem, welche Temperatur man benötigte.

Frost löste die Verriegelung der mittleren Klappe. In dieser Sekunde meldete sich ein Kollege im Handy.

Sie nannte ihren Namen und ihre Dienststelle, doch als die Klappe vollständig aufschwang, unterbrach sie sich. »Einen Moment … Ich melde mich gleich wieder …«

Wie automatisch beendete ihr Daumen das Gespräch. Sie schob das Handy in ihre Gesäßtasche.

»Was machen Sie da?« Fitz stand plötzlich hinter ihr.

Frost trat zur Seite und gab die Sicht auf das frei, was im Inneren des Ofenfachs lag.

Fitz kam näher und staunte. »Ein Pfefferkuchenherz.«

Genau das lag dort. Ihr Gegner machte nichts ohne Hintergedanken. Gewiss machte er es aus Spaß, ja, aber keinesfalls ohne konkreten Plan. Das war sein Spiel.

Man kann es mitspielen, aber niemals gewinnen.

Sie überließ es dem Kollegen, das Präsent des Augenmachers aus dem Backrohr zu holen. Früher hatte hier die alte Dame vermutlich Kuchen und Brot gebacken. Das Pfefferkuchenherz stammte zweifellos nicht von ihr.

»Hm, ich habe aber auch kein Glück«, grummelte Fitz, nachdem er den Pfefferkuchen betrachtet hatte. »Es ist für Sie.«

Damit wendete er es, und Frost las die drei Worte aus Zuckerguss: *Für meine Klara.*

»Wollen Sie immer noch behaupten, der Augenmacher hätte es nicht auf Sie abgesehen?«

»Habe ich das jemals geleugnet?«

»Zugegeben haben Sie es jedenfalls nie.«

Wenn es etwas gab, wofür niemals die richtige Zeit war, dann für Streit. Entsprechend gab sie keine Widerworte, sondern öffnete auch die anderen beiden Ofenklappen. Erst die oberste, danach die unterste – die größte.

Ganz unten war auch das größte Fach, in dem man Holz und Kohle verbrannt hatte, um das Haus zu beheizen. Frost schaltete ihre Taschenlampe an und leuchtete hinein. Der Lichtstrahl wurde am hintersten Ende des Hohlraums von einer Metallschachtel reflektiert. Ein Behältnis, das so fehl am Platz wirkte wie das Pfefferkuchenherz oder die Ermordete im Nebenzimmer.

»Was sehen Sie?«, fragte Fitz, dem die Erkundung offenbar zu lange dauerte.

»Sieht aus wie eine Stahlblechkassette.«

»Verstehe, eine neue Gemeinheit unseres Freundes. Na los, holen Sie sie raus!«

»Warum kriechen Sie nicht hinein?«

Fitz hielt kurz den Kopf in die Öffnung, fuhr einmal mit den Fingern an der Kante entlang und erwiderte: »Zu staubig.«

»Und vermutlich zu eng.«

Er zog den Bauch ein. »Nach Ihnen.«

Ähnlich wie er verspürte auch sie keinen Bedarf, wie eine Pizza in diesem Ofen zu verschwinden, zudem auch noch freiwillig. Stattdessen sah sie sich um und fand bald einen Besen.

»Damit sollte es gehen.«

»Alle Achtung, Sie haben wirklich Mumm. Wir haben es hier mit dem geisteskrankesten Bastard zu tun, den ich kenne, und Sie denken ans Saubermachen.«

Mit den Borsten stieß sie ihn zur Seite. Anschließend stocherte sie mit dem Reinigungsgerät in der Öffnung des Ofens herum. Um die Geldkassette zu erreichen, musste sie sich gehörig strecken. Ähnlich einer Harpune verhakte sie den Besenkopf hinter der Box, doch sie zerrte vergeblich am Stiel. Die Stahlblechkiste bewegte sich keinen Millimeter.

Resigniert, aber so beherrscht wie möglich stellte sie den Besen zur Seite.

»Jetzt haben Sie kein Glück, was?«, hielt Fitz sich mit einem Kommentar nicht zurück. »Sieht so aus, als müsste doch einer von uns beiden da rein. Und wie Sie festgestellt haben …«

Diesmal streckte er den Bauch absichtlich raus und klopfte darauf. Frost dachte nach. Der Augenmacher hatte genau das geplant. Nur weshalb? Was würden sie in der kleinen Truhe finden?

»Wir haben ein unvollständiges Märchenbuch«, sinnierte sie laut. »Wir haben die richtige Adresse gefunden. Ziegeleiweg 15A.«

»Sehr gut.«

»Wir haben das Pfefferkuchenhaus betreten. Wir haben das Video angesehen …«

»Und wir haben den hier!«

Fitz hielt den Schlüssel ins Licht, den Frost im Apothekerglas gefunden hatte.

Kapitel 59

Frost sehnte sich nach einer Zigarette. Während sie bereits nach der Schachtel fingerte, ging ihr Blick unwillkürlich in die unterste Ofenluke.

Man kann mitspielen, aber man kann niemals gewinnen. Außer man erkauft sich Zeit.

Es nützte nichts, jede Minute, die sie untätig vergeudeten, gewann der Augenmacher. Unwirsch riss sie Fitz den Schlüssel aus den Fingern.

»Halten Sie bloß die Ofenklappe auf, sonst schwöre ich, dass Sie die Exorzistin in mir kennenlernen.«

»Dafür müssten Sie dann wohl als Geist über den Schornstein entkommen.«

Die Taschenlampe im Anschlag, kroch sie in die Öffnung hinein. Es roch nach Asche und erloschenem Feuer. Und obwohl keine Flamme brannte, wurde es ihr heiß unter ihrer Lederjacke. Weil sie gerade garantiert ihre komplette Kleidung ramponierte, verfluchte sie Fitz, der sich vor der Verantwortung gedrückt hatte. Sie verfluchte auch den Augenmacher für alles, was er ihr und weiteren unschuldigen Opfern angetan hatte. Und sie verfluchte sich selbst aus einem Grund, den sie noch finden musste.

Schließlich berührten ihre Fingerspitzen die Stahlblechkassette. Sie versuchte, sie anzuheben. Keine Chance. Fest. Sie zog am Deckel. Wie vermutet, war dieser verriegelt. Unter Garantie passte der Schlüssel, doch sie zögerte, ihn ins Schloss zu stecken.

Zu einfach?

»Worauf warten Sie?«, fragte Fitz.

Ein letztes Mal blickte sie nach draußen, direkt in sein Gesicht. Dann schob sie den Schlüssel in das Sicherheitsschloss und im selben Moment schepperte es hinter ihr. An der Ofenöffnung rauschte eine Eisentür herunter und versperrte ihr den Fluchtweg. Sie war gefangen. Hätte sie die Taschenlampe nicht gehabt, hätte sie in völliger Dunkelheit gelegen.

»Machen Sie die Scheißtür auf!«, schrie sie und trat mit den Schuhsohlen vergeblich gegen den Stahl.

Von außen hörte sie Fitz fluchen, der gegen die Barriere hämmerte. »Was haben Sie gemacht?«

Bevor sie darüber nachdenken konnte, drehte sie den Schlüssel herum. Ganz automatisch fuhr der Kassettendeckel nach oben. Eine Digitalanzeige mit roten Leuchtziffern startete.

15:00.

14:59.

14:58.

Ein neuer verfickter Countdown.

In Frost wuchs unausweichlich ein Gefühl von Todesangst. Sie war in einem Steinsarg gefangen. In dem Steinsarg, in dem bereits Pfarrer Heyn gelegen hatte. Nur bezweifelte Frost, dass jemand kommen würde, um ihr Wasser zu geben oder sie sogar zu befreien. Allein ein zweiter Blick auf den weiteren Inhalt der Kassette reichte, um zu begreifen, dass der Augenmacher Schreckliches mit ihr vorhatte.

»Holen Sie mich endlich hier raus!«, versuchte sie es trotzdem.

»Was denken Sie, was ich mache?«

Metall krachte auf Metall. Ein Schaben. Anscheinend hatte er ein Werkzeug gefunden.

»Mit dem Feuerhaken kann ich es nicht aufhebeln«, drang seine Stimme gedämpft ins Innere. »Ist so eine Art Sicherheitsblech des Ofens.«

13:14.

13:13.

13:12.

Unter dem Display befand sich ein Eingabefeld mit den Tasten von null bis neun. Dem inneren Drang widerstehend, drückte Frost nicht wahllos darauf herum. Stattdessen wollte sie systematisch nach einer Lösung suchen. Während Fitz sich draußen vergeblich abmühte, schaffte sie es, ihre Atmung zu beruhigen. Es war ein Wettlauf gegen die Zeit, den sie nur gewinnen konnte, wenn sie nicht in Panik geriet.

Deshalb begutachtete Frost zunächst die chirurgischen Instrumente in der Stahlkiste, dann zog sie ein Foto heraus und hielt es ins Licht. Es zeigte den Altar der Simonskirche und die davor kniende Carolin.

Im Bruchteil einer Sekunde erschien vor Frosts geistigem Auge der Stadtplan von Leipzig. Sie brauchte weder Google Maps noch einen anderen Routenplaner, um zu begreifen, dass man von hier bis zum Kirchengelände ziemlich genau eine Viertelstunde benötigte. Zwei Minuten davon waren bereits verstrichen …

12:57.

12:56.

12:55.

»Bleiben Sie ruhig, Klara, ich schaue mich im Haus nach Werkzeug um.«

»Nein!«, protestierte sie, obwohl sich alles in ihr gegen das Wort sträubte. »Ich komme klar.« Das war eine glatte Lüge, die ihr erst so richtig bewusst wurde, je länger sie in die Kiste stierte. »Fahren Sie zur Simonskirche.«

»Ich soll was?«

»Zur Kirche! Er ist dort.«

»Ich kann Sie zwar nicht leiden, aber ich gehe garantiert nicht ohne Sie von hier fort.«

»Tun Sie, was ich sage, wenn Sie Sabrina retten wollen!«

Der Name ließ ihn innehalten.

»Was haben Sie da drin gefunden?«, fragte er, nachdem er sich offenbar gesammelt hatte.

Sie schloss die Augen, weil sie in Wirklichkeit nicht allein bleiben wollte. Seine Anwesenheit hatte etwas Tröstliches. »Die Wahrheit. Ich habe die Wahrheit gefunden … Sie müssen zur Kirche. Jetzt sofort! Denn in zwölf Minuten läuft die Zeit eines weiteren Menschen ab.«

12:01.

12:00.

11:59.

»Lieber will ich verflucht sein«, bekundete er. Wieder krachte etwas gegen die Stahltür. Er wollte sich nicht damit abfinden, dass er sie ohne Hilfe nicht befreien konnte. Und noch dazu riskierte er gerade das Leben seiner Nichte. Seine Dummheit wurde nur noch durch seine Sturheit übertroffen.

»Sie sind der beschissenste Bulle, dem ich jemals begegnet bin«, log sie. »Ich verabscheue Sie! Wie Sie sich kleiden, wie Sie sprechen und sich mit Ihren Fingern in die Nase fahren. Sie sind ein Kotzbrocken!«

Ruhe.

Bis er sich gefasst hatte.

»Ich weiß nicht, was mich in der Kirche erwartet, aber ich gehe ja schon. Ich gehe auf Ihren Befehl hin, doch vorher verständige ich Ihre Leute.«

»Das mache ich selbst. Los, hauen Sie ab!«

»Wie Sie meinen.«

Nachdem Fitz gegangen war, kehrte um sie herum völlige Stille ein. Ihr Handy klingelte. Es war eine unbekannte Nummer, doch Frost ahnte auch so, wer sie anrief.

Kapitel 60

Eingesperrt im Inneren des Steinofens, dröhnte der Handyklingelton wie Sirenengeheul. Es widerstrebte Frost mit jeder Faser ihres Körpers, den Anruf anzunehmen. Letztlich zwang sie sich doch und drückte die grüne Taste. Sie sagte nichts, lauschte nur.

»Wenn alles nach Plan gelaufen ist, liegst du in einem steinernen Gefängnis«, tönte die mechanische Stimme. »Du liegst, wie kürzlich, als ich dir auf den Zahn gefühlt habe.«

Unwillkürlich streifte Frosts Blick die chirurgischen Werkzeuge, die in der Stahlkassette lagen. So gut es ging, verdrängte sie die Panik und den Gedanken an die Nacht ihrer Entführung.

»Warum verstellen Sie Ihre Stimme?«, fragte sie den Augenmacher. »Etwa weil ich Sie kenne?«

»Zu schade, dass du es nicht mehr herausfinden wirst. Ursprünglich war ich nämlich an einem Vier-Augen-Gespräch interessiert.« Er lachte auf. »Ein Vier-Augen-Gespräch! Ist das nicht ein wunderbares Wortspiel?« Er wartete keine Antwort ab. »Letztlich habe ich mich jedoch dazu entschlossen, es einfach zu beenden. Möchtest du wissen, wie die Geschichte von Hänsel und Gretel weitergeht?«

»Hilft es mir hier raus?«

Schweigen.

»Ja, ich glaube, es könnte dir das Ende erleichtern. Laut meiner Uhr bleiben uns noch etwas mehr als elf Minuten. Was sagt deine Uhr?«

11:11.

11:10.

11:09.

»Bringen wir es hinter uns«, sagte Frost, obwohl ihr tausend Fragen und Gedanken durch den Kopf schossen.

»Fünfzehn.«

… die Hausnummer war 15.

»Das A war heruntergefallen.« Der Augenmacher begann direkt dort, wo die letzte Seite im Buch aufgehört hatte. »Nachdem Hänsel und Gretel vom Pfefferkuchenhäuschen gekostet und festgestellt hatten, dass der Teig und der Zuckerguss salzig wie Tränen schmeckten, klopften sie an die Haustür. Weil auch nach dem dritten Mal Anklopfen niemand öffnete oder sie hineinbat, traten die Kinder kurzerhand die Tür ein. Im Inneren fanden sie schließlich eine tote Hexe mit einem Hühnerkadaver in der einen und einem Funkgerät in der anderen Hand. Die Alte hatte vergeblich um Hilfe gerufen.«

Der Augenmacher machte eine Pause, und Frost fiel dazu eine andere Geschichte ein. Eine reale, die sich vor fünfzehn Jahren zugetragen hatte.

»Fehmarn. Carolins Mutter …«

Er ließ sich nicht unterbrechen. »Als sie die tote Hexe anstarrten, merkten Hänsel und Gretel, dass sie sich nicht in einem Märchen, sondern in einer Horrorgeschichte befanden. Gerade als sie schreiend davonrennen wollten, entdeckten sie zwei Kinder. Es waren zwei Mädchen. Diese standen in den Ecken des Hauses, und ihre Köpfe, Arme und Beine hingen an Stricken. Weil das traurige Schicksal der beiden Kinder Gretel rührte, schnappte sie sich eine Schere und wollte die Fäden zerschneiden, aber die Gefangenen wehrten ab und warnten

Gretel, auf keinen Fall die Stricke zu durchtrennen, weil sie dann sterben müssten.«

09:54.

09:53.

09:52.

Obwohl die Sekunden verstrichen, zwang Frost sich zum Zuhören.

»Daraufhin fragte Gretel, ob die beiden Mädchen die Hexe umgebracht hätten. Sie verneinten. In Wahrheit hatte der Puppenspieler die Hausherrin erschlagen. Und der Puppenspieler würde auch Hänsel und Gretel töten, sobald er zurückkehrte. Denn er brauchte nur zwei Puppen. In jeder Hand eine. Und vier Puppen waren zwei zu viel.«

Frost verstand. Entweder waren Fitz und sie überflüssig oder Sabrina und Carolin. Oder Frost und Carolin. Oder …

Fitz kann seine Nichte retten, wenn er das Richtige tut. Mich hat er schon zurückgelassen …

Sie bemerkte, dass der Augenmacher aufgehört hatte zu sprechen.

»Das ist eine ziemlich dämliche Geschichte«, gab sie von sich.

»Weil du das Ende noch nicht kennst …«

08:33.

08:32.

08:31.

»Da Hänsel unbedingt ein Held sein wollte, entriss er seiner Schwester die Schere und machte sich daran, die Stricke doch durchzuschneiden. Daraufhin schrien die beiden Mädchen und wehrten sich, indem sie einander mit den Fingernägeln kratzten. Bald waren alle vier Kinder im Streit und es floss viel Blut. Ohne dass sie es wussten, kämpften sie um die Gunst des Puppenspielers. Am Ende blieben zwei Kinder übrig und zwei lagen tot da. Den ersten Leichnam stopften die Gewinner in den Hexenofen. Doch statt zu verbrennen, wurde der Körper von Lauge zerfressen, die vom Rauchabzug hinabrieselte wie feiner Sprühregen …«

Frost riss die Augen weit auf, schaute über sich und leuchtete die Decke mit der Taschenlampe ab. Sofort entdeckte sie das dunkle Loch, durch den früher der Qualm des Feuers gezogen war.

»Nein!«, keuchte sie.

»Ah, du begreifst. Und am Ende flog eine Krähe zum Fenster des Pfefferkuchenhauses hinein und hackte der anderen Leiche die Augäpfel aus. Nachdem das geschehen war, verwandelte sich die Krähe in den Puppenspieler und alles war gut.«

07:14.

07:13.

07:12.

Nicht nur die Sekunden rasten, auch Frosts Gedanken. Sie kannte nun die vollständige, abartige Geschichte, konnte damit jedoch nichts anfangen. Irgendwie musste sie mehr erfahren. »In dem Märchen kommt kein Hexeneinmaleins vor.«

»Das Hexeneinmaleins ist Teil der Tragödie. Wie in *Faust*. Und selbst ein Verjüngungstrank könnte am Ausgang der Geschichte nichts mehr ändern.« Er stieß einen gehässigen Lacher aus. »Ein Versuch bleibt dir. Ein dreistelliger Code, um die Klappe des Ofens zu öffnen. Ein einziger Versuch. Tippst du die falsche Kombination ein, wirst du Schmerzen erleben, die so unvorstellbar sind wie meine Fantasie. Lass die Zeit ablaufen und du wirst spüren, wie sich der Tod gleich Tausenden Nadelstichen durch deinen Körper frisst.«

Das Hexeneinmaleins. Drei Reihen mit jeweils drei Zahlen. Nur ein Versuch.

Sie schaute auf die Zahlen und das Eingabefeld unter der Digitalanzeige. Vielleicht stimmte es, was er sagte.

05:41.

05:40.

05:39.

»Leider muss ich mich jetzt verabschieden, denn es gibt Vorbereitungen zu treffen. Deine Kollegen werden sicher jeden Moment eintreffen. Wenn du Glück hast, bringen sie einen Trennschleifer mit. Wenn nicht …«

Bevor er es aussprach, war die Leitung tot.

Kapitel 61

Denk nach, Klara! Wenn dir nichts einfällt, wird von oben ein Laugenregen auf dich niedergehen.

Frost bekam ein genaues Bild von dem Szenario, das sie in fünf Minuten erwartete, wenn sie sich nicht selbst befreite. Pfarrer Thomas Heyn hatte Wasser über das Ofenrohr bekommen. Dr. Ilona Kleinholz wurden die Finger mit Lauge verstümmelt. Der Augenmacher bluffte nicht.

05:02.

05:01.

05:00.

Wieder schaute sie zur Stahlkiste. Darin lag noch immer die Extraktionszange, wie Zahnärzte sie benutzen. Daneben befand sich ein weiteres Instrument, von der Form ähnlich einem Schraubendreher. Es war jedoch ein Wurzelheber.

Du liegst, wie kürzlich, als ich dir auf den Zahn gefühlt habe.

Das waren die einleitenden Worte des Augenmachers beim Telefonat gewesen. In Frost regte sich ein schrecklicher Verdacht. Irgendwas hatte der Augenmacher mit ihren Zähnen gemacht.

Hastig schaltete sie auf ihrem Smartphone die Kamera ein, leuchtete mit der Taschenlampe in ihr Gesicht für mehr Helligkeit und hielt das Handy so dicht an ihr Gebiss, wie es ging. Von beiden Zahnreihen machte sie etliche Fotos. Als sie jedoch die Bilder anschaute, konnte sie nichts Auffälliges entdecken, wobei die Aufnahmen größtenteils verwackelt waren.

Das Hexeneinmaleins. Es muss mit dem Hexeneinmaleins zusammenhängen. Es ist Teil der Tragödie. Welcher Tragödie? Meiner?

04:17.

04:16.

04:15.

… und fünfzehn Sekunden. Fünfzehn! Alle Reihen des Hexeneinmaleins ergeben horizontal wie vertikal fünfzehn.

»Nicht fünfzehn, Klara!«, redete sie mit sich selbst. »Sondern eins-fünf. So diktieren es Zahnärzte ihren Helfern, wenn sie ein Gebiss begutachten.«

Die Lösung hing mit Zahlen und ihren Zähnen zusammen. Ihr kam das FDI-Zahnschema in den Sinn. Eine Zählweise, bei der die Zähne in vier Quadraten jeweils von der Mitte aus nach hinten durchnummeriert sind. Oberkiefer und Unterkiefer.

Der Augenmacher hatte das Tattoo mit der Zahl 15 an ihrem Körper aufgebracht. Und einer der Zähne im Oberkiefer war eins-fünf. Fünfzehn. Ein Prämolar, so der medizinisch exakte Begriff. Oder war es ein Molar? Nein, definitiv ein Prämolar.

Nur welcher war eins-fünf?

03:40.

03:39.

03:38.

»Oberkiefer!«, sagte sie laut und berührte mit dem Zeigefinger die Schneidezähne, um abzuzählen. »Oberkiefer nach rechts oder nach links?«

Zwei-eins nach links.

Eins-eins nach rechts.

»Nach rechts! Ja, ich muss nach rechts zählen …«

Eins-eins.

Eins-zwei.

Eins-drei.

Eins-vier.

»Eins-fünf.« Einer der Backenzähne.

Sie hielt den Finger darauf, um den richtigen Zahn zu treffen. Sie hatte nur einen Versuch, denn allein dafür würde sie Schmerzen durchleben, die im schlimmsten Fall in die Ohnmacht führten. Doch ihr blieb keine andere Wahl, wenn sie dem tödlichen Regen entkommen wollte.

Sie musste sich den eigenen Zahn extrahieren. Dafür benötigte sie die Zange. Weder wusste sie, ob ihre Kraft und ihr Mut ausreichen würden, die komplette Wurzel herauszureißen – für den Fall lag der Wurzelheber bereit –, noch, ob sie das Richtige tat. Doch wozu hätte der Augenmacher sonst das chirurgische Werkzeug in die Stahlblechtruhe gelegt?

Natürlich, um sie zu hintergehen.

03:00.

02:59.

02:58.

Sie hatte Mühe, das Greifwerkzeug richtig am Zahn anzusetzen. Endlich fanden die Backen der Zange Halt. Frost drückte so fest zu, wie sie konnte. Allein die Überwindung, mit aller Macht am Zahn zu zerren, fehlte. Und eine Betäubungsspritze …

Es ist nur ein Zahn. Es tut nur kurz weh. Es ist ein einfacher mechanischer Vorgang. Kraft mal Geschwindigkeit.

Ihre linke Hand schloss sich um die rechte. Im Sitzen würde es wahrscheinlich besser gehen, doch dafür ging es hier zu eng zu.

02:06.

02:05.

02:04.

Als die Uhr auf die letzten zwei Minuten sprang, schrie sie und riss an der Zange. Ein Höllenschmerz fuhr ihr durch den Kiefer und von dort ungebremst ins Gehirn, wo er sich als

Gewitter in der Mundhöhle entlud. Hätte sie nicht bereits gelegen, er hätte sie von den Beinen gerissen.

Die Zahnwurzel saß fest. Übelkeit drohte sie zu übermannen. Doch voller Todesangst hielt sie die Zange und den Zahn umklammert. Mit aller Gewalt zerrte sie weiter am Werkzeug. Sie zog und riss. Vielleicht hätte sie den Wurzelheber benutzen sollen, doch sie brauchte beide Hände an den Zangengriffen.

Endlich bewegte sich der Zahn. Es knackte, doch die Wurzel brach nicht.

Frost schrie, und ihr Echo vertrieb den drohenden Schock.

Plötzlich gab es einen heftigen Ruck. Ihr gesamtes Gebiss war eine einzige Wunde. Tränen verwässerten ihren Blick. Ihr gesamter Körper zitterte. Ihre Waden verkrampften sich vor Anstrengung.

Als Belohnung hielt sie den Zahn in ihren Händen.

00:51.

00:50.

00:49.

Weitere Sekunden verstrichen, bis sie zur Besinnung kam. Blut lief ihr sturzbachartig aus dem Mund. Zuerst säuberte sie den Zahn an ihrem T-Shirt. Es gelang ihr nur schwer, denn auch ihre Hände waren glitschig und rot.

Die Uhr tickte herunter. Frost kochte, und sie spuckte Blut. Sie führte den Zahn dicht vor ihr Gesicht, drehte ihn und dann sah sie die kleine Tätowierung. Offenbar ein *Tattooth*, eine weitere Tätowierung ähnlich eines Abziehbildes. Ein Trend, der vor einigen Jahren in Japan seinen Anfang gefunden hatte, nachdem Glitzersteinchen auf Zähnen als alter Hut galten.

666.

Auf dem Zahn war die Zahl des Teufels tätowiert.

Die Quersumme von 15 lautet 6. Drei mal drei Felder im Hexeneinmaleins. Auch diese ergeben 666.

»Du Scheißkerl.«

00:32.

00:31.

00:30.

Der Zahn klapperte über den Steinboden. Ihre Finger schnellten hin zu den Tasten. Ihre Zeit lief ab, ebenso wie die von Sabrina und Carolin.

Hatte Fitz es rechtzeitig zur Simonskirche geschafft?

»Sechs.«

Sie tippe die erste Zahl.

00:21.

00:20.

00:19.

»Sechs und noch mal die sechs.«

Nichts. Nur die Uhr lief weiter.

00:17.

00:16.

00:15.

»Verdammt!«, schrie sie und trat gegen die Stahltür.

Ein Summen der Elektrik. Die Barriere sauste nach oben. Licht strömte ins Innere.

00:10.

00:09.

00:08.

In Windeseile schob Frost sich ins Freie. Kaum spürte sie den Boden unter ihren Füßen, tropfte es hinter ihr. Der Laugenregen setzte ein.

Frost hämmerte die Ofenklappe zu. Sie war einem langsamen und grausamen Tod entkommen.

Doch bevor sie das Pfefferkuchenhaus verlassen konnte, musste sie noch einmal in den Keller. Als sie im Ofen über alles nachgedacht hatte, war ihr etwas aufgefallen. Vielleicht irrte sie sich, vielleicht hatte sie in dem Video von Sabrina aber auch etwas übersehen …

Kapitel 62

Seine sonst so geruhsame Fahrweise hatte Fitz bereits mit Antritt der Fahrt über Bord geworfen. Eigentlich seit ihn die Rache aus dem Haus der toten alten Frau getrieben hatte. Er war nicht stolz darauf, dass er auf Frost gehört und sie zurückgelassen hatte. Genauso wenig verstand er ihre Entscheidung, ihn wegzuschicken. Entsprechend ratlos war er aufgebrochen, im verzweifelten Versuch, irgendetwas zu retten. Er muss seine Nichte aus den Klauen eines Monsters befreien. Nur darum ging es jetzt noch.

Unterwegs hatte er mit dem Lagezentrum telefoniert und Frosts Standort durchgegeben. Falls sie es nicht selbst schaffte, würden spätestens ihre Kollegen sie aus dem Ofen rausholen. Ganz bestimmt.

Wenn Frost recht hatte, würde er Sabrina auf dem Kirchengrundstück finden. Und Fitz zweifelte nicht daran, dass Frosts Trefferquote im Erkennen von kriminalistischen Zusammenhängen überdurchschnittlich hoch lag.

Beinahe so hoch wie seine eigene.

Vor dem Tor des Kirchengeländes bremste er dermaßen scharf, dass die Räder mangels ABS blockierten und der Wagen die letzten Meter rutschte. Fitz brauchte keine Sicherheitssysteme. Er hatte einen Mantel, der ihn selbst im Kugelhagel schützte. Außerdem trug er eine geladene Pistole bei sich. Was er nicht hatte, war ein Schlüssel, um das massive

Holztor zum Grundstück zu öffnen. Zum Glück griffen heutzutage sogar die Geistlichen auf irdische Elektrotechnik zurück.

Nach mehrmaligem Klingeln am Eingangstor knackte die Wechselsprechanlage und eine Stimme meldete sich.

»Kriminaloberkommissar Fitz!«, gab er sich als Polizist zu erkennen. »Sind Sie das, Pfarrer Heyn? Lassen Sie mich rein.«

»Geht es um Carolin?«

»Machen Sie das Scheißtor auf, sonst ramme ich es mit meinem Wagen!«

Danach dauerte es etliche Minuten, ehe sich etwas tat. Fitz hatte schon geglaubt, der Pfarrer hielt ihn für einen Spinner.

»Haben Sie mich für einen Spinner gehalten?«, fragte er, als Heyn einen Flügel des Tors öffnete.

»Für einen Spinner klangen Sie viel zu wenig überzeugend. Verraten Sie mir, weshalb Sie um diese Uhrzeit hier auftauchen?«

Fitz musterte Heyn. Er hatte erwartet, den Pfarrer mit einer Art Morgenmantel über der Pyjamahose und die nackten Füße in bequemen Latschen anzutreffen. Stattdessen trug Heyn Hosen aus festem Stoff und Schuhe mit grobem Profil. Und er hatte einen Hut auf dem Kopf. Er sah aus wie ein Förster, der auf nächtliche Jagd ging.

Fitz gab keine Antwort. Er stierte in die Dunkelheit, ob er auf dem Areal eine Person oder etwas Verdächtiges entdeckte.

»Haben Sie jemanden gesehen?«, fragte er und half, das Tor vollständig zu öffnen, damit er hindurchfahren konnte.

»Wen gesehen?«

»Schon gut, wir müssen zur Kirche. Steigen Sie ein! Wir fahren direkt bis zum Portal.«

»Zur Kirche?« Heyn schaute zum Hügel, wo das Gebäude stand. »Brauchen Sie Hilfe? Sollte ich nicht lieber Direktor Niederhagen informieren? Oder wenigstens Diakon Keller?«

»Nein, verdammt, Sie sollen einsteigen und mich die Fragen stellen lassen!«

Grimmig nahm Fitz hinter dem Lenkrad Platz und rollte drei Meter vor. Direkt neben Heyn hielt er an. Zögerlich tastete der Pfarrer nach dem Türgriff. Kaum, dass er saß, brauste Fitz los. Er fuhr mitten über die Wiese.

Erst als er wieder festen Boden unter den Reifen spürte, verlangsamte sich sein Puls. Für einen Wimpernschlag genoss er die Abendluft. Wie ein Warnruf durchbrach das Krächzen von Krähen die scheinbar friedliche Atmosphäre. Es kam vom Kirchendach. Purer Zufall oder ein schlechtes Omen? In der Regel schlafen Rabenvögel nachts, weil sie dann kaum etwas sehen. Eventuell hatten die Vögel sich im Laufe der Zeit an die Helligkeit der Großstadt angepasst.

Manche Wesen schliefen eben nie.

»Aufschließen!«, kommandierte Fitz.

Die Waffe in seiner Hand irritierte Heyn sichtlich. Allerdings wirkte er heute gefasster als an dem Tag, an dem man ihn in einer Mönchskutte gekleidet gefunden hatte.

»Sagen Sie mir endlich, was Sie suchen?«

»Wann waren Sie zuletzt im Kirchensaal?«

Heyn unterbrach das Aufschließen, woraufhin Fitz mit der Pistole fuchtelte, damit er weitermachte.

»Das war heute«, gab Heyn Auskunft. »Am Abend war Chorprobe.«

»So, so … Chorprobe. Und wer hat danach abgeschlossen?«

Heyn zog die Augenbrauen hoch und lehnte sich mit dem Rücken gegen die Eingangstür. »Ich … Doch ich verstehe nicht, weshalb Sie mich das alles fragen.«

Eine unwahrscheinliche Schwere braute sich in Fitz' Brustkorb zusammen und drückte auf die Lungenflügel. Er fuhr sich übers Gesicht, weil sich ein Schwächeanfall ankündigte, der ihm das letzte bisschen Kraft rauben würde, das er noch besaß. Für diese Gruselgeschichte war er eindeutig zu alt.

»Geht es Ihnen nicht gut?«, fragte Heyn und trat näher.

Sofort straffte Fitz die Schultern. »Wissen Sie, was mich wundert?«

»Nein, was?«

»Dass Sie den Schlüssel für die Kirche eingesteckt hatten, obwohl ich Ihnen an der Sprechanlage den Grund meines Erscheinens überhaupt nicht mitgeteilt habe.«

»Das ist absolut nicht verwunderlich.«

»Ist es nicht?«

»Nein, immerhin bestimme ich auf diesem Fleck Erde darüber, wer in Gottes Haus eingeht.«

Fitz schnaubte und erinnerte sich an ein altes Kirchenlied. »Na, dann machen Sie mal die Tore weit. Sie gehen vor.«

Heyn gehorchte und betrat als Erster das Gotteshaus. Er machte Licht und sofort gingen in der Sakristei die Lampen an. An einem anderen Tag hätte Fitz einen Augenblick vor der architektonischen Meisterleistung des Erbauers, vor den prunkvollen Kerzenleuchtern an der Wand und dem kunstvollen Engelsgemälde an der Decke ehrfurchtsvoll innegehalten. Doch an diesem Tag war all das nebensächlich. Wichtig war nur das Objekt, das auf dem Altar stand. Ein Objekt, das niemals dorthin gehörte.

»Wer hat gleich noch mal die Kirche als Letzter verlassen?«

»Ich schwöre, ich habe nicht …« Heyn stockte. »Was ist das?«

Gemeinsam durchschritten sie den Mittelgang zwischen den Bankreihen. Erst als sie unmittelbar davor stehen blieben, antwortete Fitz.

»Sieht aus wie ein gebasteltes Pfefferkuchenhaus.«

Auf der Altarplatte vor ihnen stand ein bunt gemusterter Karton, wie man ihn zu Weihnachten für Gebäck verschenkt. Und auf der Front befand sich ein Spruch, den Fitz trotz seiner nachlassenden Sehstärke lesen konnte: *Es gibt keine Magie, nur Niedertracht.*

Kapitel 63

Der Reihe nach blickte Fitz vom Pfarrer über seine Pistole in der Hand hinweg hin zum Paket. Heyn schien angesichts des fremdartigen Gegenstandes in seiner Kirche verunsichert. Schwer zu beurteilen, ob er den Pfefferkuchenkarton wirklich zum ersten Mal sah. Vielleicht kam seine Unruhe aber auch von der gezogenen Pistole. Fitz spürte jedenfalls nicht den Hauch eines schlechten Gewissens, dass er unter dem Kirchenkreuz eine Waffe mitführte – im Gegenteil. Er fühlte sich mit dem Schießeisen deutlich wohler. Gleichzeitig überkam ihn eine Angst, deren Herkunft er nicht genau einschätzen konnte. Von dem Paket ging eine frevelhafte Boshaftigkeit aus.

»Hirngespinste«, redete er sich Mut zu.

Es war nur ein Pappkarton.

Nein, der Karton war nicht das Problem. Die Unkenntnis des Inhalts war es, die ihn beunruhigte.

»Sehen Sie nach«, kommandierte Fitz und dirigierte den Pfarrer zusätzlich mit dem Pistolenlauf.

»Ich?« Heyn zeigte auf sich selbst und trat zurück. »Das fasse ich nicht an.«

»Sie haben recht. Hier ist sowieso Polizeiverstand gefragt.«

Zögerlich machte er einen Halbschritt nach vorn. Er ertappte sich sogar dabei, wie er an den Ritzen des Pakets roch. Jetzt erkannte er an der Seite auch den gleichen Aufkleber, den er zuvor am Haus der alten Frau Liselotte Pfeiffer gesehen hatte. Dort hatte der Aufkleber an einer Apothekerflasche geklebt, in der sich ein Schlüssel befunden hatte. Ein Aufkleber mit einem Weinglas.

Vorsicht – zerbrechlich!

»Glück ist zerbrechlich«, wisperte Fitz.

Es war eine von unzähligen Lektionen, die ihn das Leben gelehrt hatte. Aber das musste hier und heute keine Gültigkeit haben. Das hoffte er verbissen. Allerdings wusste er auch, dass er nur deshalb an diesem Ort vor dem Altar stand, weil der Augenmacher es so geplant hatte.

Ein letztes Mal musterte er Heyn. Der Pfarrer nickte ihm aufmunternd zu. Fitz kontrollierte, wo sich dessen Hände befanden. Er hielt sie vor seinem Bauch gefaltet. Fast wie bei einer Andacht.

»Beten Sie?«, fragte Fitz.

»Sollte ich das tun?«

»Keine Ahnung. Schadet es?«

Die Antwort vernahm er schon nicht mehr, weil er seine freie Hand wie automatisch nach dem Pfefferkuchenhäuschen ausstreckte.

Vorsicht – zerbrechlich!

Um einen Karton zu öffnen, bedurfte es keiner großartigen Kunstfertigkeit. Diesmal glaubte Fitz jedoch, dass eine unsichtbare Macht die Motorik seiner Finger ausschaltete. Es kostete ihn unendliche Überwindung, die beiden Dachhälften zu berühren, die gleichzeitig als Kartondeckel dienten. Er löste eine Lasche an der Dachspitze und schon entstand zwischen beiden Hälften ein dunkler Spalt. Gleich würde er sehen, was der Augenmacher für ihn bereithielt …

»Nicht öffnen!«, gellte es durch den Kirchensaal.

Erschrocken zog Fitz seine Hand zurück und wirbelte herum.

»Frost!«

»Klara!«, rief auch Heyn.

»Gehen Sie weg von dem Ding!«, schrie sie ihm entgegen.

Es klang komisch verwaschen, wie sie redete. Als hätte sie eine Kartoffel im Mund. Wankend kam sie näher, blieb am Ende der Bankreihen stehen und musste sich an einer der Lehnen abstützen. Sie schien trunken, hielt sich den Unterkiefer.

Etwas schaute aus ihrem Mund heraus. War das ein dreckiges Tuch?

»Haben Sie getrunken, Frost?«

»Hören Sie mir zu, Fitz!« Selbst jetzt sprach sie noch komisch. »Entfernen Sie sich vom Altar und kommen Sie zu mir.«

»Vielleicht sollten Sie erst das … Ding aus Ihrem Mund nehmen, damit ich Sie besser verstehe.«

»Finger weg von dem Paket!« Sie taumelte zur nächsten Bank.

Was war mit dieser Frau los? Wie hatte sie es in dem Zustand überhaupt hierhergeschafft?

Fitz wog ab, ob er auf sie hören sollte. »Wir müssen nach dem nächsten Hinweis sehen. Ich will meine Nichte retten.«

»Wenn Sie nachsehen, verlieren Sie gegen den Augenmacher.«

Es kostete sie sichtlich Kraft, aber jetzt näherte sie sich zügig. Mit einer Hand wischte Sie sich übers Gesicht, dann schüttelte sie Blut auf den Steinboden. Sie blutete massiv. Jedoch war es nicht das, was Fitz irritierte, sondern die Pistole, die sie aus dem Holster an der Hüfte zog und deren Mündung eine Sekunde später in seine Richtung zeigte.

Heyn riss den Mund zu einem stummen Schrei auf. In Zeitlupe wich er zurück in den Schatten der Säulen.

Fitz dachte nicht daran, auch nur einen Millimeter herzugeben, im Gegenteil. Er baute sich mit dem ganzen Körper vor dem Karton auf. »Sie bedrohen einen Bullen?«

»Malchius Fitz, ich beschwöre Sie! Treten Sie beiseite!«

Doch er hörte nicht auf sie. Sollte sie ihm doch in den Rücken schießen, aber er musste wissen, was sich hinter ihm in dem Pfefferkuchenhäuschen verbarg.

»Sie haben doch keinen Mumm«, waren seine abschließenden Worte, ehe das Projektil haarscharf neben ihm einschlug und eine Kante vom Holzaltar abplatzte.

Auch wenn der Schock durch den unerwarteten Schuss tief saß, umklammerte Fitz den Karton und riss eine Deckelhälfte vollends auf. Er drehte sich nicht um, sondern blickte in einen endlos finsteren Abgrund. Dabei war das Paket nicht leer …

Die nächste Patrone traf ihn noch im selben Augenblick am Hinterkopf, drang mitten durch sein Gehirn und zerfetzte ihm die Stirn. Der Schmerz war unerträglich, der letzte Anblick seines Lebens zu grauenhaft. Als schaute er in ein scheußliches Grab, das seinen Namen trug und an dessen Kadaver die Maden ihre Gier stillten. Und auf jeden Biss des Getiers reagierten seine Nerven mit einer Explosion.

Irgendwann kam der Moment der Lautlosigkeit.

Um ihn herum brach die Welt in einer beängstigend stillen Sinfonie auseinander. Er konnte nicht einmal mehr sagen, ob seine eigene Hände den Karton vollends geöffnet hatten. Er konnte nicht einmal unterscheiden, ob es tatsächlich passiert war, was er soeben getan hatte.

Erst als Frost ihre Jacke über das Pfefferkuchenhäuschen warf, spürte Fitz, dass noch Blut in seinen Adern floss.

Er war nicht gestorben.

Dafür war Sabrina tot.

Ihr abgetrennter Kopf lag vor ihm – und aus der Finsternis des Pfefferkuchenhäuschens stierten ihn die Augen des Augenmachers an.

Kapitel 64

Den alten Kommissar zu trösten, fiel Frost unglaublich schwer. Hilfesuchend schaute sie zum Priester. Heyn blieb im Hintergrund, nickte ihr jedoch aufmunternd zu.

Ganz leise schob sie den widerlichen Karton aus Fitz' Reichweite. Gleichzeitig hob sie ihre Jacke leicht an und las den Spruch, den der Augenmacher auf der Vorderseite über der Tür des Pfefferkuchenhauses hinterlassen hatte.

Es gibt keine Magie, nur Niedertracht.

»Es bestand nie die Chance, Sabrina zu retten«, hauchte sie, wohl wissend, dass der Augenmacher sie umgebracht hatte, weil sie optisch Ähnlichkeiten mit ihr selbst gehabt hatte. Das war das eigentliche Dilemma. Sie sollte sich schuldig fühlen, und Fitz sollte unglaublichen Zorn auf sie verspüren. Selbstzerfleischung par excellence.

»Das Video wurde vor über einer Woche erstellt. Ich habe mir das Datum der Datei angesehen.« Sie unterbrach sich kurz, um seine Reaktion abzuwarten, dann sprach sie leise weiter. »Als wir das Haus von Liselotte Pfeiffer betreten haben, war Ihre Nichte längst tot.«

»Nein!«, protestierte Fitz. Er kauerte vor ihr, schaute auf wie jemand, der die Fakten nicht wahrhaben wollte. Tränen glänzten in seinen Augen. »Sie sind schuld! Wenn Sie nicht gewesen wären, würde sie noch leben.«

»Natürlich. Diese Theorie ist die leichteste.«

»Nein, es ist so schwer, dass es mir die Lunge zerreißt.« Tatsächlich hustete er auf einmal derart heftig, dass er sich auf den Händen abstützen musste und Frost den Eindruck gewann, er würde sich die Seele herausbellen.

Sie klopfte ihm auf den Rücken.

Er wehrte ab.

»Lassen Sie das!« Er versuchte aufzustehen, brauchte dafür jedoch zwei Versuche, weil seine Beine ihm den Gehorsam verweigerten. Keuchend und mit Schleim um die Nase erhob er sich. Mit einer Hand klammerte er sich an den Altar, mit der anderen fasste er seinen Pistolengriff. »Eben haben Sie auf mich geschossen und mich verfehlt. Vielleicht mache ich es jetzt besser als Sie. Wie gefällt Ihnen das? Auge um Auge …«

Frost blieb ungerührt stehen. Ihre eigene Dienstpistole hielt sie an den Oberschenkel gepresst. »Sie sind kein Mörder.«

»Oh, man kann leicht zu einem werden. Glauben Sie mir.« Damit schob er sie harsch beiseite und stürzte mit erhobener Waffe auf den Pfarrer zu.

Diesmal wich Heyn nicht zurück. Er hielt die Hände gefaltet vor der Brust und murmelte etwas Unverständliches.

»Nun zu Ihnen, Herr Pfarrer.« Fitz kämpfte hörbar mit den Tränen. Er biss die Zähne fest aufeinander, sobald er eine Sprechpause ließ. Die Wut stand ihm feuerrot ins Gesicht geschrieben. Wenn jetzt jemand einen falschen Ton von sich gab, würde der Kommissar explodieren.

»Als wir Sie vor zwei Tagen vernommen haben, sagten Sie, eine Frau hätte Ihnen in dem steinernen Grab Wasser gegeben und mit Ihnen gesprochen.«

»Nein, das sagte ich nicht.«

»Hat er nicht gesagt«, bekundete auch Frost.

»Ich sagte, da wäre eine Frau gewesen«, erklärte Heyn.

Fitz machte einen letzten Schritt auf ihn zu und packte ihn am Kragen. Sein musternder Blick glitt am Priester entlang: vom Kopf bis zu den Schuhen und wieder zurück. Aufgrund des Größenunterschieds sah es kurios aus. Der kleinere Mann hielt den größeren im Griff.

»Und woher wollen Sie dann wissen, dass es eine weibliche Person gewesen ist?«

»Sie hat eine Melodie gesummt.«

»Ach, eine Melodie …« Fitz schwang halb herum und schaute Frost an, ob sie davon gewusst hatte.

Frost bewegte sich nicht und sah auch nicht die Notwendigkeit einer Antwort.

Daraufhin schnaubte Fitz und wandte sich wieder Heyn zu. »Und was war das für eine Melodie?«

»Das weiß ich nicht.«

»Sie wissen es nicht, schon klar. Und wenn man bedenkt, dass meine Nichte da nicht mehr gelebt haben soll, frage ich mich, wer die Frau gewesen sein soll, die Ihnen zu trinken gegeben hat.«

Eine Weile stierten sich die Männer nur an. Irgendwann drängte es Frost dazu, die angespannte Situation aufzulösen. Auch wenn es ihr angesichts der schrecklichen Entdeckung genauso schwerfiel, überlegt zu handeln.

»Sind Sie dann fertig?«

Als wäre ein Bann gebrochen, sackte Fitz in sich zusammen. Seine Schultern erschlafften, der Griff an Heyns Hals lockerte sich, der Arm fiel kraftlos zur Seite. Er ließ die Waffe sinken und begann nun zu heulen. Er schrie und rieb sich die tränenden Augen.

»Oh Gott! Sie ist tot!« Er lehnte den Kopf gegen die Brust des Priesters, der seinerseits die Hände an seinen Nacken legte. »Scheiße, und jetzt fange ich schon an, zu beten.«

»Schämen Sie sich nicht dafür«, beruhigte Heyn ihn. »Es ist alles gut.«

»Das ist es erst, wenn wir den Augenmacher haben«, sagte Frost.

»Den Augenmacher?«

»Er ist hier irgendwo.« Sie drehte sich einmal um sich selbst. Noch immer schwächte sie der hämmernde Schmerz durch den verlorenen Zahn. Als das Schwindelgefühl kurzzeitig abklang, blickte sie zum Karton. An der Stelle verharrte ihr Blick, denn seit den letzten Minuten ging ihr der Spruch nicht mehr aus dem Sinn.

Es gibt keine Magie, nur Niedertracht.

»Ich muss los. Ich weiß, wo ich ihn finde.«

Sosehr es ihr widerstrebte, Fitz zurückzulassen, in seinem derzeitigen Zustand war er ihr keine Hilfe. Auch wenn sie nicht im Vollbesitz ihrer Kräfte war, so wollte sie nicht noch mehr Zeit verstreichen lassen, bis ihre Chefin mit Verstärkung anrückte.

»Kümmern Sie sich um ihn«, wies sie Heyn an.

»Das werde ich, mein Kind. Das werde ich …«

Seine letzten Worte hörte sie kaum noch, denn sie eilte bereits zum Ausgang. Ihr Gang war noch immer unsicher, aber wenigstens hatte die Wunde im Mund aufgehört zu bluten. Natürlich konnte die Stelle am Zahnfleisch jederzeit wieder aufplatzen, erst recht, wenn sie sich überanstrengte und zu viel Blut in den Kopf floss.

Kaum hatte sie die Ausgangstür aufgerissen, stieß sie mit Tristan Keller zusammen.

»Klara!«, rief er überrascht und wollte nach ihr greifen, weil er wohl fürchtete, er habe sie verletzt.

»Alles in Ordnung«, bekundete sie.

Der Diakon schnaufte schwer. Offenbar war er gerannt. Neugierig schaute er in den Kirchensaal. Über die kuriose

Umarmung zwischen dem Polizisten und dem Pfarrer am anderen Ende der Sakristei verlor er kein Wort.

»Ich habe Tumult auf dem Kirchengelände vernommen und Licht in der Kirche gesehen. Deshalb habe ich mich angezogen und versucht, den Direktor zu wecken, aber der war nicht in seinem Zimmer. Was geht hier vor?«

Frost dachte nach und musterte den Diakon. Neben festem Schuhwerk und einem Stab, wohl zur Verteidigung, trug er wie in alten Filmen eine Petroleumlampe bei sich. Der Lichtschein tauchte die Situation in eine besonders geheimnisvolle Atmosphäre.

»Wir müssen Carolin finden.« Damit packte sie ihn am Ärmel und schob ihn nach draußen. »Kennst du den kürzesten Weg zur antiken Engelsstatue auf dem Waldpfad?«

Zögerlich nickte Tristan und schaute angewidert auf das getrocknete Blut in ihrem Mundwinkel und auf dem T-Shirt.

Kapitel 65

In Carolins Kopf kämpften zwei Stimmen. Eine aus dem Totenreich, diejenige, die ihre Mutter mit ins Grab genommen und der Schwester geschenkt hatte, und die andere aus dem Hier und Jetzt, die des Augenmachers. Zwei Dinge gleichzeitig überforderten sie regelmäßig. Deshalb waren ihr auch die beiden Stimmen ein Gräuel.

Der Augenmacher hatte geschworen, dass er heute für immer verschwinden würde. Im Austausch dafür würde Carolin ihre eigene Stimme zurückbekommen – sobald die Hexe mit den eisblauen Augen starb.

Klara Frost.

Die Exorzistin.

Ihren Tod hatte der Augenmacher exakt geplant, doch Klara war schlau. Carolin kannte sie. Wie man eine beste Freundin kennt. Klara war vor wenigen Minuten auf dem Kirchengelände aufgetaucht. Sie lebte. Nur deshalb konnte Carolin noch immer nicht sprechen. Deshalb musste der Augenmacher zu einer letzten List greifen.

Dafür hatte er sie in den Wald geführt. Fast wie bei *Hänsel und Gretel*, einem der Märchen, die sie kannte, das sie jedoch nicht besonders mochte. Vielleicht war es ihr genau darum in Erinnerung geblieben. Direktor Niederhagen mochte das

Märchen auch nicht. Eigentlich mochte er gar keine Märchen. Ständig warnte er davor.

Trotzdem musste Carolin ihre Suche beenden. Vor Tagen hatte sie bereits damit begonnen. Sie hatte Lochsteine gesammelt und sich dabei die Handfläche aufgeschnitten. Dann war Klara aus dem Nichts aufgetaucht und hatte sie zurück ins Heim geführt. Dabei warteten am Ende der Suche zwei besondere Hühnergötter auf ihren Finder. Hühnergötter so rot wie Blut. Angeblich waren es die Augen der Kikimora, einer alten osteuropäischen Gottheit.

Der Name *Kikimora* klang eigentlich recht lustig. Gar nicht wie der eines Poltergeistes. Auf jeden Fall waren es ziemlich mächtige Lochsteine. Damit konnte Carolin ein wahres Wunder bewirken. Kein gewöhnlicher Hühnergott wie der, der weiß schimmerte und vor ihr aus dem Erdreich ragte.

Sie bückte sich und hob den Stein auf. Jetzt besaß sie schon sechs. Mit den nackten Füßen auf dem leicht feuchten Boden fühlte es sich fast an wie früher auf Fehmarn, als sie nachts am Strand spazieren gegangen war.

Damals war alles schiefgegangen. Ihre Mutter war umsonst gestorben. Aber Carolin konnte es diesmal richtig machen. Dafür musste sie Klara Frost umbringen. Sosehr es Carolin schmerzte – und sie fürchtete sich unheimlich davor –, sie musste sich entscheiden: die Hexe oder der Augenmacher.

Die Falle war ausgelegt. Alle Vorbereitungen für das uralte Ritual waren getroffen. Das Messer lag bereit. Und unter ihrem Hemd trug sie das allerletzte Bild. Ein Bild für Klara.

Carolin hatte sich längst entschieden.

Kapitel 66

Dicht auf den Fersen folgte Frost Tristan durch den Wald, der vom Grundstück der Simonskirche wegführte. Mehrmals wollte sie im Laufen eine Nachricht an Alexandra Lorenz abschicken, um ihren Standort durchzugeben, aber die winzigen Buchstaben schienen vor ihrem Daumen zu flüchten.

»Geht es?«, vergewisserte sich der Diakon jetzt bereits zum dritten Mal nach ihrem Gesundheitszustand.

Zum dritten Mal schnaufte sie. »Ich komme klar.«

Sie steckte das Handy weg. Sobald sie die Statue des namenlosen Engels erreicht hatten, blieb Zeit für eine SMS. Dann könnte sie auch gleich telefonieren. Aktuell bereitete ihr die Not-OP am Zahn beträchtliche Schwierigkeiten. Fortwährend kämpfte sie mit Übelkeit und abfallendem Puls.

»Wie weit ist es noch?«, fragte sie.

»Da vorn«, kam es zurück, gefolgt von einer Armbewegung, deren Richtung Frost nur andeutungsweise lokalisierte.

Ihr Sichtfeld trübte sich. Auch das kam nicht etwa von der Dunkelheit, sondern von ihrem körperlichen Zustand. Selbst das Halten ihrer Taschenlampe bereitete ihr Mühe, deshalb hatte sie sie weggesteckt und lief dem Schein der Petroleumlampe hinterher. Nachdem die Wunde im Oberkiefer wieder aufgeplatzt war, blutete sie fortwährend. Manchmal schluckte sie das Blut hinunter, meistens spuckte sie es aus.

Endlich blieb Tristan stehen und hob den Arm mit der Lampe. Wie ein Glücksbote tauchte vor ihnen die monumentale Engelsstatue aus dem Schatten der Bäume auf. Und Glück konnte Frost wahrlich gebrauchen.

»Der namenlose Engel«, flüsterte Tristan den Namen der Skulptur.

Links und rechts vom Gedenkstein zog sich eine Schneise durch den Wald, auf der am Tag die Sonne fast durchgängig auf das Gras schien. Angeblich sollen einst Mönche nach einem Streit untereinander Gott um Einigkeit und ein Wunder gebeten haben. Daraufhin habe am Folgetag die Engelsstatue an dieser Stelle gestanden und es seither keinen Streit mehr unter den Mönchen gegeben. Am Morgen vor jedem Kirchgang sind sie zum Gedenken daran zum Engel gewandert, um ihm die Füße zu küssen.

Damals hat man noch an Mirakel geglaubt. Jedenfalls mehr als Direktor Paulus Niederhagen heutzutage.

Begünstigt durch Wind und Wetter hafteten inzwischen Algen und Moos am weißen Stein. Die Augen des Engels sahen trübe, beinahe finster aus. Und an den Kanten beider Flügeln fehlten grobe Stücke. Vermutlich durch Vandalismus.

Frost spähte umher. Von Carolin keine Spur. Dabei spürte sie, dass die junge Frau hier irgendwo sein musste. Der Augenmacher benutzte sie für sein Spiel, und er wollte Frost oder – wenn er davon ausgegangen war, dass sie in dem Ofen umgekommen war – Fitz unmittelbar an diesen Ort locken. Deshalb das Foto der Simonskirche in dem Haus der alten Dame und das Paket auf dem Altar.

Frost wischte mit einer Hand über den Sockel. Dort konnte man noch gut die Inschrift lesen:

Es gibt keine Magie, außer die Liebe.

Liebe und Tod. Der Tod übte auf viele Menschen eine grausam magische Faszination aus.

»Was suchen wir hier?«, fragte Tristan und trat neben sie.

»Das da.«

Unter einer losen Steinplatte mit einem darunter befindlichen Hohlraum entdeckte Frost ein neues Bild von Carolin – und etwas anderes.

»Was ist das?«, flüsterte Tristan und hielt die Lampe darüber.

Frost hob das elektronische Gerät ins Licht und sagte: »Ein Stimmenverzerrer.«

»Ein Gerät wie in einem Gruselfilm, das man sich beim Sprechen vor den Mund hält? Aber wer sollte …?«

Frost gab keine Antwort, sondern legte das Elektronikteil beiseite und betrachtete die Zeichnung. Es zeigte eine weibliche Person mit langen blonden Haaren, mit leuchtend blauen Augen und einer schwarzen Jacke.

Frost zog sich ihre Lederjacke enger über die Schultern.

Kindlich, dennoch perfekt getroffen.

Eindeutig, das sollte sie sein. Und auf der Zeichnung neben ihr, in einem unschuldigen weißen Kleid, stand Carolin. Ihr fehlten zwar die Füße, deshalb wirkte es, als schwebte sie selbst wie ein Engel, aber es war unverkennbar das stumme Mädchen, das Frost seit nunmehr sieben Jahren kannte. Oder geglaubt hatte zu kennen …

Denn auf der Darstellung führte Carolin ein Messer in einer Hand und zwei rote Ringe in der anderen.

Keine Ringe. Besondere Hühnergötter für das letzte Opfer.

Egal wie Frost das Bild kippte, Carolins Blick folgte ihrem.

Bloß eine raffinierte Maltechnik. Der Taschenspielertrick eines Künstlers. Keine echte Zauberei.

Nichts in dieser Geschichte hatte mit Magie, Hexerei oder sonst einer Form von Zauberkunst zu tun. Alles, was hier passierte, entsprach dem Werk eines kranken Geistes.

»Was hast du getan, Carolin?«, murmelte Frost vor sich hin.

Tristan, der hinter ihr stand, verstand es. »Was ist mit Carolin?«

Statt zu antworten, ließ Frost die Aura des besonderen Ortes auf sich wirken. Auf der Lichtung herrschte beschauliche Abendruhe. Vom Kirchengelände hörte man keinen Laut, obwohl der Tumult alle angesteckt haben musste. Nur das leise Rauschen der Autobahn in der Ferne erinnerte an Zivilisation. Der Rest war Vergangenheit.

Sie knipste die Taschenlampe an und leuchtete die Waldschneise ab. Erst links, dann rechts. Auf einmal wurde ihr Lichtstrahl von einem Autokennzeichen reflektiert. Ein roter Golf älteren Baujahrs stand dort – halb verdeckt von Zweigen. Sofort wusste Frost, wem das Fahrzeug gehörte.

Von da an machte es Klick.

In ihrem Kopf setzten sich die Rädchen in Bewegung. Sie drehten sich kraftvoll und gut geölt. Sie schaute auf ihr Lieblingsarmband, das der Augenmacher ihr weggenommen und dann heimlich als Warnung und als Zeichen seiner Omnipotenz zurückgegeben hatte.

Deus ex Machina.

Hier war keine mechanische Gottheit am Werk. Und selbst wenn, am Ende beruhte jeder Deus ex Machina auf erklärbarem Zauber.

»Fällt dir zu dem Auto etwas ein?«

»Der Wagen gehört der Kirchenverwaltung. Meistens nutzt Pfarrer Heyn ihn.«

Frost nickte. »Möglicherweise als Fluchtfahrzeug. Oder zur Ablenkung.«

»Aber …«

»Er hat mich hergelockt. Mit dem einen Satz, der auf dem Pfefferkuchenkarton stand …«

Tristan wirkte beunruhigt und aufgedreht. Die Lampe zitterte in seiner Hand. Er schaute zur Seite und las die Inschrift am Fuße des Engels. »Aha, natürlich, er hat den Spruch einfach abgewandelt.«

Es gibt keine Magie, nur Niedertracht.

Diese Veränderung der ursprünglichen Aussage veränderte auch etwas in ihr.

Keine Magie.

Klick, klick, klick.

Drehende Rädchen. Ihr Kopf explodierte fast vor Geschwindigkeit. *Es ist alles eine Frage von Logik, Berechnung und Mechanik.*

»Was hast du gerade gesagt?«

Klick.

Der Augenmacher war entzaubert.

Kapitel 67

Seltsamerweise empfand Fitz die Stille in der Kirche als beunruhigend. Inmitten der kalten Mauern und unter dem künstlichen Licht fühlte er sich wie in einer Gruft. Er stieß den Geistlichen von sich und wich zudem einen Schritt zurück, als hätte er soeben den Teufel persönlich umarmt.

»Fürchten Sie sich so sehr vor mir?«, fragte Heyn.

Aus seiner Manteltasche fischte Fitz ein Stofftaschentuch und wischte sich übers Gesicht. Es stank erbärmlich nach Schweiß und dem Parfüm eines alten Mannes. Doch nach dem grausamen Mord an Sabrina war ihm alles egal. Zur Not hätte er auch einen gebrauchten Dieselhandschuh zum Abtrocknen benutzt.

Nein, ihm war nicht alles egal. Vieles, aber nicht alles. Eine Sache musste er nämlich unbedingt klären.

»Sollte ich Sie fürchten?«, fragte er den Pfarrer.

»Sie vertrauen mir noch immer nicht.«

»Jemandem nicht zu trauen, ist nicht das Gleiche, wie jemanden zu fürchten.« Noch immer kämpfte er mit seinen Gefühlen. Er zwang sich, nicht an die entseelten Augen seiner Nichte zu denken, doch je mehr er sich anstrengte, umso bildhafter sah er ihren abgetrennten Kopf vor sich.

Daher fungierte die Pistole als Verlängerung seiner Wut. Ununterbrochen klammerte er sich am Griffstück fest, und sein

Zeigefinger näherte sich dem Abzug. »Wissen Sie, worüber ich die ganze Zeit nachdenke?«

»Nein, aber ich bin neugierig und höre Ihnen aufmerksam zu.«

Fitz ließ den Pfarrer nun nicht mehr aus den Augen. Wobei der Geistliche nicht gefährlich wirkte und auch keine Anstalten machte, als wollte er eine unkontrollierte Bewegung machen. Er sah beinahe friedlich aus.

Oder überlegen.

Eine derartige Nervenstärke in einer solchen Situation?

Fitz war beeindruckt und gewarnt. »Ich frage mich die ganze Zeit, warum man Sie in diesen Steinsarg gelegt und Sie danach wieder hat gehen lassen, wo doch sonst kein Opfer entkommen konnte.«

»Das habe ich mich auch gefragt. Vielleicht damit ich Ihnen und Klara davon berichte.«

Fitz kratzte sich am Hals, wo eine Verspannung unsäglich zwickte. Nach einer Weile des Massierens konnte er sich besser konzentrieren. »Ja, das passt irgendwie zusammen.« Er bedrohte Heyn weiterhin mit der Waffe, doch der schien sich mittlerweile daran gewöhnt zu haben. »Kennen Sie eine Liselotte Pfeiffer?«

Falls der Priester vom Namen überrascht war, ließ er es sich nicht anmerken. Absolut neutral fragte er: »Weshalb fragen Sie mich nach der Frau?«

»Ach, wissen Sie, ich rate öfter ins Blaue hinein.«

»Anscheinend treffen Sie dabei regelmäßig ins Schwarze.«

»Sie glauben gar nicht, wie regelmäßig. In diesem Fall kann ich Ihnen allerdings verraten, dass ich den entscheidenden Hinweis in der Wohnstube der toten alten Frau gefunden habe.«

»Tot? Liselotte Pfeiffer ist tot?«

»So tot, wie jemand sein kann, dem man mitten durch die Augen in den Kopf gestochen hat.«

»Das ist ja furchtbar! Die arme Frau. Weshalb sollte …?« Er schlug sich die Hand vor Schreck auf den Mund, aber auf Fitz wirkte die Geste der Betroffenheit seltsam.

»Furchtbar, Sie sagen es. Und als ich ein wenig in ihren persönlichen Dingen gekramt habe, entdeckte ich eine Jubiläumskarte mit silbernem Rosenmotiv zu Pfeiffers achtzigstem Geburtstag, verbunden mit einem Segenswunsch der Gemeinde.« Der Pistolenlauf schnellte nach vorn. »Ihrer Gemeinde! Die Gemeinde der Simonskirche. Jetzt, wo ich mir die Unterschrift ins Gedächtnis rufe, könnten die Buchstaben den Namen Thomas Heyn ergeben. Ja, ganz sicher haben Sie den Glückwunsch unterschrieben. Kunstfertig mit Tinte und Füller, nicht wahr?«

Heyn zuckte mit den Schultern und lief um eine Säule herum. Kurz war er außer Sichtweite, doch Fitz schnitt ihm den Weg ab.

»Ich kann Ihnen nicht folgen, aber es stimmt, Herr Kommissar.«

»Oberkommissar«, berichtigte er. »Demzufolge gehe ich davon aus, dass Liselotte Pfeiffer eines Ihrer Schäfchen war und von Ihnen betreut wurde. Bis zu ihrem Tod …«

Anscheinend bemerkte Heyn, dass Fitz langsam die Nerven und die Geduld verlor, denn der Priester riss die Arme schützend hoch. »Nein, nein! Das sehen Sie falsch …«

»Ach, tue ich das?« Der Griff der Pistole wurde rutschig. Unter Fitz' Mantel kochte die Hölle. »Was sehe ich falsch? Dass Sie ein perverses Schwein sind?«

»Ich habe Liselotte Pfeiffer seit über einem Jahr nicht mehr gesehen!«, schrie Heyn und das Echo seiner Worte prallte wie Donnerhall von den Wänden. »Vorher habe ich sie tatsächlich im Rahmen der Seelsorge betreut.«

»Ein Teil Ihrer Aussage ist eine glatte Lüge.« Damit streckte Fitz den Arm mit der verbliebenen Kraft durch und mit eisernem Willen lenkte er seinen Zeigefinger zum Abzug. »Sie haben sie als Letzter besucht.«

»Nein, bitte!«, flehte Heyn. »Sie müssen mir glauben! Schwester Pfeiffer wurde vertretungsweise von einem anderen Glaubensbruder betreut. Demjenigen habe ich auch die Geburtstagskarte mitgegeben …«

Kapitel 68

Der Wind flötete durch das Geäst des Waldes. Beim Durchwehen der Blätter erklang eine tröstende Melodie. Sonst herrschte völlige Stille. Frost konnte sich selbst atmen hören. Gehetzt. Ihr Herz raste wie ein überdrehtes Uhrwerk. Von ihrem Mundwinkel lief Blut übers Kinn und tropfte nach unten.

Seit in ihrem Gehirn das Klicken der Zahnrädchen eingesetzt hatte, war eine schiere Ewigkeit vergangen. Einem Sekundenzeiger gleich hatte sie angefangen, abwärts zu zählen.

… 3 … 2 … 1.

Was hast du gesagt?

Unmittelbar vor ihr stand Tristan. Er musterte sie wie ein Kleinkind, und gleichzeitig musterte sie ihn wie einen Fremden. Alles, was sie über ihn zu wissen geglaubt hatte, war ein Trugbild gewesen. Jetzt fiel der Vorhang. Wie bei einer Bühnenaufführung von Goethes *Faust*, wenn Mephistopheles die Maske fallen ließ.

In dem Moment, in dem Tristan das Gesicht verzog, den Kopf schief legte und zu einer Antwort auf ihre zuvor gestellte Frage ansetzen wollte, trat Frost zu.

Die Petroleumlampe schepperte zu Boden.

Das Licht erlosch.

Ihm blieb nicht der Hauch einer Chance zur Gegenwehr. Wie auch? Ohne Vorwarnung hatte sie mit voller Wucht gegen sein linkes Knie getreten. Es hatte nicht geknackt. Wenn er Glück hatte, waren weder Knochen gebrochen noch Bänder gerissen. Er krümmte sich am Boden, und sie richtete die Waffe auf ihn. Sie zielte direkt auf sein Herz.

Falls es da überhaupt ein Herz gab und nicht nur einen schwarzen, löchrigen Stein.

»Fuck, Klara!« Unbeholfen kroch der Diakon von ihr weg. Seine Zahnreihen leuchteten, als der Taschenlampenschein ihn traf. Er biss seine Zähne aufeinander. Nein, er zeigte ein dämonisches Grinsen. Jetzt sah er nicht mehr wie der schüchterne junge Mann aus, der ihr vor einiger Zeit umständlich Avancen gemacht hatte, sondern wie die Mephistopheles-Figur vor *Auerbachs Keller*.

»Schön, Exorzistin, wodurch habe ich mich verraten?«

»Durch deine Selbstgefälligkeit, du mieses Dreckschwein!« Bevor er weiter flüchten konnte, trat sie ihm auf die Wade.

Er heulte auf. Der Jammerlaut ging in ein abgehacktes Lachen über. »Scheiße, bist du sauer, kleine Klara.«

»Als du mich am Kircheneingang fast umgerannt hast, konntest du angesichts der Entfernung zum Altar unmöglich den Spruch auf dem Pfefferkuchenhäuschen lesen. Den Satz auf dem Karton, in den du den Kopf von Sabrina gelegt hast. Es gibt keine Magie, nur Niedertracht.«

»Ich verstehe. Mein Fehler. Aber, hey, Klara, ich war so aufgeregt, weil ich dich eben ganz dicht vor mir hatte. Ich stand so nah hinter dir, dass ich dir die Augen hätte ausstechen können.«

»Nicht nah genug. Um ehrlich zu sein, genauso weit weg wie von der Eingangstür der Kirche bis zum Altar. Folglich konntest du von dem abgewandelten Spruch der Engelsstatue nur wissen, weil *du* ihn dir selbst ausgedacht hast.«

»Zu dumm, dass du nun mein Timing durcheinandergebracht hast. Ich …«

»Maul halten und auf den Boden legen!« Frost drohte mit der Waffe. »Gesicht runter auf die Erde!«

Es war einer der seltenen Momente, in denen sie ihre Beherrschung verlor. Als hätte jemand ihren Eispanzer mit einem Pickel durchstoßen und ihn zum Auseinanderbrechen gebracht. Plötzlich fühlte sie sich unsicher. Die Euphorie, dass sie den Augenmacher entlarvt hatte, machte sie seltsamerweise schwach.

Unterdessen zeigte Tristan seine Handflächen, als wollte er sich ernsthaft ergeben. Frost blieb wachsam, auch wenn sie noch immer gegen die Besinnungslosigkeit ankämpfte und ihr Mund sich pausenlos mit Blut füllte.

»Das mit dem Zahn hat bestimmt wehgetan«, sagte er, während er sich langsam umdrehte. Sogar die Hände legte er wie befohlen auf den Rücken. »Ich wusste, dass du ihn dir ziehen würdest. Deshalb halte ich dich für einzigartig. Deshalb spiele ich dieses Spiel mit dir. Weil du es verfickt noch mal wert bist.«

»Mit mir gespielt *hast*. Vergangenheit.« Sie nestelte an ihrem Gürtel nach den Handschellen. »Game over.«

»Fragt sich nur, für wen?«

Gerade als sie sich über den Augenmacher beugen und ihm die Handgelenke fesseln wollte, trat hinter der Engelsstatue eine Person hervor.

Mit einem Messer in der rechten Hand.

Und zwei roten Lochsteinen in der linken.

»Carolin!«

Die Gerufene näherte sich. Die Klinge hielt sie erhoben. Frost blieb keine andere Wahl, als ihre Pistole in den Anschlag zu bringen und die neue Bedrohung ins Visier zu nehmen.

»Lass das Messer fallen, Carolin! Sofort!«

Ihr Befehl verpuffte nicht gänzlich wirkungslos, sondern sorgte dafür, dass die Angesprochene ihren Schritt merklich verlangsamte. Trotzdem hielt sie die Messerspitze nach vorn.

Während sie auf Frost zukam, sprang Tristan auf und stellte sich hinter Carolin.

Fuck! Ich kann ihn nicht einfach erschießen, solange er unbewaffnet ist.

»Sehr gut, meine Liebe«, beschwor der Augenmacher Carolin. »Es ist wie auf Fehmarn, als du ein Kind warst und ich fünfzehn. Als wir uns kennenlernten und füreinander da waren. Damals musste ich das Ritual durchführen und die Hexe töten. Ich wollte dir die Stimme zurückgeben.«

»Ihr die Stimme zurückgeben?«, fragte Frost, obwohl sie begriff, was Tristan für wirres Zeug erzählte.

Somit war es der dreißigjährige Tristan Keller gewesen, der Carolins Mutter umgebracht hatte, nicht Joseph Palschewski, wie die Ermittlungen fälschlicherweise ergeben hatten.

Er hat ihre Mutter getötet. Vergeblich hat sie versucht, per Funk Hilfe zu rufen. Ihr Bruder kam zu spät mit seinem Schiff. Der Augenmacher, der damals fünfzehnjährige Junge, war längst weg. Der Bruder der Toten fand nur noch seine Tochter – das Produkt von Geschwisterliebe. Er nahm Carolin mit sich, damit man sie ihm nicht wegnahm. Vielleicht hat er vor seiner Abreise am Tatort Spuren verwischt – oder eigene hinterlassen. Egal, Palschewski war es nicht gewesen. Der wahre Mörder steht vor mir.

Tristan bewegte sich nun hinter Carolin. »Stich zu, der Eishexe direkt in ihr kaltes Herz, und dann löschst du ihre Augen aus. Den Rest überlässt du den Steinen. Die Drudensteine, die ich dir zum Geschenk gemacht habe, werden den Bann lösen. Dann kehrt deine Stimme zurück. Vertrau mir!«

Carolin zögerte, und Tristan setzte nach.

»Bin ich nicht wie ein Bruder für dich gewesen? War ich das nicht all die Jahre? Für dich bin ich in die Kirche eingetreten, habe das Vertrauen von Pfarrer Heyn gewonnen, der dafür sorgte, dass ich die Gemeinde von der Sankt-Nikolai-Kirche in Burg nach Leipzig wechseln konnte.«

Eines der fehlenden Puzzleteile – ein offensichtliches und doch so überaus verborgenes.

»Hör nicht auf ihn!«, redete Frost auf Carolin ein, die jetzt stehen blieb. »Er ist ein Lügner. Deine Mutter war schwanger, er hat sie beide getötet. Deine Mutter und deine ungeborene Schwester.«

»Hexen«, konterte Tristan. »Beides Hexen. Hätte sich ihre Mutter um Carolin gesorgt, könnte sie sprechen. Sie hat sich einen Scheißdreck um ihre Tochter gekümmert. Carolin musste mit ansehen, wie ihre Mutter die Hühner abschlachtete, obwohl es ihr ein Gräuel war. Und vieles mehr. Ich dagegen habe Carolin entdeckt und war für sie da. Ich habe sie auch ohne Worte verstanden. Ich liebe sie wie meine Schwester.«

»Kein Bruder macht seine Schwester zur Mörderin.«

Tristan verzog mitleidig das Gesicht. »Mörderin ist jetzt aber zu hart. Ich dachte, du willst nur das Beste für sie?«

In Frosts Hand wurde die Pistole schwer. Sie konnte nicht schießen, sie konnte aber auch nicht einfach davonlaufen. Sie konnte nur Zeit gewinnen, bis ihre Leute anrückten.

Aber man kann mit der Zeit nicht handeln.

Das war das Dilemma.

»Carolin«, sprach Frost sie an und sah ihr fest in die Augen. »Du wirst deine Stimme auf diese Weise nicht wiederfinden, egal was er dir versprochen hat.«

»Oh doch!«, redete Tristan dazwischen. »Anders als damals, als ich ihre Mutter tötete, tun wir es beide diesmal aus Liebe.«

»Wohl eher aus Niedertracht.«

»Hübsch pariert.« Tristan lachte, blieb aber hinter Carolin in Deckung, sodass Frost kein freies Schussfeld bekam. »Ich habe geforscht, habe alte Schriften gewälzt, mich nach uralten Ritualen erkundigt. Diese beiden Hühnergötter, die ich tief in Osteuropa fand, werden ihre Macht entfalten, sobald sie gegen deine Augen getauscht wurden. Denn wir töten dich aus Liebe.

Carolin liebt dich, das kann ich nicht leugnen. Gleichfalls liebe ich dich, Klara. Leider hast du meine Empfindungen nicht erwidert.«

»Du liebst mich?« Frost lachte bitter auf. »Du bist krank, Tristan. Ein kleines, erbärmliches Würstchen.«

Er zischte wie ein Schlange. Seine heitere Mimik verwandelte sich in die eines Teufels. »Wag es nicht, mich zu beleidigen, du Hure. Du bist eine Hexe, die mich bezirzt und dann ausgelacht hat.«

»Ich habe dich nie ausgelacht. Wir passen nicht zueinander. Und nachdem ich weiß, was du getan hast, bin ich verdammt froh darüber.«

»Du meinst, es ist wie bei Faust und Gretchen? Gut, denn dann ergibt diese Tragödie schlussendlich Sinn.«

Goethes *Faust. Auerbachs Keller.* Das Hexeneinmaleins.

Nein, für Frost ergab das absolut keinen Sinn, doch es war vergebens, mit Tristan darüber zu streiten.

»Letzte Warnung!«, sagte sie mit fester Stimme. »Lass sie gehen und gib auf.«

»Schätze, das muss ich ablehnen.« Er streichelte Carolin über das Haar. »Dann musst du deine Freundin töten. Kannst du das, Klara Frost?« Damit gab er der Stummen einen kleinen Schubs und Carolin machte einen Schritt nach vorn.

Das Messer fuhr durch die Luft.

Kapitel 69

Der Abzug bewegte sich nur eine Winzigkeit. Es brach kein Schuss los. Im letzten Moment, bevor Frost bereit war, die Angreiferin zu erschießen, um ihr eigenes Leben zu retten, registrierte sie, dass der Weg des Messers einen Kreis beschrieb und Carolin auf den Augenmacher einstach.

Doch Tristan reagierte mit der Geschicklichkeit eines Teufels und bekam ihren Arm zu fassen.

»Zur Seite!«, brüllte Frost.

Falls Carolin es vernommen hatte, kam das Kommando zu spät.

Bevor Frost freie Schussbahn hatte, hielt Tristan bereits das Messer in seinen Fingern und zerrte Carolin an den Haaren wie einen Schutzschild vor sich her. Die Klinge schnitt ihr tief in den Hals. Stocksteif gehorchte Carolin seiner Führung. Sie presste nur die Hand auf die Ader. Ansonsten gab sie keinen Laut von sich, selbst als das Blut zwischen ihren Finger dick hindurchquoll.

Ein Schuss ist ein Ergebnis aus Logik, Berechnung und Mechanik.

Frost schoss und verfehlte den Augenmacher um Haaresbreite. Irgendwo im Wald verlor sich das Projektil.

»Verrat ist der Welt Lohn«, sagte Tristan und bleckte seine Zähne.

Plötzlich ließ er das Messer fallen und zog seinerseits eine Pistole. Das Ganze dauerte nur den Bruchteil einer Sekunde. Ein uralter Revolver, aber Frost zweifelte nicht daran, dass er geladen war.

Er drückte die Waffe Carolin an die Schläfe.

»Ihr bleiben nur noch wenige Minuten. Verrat, meine Liebe. Liebe ist Verrat.«

»Verräterisch war auch der Schuss«, entgegnete Frost. »Den haben meine Kollegen mindestens bis in die Direktion gehört.«

»Möglich, aber vergebens. Denn bis die hier auftauchen, bist du längst tot und ich bin auf der Flucht. Exakt so, wie ich euch Bullen immer einen Schritt voraus war. Erinnere dich, Klara, ich hatte dich bereits unter meinem Messer. Ich habe deine Fotze betrachtet, ich hätte dich leicht leiden lassen können, stattdessen habe ich zwei Tätowierungen an dir hinterlassen. Ich konnte deinem betrunkenen Liebhaber die Anzugjacke klauen und sie später in dein Hotelzimmer legen. Schließlich hatte ich Zugriff auf deine Magnetkarte. Eine Kopie zu machen, ist heutzutage dank digitaler Revolution so lächerlich einfach. Selbst bei einem Hotel wie dem *Halo.* Ich habe Carolin die Geheimgänge im alten Gemäuer des Wohnheims gezeigt, wodurch sie sich frei nach draußen bewegen konnte. Ich habe die alte Pfeiffer regelmäßig besucht und mit ihr gebetet. Hach, wie sie mir immerzu von ihrem Backofen vorgeschwärmt hat, den sie früher täglich benutzte. Ich konnte dich und alle anderen nach Lust und Laune manipulieren. Es hat mir Spaß bereitet, all die Frauen zu quälen und zu töten. Das Wissen, dass ihr immer zu spät kommen würdet, hat mich förmlich berauscht. Ich bin unbesiegbar.«

Frost suchte festen Stand auf dem weichen Erdboden. Zu lange hielt sie die Waffe bereits erhoben, um sie jetzt noch ruhig zu halten. Kimme und Korn passten einfach nicht mehr zusammen. Der Schmerz in der Wange raubte ihr Kraft und

Zielsicherheit. Zur Verschlechterung der Situation trug die Düsternis einen erheblichen Teil bei. Somit würde sie den Augenmacher niemals treffen, ohne Carolin ernsthaft zu gefährden.

Mit eisernem Willen kämpfte sie gegen das Zufallen ihrer Augenlider an.

Sie wankte bedrohlich.

»Letztlich habe ich dich im Visier«, gab sie unverzagt von sich.

Tristan schüttelte den Kopf. Er trieb Carolin vor sich her, kam Stück für Stück auf Frost zu.

Frost blieb stehen.

»Du bist erledigt, Klara. Ich werde dir den Bauch aufschlitzen und dich dabei zusehen lassen, wie deine Gedärme aus deinem Körper quellen. Am Anfang habe ich wirklich geglaubt, von Hühnergöttern würde eine unerklärliche Macht ausgehen. Ich habe mich in der Faszination für Okkultismus und Zauberkunde verloren. Lange Zeit glaubte ich, ich könnte Dämonen und Hexen besiegen.« Kurz nickte er zur Engelsstatue. »Doch letztlich musste ich erkennen, dass es nur einen Dämon, einen Engel und einen Gott gibt: der Mensch selbst. Er kann Menschen erschaffen oder zerstören. Ich habe Carolin erschaffen und werde sie nun zerstören. Damals in Schleswig-Holstein habe ich all die Frauen ermordet und die Taten Palschewski angehängt. Ich habe Carolin aus dem Haus ihres perversen Vaters befreit. Ohne mein Zutun wäre dieser dämliche Kommissar aus Bayern schnurstracks an dem Gebäude mit dem Kellerverlies vorbeigelaufen.«

»Wen nennst du hier einen dämlichen Bayern?«, ertönte eine Männerstimme aus dem Dickicht.

Ein weiterer Schuss ließ die Nacht erzittern. Wieder verfehlte das Projektil den Augenmacher. Fitz hatte geschossen. Frost blieb besonnen, kniff ein Auge zu und machte ihren Blick fest. Fitz und Pfarrer Heyn traten auf die Lichtung. Tristan wirbelte samt Carolin herum.

Nicht zielen, nicht denken. Fühlen. Dein Finger ist dein Wille. Die Waffe dein Geist. Moderner Exorzismus.

Wenn etwas ganz schnell gehen soll, dann muss man es ganz langsam tun. Das ist die Lektion, die *Momo* von Meister Hora lernen musste. Und wenn etwas blitzschnell geschehen muss, dann gelingt es tatsächlich nur in Zeitlupe.

Tristan feuerte seinerseits in Richtung Fitz.

In der gleichen Sekunde fand Frost ihren Ruhepol. Ohne jeglichen Drang zur Hektik krümmte sie den Zeigefinger. Zeit war grenzenlos. Genau wie ihre Fähigkeiten.

Wohin der Schuss des Augenmachers ging, konnten später selbst die Kriminaltechniker nicht mehr sagen. Eines wusste man dagegen mit Gewissheit: Frosts Geschoss schraubte sich durch den Schädel des Augenmachers und zerfetzte ihm das Gehirn.

Noch an Ort und Stelle starb er.

Mit ihm brach Carolin zusammen.

Kapitel 70

Drei Tage nach den schrecklichen Ereignissen saß sich das ungleiche Ermittlerduo an einem Tisch bei einem Kaffee gegenüber. Obwohl es auf dem Pflaster des Schuhmachergässchens gewohnt hektisch zuging, genoss Frost die Ruhe im *Café Riquet.* In diesem Kaffeehaus war man stolz auf seine Tradition und den orientalischen Baustil. Selbst Fitz schien angesichts der Atmosphäre zu entspannen. Tapfer wie ein Mann hatte er sogar seinen Mantel abgelegt. Natürlich vertraute er nicht den Kleiderhaken der Garderobe. Nein, der Trenchcoat hing direkt über der Stuhllehne, damit er ihn jederzeit griffbereit hatte.

Unterdessen musste Frost ständig ihre Sitzhaltung verändern. Eine Position war unbequemer als die andere. Hauptsache, es sah nicht so aus, als würde hier ein alter Casanova mit seiner blutjungen Mätresse flirten. Besser, Fremde glaubten, ein Vater plauderte mit seiner Tochter.

»Schmeckt Ihnen der Kaffee nicht?« Er schaute auffordernd auf die volle Tasse vor ihr.

Sie schüttelte den Kopf und fasste sich an die Wange. »Mein Zahn.«

»Ihre OP ist mein Glück.« Er langte hinüber auf ihre Seite, fragte aber vorsichtshalber. »Darf ich?«

Sie schob ihm die Tasse ein Stück entgegen. »Sie fragen, bevor Sie zugreifen? Das nenne ich Fortschritt.«

»Und das Beste ist, ich kann Sie mittlerweile fast leiden.«

»Danke, ich mag Sie auch.«

Beide schmunzelten, wobei Frost sofort der Schmerz in die Wange fuhr. Tapfer überspielte sie ihn.

»Waren Sie eigentlich wirklich bereit, Thomas Heyn zu erschießen?«, fragte sie. »Der Pfarrer erzählte mir, dass er minutenlang geglaubt hatte, er würde bald vor Gott treten.«

»Den Gefallen hätte ich ihm garantiert nicht getan. Ich finde, als Bibelhirte kann er hier unten ruhig noch eine Weile seine Schäfchen füttern. Und Sie? Wie geht es Ihnen?«

Frost zuckte mit den Schultern. Es war die einfachste Schutzgeste der Welt. »Ich komme klar.«

»Seit wir uns kennen, haben Sie diese Äußerung ganze vier Mal getätigt. Und kein einziges Mal habe ich Ihnen das abgenommen.«

Dann trügt der Eindruck. Denn meine Welt ist in Ordnung. Nicht perfekt, aber so weit okay. Besser als das meiste, das uns soziale Netzwerke und die Werbung für unentbehrlich verkaufen wollen.

»Ich tue mir den Beruf freiwillig an. Also muss ich da durch.«

»Und das nennen Sie ausreichend Motivation für diesen Job?« Er stieß einen verunglückten Pfiff aus. Es kam einem Bellen gleich. Vermutlich hatte seine Lunge durch die Anstrengung der letzten Tage doch mehr gelitten, als er zugeben wollte. »Eines muss man Ihnen lassen, Frost, Sie sind die härteste Frau, die ich kenne. Nach meiner Frau selbstverständlich.«

Selbstverständlich, Darth Fitz.

Darüber wollte Frost mit ihm schon die ganze Zeit sprechen. Er trug keinen Ehering, und sie hatte ihn nie mit seiner Frau telefonieren gesehen. Mit seiner Schwester, aber nicht mit seiner Gattin. Das empfand Frost als seltsam, denn immerhin trieb er sich seit einer Woche in einer fremden Stadt herum.

Letztlich schob sie das Thema beiseite. »Und Sie? Wie denken Sie heute über Ihren Beruf?«

»In meinem Alter macht man sich darüber keine Gedanken mehr. Wer würde denn einen Schrotthaufen wie mich noch anstellen? Vielleicht sollte ich dem Freistaat Bayern einfach dankbar sein, dass er mich die übrigen paar Jahre durchschleift, auch wenn ich quasi aus dem letzten Loch pfeife.«

»Mal abgesehen von ihrem Pseudokrupp, sind Sie ganz schön robust.«

»Pseudokrupp! So ein Schmarrn. Das Überlebenstalent verdanke ich allein meinem jugendlichen Mantel.« Er griff hinter sich und tätschelte den Stoff. »Damit bin ich unverwüstlich.«

»Jede Wette.«

Eine Weile schwiegen sie sich nur an. Selbst die Bedienung bemerkte es und nutzte ihre Chance, um sich nach weiteren Wünschen zu erkundigen. Als da nichts kam, tänzelte sie davon und versuchte es bei den übrigen Gästen.

»Und die Sache mit Ihrer Nichte?« Eigentlich war das keine richtige Frage, aber Frost wusste auch nicht, wie sie es anders ausdrücken sollte. »Überspielen Sie Ihre Trauer?«

Fitz nahm einen Schluck vom Kaffee. Als er die Tasse auf den Untersetzer stellte, dauerte es noch einige Zeit, bis er antwortete. »Ich erzähle Ihnen etwas über Trauer: Langsam komme ich in ein Alter, in dem man sich nach und nach von Dingen verabschieden muss. Selten fällt es leicht, aber es ist nie unmöglich. Nur bei Sabrina bin ich mir unsicher, ob ich das schaffe. Ich vermisse sie schmerzlich.« Er rieb sich die Nase und wischte sich über die Augen.

»Werden Sie Leipzig vermissen?«

»Bestimmt nicht.«

»Werde ich Sie wiedersehen?«

»Falls Sie mal wieder Probleme mit einem Psychopathen haben und Börnemann mich gehen lässt …«

»Sie wollen mir doch nicht ernsthaft einreden, Sie müssten Vorgesetzte um Erlaubnis fragen?«

Von einer Sekunde auf die andere wurde seine Miene ernst. Noch ernster, als Frost ihn auf Sabrina angesprochen hatte. »Ich habe Sie nie richtig auf Ihren Vater angesprochen. Ich meine Ihren leiblichen Vater.«

Ah, das Wort Psychopath hat dich daran erinnert.

Unwillkürlich verspürte sie das Verlangen nach einer Zigarette. Sie hätten sich nach draußen an die Raucherplätze setzen sollen.

»Mein Vater ist tot. Der, den Sie meinen, sitzt im Knast. Dort gehört er hin.«

Fitz rieb sich das Kinn. Er bildete sich seinen eigenen Reim auf ihre Antwort. »Sie sind wirklich eine imponierende Frau. Wenn ich zwanzig Jahre jünger wäre …« Er winkte ab. »Lassen wir das. Sie tragen auch so schon ein ordentliches Päckchen mit sich herum. Ich meine, Ihre Gene! Heinrich Kramer, Autor des *Hexenhammers*, hui! Und dann spricht man Sie bestimmt ständig auf Ihren Erzeuger an.«

»Nicht allzu häufig.«

»Ich habe Verschwörungstheorien in Bezug auf Ihren leiblichen Vater gehört. Von einem Geheimbund, den es bereits zu Zeiten der Kreuzzüge gegeben haben soll, ist die Rede. Nach allem, was man so munkelt, nennt man Ihren Vater ›die Krähe‹. Und da Sie mit Krähen kommunizieren …«

»Nicht besonders gut.«

»Ach, kommen Sie! Erzählen Sie mir nicht, das würde Sie nicht interessieren.«

»Falls es *Sie* interessiert, dann recherchieren Sie im Internet.«

»Vielleicht werde ich das tun, sobald ich in Pension gehe.« Er trank auch den zweiten Kaffee aus und erhob sich. »Ich will nicht behaupten, dass es schön war mit Ihnen, aber ich werde Sie vermissen, Klara Frost.« Während er seinen Mantel wie ein

Heiligtum über seinen Arm legte und behutsam darüberstrich, zwinkerte er ihr zu. »Nun, meine Rückreise steht an.«

Das war alles. Ein letztes, seltsam gehemmtes Beisammensein in einem Café. Kein Wort über den Augenmacher. Im Prinzip war der Wahnsinnige auch kein Gesprächsthema wert. Stattdessen hatte Fitz sich überraschend nach ihrem leiblichen Vater erkundigt.

Ebenfalls kein gutes Thema.

Frost blieb sitzen. Es würde keine Umarmung geben. Wahrscheinlich nicht mal einen Handschlag zum Abschied.

»Malchius Fitz«, sagte sie.

»Ja, Klara Frost?«

Sie griff in die Papiertüte, die während der Unterhaltung neben dem Tischbein gestanden hatte. Daraus holte sie einen Schuhkarton hervor. Weil Fitz nicht der Typ war, der darauf Wert legte, hatte sie die Herrenschuhe nicht als Geschenk einpacken lassen.

»Für mich?« Seine Augen leuchteten wie die eines kleinen Jungen.

»Valentino.«

»Malchius, ich heiße Malchius.«

Fast ehrfürchtig ergriff er das Abschiedsgeschenk. »Jetzt komme ich mir ziemlich doof vor, weil ich nichts für Sie habe.« Er sah hinab zu seinen Füßen. »Ich meine, ich könnte Ihnen im Tausch meine alten Treter dalassen.«

»Ach, und Herr Kollege, kaufen Sie sich zu den schicken Schuhen unbedingt einen neuen Mantel.«

»Unbedingt?« Fitz betrachtete das Kleidungsstück, als wäre der Stoff von edelster Herstellung. »Garantiert nicht.«

Sie nickte und lächelte. »Sie wären nicht Malchius Fitz, wenn Sie etwas anderes versprechen würden.«

Epilog

Carolins Zehen gruben sich in den Sand. Eine Welle trieb über das Wasser des Cospudener Sees direkt bis zu ihr und umspülte ihre Knöchel. Es war fast wie damals auf Fehmarn, als sie barfuß am Strand spazieren gewesen war. Nur dass es hier keine Hühnergötter zu finden gab und der Wind an der Ostsee rauer wehte.

Vor Wochen war sie aus der Klinik entlassen worden. Klara, der Priester und sogar Direktor Niederhagen hatten sie mit dem Auto abgeholt. Während des Krankenhausaufenthalts hatte sie befürchtet, der Augenmacher könnte ebenfalls auftauchen, aber Klara hatte während ihrer Besuche mit ihr geredet und versprochen, er würde niemals wiederkehren.

Carolin tastete an ihren Hals. Unter ihren Fingerkuppen spürte sie die Narbe vom Messerschnitt. Die Narbe würde bleiben, der Augenmacher war dagegen verschwunden.

Somit war alles in bester Ordnung.

Kurz bevor sie in den See baden ging, funkelte sie ein silberfarbener Stein direkt unter der Wasseroberfläche an. Sie kniff die Augen leicht zusammen, um die Blendwirkung der Sonne zu minimieren, und bückte sich. Als sie ihre Hand öffnete, lag tatsächlich ein kleiner Stein mit einem Loch darin.

Sie besaß Talent für das Finden solch besonderer Steinchen. Nur wollte sie nicht mehr danach suchen. Deshalb holte sie aus, warf den Stein im hohen Bogen davon, und er plumpste irgendwo ins Wasser. Dort versank er für immer.

Lächelnd drehte sie sich um und winkte Klara zu, die auf einer Decke in der Sonne brutzelte.

»Klara«, wisperte Carolin. Niemand hörte es.

Nachdem Klara zurückgewunken hatte, tauchte Carolin in die warmen Wellen ein und summte eine Melodie.

Danksagung

Liebe Leserin, lieber Leser,

vielen Dank, dass Sie mein Buch gelesen haben. Ich hoffe, Sie haben sich gut unterhalten gefühlt und konnten sich für Klara Frost begeistern. Eine Fortsetzung mit der leicht unterkühlten Kriminalhauptkommissarin wird demnächst erscheinen. Schon jetzt kann ich versprechen, dass sie es im kommenden Fall abermals mit einem perfiden Killer zu tun bekommt.

Ursprünglich sollte *Der Augenmacher* komplett an der Ostsee spielen, aber da ich aus der Leipziger Region stamme, fand ich es sinnvoller, den Großteil der Handlung nach Sachsen zu verlegen. Einige der im Buch genannten Örtlichkeiten wie *Auerbachs Keller* oder das *Café Riquet* findet man tatsächlich in Leipzig, andere habe ich mir für die Handlung ausgedacht. So ist zum Beispiel die Simonskirche frei erfunden.

Falls Sie mich als Autor unterstützen wollen, dann drücken Sie Ihre Begeisterung doch einfach durch eine Rezension aus. Ein paar wenige Sätze, wie Ihnen das Buch gefallen hat, sind völlig ausreichend.

Mein Dank geht an die Menschen, die durch ihre Kritik und Verbesserungsvorschläge maßgeblich zur Qualität des Thrillers beigetragen haben: Alexandra Scherer, Jennifer Bruno, Jasmin Krieger, Saskia Calden sowie die Lektorin und der Korrektor des Verlags Lutz Garnies und natürlich meine Arbeitskollegen, die mir erneut fachlich zur Seite standen. Weiterhin bedanke ich mich bei meinem Verlag Amazon Publishing, der mir als Autor großes Vertrauen entgegenbringt.

Auf meiner Internetseite www.eliashaller.com können sich interessierte Leser für meinen Newsletter anmelden. Sie erhalten nur eine E-Mail, wenn ein neuer Thriller/Krimi von mir erscheint oder ich wichtige Informationen für Sie habe, die mit meinem Autorendasein zusammenhängen.

Alternativ können Sie mir auf meiner Facebook-Seite www.facebook.com/HallerKrimis folgen, um keine Neuerscheinung mehr zu verpassen.

Gern können Sie mir auch per E-Mail Lob, Kritik oder einfach einen Gruß zukommen lassen (autor@eliashaller.com).

Elias Haller, Februar 2018

Druck:
Customized Business Services GmbH
im Auftrag der
KNV Zeitfracht GmbH
Ein Unternehmen der Zeitfracht - Gruppe
Ferdinand-Jühlke-Str. 7
99095 Erfurt